回归丛林

The Bush Revisited

苏锑平 著

澳大利亚文学的
文化身份书写

Cultural Identity in
Australian Literary Writing

社会科学文献出版社
SOCIAL SCIENCES ACADEMIC PRESS (CHINA)

　　本书受西安外国语大学学术著作出版基金、教育部人文社科青年项目（19YJC752026）、陕西省教育厅哲学社会科学重点研究基地项目（23JZ052）资助

序

文化身份建构视域下的澳大利亚文学研究

刘树森

如果从区域国别研究的视角着眼，考察改革开放以来我国学界有关外国文学的研究，可以发现对包括澳大利亚、新西兰以及南太平洋诸多岛国在内的大洋洲文学的研究明显晚于世界其他洲及区域国家文学，相关研究成果的数量、研究理论与方法的多样性也较少。出现上述现象与诸多方面的因素有关，其中包括大洋洲文学的发展历史相对较短，其融入世界文学以及交流互鉴的历史也较短，在一定程度上影响了学界的相关学术研究。以有关澳大利亚文学的研究为例，迄今所见研究成果不外乎如下类型：国别文学史的研究，包括通史、断代史的研究，小说、诗歌、戏剧等文学体裁的研究，文学流派及个体作家的研究，比较文学研究以及澳大利亚文学在中国译介传播及影响的研究。相比之下，从较为宏观的视角对澳大利亚文学进行整体研究的成果尚不多见。苏锑平博士的这部专著《回归丛林：澳大利亚文学的文化身份书写》，可以说在一定程度上弥补了国内学界上述研究的薄弱环节，具有显见的创新性，有助于进一步加强从历时和整体的视角了解和认知澳大利亚文学，尤其有助于进一步阐释澳大利亚文学发展的内在特征与规律，更为深刻地理解文学艺术、文化研究以及社会学研究等方面的价值。

这部专著的课题研究基于作者在当今日益全球化的背景下探讨澳大利亚人的身份书写，而并非将其局限为澳大利亚一个国家地理空间内所发生的身份建构问题。在此基础上，本书探讨了在历史及现实社会中对澳大利亚人身份建构的认知，尤其是对其中一些多元文化特性的关注与解读，进而在文化身份的视域下审视澳大利亚文学的发展历史及其在不同历史时期的发展特征，将具有典型性的作家及其文学作品视为书写澳大利亚人文化身份的镜像文本，阐释其中的身份内涵。就此而言，作者选择了一个由表及里、由浅入深，并能够覆盖古今澳大利亚文学发展历史上所出现的各种体裁作品的切入点。

从古至今，居住在澳大利亚的人，无论是原住民及其后裔，还是库克船长登陆澳大利亚以后来自英国等欧美国家的移民及其后裔，对于自己身份的认知始终是一个重要、敏感的问题。实际上，回溯世界不同国家民族的发展历史，同样可以发现类似的现象：与农耕部落或者国家不同，游牧部落、习惯于远程迁徙生存的民族以及前往异国他乡生存的移民族裔等，对于自我身份的辨别与维护始终具有坚定的意志。因此，保持他们自己族裔的身份，返回属于自己的家园，是他们生命中永恒追求并能够为之奋斗的理想。例如，西方历史上古希伯来文《圣经·旧约》最早的译本，即著名的《七十贤士》古希腊文译本，是由七十余位神学家、翻译家历经数十年的艰辛努力才得以完成的，其翻译宗旨就是使远在古希腊生存的希伯来移民能够通过阅读译本保持本族裔的宗教信仰，构建自身独特的文化身份，以此维持心灵中对本族裔文化传统的归属感。与此类似，荷马的史诗《奥德赛》通过讲述古希腊英雄奥德修斯参加特洛伊战争，历经二十余载的生死鏖战、长途跋涉返回故乡的非凡故事，不仅感人至深地刻画了古希腊人的身份特质，也讴歌了奥德修斯矢志不渝、返回家园的归属感。

对于一个以同宗同源的文化为主体的国家或者民族而言，人们文化身份中同质因素所占比例较大，具有主导性的动力及影响力，对于文化身份的普遍认同及其稳定性具有至关重要的作用。然而对澳大利亚来说则不然，世世代代的原住民与外来移民拥有不同本质的文化多样性，使这个在地理上远离其他大陆,近现代以来以多元民族、多元文化移民为人口主体的国家构建了独特的文化多元性,因此其文化身份也具有独特的性质。该书对此进行了深度探讨,认为澳大利亚文化身份具备特有的多维性和流动性,能够随着社会历史的发展变化而保持一种平衡和谐的状态。作为澳大利亚社会历史发展的产物,不同时代文学家所创作的各种体裁的文学作品也都不可避免地直接或者间接地与上述文化身份相关。

鉴于上述原因,这部专著选择从文化身份的视角探讨澳大利亚文学的发展历史,将不同历史时期的文学书写视为展现澳大利亚身份特质的镜像,通过解读经典作品文本阐释其中有关文化身份的内涵。尤其值得提及的是,这部专著在探讨澳大利亚人的文化身份时,采用了现当代国际学术界有关身份研究的多种理论,聚焦古往今来澳大利亚多元文化结构中的文化磨合,尤其是英国殖民者所带来的英国文化传统与原住民的文化传统之间的矛盾与冲突,较为系统性地阐释了前者作为入侵的强势文化如何借助教育体系、政府与社区管理机制、宗教、法律法规、建筑、生活方式以及语言文学文字等权力、资源优势,对原住民的文化传统进行各种形式的压制、摧残和毁灭,深度探讨了两种文化之间的不平等关系及长期冲突。

在此基础上,这部专著较为全面地解读了澳大利亚历代文学中经典作品如何对上述文化磨合与冲突予以书写,在分析文学文本内容时参照相关历史文献,使二者互为参照,增加了课题研究及其论点的学术价值。例如,书中在探讨描写英国早期向澳大利亚流放罪犯的小说时,参考了较为丰富的相关历史文献,甚至包括英国向美国流放罪犯的历史统计数据,为研究论点提供了重要的史实文献支持。该书一些典型的个案研究包括描写若干著名历史人物的作品,如描写19世纪80年代因为抢劫被处以绞刑的丛林大盗爱德华·凯利的作品,集中探讨了一系列相关题材的著名作品,包括小说家托马斯·基尼利1978年出版的小说《内德·凯利与蜜蜂之城》、小说家罗伯特·德鲁1991年出版的小说《我们的阳光》,以及小说家彼得·凯里2001年出版的名作《凯利帮真史》。

这部专著的另外一个显著特征是采用宏大的全景式考察和研究，并不局限于某种体裁的文学作品，旨在着力探讨迄今澳大利亚文学的整体发展历史，包括原住民的文学传统以及英国殖民者来到澳大利亚后的文学发展历史，涉及不同历史时期经典文学作品中有关澳大利亚文化身份书写的成因、演变机制、规律、特征等。该书致力于将澳大利亚文学作为对特定历史的书写文本，阐释文学与社会历史现实之间可以互为参照的相关内容，因此研究对象丰富多元，包括传奇、长篇小说、短篇小说、诗歌、传记、游记、不同性别和不同族裔身份作家的各类作品。此外，该书强调在世界文学的语境中研究澳大利亚文学，从澳大利亚文学问世之初就将其与欧洲文学进行对比研究，例如对澳大利亚早期文学体裁之一游记的研究，便将其与英国和其他欧洲国家有关游记的发展历史研究结合在一起。同理，对于澳大利亚小说的起源与发展，也是将其置于英国乃至其他欧洲国家小说的历史发展视域下进行考察和探讨，有助于拓展研究的视野与深度。

书名中"回归丛林"这一内涵丰富的独特意象，也许只有土生土长的澳大利亚人或者久居澳大利亚的人，才能够真正感知和理解其深邃意蕴。对于澳大利亚人而言，作为意象的"丛林"宛如万物的生命之源，如同母亲赋予自己的孩子生命一样，是人类、社会及万物延续的基础。实际上，"回归丛林"的寓意也不仅仅是"寻根"；如同在历代澳大利亚经典文学作品中，也正是"丛林"所象征的大自然，在历史的长河中使原住民与移民交流互鉴、求同存异，逐渐融为一体，并参与塑造了澳大利亚人独特的多元民族身份与文化身份。

总之，苏锑平博士的专著为澳大利亚文学研究打开了一个新的视窗，相信书中的研究理论与方法、研究对象以及论点能够有助于进一步拓展澳大利亚文学研究的维度与深度，有益于进一步提升对澳大利亚文学的艺术价值及其多元文化融合特殊属性的认知和欣赏。

是为序。

目录
CONTENTS

第一章 绪 论 ……………………………………………… 1
　第一节 文化身份与文化认同 ……………………………… 7
　第二节 澳大利亚文化身份研究 …………………………… 22
　第三节 问题、理论、方法 ………………………………… 34

第二章 文学书写与文化身份 ……………………………… 40
　第一节 文学想象与文化身份 ……………………………… 41
　第二节 澳大利亚文学与文化身份 ………………………… 53
　小 结 ……………………………………………………… 64

第三章 风景叙事与文化特性 ……………………………… 66
　第一节 何以是风景？ ……………………………………… 68
　第二节 风景叙事与文化特性 ……………………………… 87
　第三节 风景叙事与澳大利亚文化特性 …………………… 98
　小 结 ……………………………………………………… 124

第四章 神话发明与文化内核 ……………………………… 126
　第一节 神话起源与文化奠基 ……………………………… 126
　第二节 流犯神话：正本清源 ……………………………… 135
　第三节 丛林神话及战争神话：固本培元 ………………… 153
　小 结 ……………………………………………………… 168

第五章　澳大利亚之根与文化融合 ·· 171

　　第一节　澳大利亚文化身份之惑 ···································· 172

　　第二节　寻根:原住民意识的觉醒 ·································· 188

　　第三节　盎格鲁适应的消解 ··· 205

　　小　结 ··· 220

第六章　结　语 ··· 222

参考文献 ··· 230

后　记 ··· 261

第一章

绪 论

　　在澳大利亚这片广袤的土地上，直至 20 世纪五六十年代仍有很多人说不清自己是英国人还是澳大利亚人，虽然早在 1901 年澳大利亚联邦（The Commonwealth of Australia）就已经建立，成为一个名义上的独立国家。从 1770 年库克船长（James Cook）登陆澳大利亚、举行英国国旗升旗仪式并演奏《天佑吾王》（*God Save the King*）①至 1974 年，这首歌一直是澳大利亚官方认可的国歌。到 1901 年澳大利亚联邦成立时，这片土地上的白人习惯性地称自己是英国人。20 世纪 50 年代，很多澳大利亚人还拿着英国护照。80 年代的民意测验中还有"澳大利亚需要女

---

　①　这首歌原来只是 1545 年时英国海军的一句口令，即"God Save the King"（天佑吾王），回令是"Long Live the King"（国王万岁）。据说这首歌由音乐家兼诗人亨利·凯里（Henry Carey）谱曲，1740 年凯里在波托贝洛（Portobello）战役周年纪念会上公开演唱，从此传开。随后托马斯·奥古斯丁·阿尔内（Thomas Augustine Arne）改编了这首歌，曲谱现存于大不列颠博物馆；此后歌词与曲调又经过不同程度的修改。1825 年，这首歌被正式定为英国国歌。1837 年，维多利亚女王登基，把这首歌中的"King"改成"Queen"，其他一字未动。因此这首歌现有两个版本，即《天佑吾王》（*God Save the King*）和《上帝保佑女王》（*God Save the Queen*）。由于英国国歌言简意赅、感情真挚，世界其他国家，如美国、德国等 12 个国家都曾采用过它的曲调，如 *God Save George Washington*、*God Bless America*。列支敦士登的国歌至今还用着《上帝保佑女王》的曲子。（参见姜黎黎、余静《英国国歌小史》，《大学英语》2005 年第 1 期，第 34 页；大地《英国国歌：〈神佑女王〉》，《流行歌曲》2011 年第 8 期，第 48 页。）

王吗？”“澳大利亚需要总督吗？”“澳大利亚需要成为一个有自选总统的独立共和国吗？”之类的问题。从调查结果来看，仅有 15% 的人支持成立共和国。① 这些在一定程度上显示出澳大利亚身份的模糊性。

上述情况一直延续至今。1999 年澳大利亚举行全民公决，在超过1230 万人参与的强制性投票中，五成以上的人投票支持保留英国女王作为他们的国家元首，断然拒绝共和制。伊丽莎白二世获知公决结果后，发表声明说她尊重和接受这个结果，重申她作为澳大利亚国家元首的承诺。② 共和制的支持者、工党领袖比兹利（Kim Beazley）承认，争取成立澳大利亚共和国、切断与英国君主之联系的拉票运动已经失败，共和国现在“最不可能产生了”。③ 2011 年 6 月，澳大利亚外长、前总理陆克文（Kevin Rudd）在伦敦英国广播公司发表谈话说，澳大利亚人对英国女王有着“深厚的感情”，她在澳大利亚很受欢迎，受到人们的普遍爱戴。“澳大利亚人对女王有着深厚的感情……打我出生起，女王就是我们的女王，她是澳大利亚国家事务中不可或缺的组成部分。澳大利亚人高度尊重她所担当的角色。”尽管他宣称“澳大利亚工党一直致力于把我们的国家转变成为一个共和国”，但他同时也提出“我们还没有为此制定一个具体的时间表”。④ 就如新闻标题所说，共和国的进程还没有排上日程，这只是他们努力的一个方向。2022 年 9 月 8 日，英国女王伊丽莎白二世去世，澳大利亚总理阿尔巴尼斯（Anthony Albanese）在代表澳大利亚发布的长篇悼文中说：“全澳人民的心与哀痛的英国人民紧密相连，他们好像感觉国家完整的象征缺失了一部分。”维多利亚州州长丹尼尔·安德鲁斯（Daniel Andrews）更是悲痛地说：“没有了女王，我

---

① George Winterton, *Monarchy to Republic: Australian Republican Government*, Melbourne: Oxford University Press, 1986, p. 1.

② "Against the Monarchy but Not Ready for a Republic", The Centre for Citizenship, http://www. centrefor citizenship. org/international/aus1. html.

③ 《澳洲全民公决否决共和制》，新浪网，http://news. sina. com. cn/world/1999 - 11 - 7/29442. html。

④ "Republic 'Low on List of Priorities'", *Sydney Morning Herald*, http://www. smh. com. au/national/republic-low-on-list-of-priorities-20110612-1fzag. html#ixzz1P9p1H0P7.

们怎么办？"① 综上观之，澳大利亚尽管宣布独立已一百多年，但依然与英国藕断丝连，澳大利亚像是一个尚未断奶的孩子，相比于美国和新西兰，澳大利亚对母国英国的依赖心更强。

另一个事实也证明了这一点，那就是关于澳大利亚国庆日的争议。尽管国庆日的设立没有固定的模式，可能是宗教节日、解放日、征服日、战败日、独立日等，但是选择哪一个日子却很重要，因为"国家和现代人一样，当意识到自己被嵌在世俗的、连续的时间中，体会到这种连续性的存在，这本身就意味着一种延续。然而，由于 18 世纪末期的巨大变革，这种连续性的体验又会被'遗忘'。这种既感受连续性又容易遗忘的矛盾，正是催生'身份叙事'需求的原因"。② 国庆日标志着一种隐喻性的"起跑线"，将每个国家的历史与其他国家的历史分割开来，这种象征性的界线强化了两种截然不同的感受：包容和排斥。这种"边界"对于每一个国家的认同感来说都至关重要。③ 比如美国的国庆日是每年的 7 月 4 日，正规的叫法是"独立纪念日"（Independence Day），标志着英国的北美殖民地正式脱离英国，走向独立；法国国庆日是为了纪念 1789 年 7 月 14 日巴黎人民攻占象征封建统治的巴士底狱（the Bastille），推翻君主政权。法国议会把这一天定为国庆日，是因为这是一个象征自由和革命的日子。中国的国庆日则是庆祝推翻压在中国人民头上的三座大山、建立新政权的日子，就如毛泽东主席在天安门城楼上所宣告的那样"中华人民共和国中央人民政府今天成立了"。但是澳大利亚的国庆日却不是澳大利亚联邦成立的纪念日 1 月 1 日，而是英国人阿瑟·菲利普（Arthur Phillip）把 770 名犯人从英国押送到澳大利亚、在悉尼港附近升起英国国旗的 1 月 26 日，这一天标志着英国又一个新殖

---

① "Prime Minister Anthony Albanese Pays Tribute to Queen Elizabeth II: 'She Stood with us'", 7 News, https://7news.com.au/entertainment/royal-family/prime-minister-anthony-albanese-pays-tribute-to-queen-elizabeth-ii-she-stood-with-us-c-8176562.

② Benedict Anderson, *Imagined Communities: Reflections on the Origin and Spread of Nationalism*, London: Verso, 2016, p. 205.

③ D. McCrone and G. McPherson, eds., *National Days*, London: Palgrave Macmillan, 2009, p. 212.

民地的诞生。澳大利亚人似乎不是特别看重联邦成立的纪念日，这一天似乎也不是他们所认可的独立纪念日，也许是英国给予他们充分的自治权力，因而其对独立的要求并不如英国的北美殖民地那么迫切，反而一直对母国有着强烈的依恋。

因此要让澳大利亚人回答他们何时独立，他们的答案很可能让你更加迷糊，因为这也是"一些澳大利亚人一直在追问并使他们迷惑不解的一个问题"。① 有人可能回答是 1901 年，因为在这一年澳大利亚联邦成立；有人说是 1915 年，因为在这一年澳大利亚军队参加第一次世界大战，在土耳其的加里波利作战，第一次登上世界历史的舞台；也有人说是 1945 年，因为澳大利亚在这一年加入联合国。即使是澳大利亚的首席大法官 G. 巴尔维克（Sir Garfield Barwick）② 也难以说清，他在 1969 年的回答是"大概是 1931 年《威斯敏斯特法案》（Statute of Westminster）通过吧，或者从那时起……澳大利亚就成为一个独立的国家，然而要精确地确定其诞生的时间则非常困难"。1979 年他进一步解释说："澳大利亚走向完全独立的状态是一个渐进的历史过程……确定澳大利亚独立的具体日期也许难以做到。"③

像阿尔弗雷德·迪金（Alfred Deakin）总理这样的联邦创立者总喜欢把自己和他的同胞称为独立的澳大利亚英国人，而前总理陆克文也说澳大利亚人对英国女王有着深厚的感情，尽管他们不再自称是澳大利亚英国人了。正如英国学者威廉·布罗姆（William Bloom）所指出的："认同（identification）是所有人内在的、无意识的行为要求。个人积极寻求认同以实现心理安全，他们积极寻求维持、保护和巩固自己身份以维持和加强这种心理安全，这是人格稳定和情感幸福的基础。这种强迫

① P. J. Marshall, *The Cambridge Illustrated History of the British Empire*, Cambridge: Cambridge University Press, 1996, p. 340.

② G. 巴尔维克是澳大利亚第七任也是任期最长的首席大法官，其中 1973～1974 年还被任命为海牙国际法庭的大法官。

③ W. J. Hudson and M. P. Sharp, *Australian Independence: Colony to Reluctant Kingdom*, Carlton, Vic.: Melbourne University Press, 1988, pp. 1-2.

性行为从婴儿期到成年和老年都有效。此外，认同可以共享，因此，共享相同认同的个人往往会采取一致行动，以保护或加强其共享的身份。"①

布罗姆提出四种身份分类，即个体身份（individual identity）、自我身份（self identity）、集体身份（collective identity）以及社会身份（social identity）。② 个体身份是指在个体与特定文化的认同过程中，文化机构的权力运作对个体的积极或消极影响，推动其积极参与或消极疏离文化实践活动，以实现个体身份的认同。在这一过程中，文化机构的权力塑造了个体对文化实践的态度，从而形成了个体身份认同。自我身份强调个体对自身心理或身体体验的关注，将自我置于核心。这一概念受到启蒙哲学、现象学和存在主义哲学的关注，凸显了个体对自身存在和体验的关切，以及自我身份形成和认知的重要性。集体身份涉及文化主体在两个不同文化群体或亚群体之间的选择。在不同文化的影响下，文化主体将一种文化视为"集体文化自我"，将另一种文化视为"他者"。这种选择过程表现为文化主体在多元文化环境中的身份认同冲突，需要在不同文化之间进行权衡和选择。社会身份强调个体的社会属性，是社会学、人类学等学科的研究对象。这一层面关注个体在社会中的地位、角色和关系，研究社会结构和文化对个体社会身份的塑造和影响。对社会身份的研究有助于理解个体在社会中的定位，以及社会因素对个体身份认同的塑造过程。

在这四个身份类别中，文化扮演着核心角色，因为身份问题始终与特定的文化语境紧密相连。这种联系的本质在于对自我的不断追寻、对自我身份的不断追问和建构。从这个角度看，身份问题不仅是个体认同的一个方面，更是一个终极问题，涉及对人类自然家园和精神家园的深

---

① William Bloom, *Personal Identity, National Identity and International Relations*, Cambridge: Cambridge University Press, 1990, p. 53.

② William Bloom, *Personal Identity, National Identity and International Relations*, Cambridge: Cambridge University Press, 1990, p. 53.

刻探寻，是对生命意义的深刻考问，因而这四个身份实际上合成为一个文化身份。作为一个成员复杂的移民国家，对文化身份的追问更是澳大利亚念兹在兹的问题。澳大利亚文学书写成为探寻这一身份的重要媒介。澳大利亚文学以其多元的文化影响和独特的历史背景为特征，不仅是一个记录历史的工具，更是一个塑造和表达文化身份的载体。通过文学作品，作家能够深入挖掘个体在特定文化环境中的体验和认同冲突，呈现身份的多面性和复杂性。

澳大利亚文学书写在探讨文化身份时，扮演着引导人们深入思考的角色。文学作品中的人物、情节以及语言均反映了澳大利亚作家对文化身份的独特理解与表达。这种文学书写过程不仅是对个体经历的记录，更是一种文化记忆的传承。透过这些文学作品，我们能更好地理解作家所处的文化语境，进一步明晰其文化身份的复杂性。澳大利亚文学的书写不仅是一种艺术表达，更是对文化身份进行深入探究和塑造的实践。通过对文学的深度探究，个体得以在澳大利亚这个文化交汇的独特背景中巧妙地找到自身在多元文化中的独特位置。文学作品扮演着引导者的角色，让个体深入思考澳大利亚文化身份的多样性和复杂性。这不仅涉及对个体自我认知的拓展，更包含对澳大利亚多元文化融合的理解，以及个体在这一融合中的定位。

在澳大利亚文学的镜头下，身份问题的呈现不再是简单的认同或否定，而是一个丰富多彩、兼容并蓄的过程。通过文学叙事，个体能够深刻体验来自各个文化层面的影响，这样的体验超越了表面的认同标签，涌动着对多元文化共生的深层理解。澳大利亚文学作为一种独特的表达媒介，凸显了个体在文化身份塑造中的主动性和创造性，同时也揭示了文化身份的不断嬗变、富有活力。

透过澳大利亚文学，我们得以以更深刻的方式思考自己的文化身份，挖掘身份问题背后更为深刻的内涵。这样的思考过程不仅有助于更全面地理解澳大利亚社会的文化动态，也在全球范围内为文化身份研究提供了一个富有启发性和参考价值的案例。在这个过程中，我们通过文学的引导，能够更全面地认知自己所处的文化语境，从而更深刻地理解和回应文化身份的多样性，以及在自然和精神家园中追寻人类存在的真正意义。

对于澳大利亚人而言，界定其身份面临一系列问题：谁是澳大利亚人？他们如何对待澳大利亚的文化传承？他们拥有怎样的文化身份？这一身份又是如何被塑造的？"如果澳大利亚想被看作一个生机勃勃的新民族，他们就需要一个更可靠的、英雄化的民族形象。"① 在过去两百多年的时间里，澳大利亚文人创造了独特的文化传统，编织了众多民族神话，创造了一系列英雄化的形象。因此，本书旨在探讨澳大利亚文学如何通过文学叙事来构建澳大利亚人独特的文化身份，以及他们的身份叙事是如何在漫长的历史中不断演绎与演变的。

第一节　文化身份与文化认同

"identity" 一词含义丰富，根据《牛津词典》（*Oxford English Dictionary*），其含义至少可以分为 7 大类 15 个义项，其中与本书讨论相关的义项是 "一个人或事物是谁或是什么；呈现给他人或被他人感知的对单个人或事物的独特印象；将一个人或事物与其他人区分开来的一组特征或描述（Who or what a person or thing is; a distinct impression of a single person or thing presented to or perceived by others; a set of characteristics or a description that distinguishes a person or thing from others.）"。② 《牛津词典》的释义将其定性为名词，表示一种状态，大致相当于汉语中的"身份"，但常常被翻译为"认同"。在《现代汉语词典》（第 7 版）中，"认同" 被标注为动词，意为 "认为跟自己有共同之处而感到亲切；承

---

① 〔澳〕大卫·沃克：《澳大利亚与亚洲》，张勇先等译，中国人民大学出版社，2009，第 5 页。

② "Identity, N., Sense 2. b", *Oxford English Dictionary*, https://www.oed.com/dictionary/identity_ n? tab = meaning_ and_ use#904743.

认，认可"。① 多种汉语网络词典的解释是"心理学名词。指体认与模仿他人或团体之态度行为，使其成为个人人格一个部分的心理历程。亦可解释为认可赞同"②，尽管标注为名词，但是它实际上表示一个过程或一种行为，具有动作意义；其后所附加英语注释"identification"也表明了它的动作意义。一方面，identification 是一个动词化的名词，是 identify 衍生出来的名词；另一方面，它的释义也明确了它的动作意义，比如在《牛津词典》里的解释是"身份的确定；决定一件事是什么或一个人是谁的行为或过程；发现和识别（The determination of identity; the action or process of determining what a thing is or who a person is; discovery and recognition.）"。③ 释义明确表示这是一种行为或一个过程。显然"身份"与"认同"两个词在意义上是有区别的，英语中这两个词一般来说不能混用，比如 cultural identity 和 cultural identification，但是汉语文献中与 identity 对应的词有多个，比如"身份""认同"，甚至"身份认同"也不时出现。鉴于中国学术界对 identity 的用词现状，本书在保持术语统一的前提下，并不严格区分文化身份与文化认同的表达。

"身份"古已有之，男女之别、阶级差别都是身份问题，但是"身份"作为"文化研究的中心主题却晚至 20 世纪 90 年代，是消费催生了这一研究进程，它讨论使人之为人的是什么，即主体性，以及我们如何相互描述自己，即身份"。④《文化研究：理论与实践》写道："身份不是存在的东西；它们没有本质或普遍的品质。相反，它们是话语结构，是话语的产物，或者说是对世界说话的规范方式。换言之，身份是由表

---

① 中国社会科学院语言研究所词典编辑室编《现代汉语词典》（第 7 版），商务印书馆，2018，第 1102 页。

② 《认同》，词典网，https://www.cidianwang.com/cd/r/rentong78677.htm。

③ "Identification, N., Sense 2.", *Oxford English Dictionary*, https://www.oed.com/dictionary/identification_ n?tab = meaning_ and_ use#903125.

④ Chris Barker and Emma A. Jane, *Cultural Studies: Theory and Practice* (5ᵗʰ edition), London: Sage, 2016, p.13.

征或者说语言构成和形成而不是发现的。"① 弗洛伊德（Sigmund Freud）可能是第一个使用这个术语的人，他似乎是无意间使用了该术语对应的德语单词 Identität，意思是"与其他人感到有共同之处"。② 因此这个名词首先作为心理学术语出现。在后来的学术研究中，弗洛伊德对身份展开了更为深入的探讨。他强调，他者不仅是构建个体自我的基石，也是塑造我们成为主体并确立身份的基础。个体主体的形成方式在很大程度上决定了我们如何整合自我定义并实现身份认同。

马克斯·韦伯（Max Weber）在 1922 年出版的《经济与社会》（*Economy and Society*）中描述了共通感（Gemeinsamkeit）、族群身份（ethnic identity），认为它们来自感觉到拥有共同的过去，但他补充说，主要是政治社群激起了人们相信他们拥有共同的族群特性。作为"他/她是谁"这个意义上的"身份"一般可以追溯到埃里克·埃里克森（Erik Erikson），埃里克森声称从 20 世纪 30 年代开始使用"身份"与"身份危机"（identity crisis），"它们似乎天生植根于对外移民、对内移民和美国化的经历中"。在 1956 年发表的一篇文章中，他讨论了"个人对自己的定义与所属群体对他的定义"之间的关系，但是真正讨论"他/她是谁"的概念则出自 1959 年发表的《身份与生活圈》（Identity and the Life Circle）一文，即一种"内在的"心理整体性。③

埃里克森对身份问题的研究主要聚焦个体的身份发展。他认为，身份并非一个外部观察者可以客观评估的存在状态，而是一种社会心理上的稳定感。这一感觉明显地伴随着身体的自由感，表现为对自己前进方向的明确认知，以及对未来能够获得关键人物认可的内在信心。在埃里克森看来，个体的身份是一种持续不断的自我感觉，这种感觉的延续是身份不断演变的过程。逐步发展而成熟的心理认同是以个体所属团体的

---

① Chris Barker and Emma A. Jane, *Cultural Studies: Theory and Practice*(5ᵗʰ edition) , London: Sage, 2016, p. 13.

② 转引自 W. J. M. Mackenzie, *Political Identity*, London: Penguin Books, 1978, p. 37.

③ 转引自 Kwame Anthony Appiah, *The Ethics of Identity*, Princeton: Princeton University Press, 2007, p. 296.

条件为基础的，而团体传统价值对个体成长具有深远的意义。当个体与某一团体认同时，他将接受并受到此团体价值观和规范的影响，从而塑造自己的行为和态度。① 由此可见，身份的建构涉及主体的选择和在社会关系中的积极互动。只有通过主动融入社会团体并积极参与和团体其他成员的交往，个体才能真正获得并巩固个人的身份认同。这一过程凸显了个体在社会互动中的积极作用，强调了社会关系对于身份建构的不可或缺性。通过在群体中的参与，个体能够在集体认同和个人身份之间找到平衡，从而深化对自我在社会中的定位的理解。这种选择性的社会融入为个体提供了一个有意义的框架——通过与他人互动，共同构建并丰富个体独特的身份认同。因此，身份的形成不仅是内在个体特质的体现，更是主体在社会关系中积极选择的结果，从而在与他人互动中形成独特的个体身份。

身份这一概念一经提出，便迅速引发了西方学术界的广泛关注，成为心理学、哲学、社会学、政治学、文化研究以及文学研究界等多学科研究的焦点。学者们从不同角度出发，对身份与传统重建、全球化冲击、民族主义国家构建、个体日常生活、自我反思、性别文化等多方面进行了深入探讨，发表了大量专题论文和著作，为相关问题提供了丰富而多元的观点和理论基础。譬如，心理学界的马西亚（James E. Marcia）提出身份是青少年进行各种可能的探索，然后对自己的社会角色、理想等做出承诺②；哲学界的德里达（Jacques Derrida）则坚持"自我－差异（self-difference）"形塑了一切认同，"没有一种文化或文化认同不与自身存在这种差异关系"③；斯图亚特·霍尔（Stuart Hall）等人则从文化研究的角度提出身份不是本质主义的而是一个策略性和定位性的概念，我们所需要的不是一种认识主体的理论，而是一种话语实践的理论。④中

---

① 转引自梁丽萍《中国人的宗教心理》，社会科学文献出版社，2004，第12页。

② James E. Marcia, *Ego Identity: A Handbook for Psychosocial Research*, New York: Springer, 2012, p. 42.

③ Niall Lucy, *A Derrida Dictionary*, Oxford: Blackwell, 2004, p. 52.

④ Stuart Hall and Paul du Gay, eds., *Questions of Cultural Identity*, London: Sage, 1996, p. 2.

国学界也在民族学、哲学、伦理学、政治学、文学等各学科展开了广泛的讨论，尤其是文学研究领域的陶家俊、周宪、陶东风、王宁等学者具有较大影响。

但是"社会身份"是 20 世纪 50 年代社会学家阿尔文·W. 古尔德纳（Alvin W. Gouldner）在其著作中第一次广泛应用的概念。① 20 世纪 70 年代兴起的文化政治触发了流散群体的身份焦虑，表现为新身份、新社会类别以及新政治群体的激增。② 处于文化夹缝中的赛义德（Edward Said）在《最后的天空之后》（*After the Last Sky*）中焦躁地写道："流放中的人们身份难以为继，我们是谁？我们来自哪里？我们是什么？"③

之后一批后殖民理论家不断跟进身份研究，将"他者"讨论深入推进，如马丁·贝纳尔（Martin Bernal）的《黑色雅典娜：古典文明的非亚之根》（*Black Athena：Afroasiatic Roots of Classical Civilization*）（1987）、G. C. 斯皮瓦克（Gayatri C. Spivak）的《在他者世界里：文化政治论集》（*In Other Worlds：Essays in Cultural Politics*）（1987）、保罗·吉尔罗伊（Paul Gilroy）的《黑色的大西洋：现代性与双重意识》（*The Black Atlantic：Modernity and Double Consciousness*）（1993）、周蕾的《书写族裔散居》（1993）、霍米·巴巴（Homi K. Bhabha）的《文化定位》（*The Location of Culture*）（1994）等。他们的研究在 20 世纪八九十年代形成了文化身份研究的一波高潮。这些研究具有跨学科性质，横跨文化人类学、历史、文学和哲学等多个学科，旨在深入揭示文化身份的复杂性和多样性。通过批判性观察，他们审视传统的文化认同和身份建构，挑战西方中心主义的观念，并强调非西方文化在全球历史和现代性中的重要性。通过对殖民主义和种族主义遗产的批判，他们积极努力重新塑造被压迫群体的文化认同，为后殖民理论的发展和多元文化主义的崛起做出

① 转引自 Kwame Anthony Appiah, *The Ethics of Identity*, Princeton: Princeton University Press, 2007, p. 296。

② Jonathan Friedman, *Cultural Identity and Global Process*, London: Sage, 1994, p. 234.

③ Edward Said, *After the Last Sky*, New York: Pantheon, 1986, p. 16.

了积极贡献。

文化身份是一个早已存在的问题，其历史至少可追溯至早期殖民活动。19世纪，英国的文化身份问题逐渐显现。这一时期，英国历经工业革命、浪漫主义思潮的兴起以及日不落帝国的扩张，这些因素共同促使英国人更加关注自身的文化和身份。英国在殖民地推广英语教育、英国法律、行政制度以及基督教信仰，这一系列措施促进了英国文化在殖民地的蓬勃发展。但是殖民地人民并非完全接受英国文化的强制灌输，他们往往以改造或抵制的方式对英国文化进行回应，形成了具有本土特色的文化形态。以印度为例，英国文化与印度文化融合，催生了独特的英印文化。

20世纪50年代，全球化迅速推进，国际交流日益密切，引起学者们对文化身份问题的关注。这一问题涉及个体如何定义与他人的关系，以及他们对自身文化的认同。到20世纪90年代末，全球化的影响变得更为显著。西方文化的传播，特别是美国文化的传播，给世界各国文化带来了巨大的冲击，比如澳大利亚人的"美国梦"[①] 以及澳大利亚文化生活的美国化（Americanisation）[②]。一些学者担忧全球化可能导致文化同质化，即各种文化逐渐趋向一致。因此，学者们更加关注民族文化和文化身份的问题。他们认为，民族文化在抵御全球化冲击方面扮演着重要角色。通过加强对民族文化的认同，人们能够更好地保护自己的文化传统和价值观。

文化是一个复杂的概念，文化身份同样也是一个复杂的概念。文化身份这一概念在社会科学和人文学科的研究中已经被广泛使用和讨论，一般被用来描述个体或群体与特定文化的关联性，这种关联性可能基于种族、民族、宗教、地理位置、社会阶层等多种因素。[③] 但是文化身份

---

① Peter Carey, *American Dreams*, Sydney: Harper Collins Publishers Australia, 1997.

② Andrew Guild, "The Americanisation of Australian Culture: Discussing the Cultural Influence of the USA upon Our Nation's Way of Life", *Ironbark Resources*, https://www.ironbarkresources.com/articles/guild2004americanisation.htm.

③ N. Khanlou, "Cultural Identity as Part of Youth's Self-concept in Multicultural Settings", *eCOMMUNITY: International Journal of Mental Health & Addiction*, Vol. 3, No. 2, 2005, p. 1.

并不像我们想象的那样一目了然或不证自明。正如斯图亚特·霍尔在
《文化身份与流散》（Cultural Identity and Diaspora）一文中所言："也许
我们不应该把身份视为一个既定的事实，然后由新的文化实践来反映，
而是应该把身份看作一种'生产'，它永远没有终点，总是在进行中，
意味着身份不是存在于表征之外，而是由表征内部的建构方式所决定。
这种观点质疑了'文化身份'这一概念所声称的权威性和真实性。"①
霍尔在此强调了身份不断变化的本质，只要人类还在，身份问题就永远
不会消失。他认为，人们如今所认同的归属感将来可能会因为不同的文
化现象而发生改变。霍尔指出，在理解文化身份时，不存在单一体验或
统一认同，身份的概念始终是多元的、不断变化的。这种对身份多元性
的思考与霍米·巴巴（Homi K. Bhabha）的观点相呼应，他们都对身份
的单一性和固定性持怀疑态度。霍米·巴巴评论说，文化本身从来都不
是单一的，也不是自我与他人简单的二元关系。只有当我们认识到所有
文化表述和体系都存在矛盾性和模糊性时，我们才能理解宣称任何文化
都具有固有原创性或纯洁性的等级主张是无法成立的，即使不考虑文化
混合性的历史实例。②

　　澳大利亚文学作品为我们提供了一个理解文化身份构建过程的重要
窗口，即文化身份的构建是一个不断发展和变化的过程，它涉及历史、
政治、社会和经济等多个维度的互动。在澳大利亚文学史的脉络中，文
化的原创性或纯洁性的等级主张是不可持续的，因为文化身份本身就是
在不断地流动和交互中形成的。比如殖民时期的亨利·金斯利（Henry
Kingsley）和罗尔夫·博尔德沃德（Rolf Boldrewood）等作家的文学创
作，虽然在某种程度上反映了殖民时期的文化观念，但同时也揭示了文
化原创性和纯洁性的等级主张的不可持续性。金斯利的《杰弗利·哈姆

---

① L. Chrisman and P. Williams, eds., *Colonial Discourse and Postcolonial Theory: A Reader*,
London and New York: Routledge, 2015, p. 392.

② B. Ashcroft, G. Griffiths, and H. Tiffin, eds., *The Postcolonial Studies Reader*, New York:
Routledge, 2003, p. 208.

林的回忆》（*The Collections of Geoffry Hamlyn*）以及博尔德沃德的《武装行劫》（*Robbery Under Arms*）等作品，可以被视作殖民叙事的典型，它们展现了殖民者对澳大利亚大陆的征服和开垦的经历。这些文本通过殖民者的视角塑造了一个关于澳大利亚的想象，一个以白人定居者为中心的文化身份。然而，在这种身份的构建过程中，对原住民文化的边缘化以及对其他非白人文化的排斥暴露了其背后的文化霸权和等级制度。

从后殖民理论的角度来看，这些早期文学作品中的文化表征，实际上是殖民权力结构的再现。它们不仅反映了殖民时期的文化冲突和社会矛盾，也对后来的文化身份认同和民族主义叙事产生了深远的影响。这些文本在塑造澳大利亚文化身份的过程中，既有其历史价值，也有其局限性。即使在民族主义时期，澳大利亚文学依然主要是英国文学的延伸，反映了白人殖民者的价值观和对土地的征服。这一时期的文学作品，如 A. B. 佩特森（A. B. Paterson）的《来自雪河的男人》（*The Man from Snowy River*）和亨利·劳森（Henry Lawson）的《放牧人之妻》（*The Drover's Wife*），虽然展现了澳大利亚独特的风景和乡村生活，但往往忽视了原住民的存在和文化。这种文学表现形式实际上是一种文化霸权的体现，它试图维持一种文化的纯洁性和优越性，而忽略了文化的多元性和混合性。

随着民族主义时期的到来，澳大利亚文学开始寻求一种更加本土化的表达方式，以区别于英国文学传统。这一时期的作家，如迈尔斯·弗兰克林（Miles Franklin），她的小说《我的光辉生涯》（*My Brilliant Career*）就是对澳大利亚乡村生活和女性角色的独特探索。泽维尔·赫伯特（Xavier Herbert）的《卡普康妮亚》（*Capricornia*）是对澳大利亚北部原住民生活的深刻描绘。他们的作品开始反映出对殖民历史的批判和对原住民文化的重新评价，揭示了文化身份不是单一的，而是由多种文化传统和历史经验共同塑造的。进入多元文化时期，澳大利亚文学更加关注文化身份的多样性和复杂性。例如，澳大利亚诗人朱迪斯·赖特（Judith Wright）的作品反映了本土文化和外来文化的冲突，而小说家帕特里克·怀特（Patrick White）则在其作品中描绘了多元文化背景下的澳大利亚社会，并探讨了个体在其中的身份认同问题。其他作家如大卫·马洛夫（David Malouf）、托马斯·基尼利（Thomas Keneally）、彼得·凯里（Peter Carey，又译作皮得·凯里）和凯特·格伦维尔（Kate Grenville）等，他们的作品探讨了澳大利亚历史中的多元声音，包括原住民、移民和其他边缘化群体的经验。这些文学作品展示了文化身份在全球化的背景下是如何通过不同文化的相互作用和融合而形成的。澳大利亚原住民作家如乌杰鲁·努纳可（Oodgeroo Noonuccal）（英文名 Kath Walker）的诗歌，不仅传承了原住民的口头文学传统，也表达了对殖民历史的批判和对文化身份的追寻。原住民小说家亚历克西斯·赖特（Alexis Wright）的小说则探讨了人类与自然的关系、多元文化社会中的身份认同和边缘化群体的生活经验，进一步丰富了澳大利亚文化身份的内涵。

澳大利亚文学史展示了文化身份是如何在不同历史时期通过文化的相互作用和融合而形成和发展的。从殖民时期到民族主义时期，再到当代的多元文化时期，澳大利亚文学反映了文化身份的多维性和流动性。这些文学作品揭示了文化不是孤立和静态的，而是在历史动态中逐渐形成和发展的。因此，任何试图将文化原创性或纯洁性分等级的主张都是不成立的，因为文化身份本质上是一种跨文化的、多元的和不断演变的现象。

若热·拉腊因（Jorge Larrain）曾经在《意识形态与文化身份——现代性与第三世界的在场》（*Ideology and Cultural Identity*：*Modernity and the Third World Presence*）中引用英籍加纳裔学者科贝纳·梅瑟（Kobena Mercer）的话："只有在危机中，当被认为是确定的、连贯的和稳定的东西被怀疑和不确定的经历所取代时，身份才成为一个问题。"[①] 澳大利亚作为英国的前殖民地和具有多元文化的移民国家，无论是作为殖民者的白人还是作为被入侵被改变的原住民，抑或是从其他地方前来的移

---

① Jorge Larrain, *Ideology and Cultural Identity: Modernity and the Third World Presence*, Cambridge: Polity Press, 1994, p. 143.

民，他们"确定的、连贯的和稳定的"经历都被连根拔起，变成了"被怀疑和不确定的经历"，因而无论是谁，在澳大利亚都处于一种"危机"中，身份问题无人能绕开。在殖民时期，澳大利亚的文化身份主要是由英国殖民者所定义的，殖民者将自己的文化价值观、语言和习俗带到了澳大利亚，试图在这片土地上复制英国的社会结构和文化传统，以获得一种"确定的、连贯的和稳定的"体验。然而，这一过程并非未受挑战。原住民的存在、他们与土地的关系以及他们的文化传统，对殖民者构建的"确定的"文化身份提出了质疑。

随着时间的推移，特别是在 20 世纪中后期，澳大利亚经历了一系列社会和文化危机，这些危机挑战了之前被认为是稳定的文化身份。这些危机包括有关原住民权利的斗争、对殖民历史的重新评价以及大规模的非英国移民潮。这些事件导致对澳大利亚文化身份的重新思考，原有的文化认同受到怀疑，新的多元和包容的文化身份开始形成。文学作品，如彼得·凯里的《凯利帮真史》（*True History of the Kelly Gang*）或凯特·格伦维尔的《神秘的河流》（*The Secret River*），通过对历史事件的重新想象，探讨了身份的流变性和多元性。这些文本反映了澳大利亚社会在面对危机时对身份的重新审视和定义。

这种由现代性引发的身份危机使主体不再拥有恒定不变、确定无误的文化身份感，主体成了各种异质的意识形态相互冲突的领域，分裂成残缺的思想碎片。文化身份成了一系列推论式的文化身份位置。① 在若热·拉腊因的观点中，民族文化身份在不同的全球化时代具有特别重要的意义，无论是在英国主导的工业资本主义全球化时代、美国主导的跨国资本全球化时代，还是在澳大利亚面临文化多元化和后殖民身份重构的当下，这种文化身份的重要性始终不减。"在个人身份形成的过程中，大多数个人共享某些群体忠诚性或特征，如宗教、性别、阶级、种族、性别观念和国籍，这有助于确定主体及其身份感。文化身份的概念就是

---

① 陶家俊：《文化身份的嬗变——E. M. 福斯特小说和思想研究》，中国社会科学出版社，2003，第 74 页。

这样产生的。在现代，对主体形成产生最重要影响的文化身份观是民族身份观。"① 因此文化身份的演变从某种程度上可以化约为民族身份的演变。

在全球化的两种主要语境中（一种以经济和市场力量为主导，另一种以文化和政治力量为主导），民族文化身份的构建往往表现出一种高度集中和深刻排他的本质。这种集中性体现在民族文化身份的核心价值观、传统和信仰上，它们被强化并推广为统一的国家象征和认同标志。与此同时，排他性则表现在对内部多样性和外来文化影响的抵制上，这种态度在政策制定和文化表达中均有体现。民族文化身份的这种表现可以被视为排他主义的一种表征，它不仅强调了民族集体自我认同的中心地位，还意味着对于那些被视为"他者"的文化的边缘化。"它具有强烈的中心色彩，并将其他一切都视为'他者'，不仅是被殖民的他者还包括其他一切人。"② 这种边缘化并不局限于国家的地理边界内，对于国内的少数群体和亚文化群体也同样适用。在这个过程中，民族文化身份成为一种文化资本，它被用来巩固权力结构、维护社会秩序和促进国家利益，但往往以牺牲文化多元性和包容性为代价。

然而，在后现代社会的框架内，人的主体性处于一种多元且不断变化的状态。"主体在不同的时间呈现出不同的身份，这些身份并没有统一在一个连贯的'自我'周围。我们内心存在着相互矛盾的身份，它们朝着不同的方向发展，因此我们的身份不断地发生变化。如果我们觉得自己从出生到死亡都有一个统一的身份，那只是因为我们构建了一个关于我们自己的令人安心的故事或'自我叙述'。"③ 这一观点反映了对传统主体一致性和稳定性的根本性质疑。后现代理论认为，个体的主体性

---

① Jorge Larrain, *Ideology and Cultural Identity: Modernity and the Third World Presence*, Cambridge: Polity Press, 1994, p. 154.

② Anthony D. King, ed., *Culture, Globalization and the World-System*, Minneapolis: University of Minnesota Press, 1997, p. 21.

③ S. Hall, D. Held and T. Mc-Crew, eds., *Modernity and Its Future*, Cambridge: Polity Press, 1992, p. 277.

并不是一个固定不变的实体，而是由多重身份、角色和关系构成的复杂网络。这种多重性和流动性导致了个体文化身份的不断变化和分裂，使个体在不同的社会文化环境和情境中呈现多样化的面貌。

因此，适应后现代主体性的文化身份不再能够被视为单一或确定的。相反，它被理解为一种动态的、构建的过程，其中个体在不同的时间和空间中不断地重构自我认同。这种文化身份的流变性和不确定性，反映了后现代社会中权力、知识和真理观念的不稳定性，以及个体在全球化、消费主义和信息技术发展等背景下所经历的断裂和重组。在这一过程中，文化身份成为一种开放的、可谈判的和多维的构造，它不断地在个体与社会、历史与现实以及本土与全球之间的互动中被重塑。

个体的文化身份认证过程可以被理解为主体化的过程，即个体在社会文化结构中被赋予特定角色和身份的过程，这一过程同时也是意识形态化的过程，涉及个体如何在特定的社会文化语境中内化并表达特定的价值观、信仰和行为规范。在这个过程中，个体的文化化——个体在文化中的自我定位和归属感的形成——不仅受到文化机构和权力结构的影响和塑造，还通过参与特定的文化实践来实现，例如通过语言使用、艺术创作、宗教仪式、教育体系等来构建和确认自己的文化身份。同时，文化机构如学校、媒体、宗教组织和政府等，通过其权力运作，对个体的文化身份认证过程施加影响，它们通过规范化的文化传播和社会化过程，对个体的认知、情感和行为产生指导和限制作用。因此，个体的文化身份认证是一个复杂的互动过程，它涉及个体与社会文化结构之间的动态关系，以及个体在这些关系中的主动参与和被动接受。这个过程不仅揭示了文化身份的建构性和社会性，也凸显了文化权力在个体身份形成中的作用。

在现代性资本主义全球化的推动下产生的异质文化空间中，文化身份的演变过程是社会群体或亚群体之间冲突与对话的产物。这一过程涉及不同文化背景下的主体在不同文化影响下的认证和自我定位。每个主体在其文化认证过程中，不仅需要遵循自身文化的传统和价值观，同时也必须响应和适应其他文化的影响和要求。这种跨文化间的相互认证和交流导致了集体文化意识或群体意识的不断裂变和重构。在这一过程中，文化身份的冲突和对话表现为一种社会动力学，其中包含了文化霸权、抵抗、同化和多元共存等复杂的社会现象。文化身份的嬗变不仅是个体层面的自我认同问题，更是社会层面上不同群体之间权力关系的反映。

只有当我们基于历史的脉络、意识形态的构建以及意识形态在族群中心轴上所施加的作用下族群与非族群之间的差异性，我们才能深刻理解反本质主义的核心以及文化身份演变的本质和其变化的规律性。这一理解过程涉及对主体历史性的认识、对文化身份构建的过程以及文化身份演变的历史性的深入分析。所有这些要素最终指向了一个共同的焦点：主体在历史的洪流中如何通过塑造和重塑文化身份来回应和适应不断变化的社会文化环境。在这一分析框架中，文化身份的嬗变不仅被视为个体或群体在特定历史时期的文化表征，而且被理解为在不断变化的意识形态影响下的一种社会文化现象。这种现象体现了文化身份的非固定性和非单一性，揭示了文化身份在不同社会、政治和经济力量作用下的动态性。因此，对文化身份嬗变的研究不仅要考虑到族群内部的文化实践和认同感的形成，也要考虑到跨族群交流和冲突中文化身份的谈判和重构。

对文化身份嬗变的深入理解要求我们将视角扩展到主体的历史性、文化身份的构建过程以及文化身份在历史发展中的演变，这些要素共同构成了我们理解文化身份动态性的基础。这种历史化视角强调了主体性和身份认同不是抽象或普遍的概念，而是在特定的时间和空间中形成和发展的，它们受到了历史发展、社会结构和文化动力的深刻影响。通过这种历史化和社会化的分析，我们能够更全面地把握文化身份嬗变的实质和变动规律。

雷蒙德·威廉姆斯（Raymond Williams）建立在马克思主义理论的历史辩证法之上和安东尼奥·葛兰西（Antonio Gramsci）建立在霸权理

论之上的主导文化论可以衍生出主导文化与从属文化的概念，通过历史分析法，我们能够在特定的历史时期和社会结构中，明确识别主导文化与从属文化的存在和互动，两者之间形成一种充满压制与抵制的文化政治关系，这种关系在文化的实践和表达中显现出来，形成了一个文化张力场。在这个文化张力场中，主导文化通过其在社会结构中的优势地位，对其他文化身份施加影响和控制，使某种文化身份在社会意识形态中占据主导地位，而其他文化身份则被置于从属或边缘的位置。但是这种主导与从属的关系并不是静态或一成不变的，而是在社会变迁和文化斗争中不断演变和重构的。从属文化虽然面临主导文化的压制，但也通过各种形式的抵制和创新来参与文化政治的斗争，寻求自身的发展空间和影响力。

在压制与抵制的动态过程中，主导文化与从属文化均会经历嬗变，这一变化不仅涉及文化形式和内容的演进，而且包括了文化实践和权力关系的转变。主导文化在维持其霸权地位的过程中可能会吸纳从属文化的某些元素，以增强自身的合法性和普遍性，同时也可能为了对抗从属文化的挑战而进行自我更新。与此同时，从属文化在抵抗主导文化的压制中，不仅可能保持其独特性和差异性，而且可能发展出新的表达方式和社会功能，从而在文化领域内争取更大的话语权和影响力。

在澳大利亚的文化身份构建中，压制与抵制的文化关系尤为突出。白人殖民者所代表的英国文化身份在历史上一直是主导文化，而原住民代表的本土文化身份则被置于从属和边缘化的地位。在殖民时期，英国文化通过法律、教育、宗教和文学书写等对澳大利亚进行了广泛的文化塑造，试图将英国的价值观、生活方式和语言强加于这片土地。这种文化的压制不仅导致了原住民文化的边缘化，也引发了对原住民语言、艺术和精神信仰的破坏。然而，尽管面临压制，原住民文化并未完全消失，而是通过抵制和适应的方式在殖民文化的缝隙中生存和发展。

主导文化，即白人殖民者所代表的英国文化身份，虽然在历史上曾经占据了霸权地位，但在其发展的过程中也经历了内部的分裂和转变。

这种转变表现为对建构一个具有澳大利亚特色的白人文化主导的探索，以及对原住民文化在澳大利亚文化身份建构中所扮演角色的反思，主导文化开始重新评估原住民文化的价值和贡献。原住民文化被认为是澳大利亚文化身份不可分割的一部分，其丰富的艺术、语言和精神传统为澳大利亚文化的多样性和深度发展提供了重要的资源。因此，主导文化的发展不再是单向度的文化同化过程，而是变成了一种包容性的文化对话，其中原住民文化与白人文化之间的互动变得日益重要。它也揭示了主导文化在全球化和后殖民背景下如何逐步走向自我分裂和重构，以适应不断变化的社会文化环境。通过这种过程，澳大利亚的文化身份建构变得更加复杂和动态，体现了文化身份在社会历史发展中的流动性和多维性。

今天的澳大利亚文化身份更加多元和包容，它不仅包括了英国殖民遗产，也包含了原住民文化的元素以及其他移民群体的贡献。这种文化身份的嬗变过程展示了在压制与抵制的文化张力场中，主导文化与从属文化之间的关系经历了怎样的重新谈判和重构，从而形成了一个更加复杂和动态的文化身份。通过对澳大利亚文化身份的分析，我们可以更深入地理解文化身份在社会历史发展中的动态性和多维性，以及文化在全球化进程中的演变规律和特点。

在文化身份的演变过程中，不同的文化实体所代表的身份可能遵循一种"殊途同归"的模式进行嬗变，即尽管它们起始于不同的文化背景和历史条件，最终却可能趋向于某种共同的文化表征或认同形式。用一个公式来表示：

主导文化身份（预定）→分裂文化身份→重构文化身份

边缘文化身份（预定）→混合文化身份→重构文化身份①

① 陶家俊：《文化身份的嬗变——E. M. 福斯特小说和思想研究》，中国社会科学出版社，2003，第 81、82 页。

这种嬗变是文化力量间互动的结果，反映了社会内部不同群体间的权力斗争和文化谈判。主导文化的压制行为和边缘文化的抵制回应，共同构成了文化领域内的张力和冲突，这些张力和冲突是文化变迁和发展的重要驱动力。

第二节　澳大利亚文化身份研究

从世界范围看，20世纪70年代文化身份研究兴起，到90年代由于一批后殖民理论家的加入而形成一波高潮。随着全球化的加剧，身份问题越发突出，正如塞缪尔·亨廷顿（Samuel Huntington）所说："国民身份、国家特性的问题上的辩论是我们时代的一个常有的特点。国家特性/国民身份危机成了一个全球的现象。现代化、经济发展、城市化和全球化使得人们重新思考自己的特性/身份。"①

英国著名学者约翰·汤姆林森（John Tomlinson）在《全球化与文化》（*Globalization and Culture*）一书中探讨了全球化与文化的关系，他提出"全球化处于现代文化的中心地位；文化实践处于全球化的中心地位"。② 在书中，汤姆林森提到了文化身份的概念，认为在全球化和文化多元化的语境中，文化身份的问题变得越来越重要。此外，文化身份也是全球化时代文化冲突和文化认同的重要方面。英国社会学家迈克·费瑟斯通（Mike Featherstone）则用一个有点惊悚的标题"消解文化——全球化、后现代主义与认同"（*Undoing Culture：Globalization，Postmodernism and Identity*）来探讨全球化与文化身份的关系。他通过探讨文化领域的形成和变形，以及全球化对文化领域的影响，为我们理解现代主义和后现代主义提供了重要的视角。全球化进程被描述为一个多维的舞台，它不仅展示了一个多元文化的交汇点，类似于"各种文化的万国博览会"，

---

① 〔美〕塞缪尔·亨廷顿：《文明的冲突与世界秩序的重建》，周琪等译，新华出版社，1998，第11~12页。

② 〔英〕约翰·汤姆林森：《全球化与文化》，郭英剑译，南京大学出版社，2002，第1页。

而且也成为文化冲突和对立的空间。在这个背景下，全球文化并不是一种单一的、共享的文化实体，而是一个充满差异、权力争斗和文化声望竞争的复杂场域。① 全球化不仅促进了文化的交流和融合，也加剧了文化之间的差异和竞争。这种理解挑战了全球化导致文化同质化的简单观点，揭示了全球化背景下文化多样性的维持和文化身份的复杂性。

从政治学的角度来看，亨廷顿认为由于现代化的激励，全球政治正沿着文化的界线重构。文化相似的民族和国家走到一起，文化不同的民族和国家则分道扬镳。"在新的世界中，文化认同是一个国家结盟或对抗的主要因素。尽管一个国家在冷战中可以避免结盟，但它现在不可能没有认同。'你站在哪一方？'的问题被更基本的'你是谁？'的问题所取代，每个国家都必须作出回答。文化认同的答案确定了该国在世界政治中的位置、它的朋友和它的敌人。"② 亨廷顿的观点在一定程度上反映了身份政治和文化认同在国际关系中的重要性，不过他的动机是提醒美国不要卷入"文明的冲突"中去。亨廷顿在《文明的冲突与世界秩序的重建》（*The Clash of Civilizations and the Remaking of World Order*）的姊妹篇《我们是谁？——美国国家特性面临的挑战》（*Who Are We? The Challenges to America's National Identity*）中将视角从国际转向美国国内，论述了美国国家特性所面临的各种挑战，表达了对美国身份的担忧。在书中，作者强调了美国盎格鲁-新教文化作为国家身份认同的重要性，以及该文化所受到的威胁和挑战。③ 亨廷顿的弟子福山（Francis Fukuyama）在亨廷顿为"文明的冲突"和美国文化认同担忧的时候乐观地提出历史正在走向终结，全世界所有制度都将声称自己是民主制度。不过历史并没有兑现福山的预言，而是换了一个赛道，"政治斗争的主线从意识形

---

① 〔英〕迈克·费瑟斯通：《消解文化——全球化、后现代主义与认同》，杨渝东译，北京大学出版社，2009。

② 〔美〕塞缪尔·亨廷顿：《文明的冲突与世界秩序的重建》，周琪等译，新华出版社，1998，第 129 页。

③ 〔美〕塞缪尔·亨廷顿：《我们是谁？——美国国家特性面临的挑战》，程克雄译，新华出版社，2005。

态上的'左右'变成了身份认同上的'族群'"。① 他在 30 年后接续了他在《历史的终结与最后的人》（*The End of History and the Last Man*）终章埋下的伏笔，即"承认"这一概念，提出身份政治的崛起是对"超级全球化"的文化反弹，以致民族主义、宗教极端主义及各种身份群体在全球此消彼长、竞相登台，尽管他认为将政治的核心议题从阶级转向文化身份是将一封信投寄到了"错误的地址"②，然而这却是一个不得不承认的现实。

国内最早用到"文化认同"一词的可能是林彦群，他在文章中提出海外华人的认同问题自 20 世纪 80 年代日趋成为一个重要课题，而新加坡、马来西亚华人的"文化认同"问题尤为复杂。③ 郑晓云在 1992 年出版的《文化认同与文化变迁》一书中对文化认同进行了专题研究。他提出文化认同的问题构成了文化研究的核心议题，在塑造个体的文化创造力和行为模式方面起着决定性的作用。文化认同是个体对自己所属文化的认知和情感归属，它不仅影响个体如何理解和参与文化生活，也影响他们在社会互动中的选择和行为。④ 而最早用到"文化身份"的学者可能是外语学界的区锁，他将文化身份定义为"由社会环境和集体想象在人们头脑里编制的有别于另一群人的'程序'"。⑤ 20 世纪八九十年代是国内研究文化认同和文化身份的发端，进入 21 世纪后日趋火热，尤其 2010 年发文突破 300 篇后，中国知网上以此为题名的论文每年保持增长态势，2018 年以后在 600 篇上下浮动。人文社科几乎所有学科如哲学、政治学、社会学、历史学、文学、教育学、经济学等均有参与讨论。

从中国国家图书馆馆藏文献来看，国内仅以"文化身份"为名的著

---

① 〔美〕弗朗西斯·福山：《身份政治：对尊严与认同的渴求》，刘芳译，中译出版社，2021，第 iii 页。

② 〔美〕弗朗西斯·福山：《身份政治：对尊严与认同的渴求》，刘芳译，中译出版社，2021，第 74 页。

③ 林彦群：《战后新、马华人"文化认同"问题》，《南洋问题》1986 年第 4 期，第 72 页。

④ 郑晓云：《文化认同与文化变迁》，中国社会科学出版社，1992。

⑤ 区锁：《文化对话·文化身份·文化误读》，《粤海风》1997 年第 1 期，第 41 页。

作就多达 50 部，2010 年以后出版的著作占全部著作的 80% 以上。仅 2023 年一年就出版了至少 5 部，分别为《身份麻烦：述行理论与文化身份研究》《跨文化交往与文化身份认同研究：以旅德中国青年为例》《跨文化视域下的昆曲文化身份研究》《清末民初女作家社会文化身份构建研究》《战后英国小说中的伦敦城市空间和民族文化身份建构》①，其中以文学为研究主题的有两部。文化身份或文化认同研究的热度可见一斑。

就澳大利亚文化身份或文化认同研究而言，拉塞尔·沃德（Russel Ward）于 1958 年出版的《澳大利亚传奇》（*The Australian Legend*）无疑影响最大。在这部澳大利亚文学遗产的经典之作中，沃德旁征博引，利用英美的文学作品、档案资料、统计数据和期刊论文，尤为重要的是他深入梳理了澳大利亚文学作品和民歌民谣，审视了典型的澳大利亚人的理想、特征和行为，展示了澳大利亚特色如何首先在内陆游牧工人的边疆生活中表现出来，最终渗透到澳大利亚文学和一般生活中，塑造了澳大利亚独特的文化身份。② 尽管如此，澳大利亚人对自己文化身份一直没有自信，直到建国 200 周年之际才掀起了一波讨论热潮。

斯蒂芬·阿洛姆斯（Stephen Alomes）在 1988 年出版的《走向民族国家？澳大利亚民族主义的百年变迁》（*Nation at Last? Changing Character of Australian Nationalism，1880-1988*）一书中提出澳大利亚的民族认同与文化身份问题。他从体育、商业、文学、音乐等领域探讨澳大利亚文化特色的变迁，讨论澳大利亚文化是要继续依附英国还是要走

---

① 孙婷婷：《身份麻烦：述行理论与文化身份研究》，中国社会科学出版社，2023；朱婕：《跨文化交往与文化身份认同研究：以旅德中国青年为例》，外语教学与研究出版社，2023；安装智：《跨文化视域下的昆曲文化身份研究》，中国社会科学出版社，2023；杜若松：《清末民初女作家社会文化身份构建研究》，中国社会科学出版社，2023；赵晶辉：《战后英国小说中的伦敦城市空间和民族文化身份建构》，南京大学出版社，2023。

② Russel Ward, *The Australian Legend*, Melbourne: Oxford University Press, 1958.

向独立。① 十年之后，林恩·斯皮尔曼（Lyn Spillman）反思了百年庆典作为"文化生产"过程对于身份建构的意义，通过比较澳大利亚的百年庆典与美国的两百周年庆典，她发现纪念活动是身份建构与重构的重要手段，是人们把自己想象为一个国家的一部分的重要依托。② 2001 年，在多元文化主义和博物馆项目备受关注的情况下，澳大利亚国家博物馆在堪培拉建成并对外免费开放，其主要目的就是通过展示澳大利亚独特的文化和历史来塑造其文化身份，是新兴国家建构自己文化身份的一种尝试。为了解释和消除政策和建设成本方面的争议，柯福罗（Uros Cvoro）在他的书中详细阐释了博物馆如何建构文化身份及其意义。③ 国家博物馆所展出的那些令人好奇的、民俗的、官方的、古老的、鼓舞人心的、商业的、可爱的、令人恐惧的甚至可食用的符号，使澳大利亚由抽象概念变成有形的、生动的形象，并赋予其一种身份。正是那些符号如袋鼠、悉尼歌剧院、啤酒残渣酿制的酱料 Vegemite 等给予了澳大利亚一种文化力量。④

澳大利亚与英国的关系可谓剪不断理还乱，正如前面提到的，澳大利亚人在很长一段时间里厘不清与英国的关系，当下的研究也证明了这一点。20 世纪六七十年代，随着英国殖民体系的瓦解，澳大利亚突然被抛入一个未知的世界，此前的澳大利亚从外交关系到国歌、从思想到习俗甚至国家象征等都是英国的复制品，重塑澳大利亚文化就成了澳大利亚人不得不面临的困境，他们必须找到合适的语言和修辞来开启一个新

---

① Stephen Alomes, *Nation at Last? Changing Character of Australian Nationalism, 1880–1988*, Sydney: Harper Collins Publishers(Australia) Pty Ltd, 1988.

② Lyn Spillman, *Nation and Commemoration: Creating National Identities in the United States and Australia*, New York: Cambridge University Press, 1997.

③ Uros Cvoro, *The Changing Roles of the National Museum of Australia in Creating Australian Identity: How the Politics of a Nation Shaped Its Culture*, Lewiston · Lampeter: Edwin Mellen Press, 2011.

④ National Museum of Australia, *Symbols of Australia: Uncovering the Stories Behind Australia's Best-loved Symbols*, Canberra: National Museum of Australia Press, 2021.

时代。① 《成为澳大利亚人：叙写民族身份》（*Being Australian：Narratives of National Identity*）就是一部重塑澳大利亚文化身份的佳作，它从阶级、性别、族群性和土著性等方面考察了澳大利亚性（Australian-ness），以及绘画、电影和音乐等如何建构澳大利亚性，让人民成为澳大利亚人。② 伊丽莎白二世女王的去世，再一次掀起了澳大利亚与英国君主制持续联系的争议，澳大利亚宪法到底能不能解决这些争议，又该如何去解决？传统上澳大利亚宪法对身份问题的关注不多，但近年来的争议让宪法越来越多地关注澳大利亚的身份问题，体现了宪法对于身份的影响。③

原住民和移民也是澳大利亚文化身份研究的一个重要领域。族裔问题研究在 20 世纪 60 年代已成为美国的热点问题，尽管澳大利亚的族裔运动也差不多从那时就已开始，但是澳大利亚研究界晚至 80 年代初才有所反应。④ 到 80 年代末，澳大利亚放弃了 70 年代开始的乌托邦多种文化主义实验（Utopian pluriculturalist experiment），并实施跨文化主义（interculturalist）政策；进入 90 年代，澳大利亚出现了一种多种族主义（multiracialism）倾向，尽管与多元文化主义（multiculturalism）⑤ 政策有相似之处，但是无益于统一文化身份的形成。⑥ 这些政策的结果导致澳大利亚民众对"真正的澳大利亚人"（truly Australian）有着多种不同

① James Curran and Stuart Ward, *The Unknown Nation: Australia After Empire*, Melbourne: Melbourne University Publishing, 2010.

② Catriona Elder, *Being Australian: Narratives of National Identity*, Crows Nest: Allen & Unwin, 2007.

③ Anna Olijnyk and Alexander Reilly, eds., *The Australian Constitution and National Identity*, Canberra: Australian National University Press, 2023.

④ Brian M. Bullivant, "Ethnic Politics in Australia: The Social Constructions of Pluralism", *Ethnic and Racial Studies*, Vol. 10, No. 1, 1987, p. 110.

⑤ 多元文化主义和多种文化主义是相关的概念，但具有不同的含义。多元文化主义是指一个社会中不同种族和文化群体共存，重点是在主导政治文化中承认它们的差异。另外，多元文化主义涉及认同两种或多种文化的至少某些价值观、信仰和实践，以及获得积极参与这些文化所需的能力。

⑥ David G. Delafenêtre, "Interculturalism, Multiracialism and Transculturalism: Australian and Canadian Experiences in the 1990s", *Nationalism and Ethnic Politics*, Vol. 3, No. 1, 1997, p. 89.

的理解。① 因此，尽管澳大利亚遏制了原住民反殖民运动的公开暴力，却将战场转到了文化身份问题的辩论上。② 分析文学作品能够发现原住民试图在心理上融入澳大利亚社会并努力寻找精神家园，但他们的文化认同更多的是对原住民文化的群体性认同而非对澳大利亚所建构的白人文化的认同。③ 譬如，原住民作家菲利普·麦克拉伦（Philip McLaren）就在犯罪小说《黑色尖叫谋杀案》（*Scream Black Murder*）中建构了一种澳大利亚独特的文化身份感。④

移民的文化身份又不同于原住民的认同倾向，前者的文化身份可能更复杂，尤其是那些受过高等教育和拥有职业技能的人，他们对所移民目的国的依恋较弱，因为"他们有更多机会前往其他国家，在充满挑战的环境中学习、体验更广阔的跨国联系和认同世界"⑤，语言也是其中一个影响因素⑥。为了应对这种情况，澳大利亚采取了多种措施，比如要求更长的居住时间和更严格的语言测试，而入籍仪式也是一种重要手段，实际上这些都是建构文化身份的场域。⑦

国外的澳大利亚文化身份研究提供了对澳大利亚文化认同多元构成的深刻洞察，尤其是在分析主流文化与边缘文化之间的互动和影响方

---

① F. L. Jones, "Diversities of National Identity in a Multicultural Society: The Australian Case", *National Identities*, Vol. 2, No. 2, 2000, p. 175.

② Ravi De Costa, "Reconciliation or Identity in Australia", *National Identities*, Vol. 2, No. 3, 2000, p. 277.

③ Kathryn Elizabeth Foy, "The Formation of Australian National Identity: The Contribution of Modern Women's Immigrant and Aboriginal Theatre and Drama", Doctoral Dissertation of the University of Hawaii, 1999.

④ 转引自 Sarah Reed, "Howdunnit? The French Translation of Australian Cultural Identity in Philip McLaren's Crime Novel *Scream Black Murder/Tueur d'Aborigenes*", *Translator*, Vol. 22, No. 2, 2016, p. 157。

⑤ Juliet Clark, "Perceptions of Australian Cultural Identity Among Asian Australians", *Australian Journal of Social Issues*, Vol. 42, No. 3, 2007, p. 320.

⑥ E. Kashima, S. Collinetti and K. Willcox, "Language Maintenance, Cultural Identities, and Cultural Practices Among Second-Generation Australian Immigrants", *Australian Journal of Psychology*, Vol. 58, No. S, 2006, p. 33.

⑦ Anne Macduff, "Performing Legal and National Identities: Australian Citizenship Ceremonies and the Management of Cultural Diversity", *Social & Legal Studies*, Vol. 32, No. 2, 2023, p. 197.

面。研究突出了全球化如何为文化身份的展示和交流提供平台，同时也揭示了文化冲突和对立的空间。通过对不同历史时期的文化政策、纪念活动和文化机构的分析，研究揭示了文化身份是如何在社会变迁中被重构和重新定义的。

然而，研究在历时性分析方面存在不足，特别是关于澳大利亚文化身份形成过程的深入探讨。目前的研究倾向于关注文化身份的现状和共时复杂性，而对于文化身份如何随时间演变的历时性分析相对较少，这意味着我们对澳大利亚文化身份的长期发展和历史轨迹的理解仍然有限。此外，对文学作品如何书写和反映文化身份的研究也不充分。虽然已有研究探讨了文学在塑造澳大利亚文化认同中的作用，但对于文学如何具体表现和处理文化身份的复杂性、矛盾性和流动性的分析还不够深入。文学作品作为文化身份建构的重要媒介，其在反映和塑造国家和个体认同方面的作用需要得到更多的关注和研究。

中国学者也对澳大利亚的文化身份进行了不少研究。澳大利亚作为英国的前殖民地和移民国家，其文化身份的建构与殖民历史有着密不可分的关系。在澳大利亚文学领域，殖民历史与文化身份的书写一直是一个重要研究主题。从早期的殖民经验到后殖民时代的文化反思，澳大利亚文学作品不断探索和重塑其文化身份。

澳大利亚的欧洲入侵者在殖民话语体系下建构了"盎格鲁至上"的文化身份认同，要求非盎格鲁族群放弃各自的独特传统，完全同化于盎格鲁社会的文化规范，即"盎格鲁适应"。澳大利亚作家克里斯托弗·考什（Christopher Koch）曾经说过："放弃欧洲传统犹如印度尼西亚人摒弃《古兰经》或舍弃印度神话，皆是愚昧无知。"[①] 考什一直以建构澳大利亚民族神话、彰显澳大利亚的主流价值观为己任，比如他的《迷失之声》（*Lost Voices*），就致力于建构一个白人的"澳大利亚梦"（Australian

① Christopher Koch, "An Australian Writer Speaks", *Westerly*, Vol. 25, No. 3, 1980, p. 71.

dream），尽管他也关注过亚洲，但最钟情的还是欧洲。① 彼得·凯里的《杰克·迈格斯》（*Jack Maggs*）通过改写《远大前程》（*Great Expectations*）中马戈维奇（Magwitch）的故事章节，将家庭谱系中的身份建构策略性置换为澳大利亚文化身份问题，以"他"（迈格斯）的寻根故事（his-story）隐喻大写的国家历史（History）。凯里在重写英国文学经典的基础上建立了一个由浪漫想象构建的澳大利亚家国神话，他将化名为杰克·迈格斯的流放犯置于叙述的中心位置，重塑了他的英雄形象。② 然而在这一民族国家诞生的原初场景中，澳大利亚原住民等其他社会阶层被不合时宜地排除在外③，最终目的是创建一个独属于澳大利亚白人的民族神话④。

在后殖民时代这种认同受到了挑战与质疑，寻求身份的合法性成为欧洲殖民者后裔走向未来无法绕开的绊脚石。⑤ 彭青龙在多篇文章中探讨文学作品中的历史叙事，他提出彼得·凯里的小说《魔术师》（*Illywhacker*）描绘了一个充满谎言与牢笼的世界，揭示了澳大利亚人建构文化身份的历史负荷和现实困境。⑥ 而造成这个历史负荷和现实困境的原因则是殖民帝国对澳大利亚历史的歪曲，澳大利亚人被迫重建自己的文化身份。⑦ 在澳大利亚殖民史上，白人殖民者"污名化"原住民和将其作为"假想

---

① 杨保林：《〈迷失之声〉与"澳大利亚梦"》，《当代外国文学》2016 年第 2 期，第 83~89 页。

② 彭青龙：《〈杰克·迈格斯〉：重写帝国文学经典》，《外国文学评论》2009 年第 1 期，第 191~201 页。

③ 陈栩：《〈杰克·迈格斯〉中的家庭叙事及其政治隐喻》，《当代外国文学》2019 年第 1 期，第 73~79 页。

④ 周韵：《历史·语言·身份——评皮得·凯里的小说科利帮的真实历史》，《当代外国文学》2002 年第 2 期，第 104~109 页。

⑤ 苏锑平：《"盎格鲁适应"的消解之路——论澳大利亚白人文学中的黑白关系》，《西安外国语大学学报》2017 年第 1 期，第 91~95 页。

⑥ 彭青龙：《"魔术师"的谎言与牢笼》，《上海师范大学学报》（哲学社会科学版）2006 年第 3 期，第 79~84 页。

⑦ 彭青龙：《是"丛林强盗"还是"民族英雄"？——解读彼得·凯里的〈"凯利帮"真史〉》，《外国文学评论》2003 年第 2 期，第 30~36 页。

敌"，反映了他们的文化殖民心态，同时这也体现在他们的文化身份建构中。① 白人要重建自己的文化身份就必须正视和重新审视与原住民的关系，诺贝尔奖得主帕特里克·怀特的历史小说《树叶裙》(*A Fringe of Leaves*) 通过把女主人艾伦土著化，对传统俘虏叙事进行了反叛，重新思考澳大利亚白人文化身份的建构。② 按照彭青龙的说法就是，通过写回帝国中心，重新审视被殖民者歪曲的历史与文化来建构澳大利亚的文化身份。③

20 世纪 60 年代以来，随着受教育水平的提高，原住民文学崛起，唤醒了原住民意识，他们起而为生存而抗争，继而重述历史以重建身份，再而重塑文化寻找未来的出路。④ 澳大利亚原住民女性传记是当代澳大利亚文学的重要组成部分，它不仅解构了白人传记的叙事策略和叙事传统，颠覆了殖民地官方历史及霸权话语，而且在凸显澳大利亚文学的后殖民性、重塑原住民文化身份方面起到了积极作用。⑤ 譬如，当代澳大利亚原住民女作家多丽斯·皮金顿（Doris Pilkington）的《漫漫回家路》(*Follow the Rabbit-proof Fence*) 将空间作为一种书写的文本进行编码，演绎出殖民者想象空间的意图以及他们通过空间异位进行殖民的欲望历史，土著人所遭受的空间异位以及由此产生的身份认同感和文化失忆等问题在一定程度上改写了殖民者在殖民化过程中所宣扬的神话。⑥ 而原住民作家拉里萨·贝伦特（Larissa Behrendt）的处女作《家》

① 周小进：《污名、假想敌与民族身份——论托马斯·基尼利小说中的土著人形象和澳大利亚民族身份》，《当代外国文学》2005 年第 2 期，第 94～100 页。
② 黄洁：《从"金翅雀"到"楔尾雕"：〈树叶裙〉的澳大利亚白人身份建构之路》，《外国文学评论》2023 年第 3 期，第 78～97 页。
③ 彭青龙：《写回帝国中心，建构文化身份的彼得·凯里》，《当代外国文学》2005 年第 2 期，第 109～115 页。
④ 苏锑平：《澳大利亚土著意识探源：文学的视角》，《西安外国语大学学报》2015 年第 1 期，第 89～92 页。
⑤ 方红：《述说自己的故事——论澳大利亚土著女性传记》，《当代外国文学》2005 年第 2 期，第 101～108 页。
⑥ 舒奇志、杨金才：《空间异位中的归家之旅——评多丽斯·皮金顿的〈漫漫回家路〉》，《南京社会科学》2007 年第 6 期，第 78～82 页。

（*Home*） 通过剖析遭受种族歧视和性别歧视双重压迫的一家三代原住民女性的悲惨遭遇，探讨原住民女性无身份、无话语权的边缘化状态，揭示只有通过重写历史，原住民女性才能争得话语权，回归原有的文化身份，建立新一代女性的价值观。① 《当代澳大利亚土著文学中的身份主题研究》利用后殖民主义文论家霍米·巴巴的"杂糅"（hybridity）理论和比尔·阿什克罗夫特（Bill Ashcroft）等人提出的"写回帝国"（The Empire Writes Back）等创作技巧，分别探讨了澳大利亚原住民的宗教身份、女性身份和政治身份的书写，目的是解构白人的叙事策略和叙事传统，颠覆殖民地官方历史及霸权话语。② 《她们自己的声音：澳大利亚土著女作家研究》选取了三位澳大利亚原住民女性作家来研究，即乌杰鲁·努纳可、萨利·摩根（Sally Morgan）和亚历克西斯·赖特，提出原住民女性作家如何思考该群体的命运，建构自己独特的文化身份。③ 进入 21 世纪以来，原住民作家已五获澳大利亚最高文学奖——迈尔斯·弗兰克林文学奖，这些作品有一个共同的特点，即对种族关系进行探讨，表达对殖民主义和种族主义的反抗。他们通过对土地、语言、身份、创伤等主题的书写，对抗和消解主流叙事，建构自己的主体文化身份。④

就如白人作家对白人文化身份的反思一样，原住民作家也不是一味追求原住民主体文化身份，在多元文化的大背景下，他们通过自己的书写解构中心与边缘的关系，重建原住民文化在多元共存的背景中的地位和话语权，重构一个更具有混杂性的澳大利亚文化身份。⑤ 在移民国家中，其他族裔相对于原住民可能处于一个更加边缘的位置，他们也有在

---

① 应琼：《试论〈家〉的后殖民女性主义》，《湖南社会科学》2014 年第 5 期，第 208～210 页。

② 杨永春：《当代澳大利亚土著文学中的身份主题研究》，世界图书出版公司，2012。

③ 武竞：《她们自己的声音：澳大利亚土著女作家研究》，中国社会科学出版社，2014。

④ 孙成平、彭青龙：《澳大利亚富兰克林文学奖中的土著文学》，《海南大学学报》（人文社会科学版）2024 年第 1 期，第 181～188 页。

⑤ 吴迪：《〈卡彭塔利亚湾〉中混杂性的演现探析》，《山东社会科学》2016 年第 4 期，第 100～105 页。

这个社会建构自己文化身份的需求，但是其身份建构的历程更加艰难。20世纪末，澳大利亚的华人文学在对中国、其他移民和西方等多种不同对象的自我-他者建构中反映出他们对自身身份的焦虑。① 理查德·弗拉纳根（Richard Flanagan）的《河道导游之死》（*Death of a River Guide*）则通过讲述塔斯马尼亚一个处于边缘地位和失语状态的古老家族的百年传奇故事，反映了柯西家族在一百多年的历史中身份认同的变迁，展现了少数族裔追寻独特文化身份而最终进入一个杂糅身份认同的艰苦历程。② 亚历克斯·米勒（Alex Miller）在代表作中描绘了华裔、英裔和原住民在澳大利亚大陆上的生活历程，他们在文化碰撞和祖先情结困扰的错位心理下冲破二元对立思维，在重合的身份维度中逐渐形成了特有的澳大利亚文化身份。③ 还有一些作家进行了去文化身份的努力，布赖恩·卡斯特罗（Brian Castro）以异位移植和混杂为手段，力图摆脱文化身份的局限④，而盖尔·琼斯（Gail Jones）以凸显人物身份的流动性表达家、旅行与"跨文化去/来"，超越空间和时间，消解文化身份建构的矛盾和焦虑，最终成为"环球行者"和"未来之女"的独特存在⑤。

中国学者对于澳大利亚文学中文化身份的研究深入而丰富，特别是在探讨殖民历史与文化身份的关联性方面，他们深入分析了殖民历史如何塑造了澳大利亚的文化身份，并在后殖民时代如何面临重新评估和挑战。通过对澳大利亚文学作品的细致解读，这些研究揭示了文化身份在文学叙事中的多样化表达，尤其是对主流文化与边缘群体如土著人和移

---

① 钱超英：《自我、他者与身份焦虑——论澳大利亚新华人文学及其文化意义》，《暨南学报》（哲学社会科学）2000年第4期，第4~12页。

② 徐阳子、彭青龙：《〈河道导游之死〉中的文化记忆与身份建构》，《外国文学研究》2018年第5期，第159~167页。

③ 罗文彦、曾艳兵：《新人类——试论亚历克斯·米勒小说中的澳大利亚民族身份》，《中华文化论坛》2018年第1期，第186~190页；罗文彦、曾艳兵：《多元文化下的新人类》，《中华文化论坛》2018年第3期，第154~158页。

④ 王光林：《"异位移植"——论华裔澳大利亚作家布赖恩·卡斯特罗的思想与创作》，《当代外国文学》2005年第2期，第56~63页。

⑤ 张成成：《流动的身份——论盖尔·琼斯〈六十盏灯〉中的家、旅行与跨文化去/来》，《当代外国文学》2021年第2期，第144~150页。

民的文化身份进行了深刻的探讨。他们不仅强调了文化身份的多元性和复杂性，而且通过应用后殖民理论，展现了文学如何成为反思和重构文化身份的有效工具。这些研究为理解澳大利亚作为多元文化社会的文化身份提供了宝贵的视角，丰富了后殖民文学研究的理论和实践。然而，尽管中国学者对澳大利亚文化身份的研究取得了一定成果，但从文学史的角度来进行的研究仍然不足。目前的研究多集中在对单一作品或作者的分析，而缺乏对澳大利亚文学史整体发展脉络中文化身份变迁的系统性研究。

综而观之，当前国内外研究在探讨澳大利亚文化身份的多元构成和历史变迁方面取得了显著成果，尤其是在分析殖民历史与文化身份之间的关联性，以及后殖民时代文化身份的重构和挑战方面。然而，从文学史的角度来进行的系统性研究仍然不足，尤其是在探索文化身份在澳大利亚文学史中的演变过程方面。这一研究现状表明，迫切需要从历时性角度出发，深入研究澳大利亚文学中文化身份的历史发展脉络，以及不同历史时期文化身份如何在文学流派和作品中得以表达、转变和重构。

具体来说，一个迫切需要研究的问题是澳大利亚文学中的文化身份是如何随着时间的推移，在不同的社会、政治和文化背景下发展和演变的。这包括对早期殖民时期文学、两次世界大战之间的文学、后殖民时代文学以及当代多元文化背景下的文学作品中文化身份表述的历时分析。通过对这个问题的研究，不仅可以弥补现有文献不足，还可以为理解澳大利亚文化身份的复杂性和动态性提供更为全面的视角。这将有助于揭示澳大利亚文化身份的连续性和断裂性，以及文学如何作为一种文化实践参与到国家和个体身份的构建过程中。

第三节　问题、理论、方法

尽管人类在澳大利亚这片土地上生存了上万年，但是长期处于刀耕火种的部落社会，直到近代成为英国的罪犯流放地，"枪炮和杂志"才被带到这个古老的大陆。澳大利亚是世界上绝无仅有的以流放犯兴起的现代民族国家，其独特的历史以独特的方式催生了一个新的现代国家。澳大利亚作为一个新兴国家，经历了从无到有的过程，并成长为当今世界上文化身份认同度最高的国家之一，且其认同度仍保持增长趋势。① 那么这种认同或忠诚的动力来自何处？它的文化身份是如何孕育、诞生的？它又是如何转型并向前演进的？

美国学者本尼迪克特·安德森（Benedict Anderson）认为，民族国家的建构是想象与叙述的结果，民族是一个"想象的共同体"（imagined community），是"透过共同的想象，尤其是经由某种叙述、表演与再现的方式，将日常事件通过报纸和小说传播，强化大家在每日共同生活的意象，将彼此共通的经验凝聚在一起，形成同质化的社群"。② 民族是"想象的"而不是"捏造的"，这个共同体不是什么"虚假意识"的产物，而是一种社会心理学上的"社会事实"，本质上是一种现代的想象形式，源于人类意识在进入现代性过程当中的一次深刻变化。自中世纪以来，人们理解世界的方式发生了根本性的变化，以前统治人类的宗教共同体、王朝、神谕式的时间观念走向没落，这三者构成的"神圣的、层级的、与时间始终的同时性"世界观的失势使"世俗的、水平的、横向的"民族想象成为可能。18 世纪初兴起的两种现代想象形式——小说和报纸——"为重现民族这种想象的共同体提供了技术手段"，为民族这个"想象的共同体"提供了想象的媒介。民族最初主要是通过文字（阅读）来想象的。民族想象的另一个先决条件是"资本主义、印刷科技与人类语言宿命的多样性这三者的重合"③，正是这三者的重合使一个新形式的想象共同体成为可能，这种新的共同体实际上已经为现代民族

① Tom W. Smith and Seokho Kim, "National Pride in Comparative Perspective: 1995/96 and 2003/04", *International Journal of Public Opinion Research*, Vol. 18, No. 1, 2006, pp. 128, 131.

② 转引自雷鸣《民族国家想象的需求与可能——论十七年小说的边地书写》，《中国现代文学研究丛刊》2013 年第 1 期，第 32 页。

③ Benedict Anderson, *Imagined Communities: Reflections on the Origins and Spread of Nationalism* (new edition), London: Verso, 2016, p. 8.

的登场预先搭好了舞台。也就是说，这三者的重合为文化身份的建构奠定了基础。

本尼迪克特·安德森的"想象的共同体"理论为我们理解民族和文化身份的建构提供了一个重要的视角。在安德森的观点中，民族不是一个自然或固有的实体，而是通过语言、文学作品、媒体和其他文化形式的传播而被想象出来的社会构建。小说和报纸作为印刷科技的产物，通过创造共享的故事、历史和经验，使不同地域和背景的人们能够在心理上感受到对同一民族共同体的归属。

小说作为一种文学形式，通过叙述和描绘特定的人物、事件和情境，构建了一个虚构的世界，这个世界反映并强化了民族的价值观、信仰和传统。通过小说，读者能够认同特定的文化符号和意象，从而在想象中与其他成员共享一个共同的"民族"经验。报纸则通过报道实时的新闻事件、社会动态和文化活动，加强了民族共同体成员之间的时空连续性，使分散的个体能够感知到自己是民族共同体的一部分。在资本主义的推动下，印刷技术的发展和扩散使小说和报纸等文化产品能够大规模生产和广泛传播，从而加速了民族共同体想象的形成和扩散。印刷技术不仅增加了文化产品的可及性，也使民族共同体的想象得以在更广泛的地域和人群中扎根。

因此，想象的民族共同体实际上成为文化身份建构与确认的过程。文化身份不是静态的，而是在文化交流和传播中被不断建构和重塑的。小说和报纸等文化媒介在这个过程中扮演了关键角色，它们不仅传递了民族共同体的想象，也参与了文化身份的形成和认同。通过这种方式，文化身份成为个体和集体在特定历史和社会背景下的文化实践和心理认同。

文化身份最重要的来源是民族历史的叙述，这是建构民族想象最为关键的因素。想象彼此拥有共同的历史记忆，使互不相识的人之间产生一种惺惺相惜、休戚与共的同胞之情和连带感，正如齐格蒙特·鲍曼（Zygmunt Bauman）所言：通过"赞美并力促道德的、宗教的、语言的、文化的同质性，它们对共同态度不断宣传。它们建构着合享的历史记忆，并且尽其能事地对不能被挤入共同传统的顽固记忆加以怀疑或抑制。它们鼓吹着共同的使命感、共同的宿命、共同的好运……并暗暗支持着对任何置身于神圣联盟之外者的敌意"。① 正是通过这样的想象，这个想象共同体中的人形成一种合法性认同，模塑一种共同的连接基础，即一种血缘与历史记忆。②

当一个新的想象共同体诞生并建立民族国家之后，其合法性往往会受到种种质疑，为了证明自己的合法性，重构自己的历史记忆就成为首要任务，"全部历史应该真实地改写；应依据历史唯物主义的观点，对过去的事件，重新分类、整理和鉴别"。③ 重构历史最为有效的方式当属小说，它以独特的叙事能力在建构民族历史记忆中具有独特的优势，"因为以文学形式出现的文本更贴近群众的阅读习惯，更容易达到'化大众'的效果"④，从而掌握话语权和历史的阐释权。

本书拟采用的研究方法如下。第一，文学发生学的方法。文学发生学是关于文学文本生成的理论，它考察文学文本如何生成的问题，从而阐明一种文学文本之所以如此以及其内在的书写逻辑，并对已经生成的文学文本在民族文化的范畴中进行阐述。澳大利亚文学（这里指的是澳大利亚的英语文学）发生学的研究就是把澳大利亚文学的发生看作一个过程，考察澳大利亚文学产生过程中的各种因素的来由及其相互关系，从而较为系统而全面地探讨"文化身份"是如何在澳大利亚文学中形成并演变的。不同于文学诠释学的地方是，其学术意义不仅仅在于诠释文学，而是通过梳理澳大利亚文学发生、发展的规律，阐明其实际成因。这种方法的运用避免了孤立地看待澳大利亚文学，而是把澳大利亚文学与英国文学传统联系起来考察，在某种程度上超越了传统的"影响研

---

① 〔英〕齐格蒙特·鲍曼：《现代性与矛盾性》，邵迎生译，商务印书馆，2003，第97页。
② 雷鸣：《民族国家想象的需求与可能——论十七年小说的边地书写》，《中国现代文学研究丛刊》2013年第1期，第32页。
③ 〔匈〕乔治·卢卡契：《历史与阶级意识：马克思主义辩证法研究》，张西平译，重庆出版社，1989，第239~240页。
④ 陈顺馨：《1962，夹缝中的生存》，山东教育出版社，2002，第7页。

究"和"关系研究"，从文本发生的立场上阐明了澳大利亚文学形态独特性的原因，并且梳理出澳大利亚文化身份的历史渊源、形成、发展与转变的过程。第二，新历史主义的研究方法。新历史主义的研究方法反对形式主义和历史编纂学的研究方法，形式主义把文本看作利用纯文学手法而取得的自我封闭的世界，历史只是它的背景知识而已；历史编纂学则把文学看作狭窄的信息资料，把历史与内在的、形式主义的文学批评相隔离。而新历史主义的研究方法则试图探索"文学文本周围的社会存在和文学文本中的社会存在"①，反对对历史进行实证主义式的阅读，同时也反对把文学作品看作孤立现象的形式主义方法。本书运用新历史主义的方法，通过澳大利亚文学与历史的互证，探寻澳大利亚文化身份在不同阶段的演进过程。第三，神话学的研究方法。母题（motif）是神话的基本元素，母题分析方法是神话研究的基本方法，可以科学、有效地进行神话研究。母题可以是故事中的角色，也可以是行为发生的背景，既可以是一个物体，也可以是一种观念，它们有着非同寻常的力量，能够在一个民族的文化传统中不断延续，通过不同的组合变化出无数的作品。基于这样一种研究方法，本书把澳大利亚的文学作品以流放犯、丛林、战争为母题进行分类，探讨它们如何塑造澳大利亚的文化内核。

首先，本书运用文学发生学的研究方法探寻澳大利亚文学的发生与起源，寻找澳大利亚文学的英国文学传统的源头。英国的旅行传统以及在旅行过程中所创作的游记文学与风景叙事向来未受文学研究的重视，澳大利亚早期作家甚至被人贬称为"文学旅游家"，但是实际上旅行文学与风景叙事对于民族想象具有至关重要的作用，丛林对于澳大利亚人来说就如海洋对于英国人、森林对于德国人、山脉对于瑞士人来说一样重要，是产生和维持一种普遍的民族归属感的符号。其次，本书将澳大利亚民族历史叙事纳入神话学的研究视野之下。尽管一般人认为神话是

---

① 张京媛主编《新历史主义与文学批评》，北京大学出版社，1993，第5页。

人类远古时代、蒙昧时期的精神产物，但是实际上古典神话终结之后，神话思维与神话意识却被纳入人们的心理与思维结构之中，继续影响着人类社会的方方面面。澳大利亚的民族历史叙事实际上起着民族神话的作用，它形塑着澳大利亚的民族精神结构，承载着这个民族的文化基因。正是澳大利亚作家孜孜不倦创造的民族神话建构了澳大利亚的民族精神，形成了文化内核，并使澳大利亚的文化传统具有一个稳定的象征。最后，本书把澳大利亚原住民文学（这里指的是原住民英语文学）纳入澳大利亚的主流文学之中。一般而言，原住民被看作澳大利亚的少数民族，原住民文学也被当成少数族裔的文学，但是本书提出恰恰是原住民文学对澳大利亚的文化建构起着重要的作用，甚至是关键性的作用。因为原住民不是澳大利亚的少数民族，而是其天然的主人，原住民文化则是澳大利亚的本土文化，原住民文学所建构的文化正是澳大利亚性之根，澳大利亚只有把原住民纳入主流才能寻找到区别于其他任何民族的真正的澳大利亚性。

第二章

文学书写与文化身份

文学书写作为一种深刻的文化实践，其核心功能不仅在于映射出民族意识的多样形态与历史性变迁，还在于其主动的角色——构建和塑造文化身份。文学作品通过叙述富有民族特色的故事、历史和经验，不但巩固了民族意识，而且营造了一个认同的框架，使个体得以在想象的共同体中认同并体验到共享的文化身份。这种体验超越了物理空间和时间的限制，使分散的个体在心理上感受到对同一民族共同体的归属。文学书写中的象征、隐喻和叙事策略是民族意识的重要表达形式，它们不仅揭示了民族意识的内涵，也在塑造和传播文化身份的过程中起到了关键作用。文学作品中的人物、情节和背景往往是对民族历史和文化的再现，通过文学的形式传递了民族共同体的记忆和价值观，从而加深了个体对民族文化的认同和理解。同时，文学书写也是文化身份认同的生成场域。文学作品提供了一个空间，个体可以在其中探索和确认自己的文化身份，这一过程往往伴随着对传统文化的反思和对现代身份的探索。在这个意义上，文学作品不仅是文化身份的反映，也是文化身份形成和发展的催化剂。

文学书写、文化身份与民族意识之间的互动关系是复杂而动态的。文学作品作为民族意识的表达媒介，通过其叙事和表达方式参与了文化身份的构建和传播。这种互动不仅影响了个体的文化认同，也影响了整个民族共同体的文化形象和社会认同的构建。在这个过程中，文学书写、文化身份和民族意识相互依存、相互作用，共同参与了文化传播和社会认同的构建。

第一节 文学想象与文化身份

埃里克·霍布斯鲍姆（Eric Hobsbawm）和本尼迪克特·安德森对民族的建构性提出了深刻的见解，强调民族作为一种现代社会现象，是在特定的历史背景下被想象和创造出来的。霍布斯鲍姆将民族描述为"被发明的传统"①，认为它是通过一系列的社会仪式和象征性实践而被构建的，这些传统虽然感觉上历史悠久，实际上却是在近现代为了应对社会变革和政治需要而产生的。他进一步阐明，现代民族的概念和意识形态主要是在 18 世纪末 19 世纪初随着资本主义的兴起和工业化的进程而逐渐形成的，这一时期人们对于集体认同感的需求增强，从而催生了民族意识的发展。

安德森则将民族定义为"想象的共同体"，他认为民族是在成员之间相互认同但彼此可能从未直接接触的情况下构建起来的。在他的观点中，印刷资本主义和语言的统一化是形成民族意识的关键因素，因为书籍和报纸等印刷品使分散的人们能够共享相同的信息和故事，从而在心理上构建起一个共同的认同感。安德森特别指出，民族意识的形成与民族语言的标准化和普及密切相关，这一过程通过印刷技术的发展得以加速。

霍布斯鲍姆和安德森的理论共同强调了民族和民族意识不是自然而然存在的，而是被建构的，它们是在特定的经济、社会和政治条件下，通过文化实践和想象活动而产生的。这些理论为我们理解民族意识的形

---

① Eric Hobsbawm and Terence Ranger, *The Invention of Tradition*, Cambridge: Cambridge University Press, 2012, p. 1.

成和文化身份的建构提供了重要的视角，揭示了民族和文化身份是如何在历史的进程中，通过文化媒介的作用而被想象和建构的。这种理解有助于我们认识到民族意识和文化身份的动态性，以及它们在现代社会中的构建过程是如何受到历史变迁和社会发展的影响的。通过考察东欧及英法德等传统国家和美国等新兴国家，文学书写与民族意识、文化身份之间的动态关系则更加清晰。

19 世纪中期，受法国大革命和欧洲革命的影响，同时由于长期受到异族的干涉、侵略和压迫，东欧地区民族矛盾长期积累从而爆发民族主义。东欧地区的民族主义尽管表现各异，但具有一个共同的特点：民族意识高涨、民族复兴运动蓬勃发展，用彼得·F. 休格（Peter F. Sugar）的话来说就是"意识形态化的、浪漫的、民族神话历史化的，乐观的，语言改革者、历史学家、诗人，偶尔也有某些职员是民族主义的主要宣传者。他们的目的是使各自民族意识到其民族的存在，对他们的过去感到骄傲，并且对能够并必将把不太令人满意的现实转化成具有光荣历史的过去充满信心"。① 因为奥斯曼、奥地利和俄罗斯等帝国不仅占领东欧地区土地，而且试图在文化上进行同化，一些受到西欧政治文化影响的东欧知识分子试图通过复兴民族文化来解放他们的民族，他们开设学校、从事文学创作、编写历史教材，试图通过这些"民族的印刷语言"来增强民族认同感和自豪感，因为它们"具有无比的意识形态和政治的重要性"。②

这一时期的东欧作家出版的一系列赞美民族精神、鼓舞民族意识的作品，如波兰的密茨凯维奇（Adam Mickiewicz）的诗歌《青春颂》和小说《先人祭》、齐·克拉辛斯基（Zygmunt Krasinski）的诗剧《非神曲》，罗马尼亚的扬·布达伊-德列亚努（Jan Budai-Dracea）的史诗《茨冈人之

---

① Peter F. Sugar, *Eastern European Nationalism, Politics and Religion*, Brookfield, VT: Ashgate Publishing Limited, 1999, p. vii.

② Benedict Anderson, *Imagined Communities: Reflections on the Origin and Spread of Nationalism* (new edition), London: Verso, 2016, p. 69.

歌》，匈牙利的裴多菲（Petőfi Sándor）的诗歌如《给贵族老爷们》《民族之歌》《反对国王》《爱国歌》《以人民的名义》等，保加利亚的多布里·钦图洛夫（Добричин Тулов）等人的诗歌和散文如《狂风呼啸，巴尔干回响》《你在哪里，对人民的真诚的爱！》《起来，巴尔干的勇士》《爱国者》《他活着，他依然活着》、留本·卡拉维洛夫（Luben Karavelov）的《难道要诅咒命运吗?》《昔日的保加利亚人》、格奥尔基·拉科夫斯基（Георги Pakoвски）的《森林的旅客》、佩特科·斯拉维伊科夫（Петко Славейков）的《无畏的女首领》《贝洛诺加的泉水》等。甚至音乐也被东欧人民用来作为民族复兴的武器，"通过音乐来肯定民族的特性，而且特别是艺术音乐中使用传统的、民间音乐的成分，在十九世纪后半叶的东欧主要国家中变得十分重要"[1]，如波兰的肖邦（F. F. Chopin）的《C 小调钢琴练习曲》（也称《华沙的陷落》）、斯坦尼斯拉夫·莫纽什科（Stanislaw Moniuszko）的歌剧《哈卡尔》、匈牙利的费伦茨·埃尔凯尔（Ferenc Erkel）的歌剧《班克班》等。这些文艺作品充满着对自己民族的热爱、对异族压迫和专制政体的反抗以及对独立和自由的渴望，其中裴多菲的"生命诚可贵，爱情价更高，若为自由故，二者皆可抛"[2] 这首我们耳熟能详的诗就是其中的杰出代表。"所有这些大大地激发了东欧各族人民的民族意识，对他们的民族解放运动的进一步发展有着不可低估的作用。比起'硬性的'武装斗争来，东欧各国在民族文化复兴方面的努力属于'软性的'，但意义重大。"[3] 东欧的这些弱小的民族是难以抗拒强大帝国的入侵的，民族文化的保存和复兴是避免民族消亡和重获独立的前提条件，因此文学艺术是它们对抗外来统治的一种重要表达载体。事实证明，正是因为对民族文化的保存与复兴，东欧这些弱小国家才能在列强环伺的情况之下依然屹立于世界民族之林。

---

① 〔英〕斯坦利·萨迪、艾莉森·莱瑟姆：《剑桥插图音乐指南》，孟宪福主译，山东画报出版社，2002，第 361 页。
② 陈经华编《外国爱情名诗百首赏析》，中国矿业大学出版社，1989，第 82 页。
③ 孔寒冰：《东欧政治与外交》，北京大学出版社，2009，第 73 页。

19世纪末20世纪初的东欧，需要面对异族侵略和压迫，以文学和艺术作为重要的表达载体，复兴民族文化，以增强民族认同感和自豪感，从而构建和巩固了文化身份。东欧作家和艺术家们通过创作赞美民族精神、鼓舞民族意识的作品，唤醒民众对民族传统的认同和对民族未来的憧憬。他们的作品通过对民族历史的描绘、对民族英雄的歌颂、对民族苦难的记录，努力恢复和重建民族记忆，强化民族文化身份。因此，东欧的文学想象、民族意识与文化身份之间的关系也是相互强化和支撑的，文化身份的建构使东欧各民族能够在文化上保持独立性和特色，同时也为民族提供了一种自我认同和归属感。

给东欧民族运动以巨大启示的西欧民族运动也是一个长期的历史过程，其民族意识的诞生同语言与文学的发展也有着不可分割的联系，甚至可以说语言文学在其中发挥着相当关键的作用。罗马帝国灭亡之后，西欧广阔的世界成了各个封建邦国的天下，尽管罗马教皇在这里具有无上的权威，但广大民众毫无民族感情可言，他们要么忠于领主或地方集团，要么忠于基督教，正如博伊德·沙夫尔（Boyd C. Shafer）所指出的，人们首先认为自己是基督教徒，其次是某一地区的居民，最后才是法国人或英国人。① 可以说，此时欧洲人的文化身份是模糊的。但是到1793年，这种情况发生了完全的改观，人民已经有了非常强烈的民族意识和文化身份意识，这种意识可以从一名雅各宾派的士兵写给他母亲的信中看出："当国家需要我们的保护时，我们应该像赴宴一样欣然前往。生命、财产和才能都不属于我们自己，这一切是属于我们的民族和祖国的。"② 这种民族意识的觉醒与他们的民族语言和文学的发展和成熟有着密不可分的关系。11世纪末，法国出现了用罗曼方言写成的英雄史诗《罗兰之歌》，其成为法国民族文学的先驱。随着城市的兴起，罗曼司文学开始流行，其中具代表性的是《列那狐传奇》《玫瑰传奇》等。1200年巴黎大学的成立使巴黎成为欧洲的文化中心。1212年若弗鲁瓦·德·

---

① Boyd C. Shafer, *Nationalism: Myth and Reality*, New York: Victor Gollancz, 1955, p. 61.
② Boyd C. Shafer, *Nationalism: Myth and Reality*, New York: Victor Gollancz, 1955, p. 118.

维尔阿杜安（Geoffroy de Villehardouin）第一次以法国方言完成回忆录《君士坦丁堡征服记》，14世纪出版的《圣路易传》《英、法诸国编年史》以及诗人查理·德·奥尔良（Charles d'Orléans）等人在作品中表达的强烈的爱国情感，赋予了法国人一种文化身份。1429年，贞德在奥尔良城下击溃英军，百年战争由此发生转折，因此她被视为法国的民族英雄。这也被历史学家视为法兰西民族精神的第一次明确表达。其后法国的文学作品对其多有渲染，如克里斯蒂娜·德·比赞（Christine de Pisan）的诗歌《贞德》、让·沙蒂耶（Jean Chartie）的《法王查理七世年史》、夏普伦（Jean Chapelain）的《姑娘》（又称《被解放的法兰西》）等。

中世纪的法国方言众多，今天的法语在当时只是法兰西岛的一种小方言，上层社会通行的是拉丁语，下层法国人离开居住地之后就无法与人沟通，直到1539年，法语才被确定为官方语言，在各种正式场合取代了拉丁语。为此法国历史学家塞福里安·尚皮埃（Symphorien Champier）撰写了《论高卢作家》，在该书中作者按照时间顺序列举了将近100位作家的名字，从而让法国人对法国文化产生了深深的自豪感。此后以巴黎方言为基础的法语得以在南方传播，成为统一的法兰西文化的载体，从此法国文学进入繁荣时期。文艺复兴时期的人文主义文学出现了蒙田（Micheal de Montaigne）的《随笔集》、拉伯雷（Francois Rabelais）的《巨人传》等巨著；17世纪的古典主义文学时期则涌现了像高乃依（Pierre Corneille）、莫里哀（Jean Baptiste Poquelin）、拉辛（Jean Racine）、拉封丹（Jean de la Fontaine）等一大批作家，群星璀璨；18世纪的启蒙主义更是产生了世界性的影响，伏尔泰（Voltaire）、孟德斯鸠（Montesquieu）、卢梭（Jean-Jacques Rousseau）、狄德罗（Denis Diderot）等人至今犹在影响着世人，甚至在某种程度上今天的世界就是按照卢梭的设计在运行。过去几百年文学、文化和艺术上的辉煌成就，使法国人民的民族自豪感大大增强，因此才有雅各宾派士兵那样充满民族感情的信，"当敌人的炮火在瓦尔米即将摧毁法国防线时，凯莱曼在普鲁士人面前喊出了'民族万岁!'的口号，使敌人惊讶不已……从1789年起，'民族'这个词就有了新的涵义。民族是一个整体，全体公民都汇成一体。等级和阶级都不复存在，全体法国人组成了法兰西民族。"①法国人之所以有如此强烈的民族自豪感，很大程度上是因为法国文学所赋予他们的文化身份。

英国民族意识的形成与法国非常相似而且有密切的联系，百年战争只是两国民族意识形成的催化剂。1167年成立的牛津大学和1208年成立的剑桥大学是英语世界最早的大学，汇集了大批欧洲大陆留学归国的学者，被认为是英国的文化中心和科学发源地。这里培养了大批学者、科学家，可以说是英国的"大脑"。百年战争期间，英国上层社会和工商业者感受到共同的政治利益与经济利益，出现了"英国属于英格兰人"的思想。从文学上来看，之前的文学作品多用拉丁语和法语创作而成，英语文学作品非常少，"到了14世纪，英语文学作品开始与法语和拉丁语作品分庭抗礼，约翰·高尔的作品就是一个较为典型的例子。高尔懂拉丁语、法语和英语，其代表作是三首长诗，分别用三种文字写成"。② 到14世纪中叶，英语最终变成了英国文学的主流语言文字，法语在英国也经历了从官方语言到敌方语言的过渡，英语开始在各阶层普及。这一时期最伟大的作家当属乔叟（Geoffrey Chaucer），这一时期也被称为"乔叟时代"。乔叟的创作分为三个时期，经历了从拉丁语到法语再到英语的过渡，这是当时作家的普遍状态，也反映了民族意识的觉醒历程。乔叟最有名的作品《坎特伯雷故事集》（ *The Canterbury Tales* ）是用中世纪各种文学体裁写成的，如骑士传奇、圣徒传、劝善的布道辞、动物寓言、寓言叙事诗等，但整体来说，这部作品却超出了中世纪文学的范畴，成为英国现实主义的第一部杰作，他也因此被称为"英国文学之父"。乔叟采用伦敦方言写作，其遣词造句比同时代的威廉·朗

---

① 〔法〕阿尔贝·索布尔：《法国大革命史》，马胜利等译，中国社会科学出版社，1989，第475页。

② 张勇先：《英语发展史》，外语教学与研究出版社，2014，第119页。

格兰（William Langland）的《农夫皮尔斯》（*Piers Plowman*）更加通俗易懂，也更加接近早期现代英语。1362 年，英国王室颁布法令规定英语为法庭用语。1399 年，英王亨利四世用英语发表登基演说，成为诺曼征服以来第一个说英语的国王。15 世纪初，使用于伦敦及伦敦周边的东南米德兰方言的书面形式就逐渐成为全国的书写标准。15 世纪末印刷术传到英国后，乔叟的《坎特伯雷故事集》成为第一批印刷品之一。[①] 印刷术对英语的传播产生了巨大的影响，从那时开始，英语在大范围内传播开来，可以说大量英文印刷书籍的出版和流行是英语走向标准化和国际化的前奏。1577 年，拉斐尔·霍林西德（Raphael Holinshed）出版了一部《英国编年史》（*The Chronicles of England，Scotland，and Ireland*，也常常被称为 *Holinshed's Chronicles*），是继《盎格鲁－撒克逊编年史》（*Anglo-Saxon Chronicles*）之后的又一部通史性著作，该书影响很大，莎士比亚（William Shakespeare）戏剧中的很多故事就源于该书。伊丽莎白一世时代还产生了很多其他影响较大的著作，如托马斯·莫尔（Thomas More）的《乌托邦》（*Utopia*）、《理查三世史》（*The History of King Richard the Third*），弗朗西斯·培根（Francis Bacon）的《亨利七世国王本纪》（*The History of the Reign of King Henry VII*）等，尤其是威廉·莎士比亚、埃德蒙·斯宾塞（Edmund Spenser）、菲利普·锡德尼（Philip Sidney）和克里斯托弗·马洛（Christopher Marlowe）等人使这一时期成为英国文学史上的黄金时期，莎士比亚可以说已经成为英国的名片。之后的英国文坛更是群星闪耀、文人荟萃，还有很多我们所熟知的大家，如约翰·弥尔顿（John Milton）、约翰·洛克（John Locke）、托马斯·霍布斯（Thomas Hobbes）、大卫·休谟（David Hume）、乔纳森·斯威夫特（Jonathan Swift）、塞缪尔·约翰逊（Samuel Johnston）等，他们共同铸就了英国文学与文化的辉煌。正是民族文学与文化的发展使民族成员逐渐具备了共同的心理和情感，这

---

① 蒋孟引主编《英国史》，中国社会科学出版社，1988，第 201 页。

是构成共同体的基础，这种深层次的情感使个人与民族紧密联结在一起，不可分割。

尽管很多人认为作为西欧大国之一的德国的民族主义与英法两国有很大的差别①，但是在民族情感和民族意识的凝聚方面差别不大，都是通过语言的统一实现文化的繁荣，增强民族意识。德国历史上长期处于分裂的封建割据统治之下，民族意识发展缓慢。直到马丁·路德（Martin Luther）把《圣经》翻译成德国本土语言，通过布道和翻译，创造了现代德语，在人们中间不仅形成了对基督教教义的新教理解，也形成了一种强烈的日耳曼民族意识。② 托马西乌斯（Christian Thomasius）被视为"德国启蒙运动之父"③，是第一个在德意志大学中用德语讲课的德意志人，而在之前的大学课堂必须用拉丁语授课；德国诗人约翰·巩特尔（Johann Günther）和小说家约翰·施纳贝尔（Johann Schnabel）用德语进行写作，他们的作品带有启蒙精神和相当强烈的民族意识；约翰·戈特舍德（Johann Gottsched）则为了创造全德意志文学而努力。④ 这表明德国早期知识分子已经具有较为强烈的民族意识。到 18 世纪后半期，随着德国古典人文主义的兴起，出现一大批人文主义大师如伊曼努尔·康德（Immanuel Kant）、约翰·戈特弗里德·赫尔德（Johann Gottfried Herder）、约翰·沃尔夫冈·冯·歌德（Johann Wolfgang von Goethe）、弗里德里希·席勒（Friedrich Schiller）等，他们颂扬德意志的光辉历史，讴歌其优秀的禀赋和创造力，形成独具特色的德意志文化和德意志人的文化身份，并最终促成分裂的德意志趋于统一。

有人认为，"文明古国一般靠文化认同来维持成员共同体的归属，

---

① 英法两国的民族主义与政治和民主紧密相连，而德国的民族主义则主要是文化民族主义，与政治长期脱节。

② William L. Shirer, *The Rise and Fall of the Third Reich: A History of Nazi Germany*, New York: Touchstone, 1990, p. 91.

③ 张慎：《德国启蒙运动和启蒙哲学的再审视》，《浙江学刊》2004 年第 1 期，第 6 页。

④ 丁建弘、李霞：《普鲁士的精神和文化》，浙江人民出版社，1993，第 107、113~114、117 页。

而新兴国家则靠制度凝聚向心力"。① 这种说法在某种程度上是有道理的，起码对于东欧、英法德等历史悠久的民族来说，文化认同是其民族认同的核心力量，至于新兴国家虽然靠制度凝聚向心力，但他们同样没有忽略文化建设。正如钱穆所言："文化只是人类集体生活之总称，文化必有一主体，此主体即民族。民族创造了文化，但民族亦由文化而融成。"② 而文学则是民族文化的基本组成，是民族国家形成主体文化的关键因素，是构成民族历史集体记忆的重要载体，是把分散的个体联系起来的一种纽带。"不论从原始文化艺术的发展来看还是从近代民族文化建构的过程来看，文学与民族认同的关系都是有机的、持久的和动态的。"③ 作为新兴国家的美国也不例外。有人指出"美国是一个由观念产生的国家；不是这个地方，而是这个观念缔造了美国政府"。④ 也就是说，美国政治家和思想家按照自己的想象建立自己的国家，而与此同时，美国作家的想象也为民族独立打下了一定的基础。美国文学的起步差不多与美国独立同步，这一时期的作家如本杰明·富兰克林（Benjamin Franklin）用清新幽默的文字传播科学文化，激发了自力更生的精神，影响了美国人民的人生观、事业观和道德观。托马斯·潘恩（Thomas Paine）和帕特里克·亨利（Patrick Henry）的文章像战斗檄文一样激励着美国人民为自由而斗争；托马斯·杰斐逊（Thomas Jefferson）行文质朴却字字珠玑，奠定了美国建国的思想基础；他们的作品具有强烈的政治性，为新兴的美国提供了精神动力。建国初期的美国作家致力于具有美国本土特色的文学创作，如华盛顿·欧文（Washington Irving）的《见闻札记》（*The Sketch Book*）发掘北美早期移民的传说故事，詹姆斯·库珀（James Cooper）在《皮袜子故事集》（*The Leatherstocking*

---

① 毕苑：《"国家"的诞生：教科书中的中华民国》，《读书》2012 年第 11 期，第 32 ～ 33 页。

② 钱穆：《民族与文化》，东大图书公司，1989，第 3 页。

③ 江宁康：《美国当代文学与美利坚民族认同》，南京大学出版社，2008，第 III 页。

④ 〔美〕戴安娜·拉维奇：《美国读本》，林本椿等译，生活·读书·新知三联书店，1995，第 867 页。这个"观念"就是《独立宣言》中的"人人生而平等，造物主赋予他们若干不能出让的权利，包括生活、自由和追求幸福的权利"。

Tales）中则表现移民如何开辟美国文明，诗人威廉·布莱恩特（William Bryant）描绘了美国独特的自然风光。这些作家乐观向上的精神感染了一代又一代的美国人。沃尔特·惠特曼（Walt Whitman）塑造的是个性张扬的美利坚民族精神的形象，而西部文学所塑造的"牛仔"形象则成了美国特性中开拓冒险精神的一种象征。他们在不懈地建构着欧洲文明传承下具有美国白人特性的美国文明。

爱默生（Ralph Waldo Emerson）曾经说："每一种新的时代精英都要求一种新的表述，这个世界总是在等待着自己的诗人。"① 美国文学史上各个阶段都有自己的时代诗人与民族作家，他们在不同阶段起着建构美国文化身份和塑造美国形象的作用。在全球化、多元文化主义、世界主义和移民的冲击下，美国的认同发生了某些变化。20 世纪 60 年代以来，学界在不断争论"美国究竟是什么"，2002 年，英国学者杰夫·瓦德（Geoff Ward）再次提出"美国究竟在哪里"。② 两年后美国著名学者亨廷顿也提出了美国面临的挑战：白人特性在消退，精英和大众的民族认同在削弱。③ 这些都在考问着美国的民族意识。因此，近年来美国人在积极探索美国文化的源头、扩大其支流，意图建构一个属于美国的新文明，即美国的文化身份，美国作家与美国文学在其中起着当仁不让的作用。1994 年，美国国务院（Department of State）和新闻出版署（U. S. Information Agency）组织的系列出版项目《美国历史概况》（*Outline of U. S. History*）把美国历史和文化提前到公元 600 年前的美国土著文化④，而《美国文学概论》（*Outline of American Literature*）则把印

---

① Paul Lauter, ed., *The Heath Anthology of American Literature*（2nd Edition）, Lexington: D. C. Heath & Company, 2013, p. xxx.

② Geoff Ward, *The Writing of America: Literature and Cultural Identity from the Puritans to the Present*, Malden, MA: Polity, 2002, p. 11.

③ 〔美〕塞缪尔·亨廷顿：《我们是谁？——美国国家特性面临的挑战》，程克雄译，新华出版社，2005，第 3~19 页。

④ Alonzo Hamby, *Outline of U. S. History*（revised edition）, New York: Nova Science Publishers, Inc., 2006, p. 2.

第安原始部落的口头神话、传说、故事和歌曲当成美国文学的起源①。《哥伦比亚美国文学史》(*Columbia Literary History of the United States*) 同样把美国文学的源头追溯到远古的印第安文化，"当人类第一次在这块后来成为美利坚合众国的土地上创造性地使用语言的时候，这个国家就开始有了自己的文学史。这也许是在很久以前，即当某个印第安人说出第一句具有诗意的话或讲述一个故事时就开始了"。② 因此迈克尔·林德 (Michael Lind) 总结道："在一个叫合众国 (the United States) 的共和国诞生之前，大西洋海岸边就已经有了一个美利坚文化民族 (an American cultural nation)。"③ 现代美国人民不仅在源头上延伸其文化，也在广度上扩展其文化，曾经很多不被纳入美国主流或正统文学的非欧洲传承的文学现在也开始被纳入美国文学，并且被认为是美国文学很重要的一部分。《剑桥美国文学史》(*The Cambridge History of American Literature*) 中曾经不属于美国文学的犹太、黑人、印第安与亚裔文学已经被当成新兴文学并作为专门的研究对象，甚至被给予很高的评价，就如作者在最后所说："在这里威特曼·阿辛（华裔美国人和美国剧作家）本身和惠特曼（美国吟游诗人）可以为了进行写作而相会，创造出惠特曼所称道的'伟大的诗篇'——美国本身。"④

　　美国作为一个新兴国家，尽管号称以制度建国，然而从他们进入美洲大陆开始就不懈地进行文化建设、文化创新和文化转型，通过文学想象创造了一个令人向往的"美国梦"，凝聚着美国的人心，建构着美国的文化身份。R. 利汉 (Richard Lehan) 指出："美国的文化价值与文学之间有着不可分割的联系，从认识的最深层来看，两者之间是相互加强

---

① Kathryn Van Spanckeren, *Outline of American Literature* (revised edition) , New York: Orange Grove Books, 2009, p. 3.

② Emory Elliot, ed., *Columbia Literary History of the United States*, New York: Columbia University Press, 1988, p. xv.

③ Michael Lind, *The Next American Nation: The New Nationalism & the Fourth American Revolution*, New York: Simon & Schuster, 1995, p. 260.

④ 〔美〕萨克文·伯科维奇主编《剑桥美国文学史》（第七卷），孙宏主译，中央编译出版社，2005，第 583 页。

和互相循环的关系。我们的民族形象就在文学作品中得到反映。"①

纵观东欧及英法德美等国的文学书写发展历程，可以发现文学想象在民族意识和文化身份建构中的重要地位，而三者之间的关系也更加明朗。东欧以及英法德等传统国家走的路径是文学想象表达与塑造文化身份再建构与强化民族意识继而影响文学想象；而作为新兴国家的美国走的是双向循环的路径，即通过文学想象建构与表达民族意识进而重构与强化文化身份继而影响文学想象，同样，文学想象在塑造文化身份的同时强化民族意识并进一步影响文学想象，从而形成具有自己特色的文学想象共同体（如图 2-1 所示）。

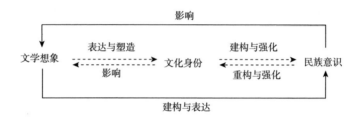

图 2-1　文学想象、文化身份、民族意识之间关系示意

文学想象是通过文学作品创造和传播民族叙事的过程，它为民族意识提供了一个丰富的象征和叙事资源库，使个体和集体能够在想象中共享一个认同的文化和历史。通过文学想象，民族的历史、传统、价值观和愿景得以表达和传承，从而增强民族意识，即个体和集体对于自身属于某个民族共同体的认知和情感。民族意识是文化身份建构的基础，它涉及对共享的语言、历史、传统、宗教、地域和其他文化特征的认同。文学想象通过塑造民族意识，进而影响和塑造文化身份。

文化身份是个体在特定文化背景下形成的自我认同，它包括个体对自己在文化上的定位和归属感。文学作品通过对特定文化特征、历史事

① 〔美〕汉卢瑟·S. 利德基主编《美国特性探索》，龙治方等译，中国社会科学出版社，1991，第 168 页。

件、传统习俗和价值观的描绘和想象，塑造了一个鲜明的文化身份。这种通过文学想象所建构的文化身份可以为个体和集体提供一个认同的框架，从而增强对所属文化的归属感和自豪感。随着文化身份的建构和巩固，个体和集体可能会更加意识到自己与其他民族或文化的差异，从而激发起民族意识。这种民族意识可能表现为对民族独特性的认同、对民族历史和文化遗产的珍视以及对民族未来发展的共同愿景。文学想象中的民族叙事和象征往往能够唤起强烈的情感反应，促使个体和集体对民族命运产生共鸣，这在历史上的民族主义运动和民族解放斗争中体现得尤为明显。

第二节　澳大利亚文学与文化身份

自从西方世界的殖民体系瓦解之后，整个世界就进入了后殖民时代。冷战结束以后，世界各国受到全球化浪潮的冲击，前殖民地国家的反殖民主义运动不再是以民族解放运动的形式反抗帝国主义的军事扩张，而是从政治上、经济上和文化上反抗西方国家对其所进行的各种形式的渗透、干涉和掠夺。但是由于长期经受殖民统治，前殖民地国家人民在政治、经济和文化上对西方国家特别是英帝国形成了一种"路径依赖"，使他们在文化心理上进入了一种进退两难的尴尬境地：在文化身份的重构中或效仿宗主国，或盲目排外，或两者交织在一起，从而使殖民者与被殖民者之间的关系纠缠不清。吉尔伯特（Bart Moore-Gilbert）说："没有哪一种简单的对立模式能够恰切地反映殖民者与被殖民者之间的关系。同化、融合、协作现象延长了殖民经历。"① 这种现象在很多西方国家的前殖民地广泛存在，比如印度、新加坡等。澳大利亚尽管与亚非拉很多殖民地不同，但同样存在这种现象，典型的例子就是一方面陆克文在 BBC 电台中声称伊丽莎白女王是澳大利亚国家事务中不可或缺

---

① 〔英〕吉尔伯特等编《后殖民批评》，杨乃乔等译，北京大学出版社，2001，第 54 页。

的部分，另一方面普通澳大利亚人又在不断嘲讽调侃英国人，比如他们会说 "dry as a pommy's towel"。① 澳大利亚人一方面怕别人瞧不起，另一方面又经常调侃自己与他人。这是一种非常典型的殖民心态，而这种心态也反映在他们的文学作品中。尽管如此，澳大利亚文学从其诞生之日起就孕育着澳大利亚的文化身份。到 19 世纪末已有学者提出："澳大利亚文学已初具规模，尽管还不成熟，但它确实有自己的独特之处"，同时他还呼吁："背后没有民族支撑，又何来民族文学？"② 而早在 1888 年，澳大利亚就有学者出版专著宣扬澳大利亚民族主义③，可见当时澳大利亚人已经具有了强烈的民族意识。

一 文学书写与澳大利亚想象

"共同地域"是一个民族形成的基础，没有共同的地域，民族就没有根基，"共同地域"可以说是民族之源、民族赖以想象的物质基础。但是共同地域并不一定是指生活在其中的地域，同时也指想象中的共同地域，而且是更重要的民族载体。具体而言，小到一个人的家乡或校园，大到一个民族，都必须有可供想象的共同地域，这也是牛津、剑桥、哈佛、耶鲁等校园为何历经数百年而不大兴土木的原因，因为这是他们的精神家园，是一个可供某一共同体想象的物质基础；同样，绝大多数犹太人并不生活在耶路撒冷，但耶路撒冷是他们心中的圣地，一个想象出来的圣地，对这个圣地的想象成为散布在世界各地的犹太人相互联结的纽带，而提供想象的源头就是文学作品、宗教典籍中所描绘的耶路撒冷。

澳大利亚很早就出现在人们的想象中。早在古代，人们就想象有一

---

① Pommy 指英国人。这个词组的意思是干得像英国人的毛巾一样，是澳大利亚人嘲讽英国人不爱洗澡。

② H. G. Turner and A. Sutherland, *The Development of Australian Literature*, London: Longman, Green and Co., 1898, pp. vii, 24.

③ Robert Thomson, *Australian Nationalism: An Earnest Appeal to the Sons of Australia in Favour of the Federation and Independence of the States of Our Country*, Burwood, N. S. W.: Moss Brother, 1888.

块未知的大陆存在于南十字星下，其被称为 "Terra Australis Incognita"，甚至到 18 世纪上半叶，澳大利亚也还只是出现在人们的想象中，斯威夫特（Jonathan Swift）的《格列佛游记》（*Gulliver's Travels*）中的小人国（Lilliput）和慧骃国（Houyhnhnms）就被认为是在澳大利亚或者澳大利亚附近。[①]

澳大利亚的历史通常可追溯到 1788 年英国 "第一舰队"（the First Fleet）抵达悉尼湾并驻扎下来开辟殖民地，文学史家也通常把这一年作为澳大利亚文学史的起点。沃特金·坦奇（Watkin Tench）[②] 的《植物学湾远征亲历记》（*A Narrative of the Expedition to Botany Bay*）1789 年在英国伦敦出版，最先向英国公众忠实地报道了澳大利亚殖民的进展情况，被认为是澳大利亚开国历史记载中最早的、最有价值的一本书，该书也是当年英国最畅销的书，是当之无愧的澳大利亚历史的奠基之作。1793 年，坦奇出版了他的第二部著作《杰克逊港殖民全记录》（*A Complete Account of the Settlement at Port Jackson*）。1996 年，澳大利亚博物馆研究员蒂姆·弗兰纳里（Tim Flannery）把两本书合编在一起以《1788》为名出版，该书 "在澳大利亚非常畅销，出版当年重印 4 次，并在 1997、1998、1999、2000、2002、2003 年反复重印"。[③] 这两本书前后连贯，记叙了第一舰队从英格兰登船开始直到在澳大利亚殖民四年后的情况。本书是继库克船长之后又一部对澳大利亚的风物进行详细描写的著作，有对悉尼的植物、气候、动物、土地、河流等的描写，有对定居点建设的详细跟进，有对殖民者的冒险考察的描述，尤其是对当地原住民的详细记录；既有对库克船长航海日志的纠错，也为读者留下了大量空白和未知世界。该书的出版大大激发了英国人的好奇心，以至于

---

① Peter Pierce, ed., *The Cambridge History of Australian Literature*, Cambridge: Cambridge University Press, 2009, p. 8.

② 沃特金·坦奇实际上是英国人，他是 "第一舰队" 里的一个下级军官。《澳洲拓殖记》（商务印书馆，2008）的译者刘秉仁把他的国籍标为 "英国"，但是在英国文学史上坦奇并没有留下多少痕迹，反而在澳大利亚文学史上被当作澳大利亚文学的开山鼻祖。

③ 〔英〕沃特金·坦奇：《澳洲拓殖记》，刘秉仁译，商务印书馆，2008，第 4 页。译者刘秉仁将《1788》译为《澳洲拓殖记》。

这本非专业作家的书籍成为当时最为畅销的书籍，使澳大利亚成为想象的客体。

　　澳大利亚文学就是从建构"共同地域"的想象开始的，从此澳大利亚这片土地成为澳大利亚作家想象的精神家园，尤其是在殖民主义时期的最初半个世纪里，大量关于这片陌生土地上光怪陆离的自然景观和社会环境的见闻、游记、札记得以出版，在满足了英国人对由移民和流放犯组成的殖民地的好奇心之外，也吸引了其中的跃跃欲试者向其迁移。甚至当时为数不多的小说，如亨利・萨弗里（Henry Savery）的《昆塔斯・塞文顿》（*Quintus Servinton*）、查尔斯・罗克罗夫特（Charles Rowcroft）的《殖民地的故事》（*Tales of the Colonies*）、亚历山大・哈里斯（Alexander Harris）的《定居者和流放犯》（*Settlers and Convicts*）等，也主要介绍新奇的异域风光，传播独特的异国见闻，以至于被人认为是"变相的游记"，而这些作者被人谑称为"文学旅游家"。① 但恰恰是这些被文史学家瞧不上的作品为澳大利亚人了解这片陌生土地提供了生动的资料，为认识他们的"共同地域"打下了基础。

　　丛林是澳大利亚迥异于英国的独特景观和生活环境，对丛林的描绘是澳大利亚文学的一个突出特点，也最有地域特色。从一开始的见闻札记到后来的各种文学创作，澳大利亚文学很少离开丛林，不管是流犯故事、牧场生活还是丛林漫游。亨利・金斯利是澳大利亚早期文坛上最负盛名的小说家，他的代表作《杰弗里・哈姆林的回忆》中充满澳大利亚风情的景色描写，具有澳大利亚特色的人物，被称为"最优秀的澳大利亚小说"②，开辟了牧场传奇的新领域，使传奇文学成为澳大利亚小说创作的重要样式。同期的诗人如亨利・肯德尔（Henry Kendall）以浪漫的笔法在诗中描绘了澳大利亚的明媚风光景色，林赛・戈登（Lindsay Gordon）则以现实主义的手法描绘了丛林生活。

---

① Leonie Kramer, ed., *The Oxford History of Australian Literature*, Melbourne: Oxford University Press, 1981, p. 48.

② 黄源深：《澳大利亚文学史》，上海外语教育出版社，2014，第 15 页。

进入 19 世纪 90 年代，作家们开始在他们的作品里提出一个惊人的发现，即澳大利亚是他们的祖国，他们在文学作品中真实地反映澳大利亚土地上的"罪犯"、淘金工人、赶牲口人、剪羊毛工人以及农场主等的群体精神、态度和价值，肯定他们是真正的澳大利亚人，是他们用血汗培育了澳大利亚这株花朵。亨利·劳森（Henry Lawson）等人描绘丛林生活的作品受到广大丛林人的喜爱。劳森的第一本短篇小说集《洋铁罐沸腾的时候》（*When the Billy Boils*）在 20 年内售出 32000 册，诗集《在海阔天空的日子里》（*In the Days When the World Was Wide and Other Verses*）至 1914 年销量达 20000 册；佩特森（A. B. Peterson）的《来自雪河的人》出版一月之内即告售罄，至 1904 年共计售出 35000 本，而当时澳大利亚全国人口总计才约 300 万人。他们从不同的角度描绘了澳大利亚的丛林生活，佩特森的《肩囊旅行》（*Waltzing Matilda*）一个世纪以来甚至具有代国歌的地位，丛林成为澳大利亚人认可的"共同地域"。在被称为"丛林人的圣经"的《公报》（*Bulletin*）提倡下，丛林小说崛起，叙写丛林生活的小说家辈出，如约瑟夫·弗菲（Joseph Furphy）、迈尔斯·弗兰克林、斯蒂尔·拉德（Steele Rudd）等，他们的作品不仅为丛林人所喜爱，也为澳大利亚的城市人所喜欢。

随着联邦政府的成立，资本主义生产方式的迅猛发展，机械化大生产替代丛林小生产，丛林生活方式随之宣告结束，但丛林与丛林人仍然是作家们所倾心描绘的对象，如凯瑟琳·苏珊娜·普里查德（Katharine Susannah Prichard）的《黑蛋白石》（*Black Opal*）、万斯·帕尔默（Vance Palmer）的《富矿》（*Golconda*）。尽管当时的作家觉得澳大利亚文化资源贫瘠，想去欧洲寻求新的精神养料，有些人还终身定居欧洲，但是正如帕尔默所说："哈代小说中的村民并不像我曾经与之生活过的牧场工和马拉诺阿营帐中的黑人那么亲近"[①]，因此大多数澳大利亚作家还是回到生养之地继续寻求养分。

[①] 转引自黄源深《澳大利亚文学史》，上海外语教育出版社，2014，第 128 页。

二战之后，由于交通的发达、世界格局的变化，澳大利亚文学涌现国际化思潮，只有少数作家还在坚持传统写作，如朱达·沃顿（Judah Waten）、莱斯·默里（Les Murray）① 等。吊诡的是，擅长写"国际性小说"的马丁·博伊德（Martin Boyd）的成名作是描写澳大利亚牧场的《露辛达·布雷福特》（*Lucinda Brayford*）；文学巨匠帕特里克·怀特（Patrick White）的代表作《沃斯》（*Voss*）以澳大利亚沙漠为背景，而《人树》（*The Tree of Man*）则写主人公不倦地开辟丛林。更加吊诡的是，怀特早年留学剑桥，长期侨居欧洲，然而却默默无闻、茕茕孑立；1948年回到阔别多年的澳大利亚，栖居在悉尼郊外的山下农场，养花种菜、驯狗牧羊，享受悠闲的乡村生活和壮观的自然景观，七年之后却以对原始丛林的描写蜚声国际。新派小说家尽管宣称丛林故事已经过时，但他们在创作中仍然使用澳大利亚的背景。两次布克文学奖的获得者彼得·凯里常年侨居海外，很多小说依然以澳大利亚为背景，其中最有名的《奥斯卡和露辛达》（*Oscar and Lucinda*）就是其中一部；而蒂姆·温顿（Tim Winton）的某些小说甚至有丛林故事的韵味，如《森林的冬天》（*Forest Winter*）等。

诗人罗伯特·菲茨杰拉德（Robert Fitzgerald）致力于表现澳大利亚的历史及其先驱的奋斗历程；道格拉斯·斯图尔特（Douglas Stewart）则对大自然做了细如毫发的观察和照相般精确的反映；詹姆斯·麦考利（James McAuley）沉醉于生动的景物描写；朱迪思·赖特（Judith Wright）忙于探索澳大利亚的生态和地理特征；肯尼斯·斯莱塞（Kenneth Slessor）则热衷于城市生活。

不管是早期的自然风光描写，还是中期的现实主义文学描绘与建构，抑或是当代对澳大利亚故事和生活的解构与反叛，澳大利亚这片土地成为作家们想象的"共同地域"。这里的"共同地域"既是指澳大利

---

① 默里被认为是现在被经常提起的三四个主要诗人之一。参见 Dan Chaissen, "Fire Down Below: The Poetry of Les Murray", *The New Yorker*, https://www.newyorker.com/magazine/2007/06/11/fire-down-below。

亚人所共同生活的那片国土，也是指文学作品所建构的那个澳大利亚，甚至文学中的澳大利亚更生动、更真实，因为"语言符号作为一种具有独立价值的中介物呈现在主体和现实之间。语言符号不仅以一种先行于主体的中介物横亘在主观意识与客观现实之间，而且还以一种意识框架和阐释系统制约着主体对客体的再现和理解，甚至'建构'出客观现实本身"，"现实不再是一种自在的客观存在，它无法摆脱语言而独立存在，任何现实都必须通过语言而呈现，现实从根本上说无非是一种语言产物"。① 正如鲍德里亚（Jean Baudrillard）对博尔赫斯（Jorge Luis Borges）关于地图故事的解读，他写道："国土不再先于地图，已经没有国土。所以是地图先于国土——类像在先——是地图生成国土。"② 安德森在论述关于民族意识的起源时说道："印刷品是孕育全新的同时性观念的关键"③，澳大利亚这个"共同地域"也是一样，实际上居住在这片土地上的人大多互不相识，但是通过文本的建构，他们认定他们就是澳大利亚人，正如作家帕尔默所说："我的忠诚已经确定。我无意在伦敦定居，对我来说，那是一个阴郁沉闷、没有朋友的地方。"④ 同样，即使博伊德终身定居伦敦，他也无法摆脱那个"澳大利亚"对他的影响。

在澳大利亚文学的演进中，文学书写与共同地域想象之间的关系展现了一种复杂的互文性和符号互动。在文学创作中，共同地域的想象不仅是对现实世界的再现，更是一种语言符号的构建和塑造过程。作家们通过语言的表达和建构，将个体的经验和感知转化为共同的文化体验，从而形成了对特定地域的共同想象。这种共同地域的想象既是文学作品的产物，又反过来影响着文学作品的发展和演变。在早期的自然风光描写中，作家们通过对自然环境的描绘，塑造了一种独特的地域意识和归

---

① 赵一凡、张中载、李德恩主编《西方文论关键词》，外语教学与研究出版社，2006，第319～320页。

② Jean Baudrillard, *Simulacra and Simulation*, S. F. Glaser tran., Ann Arbor, Michigan: University of Michigan Press, 1994, p. 1.

③ Benedict Anderson, *Imagined Communities: Reflections on the Origins and Spread of Nationalism* (new edition), London: Verso, 2016, p. 39.

④ 转引自黄源深《澳大利亚文学史》，上海外语教育出版社，2014，第128页。

属感。这种描写不仅是对自然景观的客观再现，更是一种对土地的情感投射和认同表达。随着现实主义文学的兴起，作家们开始关注社会现实和人物命运，通过对现实生活的描绘和批判，构建了更加立体和丰富的地域形象。这些文学作品不仅反映了当时社会的现实状况，更深刻地展现了澳大利亚人的生活方式和精神风貌。而在当代文学中，对澳大利亚故事和生活的解构与反叛成为重要的创作主题。作家们试图打破传统的地域认同，探索个体在多元文化环境中的身份认同和文化归属。通过对历史、种族、性别等议题的探讨，他们呈现了一个更加多元和开放的澳大利亚形象，拓展了共同地域的想象空间。

总的来说，文学作为一种语言符号系统，不仅是对现实的再现，更是对共同地域的想象和构建。通过对澳大利亚故事和生活的描绘与建构，作家们不断拓展和丰富澳大利亚人的地域意识和文化认同，为共同地域的想象提供了丰富的语言资源和文化底蕴。因此，可以说文学作为一种表达和传播文化身份的媒介，对于共同地域的想象和认同具有重要的意义和作用。

二　神话创造与澳大利亚文化身份

苦乐与共的历史经历对于文化身份的孕育和形成是不可或缺的。民族英雄、民族传说、成文的历史记载，多是共同经历的斗争和苦难的纪念，能够使生活在同一片土地上的人在对往昔的追思与缅怀中意识到民族的共同利益以及"我族"与"他族"之间不可泯灭的界限。① 澳大利亚的历史起源在某种程度上来说与它的"母亲"——英国和"大哥"——美国的历史如出一辙，尤其是美国，都是异域入侵者驱逐屠杀本地居民并在当地拓殖、栖息、探索、建立自己的民族国家，并逐渐融入国际社会的历史。澳大利亚文学史发展轨迹则反映了澳大利亚历史的发展轨迹，更准确地说是推动了澳大利亚历史的发展，特别是对澳大利

---

① 宁骚：《民族与国家：民族关系与民族政策的国际比较》，北京大学出版社，1995，第82~83页。

亚文化身份的产生、形成与塑造起了不可估量的作用。

英国白人在带来杀戮、血腥、征服的同时也为澳大利亚带来了文学。① 库克船长的航海日志尽管记录了澳大利亚的地理风物，但澳大利亚文学史上记述的第一部作品通常是 1789 年在伦敦出版的沃特金·坦奇的《植物学湾远征亲历记》，该书依据他本人亲历和日记向英国真实地报道了澳大利亚的殖民进展情况，叙述真实、严谨，现场感很强，引人入胜，既是澳大利亚早期历史档案，又是生动的文学作品，第一次让英国人生动地感受到迥异于英国的澳大利亚新大陆。这一时期文学价值不高却真实记录了新大陆的见闻和游记，由于销量巨大，客观上在人们心里定格了一个别样的生活环境，而这却是共同经历赖以依存的客观条件。

与新西兰等英国殖民地不同的是，澳大利亚的殖民史是以流放犯起家的，并且直到 19 世纪 20 年代，流放犯还占殖民地总人口的 90%。他们在这里开荒种地、伐木采石，历经数十年把一片荒原改造成一片宜居之地，以至于著名历史学家拉塞尔·沃德把他们称为"开国元勋"（founding fathers）。② 澳大利亚的第一部小说《昆塔斯·塞文顿》就是关于流放犯的，尽管全书只有四分之一的故事发生在殖民地，而且展示的是"贵族流放犯"的生活，他们身体上受苦不多，精神上却很苦闷。与萨弗里优待的流放生活相比，詹姆斯·塔克（James Tuck）的《拉尔夫·拉什利》（*Ralph Rashleigh*）则展示了下层流放犯的真实生活，对肉体的折磨、生存的艰辛都有生动而深刻的反映。卡洛琳·利基

---

① 尽管原住民在这片土地上生息繁衍数万年，但除了口头传说和图画表述以外，基本上没有留下文字记述，因此一般文史学家都将 1788 年英国殖民者的到来算作澳大利亚文学的开端。然而，彼得·皮尔斯等人把原住民的图画和口头讲述也算作文学，因而澳大利亚文学史延续了成千上万年，参见 Peter Pierce, ed., *The Cambridge History of Australian Literature*, Cambridge: Cambridge University Press, 2009, p.52. 类似的，美国学者也把美国文学的历史延伸到古印第安人的歌谣、祷文、符咒、咒文、预兆、谜语和故事之中。他们提出，这些先民将感受到的山川风物形诸语言，传之后世，这就是美国文学的开始，参见〔美〕埃默里·埃利奥特主编《哥伦比亚美国文学史》，朱伯通等译，四川辞书出版社，1994，第 6 页。

② Russel Ward, *The Australian Legend*, Melbourne: Oxford University Press, 1958, p.36.

（Caroline Leakey）虽然不是流放犯，却创作了第一部反映女流放犯屈辱生活的《宽箭》（*The Broad Arrow*），其还反映了其他流放犯的苦难生活。马库斯·克拉克（Marcus Clarke）的《无期徒刑》（*For the Term of His Natural Life*）记述了当时重刑犯的生活，这不仅是一部文学名著，也是重要的历史见证。除此以外还有本土出生的约翰·兰（John Land）的《货币伪造犯的妻子》（*The Forger's Wife*）等流放犯小说。这些作品反映了澳大利亚人早期的开拓故事、苦难历史以及屈辱生活，尽管一开始他们不承认自己是澳大利亚人，并且很长一段时间内澳大利亚人都耻言这段历史，但也正是这段历史把他们凝结为澳大利亚人。这些作品在某种程度上美化了流放犯的形象，建构了一个所谓的"流放犯神话"（the convict legend）。尽管这是一段不光彩的历史，但也是使其区别于英美人的一个重要特征，并且他们对于通过自己的努力在一片荒原上建立了一个美丽的现代化国家是感到自豪的，因此即使流放制度在1868年就已彻底取消，但流放犯题材却在文学中得以延续，20世纪很多作家如帕特里克·怀特、托马斯·基尼利、哈尔·波特（Hal Porter）[①]等都借以重现历史、折射现实。

独特的生活环境决定了独特的生活方式，也会造就独特的精神。澳大利亚本是一片荒原，英国在将流放犯与移民送来的同时，也带来了等级制度以及由此而造成的贫穷与不公，因此澳大利亚人既要与荒芜而陌生的土地做斗争，还要常常面对不公正的管理者和当权者。在这样的生存环境下，他们形成了一种坚毅、勇敢、热情的性格，他们相信同伴间的友谊与公平竞争，同时对处于劣势的人充满同情且对与逆境抗争的人充满敬意，从而造就了一种独特的"伙伴情谊"（mateship），即相互之间支持与保护，为伙伴勇于赴汤蹈火的精神。[②]戈登率先在作品《浪花

---

① 如怀特的《树叶裙》（*The Fringe of Leaves*，1976）、基尼利的《招来云雀和英雄》（*Bring Larks and Heroes*，1967）、波特的《倾斜的十字架》（*The Tilted Cross*，1961），等等。

② David J. Tacy, *Remaking Men: Jung, Spirituality and Social Change*, London: Routledge, 1997, p. 135.

集》（*Sea Spray and Smoke Drift*）和《丛林歌谣与跃马曲》（*Bush Ballads and Galloping Rhymes*）中描写了丛林牛车夫、牧人与马师等的刚毅性格和贫寒生活；佩特森则在丛林民谣中歌颂丛林人的勇敢、机智和开拓精神；劳森一方面鼓吹民主与民族主义精神，另一方面描写丛林人与严酷环境不屈不挠的斗争和相互之间的友谊，赞颂了丛林人坚韧不拔的性格和坚固的友谊，他的"伙伴情谊"是澳大利亚民族精神的重要组成部分，甚至成了澳大利亚民族精神的代名词。在澳大利亚民族精神的塑造过程中，《公报》起着旗手的作用，它支持澳大利亚人写澳大利亚与人民，特别是内地和丛林，被称为丛林人的"圣经"，对澳大利亚民族特性和民族精神的形成和凝聚起了不可替代的作用。这种精神在战争中得以延续，使澳新军团的士兵在战争中大放异彩，尽管战争失败了，但大大提高了澳大利亚人民的信心。

然而，需要注意的是，澳大利亚的丛林精神虽然颂扬了野外环境的惊险和壮美与澳大利亚人面对挑战和逆境的勇气，却同样潜藏着粗俗、残暴和不公等负面因素。女性作家芭芭拉·贝恩顿（Barbara Baynton）在其作品中，以澳大利亚乡村为背景，生动描绘了人性的黑暗与生存环境的艰辛。她笔下的人物常陷于孤立无助之中，不仅要抵御野兽和自然灾害，还要面对人性的恶意。在贝恩顿的描写中，丛林不再是美丽宁静的自然景观，而成为充满残酷和不确定性的危险之地。她的作品展现了丛林环境的危机和社会的不公，对主流意识形态中理想化的丛林精神形象提出了挑战。她通过对人性的深度探索，揭示了在荒野环境中人们所面临的道德困境和心理压力，为澳大利亚文学带来了多样性与深度，并促使人们对丛林精神进行深思和反思。不过这种声音在澳大利亚比较微弱，算是一种边缘化的声音。

除了"流放犯神话"和"丛林神话"，澳大利亚人还创造了一系列民族神话，如"欧洲白人对澳大利亚无主土地的发现""澳大利亚是白人的澳大利亚""澳大利亚是澳大利亚人的澳大利亚""澳大利亚的幸福生活方式神话""澳大利亚是一个独立、民主、富强的国家""英勇的探险家发现了澳大利亚内陆""澳大利亚人是自由、平等的，他们享有充分的民主"，等等。[①] 正是通过这一系列神话的建构，他们具有越来越强烈的澳大利亚意识。

小　结

在近现代民族的形成与民族国家的建构过程中，小说与报纸等现代传媒对民族这一"想象的共同体"的建构具有举足轻重的作用，是它们把一个个分散的个体用想象联结在一起，最终使该民族具有一个确定的文化身份。从中外各国的发展史来看，文学对文化身份的形成功不可没，它是各民族文化的核心组成部分，具有民族认同和文化认同的重要功能，同时也是民族国家影响力兴衰的重要指标。

当然推动澳大利亚文化身份形成的因素远不止这些，比如还有共同的祖先或故乡，尽管现代民族不再是血缘群体，文化身份也不是血缘意识，但是作为移民国家的澳大利亚，共同的故乡和共同的祖先是他们产生认同的基础。对于文化身份的形成来说，尽管所谓"共同的祖先"只不过是一种传说、一种象征、一种信仰，然而它凝聚人心的作用是有目共睹的。因此在白人占绝大多数并且掌握话语权的情况下，以白人文化为中心建构文化身份也就见怪不怪了，比如他们所创造的"欧洲白人对澳大利亚无主土地的发现""澳大利亚是白人的澳大利亚"之类的神话，以至于他们推出了延续数十年的"白澳政策"。

共同的语言对文化身份的形成也是非常重要的。尽管澳大利亚白人也说英语，然而达尔文去了澳大利亚之后却惊呼澳大利亚英语与英国英语是多么不同。他的惊讶无疑带有贵族的骄傲与蔑视，但同时也使澳大利亚人为自己的语音而感到羞愧。很多人认为澳式发音是别人歧视澳大利亚人的一个原因，直到 20 世纪 60 年代，他们还不敢在电视广播中表

---

① 张计连：《镜观物色：彼得·凯里小说中的认同问题研究》，中国社会科学出版社，2015，第 1 页。

露自己的语音；70 年代以后才开始改变这种看法；80 年代《麦夸里词典》（*Macquarie Australian Dictionary*）的出版反映了澳大利亚人的文化身份意识。凭借共同的语言，人们能够进行频繁的、无阻碍的交往与沟通，具有共同特色的诗歌、传说、歌曲、童话等能够唤起共同的文化身份认同。

第三章

风景叙事与文化特性

德国历史哲学家、文化史学家斯宾格勒（Oswald A. G. Spengler）强调，风景（landscape 或 Landshaft）是文化的基础，人类……处处受它的控制，没有它，生命、灵魂和思想将是不可想象的。[①]"风景"又被译为"景观"，通常指"一个地区的外貌、产生外貌的物质组合以及这个地区本身"[②]，是人文地理学的一个基本术语。英国中世纪时期，该词用来指一个地主控制的或一个特殊群体居住的土地。17 世纪，在荷兰风景画作者的影响下，"风景"一词逐渐指一个地区的外貌。[③] 该词在人文地理学中常被用于解读复杂的社会、文化现象，现在已经广泛进入自然科学和其他人文、社会科学中。随着文学研究中生态批评的进展，人文地理学成为文学研究的一个理论资源，文学中的风景叙事也愈发引人关注，风景的概念也随之发生某些变化，土地、环境、背景、空间等都被纳入

---

① 转引自 John O. Simonds and Barry W. Strake, *Landscape Architecture: A Manual of Environmental Planning and Design* (4th edition), New York: McGraw-Hill Companies, Inc., 2006, p. 13。

② 〔英〕R. J. 约翰斯顿等主编《人文地理学词典》，柴彦威等译，商务印书馆，2004，第 367 页。

③ Derek Gregory et al., eds., *The Dictionary of Human Geography* (5th edition), West Sussex: Blackwell Publishing Ltd., 2009, p. 409.

"风景"的视野。① 风景不仅仅是自然的，著名华裔人文地理学家段义孚（Yi-Fu Tuan）认为"风景是人为作用的集中反映，是土地与其上的建筑的集成"，也就是说风景是自然环境与人文景观的组合，但他同时也写道："风景也不是一棵树与一栋房子的简单相加，而是像文化一样不是一个短语就能简单定义的。"② 人类的生活方式和对自然的态度无疑会给某一地区的自然环境烙上人的印迹，而一个地区的风景也会形塑当地居民的生活方式和自然观念。

在澳大利亚的文化传统研究中，"风景"一词被广泛而频繁地使用，其范围可能涵盖从生物物理环境到电影和文学作品中的自然背景，或特定类型的风景绘画。通常来说，"风景"是指自然的表征。基于这一概念，自然与文化被视为对立的，而在澳大利亚的殖民语境中，自然被看作文化的对手和文明的敌人。汤姆·格里菲斯（Tom Griffiths）认为："地理和历史、土地和文化之间相互竞争的现实，代表了澳大利亚生活中出身与环境之间根本的、持久的紧张关系。"③ 这种以某种方式抵制文化发展的环境概念是澳大利亚殖民历史叙事的核心。然而，"风景"和"环境"的概念也被视为定居者自我表达和民族认同的隐喻。20世纪澳大利亚民族主义的特点就是凸显澳大利亚环境的独特价值和意义，即风景的视觉特质和独特的本土动植物群。对于大部分城市化的定居者来说，自然（内陆或丛林）被视为真正的澳大利亚体验的源泉。④ 斯皮尔曼（Lyn Spillman）曾经指出，风景只是美国象征中的一小部分，相比而言，风景对于澳大利亚人建构文化身份的表达至关重要。⑤ 而从更长

---

①　W. J. T. Mitchell, ed., *Landscape and Power*（2ⁿᵈ edition）, Chicago: The University of Chicago Press, 2002, p. viii.

②　D. W. Meinig, ed., *The Interpretation of Ordinary Landscapes: Geographical Essays*, Oxford: Oxford University Press, 1979, p. 89.

③　Tom Griffith and Libby Robin, eds., *Ecology and Empire: Environmental History of Settler Societies*, Melbourne: Melbourne University Press, 1997, p. 11.

④　Tracy Ireland, "'The Absence of Ghosts': Landscape and Identity in the Archaeology of Australia's Settler Culture", *Historical Archaeology*, Vol. 37, No. 1, 2003, p. 56.

⑤　Lyn Spillman, *Nation and Commemoration: Creating National Identities in Australia and the United States*, New York: Cambridge University Press, 1997, p. 125.

的历史来看，澳大利亚定居史揭示了澳大利亚风景是由其文化所塑造的。[1] 因此我们可以通过风景的独特性来观察和解读一地居民的精神文化史，也可以通过"文学中的风景"来解读一个时代的精神特质。本章所探讨的风景不仅包括人文地理学上的风景，即土地及其上的附属物，更是人类对风景想象的"文化建构"。

第一节 何以是风景？

在澳大利亚文学史的最初几十年里，游记、见闻、札记是当时文坛的创作主流。第一首英文诗歌的出现要在欧洲白人开疆拓土 20 年后的 1810 年才出现，是由一个叫罗宾逊（Robinson）的重刑犯创作的。澳大利亚第一部诗集的出版则到了 1819 年，是英国官员巴伦·菲尔德（Baron Field）自费出版并只在朋友圈中流传的《澳大利亚诗歌第一果》（*First Fruits of Australian Poetry*）。澳大利亚出版的第一部小说是 1830～1831 年的《昆塔斯·塞文顿》。这些作品以及包括后来出版的《殖民地的故事》《定居者与流放犯》等小说作品都以撰写风光奇闻为表现形式，自然风光的描写是其主要内容，被人贬称为"旅游文学"，这些作者也被谑称为"文学旅游家"，最初五十年间的澳大利亚被很多文史学家称为"文学荒漠"。[2] 澳大利亚本国文史学者也对这些作品未予过多关注，在写到这些作品时多是一笔带过。[3] 有学者把这种现象归结为"早期的流放犯文化程度都不高，为其他目的而迁徙来的移民，也大多与难以发财致富的艺术创作无缘。创作者主观上能力的不足与客观上读者的需求，导致了被文史学家称之为'旅游文学'的疯长，以及严肃文学创作

---

[1] Stephanie Mawson, "The Deep Past of Pre-Colonial Australia", *The Historical Journal*, Vol. 64, No. 5, 2021, p. 1498.

[2] 黄源深、彭青龙：《澳大利亚文学简史》，上海外语教育出版社，2006，第 11 页。

[3] Peter Pierce, ed., *The Cambridge History of Australian Literature*, Cambridge: Cambridge University Press, 2009; Elizabeth Webby, *The Cambridge Companion to Australian Literature*, Cambridge: Cambridge University Press, 2000; Leonie Kramer, ed., *The Oxford History of Australian Literature*, Melbourne: Oxford University Press, 1981.

的歉收"。① 真是因为"文化程度不高"吗？我们可以通过一组数据来了解当时殖民地人民的文化程度。1804～1814年悉尼市内及周边地区婚姻登记调查显示，殖民地以外出生的人口中55%的男性和24%的女性可以自己签名，相反在殖民地出生的人口中，能够自己签名的人数男性占到63%，女性占到44%。到1821～1824年，这个比例更是增长至86%和75%。② 一般而言，能写字的肯定能识字，因此当时澳大利亚殖民地的识字率更加可观，可以说当时"殖民地成年人的识字率达到了一个惊人的高度"。③ 就当时的情况而言，澳大利亚殖民地成年人的平均文化水平应当不至于低于英国的平均水平，因此断言他们"文化水平不高"是值得商榷的。

　　这种情况出现的另一个原因是"客观上读者的需求"，这个解释应该是有道理的，但是为什么会有这种需求呢？为了解释这一点，我们有必要回到英国的传统。

一　英澳的旅行传统

　　所谓旅行，最简单的定义是指人类的身体在空间中的移动，这种移动可以出于各种不同的动机，例如战争的、经济的、宗教的、世俗的或休闲的。④ 根据考古发现，埃及鲁克斯欧尔的戴特伊尔巴哈神庙（the temple of Deir el-Bahri at Luxor）的墙上记录了公元前1480年古埃及哈斯朴萨特（Hatshepsut）皇后到彭特岛（Punt）（据说是在非洲的东海岸）的旅行活动，这可能是世界上最早的以和平与观光为目的的旅行活动。⑤ 但是人类的旅行活动远远早于这个时期，可能在公元前30世纪开始，

---

① 黄源深：《澳大利亚文学史》，上海外语教育出版社，2014，第 ii 页。

② Peter Pierce, ed., *The Cambridge History of Australian Literature*, Cambridge: Cambridge University Press, 2009, p. 35.

③ Peter Pierce, ed., *The Cambridge History of Australian Literature*, Cambridge: Cambridge University Press, 2009, p. 34.

④ 张德明：《英国旅行文学与小说话语的形成》，《国外文学》2011年第2期，第36~37页。

⑤ Charles R. Goeldner and Jr. Brent Ritchie, *Tourism: Principles, Practices, Philosophies*（11th edition）, Hoboken, NJ: John Wiley and Sons, Inc., 2009, p. 37.

为商业的目的而进行的旅行就已经非常活跃，那时位于地中海边的腓尼基王朝凭借其发达的商业、手工业、造船业和作为西亚海陆交通的枢纽，一度成为欧洲通往古埃及、克里特等地商务旅行的中心。① 中国商朝的商务旅行活动足迹就已遍及东北及渤海湾，东南至浙江，西南达四川，西北远及新疆等他们所知的世界。

宗教旅行起源也非常早。古希腊是古代世界著名的宗教旅行胜地，提洛岛、奥林匹亚每年都要举行大型的宗教庆典活动，吸引了许多宗教朝觐旅行者。这种朝觐活动一直延续到现代，现在每年还有大批的人到麦加去朝圣。战争所引起的人类迁徙活动甚至更早、更频繁、规模更大。

英国作为一个异族入侵而崛起的国家，其本性就是"身体的移动"。中世纪以前的大不列颠从未平静过，从罗马入侵到盎格鲁-撒克逊入侵，到丹麦入侵，再到诺曼入侵，大不列颠岛一直处于不停的奔波移动之中。诺曼征服之后，又是长达 200 年的十字军东征（The Crusades，1096—1291），接下来是英法百年战争（Hundred Years' War，1337—1453），紧接着是兰开斯特家族（House of Lancaster）与约克家族（House of York）之间长达 30 年的玫瑰战争（Wars of Roses，1455—1487）。进入 16 世纪以来，随着英国航海技术的发展和航海力量的壮大，英国的战场也从陆地转到海洋，从近海走向远洋。自 16 世纪 60 年代开始，英国和西班牙两国之间海上争斗日益增多。1587 年海军力量增强的英国向西班牙发起进攻，开始了海上霸权的争斗；1588 年英西海战一战定音，英国初步掌握了海上霸权，也开始了海外殖民地的争夺。17 世纪的三次英荷战争和 18 世纪的英法"七年战争"稳固了英国的海上霸权，建立了海权—贸易—殖民地的帝国主义模式，英国成为世界上最大的殖民帝国，号称"日不落帝国"（the empire on which the sun never sets），从此英国人的脚步遍及世界各地，据英国历史学家斯图尔特·莱科克

---

① 罗明义：《国际旅游发展导论》，南开大学出版社，2002，第 11 页。

（Stuart Laycock）在他的新书《我们侵略过的所有国家：还有少数我们没来得及去的国家》（*All the Countries We've Ever Invaded：And the Few We Never Got Round to*）中写道，在全世界近200个国家里，只有22个国家未被英国入侵过。① 因为战争，旅行成为很多英国人生活的一部分。

宗教旅行则是英国人日常生活的一部分。朝圣是宗教活动的一种重要形式，古希腊成为宗教圣地以后，很多人去那里朝圣，英国人也不例外，这种活动从中世纪一直延续到近代，并且产生了很多朝圣文学。朝圣者（pilgrims）一词经常出现在中古英语文学中，因此大家都认为它的存在与意义是理所当然的，圣地旅行是中世纪宗教活动不可分割的一个部分。当代中世纪文学专家迪亚斯（Dee Dyas）认为当时的朝圣活动（life as pilgrimage）包含三层意义：一是内省朝圣（interior pilgrimage），大致是指"冥想生活"（contemplative life），即修行；二是道德朝圣（moral pilgrimage），对应于"积极生活"（active life），即践行上帝旨意；三是实地朝圣（place pilgrimage），就是到有圣徒的地方或圣地去旅行，以赎免某种特定原罪或各种放纵行为所带来的罪恶，或冀以获得拯救或其他物质利益，或学习和表达忠诚。② 实地朝圣在当时的英国非常流行，从乔叟的《坎特伯雷故事集》即可看出当时朝圣活动的盛况。

16世纪中后期，英国兴起了一股新的旅行热潮，用现在的话来说就是"游学"，历史上称为"大旅行"（The Grand Tour）。近代初期，作为偏居一隅的岛国，英国无论从地理还是文化上来说，都处于欧洲的边缘地带，与文艺复兴后的意大利文化和法国文化的灿烂辉煌相比，英国文化明显黯淡得多。欧洲大陆各国成为英国精英阶层获取文化养料与社会地位的重要来源。英国哲学家、经济学家和启蒙运动领袖人物亚当·斯密（Adam Smith）写道："英国的年轻人中学毕业时，不等投考大学便

---

① "Author: 22 Countries not Invaded by Brits", United Press International（UPI），http://www.upi.com/Odd_News/2012/11/05/Author-22-countries-not-invaded-by-Brits/UPI-62891352143780/.

② Dee Dyas, *Pilgrimage in Medieval English Literature, 700-1500*, Cambridge: D. S. Brewer, 2001, p. 6.

被送往国外旅行已成为日渐浓厚的社会风气。人们普遍认为，年轻人旅行归来后便会大有长进。"① 欧洲大陆行甚至成为人们身份和地位的象征。塞缪尔·约翰逊（Samuel Johnson）曾经在 1776 年说道："一个没去过意大利的人，总会自感比他人低下，因为他没有看见一个人所应看到的东西。看见地中海的海岸是旅行的伟大目标……我们的所有宗教，我们的几乎所有法律，我们的几乎所有艺术，几乎所有一切让我们与野蛮人相区别的东西，都是从地中海的岸边传到我们这个地方。"② 伊丽莎白一世时期，贵族们纷纷将自己的子弟送往欧洲大陆，去接受新思想，学习文化和政治体制，随后中产阶级也纷纷效仿。在整个"大旅行"的历史中，法国、意大利、德国、瑞士和荷兰等国家是英国人旅行的主要目的地。当时的社会风气是，旅行时间一般为三年，人们普遍追求这样的旅行日程。人们首先抵达法国，先在巴黎逗留一段很长的时间，然后9~10 月来到里昂，因为"对于前往意大利的人来说，这里是一个理想的集合地"③，然后在意大利待上一年，参观热那亚、米兰、佛罗伦萨、罗马、威尼斯等地，然后经德国、荷兰、比利时和卢森堡，取道瑞士返回英国。这种旅游模式兴起于 16 世纪，发展于 17 世纪，盛行于 18 世纪，衰落于 19 世纪，但是这种"大旅行"至今尚未消亡，只不过时间不是三年，而是三个星期了。

随着 17 世纪英国资产阶级革命取得胜利，人类步入了近代社会，这时旅游活动较以前有所增加，以休闲度假为目的的旅行增多。随着工业革命的深入，交通状况大为改观，社会生产力快速发展，社会财富增多，自由而富有的休闲阶层出现。以休闲保健为目的的温泉旅游和海滨度假进一步发展起来，其从最初的贵族和上层社会的专利，变为中产阶级和专业人士的经常性选择。由于带薪休假制度实行，中下层社会人士

---

① 转引自 George Young, *Tourism: Blessing or Blight*, London: Penguin Books, 1973, p. 16。
② 转引自彭顺生《世界旅游发展史》，中国旅游出版社，2006，第 161 页。
③ Jean Gailhard, *The Compleat Gentleman: or Directions for the Education of Youth as to Their Breeding at Home and Travelling Abroad*, London: J. Starkey, 1678, p. 140.

也开始度假旅行。18世纪后期在浪漫主义代表人物卢梭、歌德、海涅等人"回归自然"的感召下，尤其是工业革命加速了城市化的进程，人们的生活空间缩小，生活节奏加快，与自然的距离越来越远，需要适时逃避紧张的城市生活和拥挤嘈杂的环境压力，这些大大激发和强化了人们返回自由、宁静的大自然中去的旅游动机。因此欧洲人纷纷走出家门，投入大自然的怀抱，英国人横渡英吉利海峡，来到欧洲大陆，领略阿尔卑斯山的雄壮自然风光，"世界上第一次出现了真正自觉的、有特定目的的自然观光旅游"。[1] 随着工业革命的深入，现代商业旅游（tourism）[2] 开始萌芽，1841年，托马斯·库克（Thomas Cook）包租火车组织了一个团队旅游专列，这被视为近代旅游及旅游业的开端，从此旅游进入普通大众的日常生活。

从英国到澳大利亚殖民的白人完全继承了英国人不断"移动"的传统。从殖民时代开始，对澳大利亚人来说，旅行的概念比安居乐业更深入人心。他们要么不断迁居寻找新的财富，要么安定一段时间之后回到英国探望亲人、重温旧时记忆。新土地的开垦、工业化和城镇化的发展、不断扩散的移居人群，让澳大利亚人习惯了面对舟车劳顿之苦，他们经常或坐马车或骑马或乘船穿梭来往于各地。著名作家亨利·劳森和A. B. 佩特森的很多作品就是在旅行途中创作的。

随着铁路建设的铺开，旅行变得更加频繁，旅游业开始兴盛。最初主要是前往人口居住中心附近的度假胜地旅行，比如新南威尔士的蓝山、墨尔本及维多利亚州主要城市附近的山丘和海滩，随后又兴起了州际旅行。第一次世界大战之后，旅游业稳步发展。澳大利亚成立了国家旅行协会（Australian National Travel Association），还在美国和英国设立了办事处，创办了会刊《徒步旅行》（Walkabout），后来被《澳大利亚国家地理杂志》（Australian Geographic）所取代，成为宣传澳大利亚生活

---

① 彭顺生：《世界旅游发展史》，中国旅游出版社，2006，第160页。
② Tourism 一词晚至19世纪早期才出现在英语中。1838年，法国作家斯坦德哈尔第一次将法语"旅行者"传播开来。

方式的主要载体。

第二次世界大战后，随着新型和改进型交通工具的涌现，私家车拥有量显著增加。三周的带薪年假和长期服务假的推出使大多数人收入增加和休闲时间增多，成千上万的澳大利亚人现在几乎可以通过公路抵达澳大利亚的每一个地区。生活水平的提高和国外目的地的积极宣传使国际旅行逐渐演变成一场群众运动。新型的远洋客轮大幅缩短了旅行时间，尤其值得注意的是，航空旅行变得日益普及，速度更快、更安全、价格更实惠。自 1960 年喷气式飞机时代开始以来，大型客机以每小时约 788 公里的速度运送数以百计的乘客，将世界之间的距离缩短了一半。① 先进的交通和通信设施为国际思想和文化交流提供了便利条件，使源自其他国家的思想潮流和学派得以迅速传播至澳大利亚，对当地的思想界产生了深远影响，并催生了一大批能够接受这些思想的听众与读者。帕特里克·怀特就是"由民族化向国际化变革的先行者"。② 他在澳大利亚度过少年时代，而后前往英国求学并周游世界，使他具有了国际化视野，对澳大利亚文学进行了国际化改革，从此澳大利亚文学进入国际化时期。

二 英澳的游记传统

英国悠久的旅行传统催生了游记文学，游记文学又进一步推动了旅行的发展。游记对英国文学、经济以及在全球扩张方面都产生过重要的影响，马歇尔（P. J. Marshall）和威廉姆斯（Glyndwr Williams）对 18 世纪英国的游记文学给予过高度的评价。③ 西方学者一般把英国游记文学的起源定位于 1589 年，因为这一年英国地理学家、牛津大学的牧师理查德·哈克鲁特（Richard Hakluyt）收集整理出版了一部英国航海活动

---

① John Ivor Richardson, *A History of Australian Travel and Tourism*, Maastricht, The Netherlands: Hospitality Press, 1999, p. 131.

② 黄源深：《澳大利亚文学史》，上海外语教育出版社，2014，第 iv 页。

③ P. J. Marshall and Glyndwr Williams, *The Great Map of Mankind: Perceptions of New Worlds in the Age of Enlightenment*, Cambridge: MA: Harvard University Press, 1982.

文本《英国民族主要的航海、旅行、交往和发现》(*The Principal Navigations*, *Voyages*, *Traffiques and Discoveries of the English Nation*, 简称《主要的航海》),是英国历史上第一部重要的航海记录。[1]实际上英国的游记文学传统要比这早得多,芭芭拉·柯特(Barbara Korte)在她的英国游记史专著中把这种传统追溯到中世纪的朝圣文本[2],朝圣在中世纪的英国是一项非常重要的宗教活动,伴随着这项活动的就是大量朝圣文学的出现。

英国古英语与中古英语文学留下的作品很少,14世纪《坎特伯雷故事集》的作者乔叟一般被称为"英国文学之父",实际上根据最近的研究发现在乔叟之前还有一部影响了包括哥伦布在内的很多欧洲冒险家、为莎士比亚等英国伟大作家提供了灵感的伟大作品,即《曼德维尔游记》(*The Travels of Sir John Mandeville*)。[3] 除了作者自己在书中提到的信息以及根据文本对其身份的推断以外,我们对其知之甚少。他自称是英国骑士,1332~1356年(有些版本为1332~1366年)服务于埃及的苏丹和大汗(Sultan of Egypt and the Great Khan)。该书最初于14世纪中叶在欧洲流传,后迅速成为最为流行的地理书,到1500年在欧洲所有主要语言中几乎都有该书的译本。它对中世纪和文艺复兴时期欧洲人的世界观念产生了巨大的影响,为所有最伟大的航海家和冒险者所熟知,同时也对当时的欧洲社会进行了严肃的批判性观察。[4] 作者用大量的篇幅梳理了从欧洲通往圣地耶路撒冷朝圣的路线,描述了路上所见到的名胜古迹和奇闻逸事,其讲述的故事大大超越了《旧约》所提供的信息,想象了远东的世界。他用诙谐的笔调描述了异域的奇珍异兽、矿产资源,描

---

[1] Peter Hulme and Tim Youngs, *The Cambridge Companion to Travel Writing*, Cambridge: Cambridge University Press, 2002, p. 18.

[2] Barbara Korte, *English Travel Writing from Pilgrimages to Postcolonial Explorations*, Basingstoke: Palgrave Macmillan, 2000, p. 13.

[3] G. Milton, *The Riddle and the Knight: In Search of Sir John Mandeville, the World's Greatest Traveler*, New York: Farrar, Straus and Giroux, 2001, p. 376.

[4] John Mandeville, *The Travels of Sir John Mandeville*, C. W. R. D. Moseley tran., London: Penguin Books, 2005, p. 1.

绘了异族的种种奇特细节，给读者展示了一个奇妙无比的未知世界。尽管很多学者批评他杜撰甚至剽窃，但是他改变了欧洲人的世界观，这是无可辩驳的。乔叟的《坎特伯雷故事集》也是一部朝圣文本，不同的是作者以朝圣路上的朝圣者分别讲述故事来建构游记文本。如果说前者是个人化的想象文本，后者则是团体化的写实文本，生动逼真地记述了当时英国的风土人情与社会生活，成为英国文学史上的里程碑。17 世纪出版的《天路历程》（*The Pilgrim's Progress*）则是迪亚斯所谓的"内省朝圣"和"道德朝圣"文本，通过一个名叫"基督徒"的人的"天路历程"来达到道德净化和宗教救赎的目的，但其本质仍然是一种游记文学，从某种意义上来说，威廉·朗格兰的《农夫皮尔斯》也是这样一部游记。

16 世纪以来，英国人看到海上掠夺的西班牙人和葡萄牙人把一块贫瘠的土地经营得颇为富裕，其中"卤莽且不怕冒险的实干家、勇敢的航海者以及海盗们促成了英国与海洋的联姻。新的能量从英国民众的力量中喷薄而出。他们贪婪地向海洋扑去"。[1] 一种新的冒险游记——航海日志——随之出现。因为"在旅行中，尤其是海外冒险，文献记录是非常重要的。英国商人和水手长期以来被告诫必须仔细记录他们的行动，以为后来者提供指引，同时也填补地理知识的空白"。[2] 尽管如此，16 世纪的英国航海游记并不发达，"1580 年之前的英国书店仍然被外国航海记录所霸占"。[3] 英国最早的航海文集是理查德·伊登（Richard Eden）于 1555 年编撰的《新世界的数十年》（*The Decades of the New World*），根据哥伦布及其后继者的经历而编成。1588 年，托马斯·哈略特（Thomas Harriot）发表了《关于新发现的弗吉尼亚的简短而真实的报

---

① 〔德〕C. 施米特：《陆地与海洋：古今之"法"变》，林国基、周敏译，华东师范大学出版社，2006，第 84 页。

② Peter Hulme and Tim Youngs, *The Cambridge Companion to Travel Writing*, Cambridge: Cambridge University Press, 2002, p. 17.

③ Peter Hulme and Tim Youngs, *The Cambridge Companion to Travel Writing*, Cambridge: Cambridge University Press, 2002, p. 19.

告》（*A Briefe and True Report of the New Found Land of Virginia*），这是他前往弗吉尼亚的考察报告，为后来的英国人在弗吉尼亚登陆提供了指导。1588 年，英国击败西班牙的无敌舰队成为海上霸主，一年后理查德·哈克鲁特收集了其同胞 1500 年来的 93 次航海记录，编辑成《主要的航海》，显示了英国男人"是充满活力、勇闯天涯的人"。① 这是一部具有开拓意义的书籍，不仅为了记录过去，更重要的是开启未来，实际上也成为英国深入远海的标志，同时成为英国航海游记的开端，为莎士比亚、笛福、斯威夫特等人提供了创作的灵感。从此英国的航海游记变得日益繁荣并且非常畅销。1748 年，一本名为《环球航行记》（*A Voyager Round the World, in the Years 1740-44*）的航海游记在英国出版，这本书在 18 世纪极为畅销，甚至成为当时衡量最畅销著作的标准，截至 1776 年已有英文本和各种译本 20 个以上。作者格奥尔格·福斯特（Georg Foster）声名鹊起，该书也成为"18 世纪民族志报告方面最好的著作之一"②，其标题甚至成为航海游记的样板，譬如记录库克船长第二次航海经历的那本书也叫《环球航行记》（*A Voyager Round the World*, 1777）。此后还有一系列的不同作者写的航海游记，他们都喜欢冠以《环球航行记》之名，如 *A Voyager Round the World*（1822、1823）等。这也就难怪坦奇的《植物学湾远征亲历记》这样的航海游记会成为当时最畅销的书籍。

旅行与写作是最亲密的朋友，16 世纪，写作成为旅行的基本组成部分。除了朝圣和航海以外，当时英国的风光游也开始兴起，同时风光游记开始盛行。亨利八世时期的诗人、古董收藏家约翰·利兰（John Leland/ Leyland）在 1535～1543 年广为游历，游览了大量种植园、花园、宫殿，做了大量的笔记，这些作品成为庄园游记的典型代表。西莉亚·

---

① Peter Hulme and Tim Youngs, *The Cambridge Companion to Travel Writing*, Cambridge: Cambridge University Press, 2002, p. 19.

② Roy Porter, ed., *The Cambridge History of Science*（Vol. 4），Cambridge: Cambridge University Press, 2008, p. 443.

菲尼斯（Celia Fiennes）1685～1703 年骑马游遍英格兰，生动详细地记述了一个个景点，尤其是一些庄园的建筑风格和特色。约翰·泰勒（John Taylor）1618 年出版的《身无分文的旅程》（*The Pennyles Pilgrimage*），描述了他步行去爱丁堡的旅行经历。托马斯·寇芮特（Thomas Coryate）的《急就之章》（*Crudities*）描绘了他的欧洲大陆之行，成为"大旅行"的先导。1670 年，理查德·拉塞尔斯（Richard Lassels）首次在《意大利之旅》（*An Italy Voyage*）中引入"大旅行"，大旅行成为一个多世纪来的时尚。人们在日记、书信中大量描述当时欧洲大陆的湖光山色、风景名胜，诗人托马斯·格雷（Thomas Gray）曾经在给朋友的书信中写道：阿尔卑斯山"没有一座峭壁、一道山洪，或一块岩石不是饱含着宗教和诗意"。①除此以外，这一时期还有大量的游记，如丹尼尔·笛福（Daniel Defoe）的《大不列颠遍游记》（*Tour Thro' the Whole Island of Great Britain*）、约瑟夫·艾迪生（Joseph Addison）的《意大利局部评论》（*Remarks on Several Parts of Italy*）、托比亚斯·斯摩莱特（Tobias Smollett）的《法兰西、意大利游记》（*Travels through France and Italy*）、塞缪尔·约翰逊的《苏格兰西部岛屿游记》（*A Journey to the Western Island of Scotland*）等。

英国的游记文学盛行了几个世纪之久，浪漫主义时期还有追求历史可靠性的游记，如爱德华·特劳利（Edward Trelawny）的《幼子冒险记》（*Adventure of a Younger Son*）、玛丽·雪莱（Mary Shelley）的《六周游纪事》（*History of Six Weeks Tour*）等。直到 19 世纪中后期，当商业旅游变得普及而其他文类尤其是小说变得盛行时，游记文学才逐渐走向衰落。

尽管英国游记文学衰落了，但是澳大利亚人接过了接力棒，继续从事游记文学创作，并且将其发扬光大，罗宾·戴维森（Robyn Davidson）曾经写道："澳大利亚本身就是一个旅行故事。"② 澳大利亚人将原住民

---

① 刘意青主编《英国 18 世纪文学史》，外语教学与研究出版社，2005，第 248 页。

② Robyn Davidson, ed., *The Picador Book of Journeys*, London: Picador, 2001, p. 4.

哲学与欧洲旅行历史结合在一起，将大地与人类的流动性和躁动不安联系起来，使澳大利亚游记在英语游记文学中占有独特地位。[①] 库克船长的航海日志记录了澳大利亚这一令人惊异的岛屿大陆，激发了人们极大的兴趣。澳大利亚的游记文学描绘了一幅整个 19 世纪和 20 世纪初殖民地人民、印刷文化和大英帝国如何共同成长的图景。澳大利亚作为一个既陌生又熟悉的地方，无论是殖民还是被殖民，它都激发了澳大利亚人对旅行行为和定居过程的写作兴趣，打破了关于欧洲自身和其他民族的霸权假设。

在欧洲人尚未踏足澳大利亚之前，约瑟夫·霍尔（Joseph Hall）就在《同一个世界，另一片土地：南方大陆》（*Mundus alter etidem：sive Terra Australis*）中想象了它的存在。1688 年，英国航海家、博物学家威廉·丹皮尔（William Dampier）第一次登陆澳大利亚的国王之声（King Sound），即今天西澳大利亚州的布鲁姆附近。他在 1703 年出版的《新荷兰的航海之旅》（*A Voyage to New-Holland*）中第一次记录了澳大利亚的动植物，将鳄梨（avocado）、火烈鸟（flamingo）、腰果（cashew）、筷子（chopstick）、双体船（catamaran）、烤肉（barbecue）和面包果（breadfruit）等词引入英语。他还启发了丹尼尔·笛福和乔纳森·斯威夫特的写作。[②]《格列佛游记》中的小人国和慧骃国据称就位于塔斯马尼亚与澳大利亚大陆之间。

1788 年之后，澳大利亚殖民地充斥着好奇的英国人，诸如官方资助的探险者、独立冒险家、科学观察员、殖民地官员及其家属、海军人员、寻求好"文案"的作家和记者以及宗教旅行者。旅行写作以及更广泛的源自旅行和探险的写作成为澳大利亚殖民行为的重要组成部分。19

---

① Nandini Das and Tim Youngs, *The Cambridge History of Travel Writing*, Cambridge: Cambridge University Press, 2019, p. 267.

② Kim Martins, "William Dampier", *World History Encyclopedia*, https://www.worldhistory.org/William_Dampier/.

世纪澳大利亚的非虚构文本充斥着描写旅行和记录探险的文字。[1] 到 19 世纪中后期，澳大利亚已形成成熟的旅游贸易和商业旅行写作，比如埃德蒙·利塞斯（Edmund Leathes）充满戏剧性和耸人听闻的游记《一个演员在国外或八卦戏剧、叙事和描述：一个演员在澳大利亚、新西兰、三明治群岛、加利福尼亚州、内华达州、中美洲和纽约的回忆》（*An Actor Abroad or Gossip Dramatic, Narrative and Descriptive from the Recollections of an Actor in Australia, New Zealand, the Sandwich Islands, California, Nevada, Central America, and New York*）、托马斯·库克（Thomas Cook）的《在上帝右手的日子：我们在澳大拉西亚和锡兰的传教之旅》（*Days of God's Right Hand: Our Mission Tour in Australasia and Ceylon*）等。19 世纪的绝大多数澳大利亚人认为自己只是英国人，他们的作品只是英国游记的一个子类，带有轻微的殖民色彩。[2] 直到 19 世纪 90 年代，旅行作家中出现了一种明显的澳大利亚情调，他们发现对英国的怀旧情结并不总能得到回报，他们将断言澳大利亚的优越性作为回应。

20 世纪初，许多澳大利亚人前往英国和欧洲旅行：一些人前往伦敦，或将伦敦作为进一步旅行的跳板。艺术家们被欧洲的风景、训练体系和社会环境吸引。战争首次为白人和原住民士兵提供了国际旅行的机会，尤其是在第一次世界大战期间。他们以外国人的震惊和旅行者的好奇心对比他们的出生地和异国他乡，如希尔达·里克斯·尼古拉斯（Hilda Rix Nicholas）、西德尼·诺兰（Sidney Nolan）、帕特里克·怀特等。从 20 世纪 30 年代开始，澳大利亚兴起国内旅行热：了解自己的国家，尤其是偏远地区，以及靠近亚太的地区。埃莉诺·达克（Eleanor Dark）写道，"新型长途旅游车使澳大利亚内陆变得触手可及"，她认为内陆不

---

[1]　Nandini Das and Tim Youngs, *The Cambridge History of Travel Writing*, Cambridge: Cambridge University Press, 2019, p. 271.

[2]　Ros Pesman, David Walker, and Richard White, eds., *The Oxford Book of Australian Travel Writing*, Melbourne: Oxford University Press, 1996, p. 2.

仅是澳大利亚的地理中心，还具有重要的精神意义。[①] 这种朝圣心理一直延续下来，如罗德尼·霍尔（Rodney Hall）的《回家：澳大利亚之旅》（*Home: A Journey through Australia*）和巴里·希尔（Barry Hill）的《岩石：乌鲁鲁之旅》（*The Rock: Travelling to Uluru*）。

综上观之，澳大利亚游记文学承袭了英国游记传统，但在其发展中逐渐形成了独特的声音和视角。从殖民初期到现代，游记文学记录了英国人和澳大利亚人对未知领域的各种探索和发现。这些作品不仅展示了旅行者对地理环境和自然景观的描述，还深入挖掘了他们对当地文化、历史和社会的观察和思考。游记文学不仅展示了澳大利亚的多样性和独特性，也显示了个体和集体身份的转变。从 20 世纪初的海外游学到国内探险，游记文学不断演变，为澳大利亚的文学遗产增添了丰富的层次和多元性。因此，澳大利亚游记文学不仅是英国游记传统的延续，更是澳大利亚文学中不可或缺的一部分，凸显了澳大利亚在世界文学舞台上的独特地位和贡献。

三　英澳的小说传统

英国的游记，即使是最早期的游记也非常注重修辞策略，作者们必须在已知世界与未知世界、传统的训诫与消遣、自己的个人兴趣与赞助人、雇主的兴趣之间进行平衡。出于这个原因，早期现代游记作者往往苦于在提供愉悦还是实际指导、纪实还是叙事、描写已经发生的事情还是暗示可能发生的事情之间做选择。[②] 正是出于这个原因，伊丽莎白·波尔斯（Elizabeth A. Bohls）和伊安·邓肯（Ian Duncan）认为游记和小说之间有许多相似之处：游记有教化的功能而且要求真实，而早期小说也有同样的要求，或者说小说作者自愿迎合这样的要求。[③] 但是游记先

---

① Eleanor Dark, "They All Come Back", *Walkabout*, Vol. 17, No. 1, 1951, p. 20.

② Peter Hulme and Tim Youngs, *The Cambridge Companion to Travel Writing*, Cambridge: Cambridge University Press, 2002, p. 30.

③ Elizabeth A. Bohls and Ian Duncan, eds., *Oxford World's Classics, Travel Writing, 1700–1830, Anthology*, New York: Oxford University Press, 2005, p. xxi.

于小说出现，可以说正是英国长久以来的游记传统深深地影响着英国早期的小说面貌。

随着旅行实践的增多，人们发觉外面世界远比想象的精彩，人们对虚构的现实已经失去兴趣，英国第一位女性旅行小说家贝恩（Aphra Benh）在《王子的奴隶生涯》（Oroonoko: or the Royal Slave，A True History）开头即写道："在给你们讲述这个王子奴隶的历史时，我不想杜撰冒险故事来取悦读者……现实足以支撑，提供娱乐，而无须添油加醋"①，这是当时很多小说的一个通行做法，即声明自己所讲的是真实的故事，并且在标题中明确标注为"真史"，这种传统甚至延续至现代，比如彼得·凯里2000年出版的小说《凯利帮真史》。作者竭力辩驳其作品的真实性，与罗曼司划清界限从某种程度上说明了当时人们的审美旨趣，即对真实的追求，事实上作者也在书中提供了许多非亲历者难以提供的资料。17世纪的哲学和美学理论也为这种追求提供了理论支撑，洛克的经验主义哲学认为理论应该建立于对事物的观察，洛克的追随者艾迪生更加明确提出从个人的感知所获得的知识才是可靠的。② 所以当时的小说都被冠以真实之名，并采取游记的形式。

被称为英国第一部现代小说的《鲁滨逊漂流记》（Robinson Crusoe）的作者笛福竭力撇清自己与作品的关系，强调自己只是发现了这个故事而把它记录下来，并且在这本书的标题中明确表明是"由他本人书写"（written by himself），而不承认是他自己的创作。③ 正如凯伦·布鲁姆（Karen R. Bloom）所说，18世纪的公众阅读陌生世界游记的兴奋度就如

---

① Aphra Benh, *Oroonoko: or, the Royal Slave, A True History*, New York: W. W. Norton & Company, 1973, p. 1.
② 刘意青主编《英国18世纪文学史》，外语教学与研究出版社，2005，第275页。
③ 《鲁滨逊漂流记》原标题为 "The Life and Strange Surprizing Adventures of Robinson Crusoe, of York, Mariner: Who lived Eight and Twenty Years, all alone in an un-inhabited Island on the Coast of America, near the Mouth of the Great River of Oroonoque; Having been cast on Shore by Shipwreck, wherein all the Men perished but himself. An Account how he was at last as strangely deliver'd by Pyrates. Written by Himself", 见 "Robinson Crusoe", Wikipedia, https://en.wikipedia.org/wiki/Robin son_Crusoe。

20 世纪的人关心名人轶事一样。① 因为他们认为游记是作者的经历，是可靠的，而不是虚构捏造的。

在这方面《格列佛游记》② 更甚，斯威夫特写作之前阅读了大量的游记，他自己的书房里收藏着海量的航海游记，因此他的作品更逼真。他也像笛福一样用标题来宣示其作品的真实性，并且在小说的开头又虚构了两封与小说内容无关的信，来证明书稿的真实可靠。斯威夫特还在每卷的开头虚构一幅地图，并仔细标示出海的时间、地点、风向和海岸线等。他甚至在小说的最后一章特意声明："亲爱的读者，我已经忠实地给您讲述了我十七年零六个月的旅行经历……写作本书的主要目的是揭示事实的真相，而不是为了娱乐。"③ 他紧接着还抨击了当时的虚假游记："我发自内心地希望能够制定一部法律，规定每一位旅行者必须在法官面前宣誓他意欲出版的东西绝对是忠实于他所见到的，才能允许他们出版，这样一来，善良的人们就不会像以往那样受到蒙骗了。"④ 他还说他年轻时读过几本游记，并对此深信不疑，但直到他自己出海航行时，才发现这些游记是多么的不可靠。正因为这样，当时甚至有人找出地图来核对他所提到的地方。⑤

"作为一个社会事件，我们可以说，小说正如其笔下的男女主人公那样，是以弃儿的身份开始其生活的，它从一个杂种，变成一个被抛弃的局外人，之后成为一个暴发户，直到我们这个时代才最终取代了所有其他文学类型。"⑥ 这一段文字揭示了小说与流浪汉或弃儿的冒险、旅行

---

① Karen R. Bloom, "An Overview of Gulliver's Travels", Detroit: Gale, Literature Resource Center, http://go. galegroup. com/ps/start. do? p = LitRC&u = jiang.

② 原名为 *Travels into Several Remote Nations of the World. In Four Parts. By Lemuel Gulliver, First a Surgeon, and then a Captain of Several Ships*, 见 "Gulliver's Travels", Wikipedia, https://en. wikipedia. org/wiki/Gulliver%27s_ Travels。

③ Jonathan Swift, *Gulliver's Travels*, Philadelphia: The Pennsylvania State University Press, 2008, p. 232.

④ Jonathan Swift, *Gulliver's Travels*, Philadelphia: The Pennsylvania State University Press, 2008, p. 233.

⑤ 张德明：《英国旅行文学与小说话语的形成》，《国外文学》2011 年第 2 期，第 39 页。

⑥ 张德明：《英国旅行文学与小说话语的形成》，《国外文学》2011 年第 2 期，第 38 页。

的关系。亨利·菲尔丁（Henry Fielding）的《约瑟夫·安德鲁斯》（*The History of the Adventures of Joseph Andrews and His Friend，Mr. Abraham Abrams*）和《汤姆·琼斯》（*The History of Tom Jones，a Foundling*）无疑是这种流浪汉或弃儿小说的典型代表。比如《汤姆·琼斯》中，从上流社会的沙龙、地主的领地，到集市、剧院、牢狱、法庭等无所不包，小说人物带领读者游历了一次 18 世纪的英国。尽管在这些作品中，作者不再像笛福或斯威夫特那样强调故事的真实性，也不一定采用游记体来写作，但是他们还是大量描述发生在路途上的故事，并且有大量的风景描述，因此也有人把它们叫作"路上小说"。这类小说在 18 世纪还有很多，比如托比亚斯·斯摩莱特的《亨佛利·克林克》（*The Expedition of Humphry Clinker*）、塞缪尔·约翰逊的《拉塞拉斯》（*The History of Rasselas：Prince of Abissinia*）、劳伦斯·斯特恩（Laurence Sterne）的《感伤旅行》（*A Sentimental Journey Through France and Italy*），等等，甚至 19 世纪以后还有这类小说的诞生，比如《威弗莱》（*Waverley*）、《埃瑞璜》（*Erewhon*）、《金银岛》（*Treasure Island*）、《印度之行》（*A Passage to India*）等。经过菲尔丁、斯摩莱特、斯特恩等人的种种努力，它们在形式上与游记的区别越来越大，故事情节越来越丰富，但是仍然没有摆脱游记对它们的影响，故事的主人公在很大程度上还是起着一个导游的作用，引导读者领略主人公所见到的风光。浪漫主义时期的重要小说家沃尔特·司各特（Walter Scott）在《威弗莱》和《红酋罗伯》（*Rob Roy*）中用大量的篇幅写景，甚至因为风景描写而转移了故事的重心，书中的主人公在故事里几乎就是旁观者，他们只是游客，甚至在逃命途中还对眼前的美景恋恋不舍，以至于忘记了迫在眉睫的危险。

此外，旅行者的经历还有多种表现形式，如信件、散文、速写、戏剧和诗歌等，因此游记的这些不同表现形式也影响着散文、戏剧和诗歌。托马斯·格雷（Thomas Gray）的《墓园挽歌》（*Elegy Written in a Country Church-Yard*）在开头一段就把平静的农村里天黑时牧人赶着牛群徐徐入村，以及农人迈着疲乏的步履在劳作一天后归家的景象，犹如风景画般生动地呈现在我们的眼前。诗人在描写农村墓园风光的同时进行社会和人生的思考，而这也恰是英国人对游记的要求。

18 世纪到 19 世纪早期，游记文学在英国的流行程度超过其他任何形式的文体。游记在浪漫主义时期不仅作为一种独立的文本存在，其他文学文本如小说、诗歌等也时常借用游记，并且把英国的民族意识和文化身份植入其中。浪漫主义者在坚持游记的真实性的同时，还挪用他人的游记作品，比如威廉·华兹华斯（William Wordsworth）挪用过巴图姆（John Bartram）的作品，罗伯特·骚塞（Robert Southey）借用过威廉·琼斯（William Jones）的作品，珀西·比希·雪莱（Percy Bysshe Shelley）也没少挪用过他人的游记素材。[①] 最明显的当数乔治·戈登·拜伦（George Gordon Byron），以至于有人认为他的《恰尔德·哈罗德游记》（*Childe Harold's Pilgrimage*）有剽窃之嫌，泰勒（Henry Taylor）曾经婉转地指出："拜伦借用了柯勒律治先生的几篇美文。"[②] 在《恰尔德·哈罗德游记》一诗里拜伦毫不犹豫地挪用了华兹华斯的《丁登寺》（*Tintern Abbey*）、《远游》（*Excursion*）和柯勒律治（Samuel Taylor Coleridge）的《日出前的赞歌》（*Hymn before Sunrise, in the Vale of Chamouni*）中观景部分的某些诗句，他们的这些诗歌明显是在游记传统的影响下创作的。而《恰尔德·哈罗德游记》一诗本身在游记性质上与 18 世纪的游记小说有很多相似之处，比如主人公漫游西班牙、希腊、比利时等国，留下了非凡的经历。游记文学对 17~19 世纪的英国文学的影响由此可见一斑。

来自英国的早期澳大利亚移民很少是怀着永久定居的目的而来的，他们要么是流放犯，要么是看管流放犯的英国人，要么是为猎奇而来，要么是怀着发财致富或其他目的来到澳大利亚，他们大多把自己定位为

---

① 张鑫：《浪漫主义的游记文学观与拜伦的"剽窃"案》，《国外文学》2010 年第 1 期，第 29 页。

② Henry Taylor, "Recent Poetical Plagiarism and Imitations", *The London Magazine*, No. 12, 1823, p. 597.

这片荒凉土地上的匆匆过客，因此澳大利亚早期文学创作者本身就是游客。这种心态在这一时期的作品有充分的表露，《昆塔斯·塞文顿》的作者描述了自己在这里的痛苦经历，表达了痛改前非的决心，抒发了重回英国的强烈愿望；而《杰弗利·哈姆林的回忆》的结局也是牧场发迹、衣锦还乡、返回英国、重过贵族生活。

在大洋彼岸的英国，相对于以虚构为主的小说，读者更偏爱真实事件和个人见闻的记录，关于澳大利亚的游记文学则备受欢迎，因为澳大利亚大陆对他们而言是一个全新而神秘的世界。早期澳大利亚殖民地的流放者往往文化程度有限，像《殖民地的故事》的作者查尔斯·罗克罗夫特、《定居者和流放犯》的作者亚历山大·哈里斯、《无期徒刑》的作者马库斯·克拉克都只接受过中学教育。而其他前往澳大利亚的移民也多半不是为了文学创作，这就意味着许多早期澳大利亚作者面临缺乏文学训练和创作机会的困境，门槛相对较低的游记文学则成为他们的不二之选。

此外，对现实认识的深化需要长期的内心体验和意识的沉淀，早期作者既不是与土地深度融合的本地人，也不是深谙本土文化的原住民，澳大利亚殖民地文学只能对现实进行表面上的外观勾勒，而不是揭示其内在的本质，对现实的反映相对肤浅。澳大利亚早期文学注定成为一种游记文学，着重于对外部世界的描述和观察，而非深入挖掘内心世界和文化本质。

因此作为一个异域猎奇的游客叙写异域美丽的自然风光和陌生的奇闻逸事是顺理成章的事情，而且人类的一个共性就是更容易感知远方的、异域的、陌生的风景，新奇的景色总是促使外来游客产生表达的欲望。由是观之，贬低本源上属于英国文学的早期澳大利亚文学是游记文学似乎是不合适的。应该说他们只是继承了这个传统，但没有对这个传统加以革新。

第二节 风景叙事与文化特性①

保罗·德曼（Paul de Man）在评价浪漫主义时期的诗歌时说道："在浪漫主义诗歌中，风景常常取代了缪斯，正如诗人与缪斯的关系可以呈现多种形态一样，在浪漫主义写作中，诗人与风景的互动也变得丰富多彩。"② 德曼在这里指出风景其实不是一种自在自为的存在，它存在于和诗人的互动之中。据日本的小川环树考证，"风景"一词最初出现在《晋书·王导传》中（"风景不殊，举目有江山之异"），小川大致认同秦鼎所注之"风光景色"解，但是其意义不是一成不变的，到六朝时大致相当于西洋绘画术语 light and atmosphere 的意思，唐宋以后则渐渐失去"光"的意义，变成"人之所观览的一切"或所表现的景象。③这样景与人联结在一起了。现代的"风景"意义则取自日本来自英语的"landscape"。Landscape 在中世纪的英国是指一个地主控制的或一个特殊人群居住的地方；17 世纪之前受荷兰风景画的影响逐渐变为"景色"（scenery）的意思，之后变为用肉眼能够看得见的土地或领土的一个部分，包括所有可视物体，尤其是其形象化的侧面。1925 年，该词被引入美国地理学中，从而获得了一种新的意义，即由包括自然的和文化的显著联系形式而构成的一个地区。1984 年，科斯格罗夫（Denis Cosgrove）将其重新定义为"观察的方式"而不是影像或物体，他解释说这种观察方式是意识形态的，不同阶层的观察视角是不一致的。④ 1988 年，他进一步明确指出："风景是一种文化意象，一种表征、构成和象征环境的

---

① 本节已发表，略有修改。

② Paul de Man, *The Rhetoric of Romanticism*, New York: Columbia University Press, 1984, p. 125.

③ 〔日〕小川环树：《风与云——中国诗文论集》，周先民译，中华书局，2005，第 25～42 页；〔日〕小川环树：《论中国诗》，谭汝谦等译，贵州人民出版社，2009，第 3～32 页。

④ Derek Gregory et al., eds., *The Dictionary of Human Geography*（5ᵗʰ edition），West Sussex: Blackwell Publishing Ltd., 2009, pp. 409-411.

绘画方式"，并且解释说"这并不意味着风景是非物质的（immaterial），它们可能以不同的物质形式在许多不同的表面上呈现出来，比如画布上的绘画、纸张上的文字或者地面上的泥土、石头、水文或植被。与风景画或风景诗相比，风景公园虽然可以触及却不一定更真实也不一定更虚假。"① 实际上，言语风景、视觉风景与人为风景之间的历史是相互交织、非常复杂的，要理解某一处风景常常需要求助于那些文字或言语表征系统对它的意义的建构。风景不仅是风景，还是人的主观意识的表征，是带有意识形态的，因此风景也可以被理解为一种观看的方式。

一　风景与文化共同体

风景对于文化特性的塑造具有举足轻重的作用，甚至是一种至关重要的因素。伊莱亚斯·卡内蒂（Elias Canetti）曾经在一篇短文中说道，在我们今天所说的民族认同中，语言、领土或历史都不是最重要的，把种种不同个体变成某一特定民族的自觉成员的关键因素是一种被称为民族的"大众符号"（crowd symbol）的东西。欧洲大多数民族都有这样的一个符号，这个符号能够产生和维持一种普遍的民族归属感，比如对英格兰民族来说是海洋，对德国人来说是森林，对瑞士来说则是山脉。② 而对于新兴国家美国来说是荒野（the wild），对澳大利亚来说则是丛林（the bush）。

把风景与文化共同体联系起来并不是现代才有的事情，古代很多民族就把自然环境与集体认同联系在一起，在希腊化时代就有种种表现，人们认为在某种环境下生活的人可能比其他的更文明、更高级。古希腊的戏剧家埃斯库罗斯（Aeschylus）、阿里斯托芬（Aristophanes）和历史学家希罗多德（Herodotus）都在他们的作品中表示气候因素可以用来解

---

① Denis Cosgrove and Stephen Daniels, *The Iconography of Landscape*, Cambridge: Cambridge University Press, 1988, p. 1.

② Oliver Zimmer, "In Search of Natural Identity: Alpine Landscape and the Reconstruction of the Swiss Nation", *Comparative Studies in Society and History*, Vol. 40, No. 4, 1998, p. 637.

释文化的不同。这些先贤的表述对后世的罗马作家也产生了巨大的影响，公元 1 世纪时的塔西佗（Tacitus）曾经说日耳曼民族之所以粗鲁、落后与他们所处的条顿森林（Teutonic woods）有密切关系。然而到了 16 世纪，当欧洲以外的文化被发现时，一些欧洲国家的民族意识开始觉醒，这个时候我们看到他们很少再用表示一般概念的"自然"，而更多使用表示特定概念的"风景"。"风景"不同于"自然"的地方就在于人对自然的干涉获得了文化意义，16~17 世纪的许多大思想家如马基雅维利（Machiavelli）、博塔罗（Giovanni Botero）、弥尔顿（John Milton）等人都阐发了这样的观点，他们认为一个民族的文明程度取决于他们对自然的开发程度。博塔罗曾经说："自然提供的是一个原材料的形式，而人类活动则为自然构成注入丰富多样的人造形式，因此自然之于工匠正如原材料之于自然中介。"① 也就是说只有通过人类的改造，自然才能构成风景。

风景与文化特性的关系在 18 世纪得到了系统的阐释，尤其是在孟德斯鸠、卢梭和赫尔德的著作里，他们对地理环境与民族之间的关系有过很多争论，有人认为地理环境决定了文化特性，而有人认为地理环境只是其中的一个因素，其他的还有宗教、法律、道德、习俗等因素。这一时期正是西方思想史上的启蒙主义时代，社会处于动荡之中，人们的思想观念处于变革时期，一切都处于不稳定的状态，传统的宗教归属感和社会安定感都急剧下降，只有自然环境在某种程度上看起来是稳定的、平静的、纯洁的。在这种情况下风景成为社会定位的关键因素。这种情况在西方历史上出现过多次，比如希腊化时期，当城市化冲击着人们的生活时，作家们就开始建构一种田园牧歌式的环境。文艺复兴时期也是同样的情况，当宗教事件此起彼伏、科学思想和道德模式产生新的变化时，人们不得不重新思考人类与自然环境的关系，因而自然受到了格外的关注。因此德国画家菲利普·奥托·龙格（Philip Otto Runge）在

---

① Oliver Zimmer, "In Search of Natural Identity: Alpine Landscape and the Reconstruction of the Swiss Nation", *Comparative Studies in Society and History*, Vol. 40, No. 4, 1998, p. 639.

评论 18 世纪末风景艺术的崛起时说道："我们处于各种宗教流派的边缘，一切都变得轻飘、脆弱，所有的东西都指向风景艺术，希冀从这些不确定性中找到确定的东西，却又不知从何处着手。"[①] 某些特定的风景甚至被作为政治化的自然成为寻求民族根源的不可分割的一部分，以至于它们成为 18 世纪后半期欧洲民族主义和文化认同最重要的资源。

二　风景叙事与英国性的构建

西方学界关于风景与民族的关系研究大致有几种理路。一是原始主义的拥护者把人们对自然环境的依附看成一种基本的社会-心理需求，是一种普遍长期存在的现象，胡森（David Hooson）在《地理与民族认同》（*Geography and National Identity*）中持有这种观点[②]，格罗斯比（Stephen Grosby）也持同样的观点，但是用了一个意义更宽泛的词"地域性"（territoriality）[③]。但是他们没能解释为什么人们对地理或风景的依赖在不同的时代会有显著的差异。二是另外一些学者则认为通过对风景的描绘可以反映一个民族的精神，比如自由或独立，在胡森主编的《地理与民族认同》中一些学者就坚持这种看法，美国学者达比（Wendy J. Darby）也认为英国的风景和风景叙事对英国民族的塑造和认同产生了巨大的作用。[④] 风景对于民族性与民族精神的积极作用已得到越来越多的认可，这方面的研究也越来越多。[⑤] 三是也有通过确认风景符

---

① Charles Rosen and Henri Zerner, *Romanticism and Realism: Methodology of Nineteenth Century Art*, London: Faber & Faber, 1984, p. 52.

② David Hooson, ed., *Geography and National Identity*, Oxford: Blackwell, 1994, p. 1.

③ Stephen Grosby, "Territoriality, The Transcendental, Primordial Feature of Modern Societies", *Nations and Nationalism*, Vol. 1, No. 2, 1995, pp. 143-162.

④ Wendy J. Darby, *Landscape and Identity: Geographies of Nation and Class in England*, Oxford: Berg Publishers, 2000.

⑤ Zoran Roca, *Landscapes, Identities and Development*, Brookfield, VT: Ashgate Publishing, 2011; Charles W. J. Withers, *Geography, Science and National Identity: Scotland since 1520*, Cambridge: Cambridge University Press, 2001; "Landscape and Identities: The Case of the English Landscape 1500 BC to AD 1086", School of Archaeology, University of Oxford, http://www.arch.ox.ac.uk/englishlandscapes-introduction.html.

号在特定文化、政治语境下的公共角色定位而强调环境方面的。① 虽然这三种理路都有其可取之处，但是，在处理风景与民族性的关系时三者都有令人不满意的地方，因此有学者提出用"自然的民族化"（nationalization of nature）和"民族的自然化"（naturalization of the nation）框架来阐述何以山脉是构造瑞士民族文化特性最重要的因素。② 上述西方学者的研究多从人文地理学、人类学、社会学、历史地理学等角度对实体风景进行研究，考察实体风景对民族认同和文化特性的影响与形塑。但是也有从文学的角度来研究风景的形塑作用的，如安妮·华莱士（Anne Wallace）就曾经考察了徒步游览风景在 19 世纪英国文学中的地位，她写道："徒步者置身于农夫放弃的思维空间，以此达到维吉尔式的田园诗境界……通过回顾和表达过去的价值改造个体与他所在的社会。"③ 实际上，风景，无论是再现的还是实际的，都是身份（status）的附属物，是认同的缘起，是自我或集体意识的再现，经过意识形态化再现的风景甚至可以起到更强的固化身份和强化自我或集体意识的作用。

风景的再现有多种形式，其中最重要的当数文字的形式与绘画的形式，在英国民族意识的形塑中，这两种形式的再现曾经起到了重要的作用。关于英国民族意识的形成，历史学界有过长期的争论，从各自不同的视角提出英国民族意识形成期的观点。以英国历史学家埃尔顿（Geoffrey Elton）为代表的人认为英国人的自我意识产生于诺曼征服以前，即诺桑布里亚王国的建立④；以美国历史学家梅特兰（F. W. Maitland）为代表的学者则认为诺曼人是英格兰民族的缔造者，因为之前的英国实际上是一盘散沙，只有在诺曼人引入政治集中统治之后，英格兰才成为一个完整的

---

① Simon Schama, *Landscape and Memory*, London: Fontana Press, 1995, p. 41.

② Oliver Zimmer, "In Search of Natural Identity: Alpine Landscape and the Reconstruction of the Swiss Nation", *Comparative Studies in Society and History*, Vol. 40, No. 4, 1998, p. 642.

③ 转引自 Wendy J. Darby, *Landscape and Identity: Geographies of Nation and Class in England*, Oxford: Berg Publishers, 2000, p. 2。

④ Geoffrey Elton, *The English*, Oxford: Oxford University Press, 1992, pp. 14-28.

国家①；以西顿-沃森（Hugh Seton-Watson）为代表的历史学家则从语言的角度来确认英国民族意识的征象，他们认为在 13 世纪之前，无法从语言上判断一个人是英吉利人还是法兰西人，因为说的都是诺曼法语。②这些征兆从定义上来看确实可能构成英格兰民族意识的起点，但是无法提供有效的证据证明当时的人有比较明确的英格兰或英吉利意识，也许直到亨利七世时，这种意识才相对明显。这个时代的一位威尼斯使节写道："他们认为除了他们自己以外就没有别人，除了英格兰以外就没有别的世界，而当他们见到一个漂亮的外国人时，他们便说'他长得像个英格兰人'，并说'可惜他不是英国人'。"③ 英国学者琼斯（Edwin Jones）则认为英国民族国家的建立是在 16 世纪的宗教改革之后，这时的英格兰才与基督教世界决裂，建立了自己的民族国家。④ 但是不管是从政治还是从语言上看，威尔士和苏格兰都没有被纳入英国意识中，尽管早在 1536 年威尔士就已经与英格兰合并了，正如法国历史学家盖内（Bernard Guenée）所言："中世纪所谓的民族不过是族群而已"。⑤

　　真正把英国本土的英格兰、苏格兰和威尔士作为一个整体来考察的应该是 18 世纪 70 年代俄国女皇叶卡捷琳娜二世的一次瓷器订购。她当时向英国的韦奇伍德公司（Wedgewood）订购了 952 套骨瓷餐具，并且要求每件餐具上有一处不同的英国风景。这次订购让英国人发起一次全国性的风景普查，在历时一年多的调查中记录了 2000 多处具有英国特色的风景，最终采用了其中 1244 种。正是这次采购，让英国人意识到英国风景迥异于欧洲大陆的独特之处并且具有非常迷人的魅力，因而使英国人开始正视英国的风景，特别是苏格兰与威尔士的风景。也正是在

---

① Norman Cantor and Michael Werthman, eds., *The English Tradition*, New York: Macmillan, 1967, pp. 35–45.

② Hugh Seton-Watson, *Nations & States: An Enquiry into the Origins of Nations & Politics of Nationalism*, London: Methuen, 1977, p. 25

③ 〔英〕肯尼思·O. 摩根：《牛津英国通史》，王觉非等译，商务印书馆，1993，第 237 页。

④ Edwin Jones, *The English Nation: the Great Myth*, London: Sutton Publishing, 1998, pp. 10–15.

⑤ Bernard Guenée, *States & Rulers in Later Medieval Europe*, Juliet Vale tran., Oxford: Basil Blackwell, 1985, p. 52.

这一时期约翰逊和包斯威尔（James Boswell）、英国风景画家吉尔平（William Gilpin）以及华兹华斯的妹妹多萝西（Dorothy Wordsworth）在游历了苏格兰之后纷纷出版游记，记录他们所见到的异样风景，但是真正给英国风景赋予文化特性的则是华兹华斯。华兹华斯一生踏遍英伦三岛，游历了三岛的山山水水，把体现英国风景的英格兰泰晤士河、瓦伊河谷、西北湖区，威尔士的斯诺登山，苏格兰的雅鲁河、高地风格再现在他的诗歌中，使其成为英国的名片，特别是西北湖区，因为他的描述而成为举世闻名的旅游景区和英国文化的标志，而之前的湖区还被吉尔平描述为"令人不愉快的"。华兹华斯对英国的风景充满了自豪感，他赋予一山一水以独特的文化特性，赋予一草一木以深刻的民族内涵[①]，正如他在诗中所描绘的：

> HERE, on our native soil, we breathe once more.
>
> The cock that crows, the smoke that curls, that sound
>
> Of bells; those boys who in yon meadow-ground
>
> In white-sleeved shirts are playing; and the roar
>
> Of the waves breaking on the chalky shore; —
>
> All, all are English. Oft have I looked round
>
> With joy in Kent's green vales; but never found
>
> Myself so satisfied in heart before.
>
> Europe is yet in bonds; but let that pass,
>
> Thought for another moment. Thou art free,
>
> My Country! and 'tis joy enough and pride
>
> For one hour's perfect bliss, to tread the grass
>
> Of England once again, and hear and see,

---

① 杨惠芳：《华兹华斯与英国风景价值的多维呈现》，《理论月刊》2012 年第 7 期，第 181 页。

With such a dear Companion at my side. ①

　　重新呼吸在我们生身的国土上！

　　鸡鸣、钟声，袅袅上升的炊烟；

　　那边草坪上穿着白袖子衬衫

　　奔逐嬉戏的儿童；滚滚海浪

　　不断扑打白垩岩峭岸的喧响；——

　　这一切，这一切都是英国的！我从前

　　也常来这一带，眺望这翠谷青山；

　　却不曾像此刻这样心欢意畅。

　　欧罗巴还披枷戴锁；暂且别操心，

　　别管它。你是自由的，我们的祖国！

　　重新踏上英格兰的绿野平畴，

　　和亲密伴侣一道，瞻望，倾听：

　　这幸福辰光只消有一时半刻，

　　我的欢乐和荣耀便已经足够！

　　　　　　——《登岸之日作于多佛尔附近山谷中》②

　　华兹华斯通过把英国风景作为其民族特有的存在而嵌入其灵魂，深深地影响着英国人民。通过华兹华斯民族化的描绘，英国的风景被纳入了英国人民的视野之中，逐渐销蚀人们心中的意大利情结，创造了英国版本的风景，使风景与居于其上的人成为一个整体，以至于"职业水彩画家开始对湖区趋之若鹜"③，也引来无数游客对本国风景的赞叹。正是

---

① William Wordsworth, "Composed in the Valley Near Dover, On the Day of Landing", *Poetry*, https://www.poetry.com/poem/42178/composed-in-the-valley-near-dover,-on-the-day-of-landing.

② 〔英〕华兹华斯：《华兹华斯诗歌精选》，杨德豫译，北岳文艺出版社，2010，第186页。

③ Wendy J. Darby, *Landscape and Identity: Geographies of Nation and Class in England*, Oxford: Berg Publishers, 2000, p. 87.

因为华兹华斯对英国风景意识形态化的再现，英国风景开始以其自身特色和价值成为英国民族综合体的一部分。①

本尼迪克特·安德森说："19 世纪是方言化的词典编纂者、文法学家、语言学家和文学家的黄金时代。这些专业知识分子精力充沛的活动是形塑 19 世纪欧洲民族主义的关键。"② 印刷出来的方言文字就是一种共享的符号、一种新式的"圣餐饼"，不是被身体而是被心灵吸收的。是的，词语和文字确实具有很大的威力，那些看似形象实则抽象的语词往往给人丰富的想象，而民族很大程度上依靠想象，因此琼斯才说："英格兰人的自我意识与爱国主义情怀并非来自人们所想象的历史，而是首先体现在文学作品中"。③ 其实不只是英国，在很多国家都是如此，对风景的再现成为想象最好的载体，也是民族意识的重要载体，尤其在特殊时期。比如中国抗日战争时期，风景不约而同地成为文学再现的对象，本身不具意识形态的风景自然成为号召民族一致对外的有力武器，风景成为填平缝隙的黏合剂，对风景的意识形态化，很容易使人们获得情感上的一致性和认同。④

三 意识形态化的风景

即使不是刻意意识形态化地再现风景，风景也能成为一个民族的名片，就如福克纳（William Faulkner）的约克纳帕塔法、哈代（Thomas Hardy）的威塞克斯郡、莫言的高密东北乡和沈从文的湘西世界，尤其是威塞克斯和湘西。尽管作者呈现的是一种日常的、寻常的、普通的农村风景，却是一个时代一个民族的缩影。比如沈从文笔下的湘西并没有被理想化和圣洁化，作者只是描摹寻常风景、描绘普通人的形象和日常

---

① 杨惠芳：《华兹华斯与英国风景价值的多维呈现》，《理论月刊》2012 年第 7 期，第 181 页。

② Benedict Anderson, *Imagined Communities: Reflections on the Origins and Spread of Nationalism* (new edition), London: Verso, 2016, p. 71.

③ Edwin Jones, *The English Nation: the Great Myth*, London: Sutton Publishing, 1998, p. 10.

④ 厉梅：《抗战文学中的风景描写与民族认同》，《山东师范大学学报》（人文社会科学版）2007 年第 3 期，第 105 页。

生活，单纯地把风景呈现在读者面前，就像是一张张风景日历、一个个寻常情景被他定格在画框里。沈从文在他所描摹的风景里只充当了故乡的代言人，帮助外面的人认识湘西，避免其被外人一味神化或妖魔化。因为沈从文的"客观"呈现，湘西风景没有因为本地人的漠视而沉没，也没有因为外地人的神化或妖魔化而变味，其"本真的"呈现使湘西风景成就了中华民族的独特一景。然而这种貌似本真的呈现实际上加入了作者的判断，已经意识形态化了，因而不知不觉成为中国文化的一个图标，成为中华民族认同的一个标识。

古斯塔夫·勒庞（Gustave Le Bon）在《乌合之众：大众心理研究》（*The Crowd: A Study of the Popular Mind*）中写道："词语的威力和它唤起的形象有关，同时又独立于它们的真实含义。最不明确的词语，有时反而影响最大，例如像民主、社会主义、平等、自由等，它们的含义极为模糊，即使一大堆专著也不足以确定它们的所指，然而这区区几个词语的确有着神奇的魅力，它们似乎是解决一切问题的灵丹妙药。各种极不相同的潜意识中的抱负及其实现的希望，全被它们集于一身。"[①] 文学作品中的意象往往是这种作用的最佳体现，通过语词唤起一种指向某种风景的形象，读者通过感觉与想象再现这种形象，然后作为能指发挥作用，唤起人们的认同感。英国的湖区与峰区就是一群文化精英建构出的英国民族认同之地，湖区与峰区的风景成为民族情绪的共鸣板；而中国的湘西则是沈从文以一己之力建构出来的文化图标和民族情感的策源地。这些建构过程将中立性质的地理领土变成文化定义的风景，生成并归化它们和居住者的身份。风景话语并非"想象的共同体"的非任意性符号，风景也不仅仅是一个名词，风景还是一种文化权力的工具，也是社会与个人身份赖以形成的文化实践。文化生产不仅模仿现实，而且形

---

① 〔法〕古斯塔夫·勒庞：《乌合之众：大众心理研究》，冯克利译，中央编译出版社，2005，第83页。

塑现实。① 因此无论是将其作为话语形式、现实的再现还是实存的现实来审视，风景都深度渗透于权力与知识的关系之中。

"丛林"对于澳大利亚人来说就是这样一个名词，但是也不是所有澳大利亚人都明白何为"丛林"。澳大利亚作家唐·沃森（Don Watson）曾写道："我是在今天被人们称作丛林的地方长大，但是直到二十几岁我才明白丛林对于我们意味着什么。"② 澳大利亚的丛林既是现实又是象征的存在。其真实性在于其自然循环的明确展现，包括生长、衰亡、腐烂、火灾和再生等各种过程，以及作为生命栖息地的本质。其象征性则体现在它所保护的生命对于澳大利亚文化和精神的象征意义，是澳大利亚人认识自我的核心，承载着对自然、历史和身份的认知。

丛林在19世纪末成为澳大利亚印象派画家作品中的风景，丛林传说也大致在这个时候出现。对于有些人来说，丛林是令人恐惧的地方，黯淡的色调、沉寂的氛围、荒芜的环境都令人心生恐惧和厌烦。但是在另外一些人眼里，丛林却是完美的天堂，是"最美丽"和"最赏心悦目"的乡村景象。③ 他们在不同的区域、不同的季节讲述属于各自的丛林，最终汇成今天被称为澳大利亚象征的"丛林"。澳大利亚著名女作家迈尔斯·弗兰克林称自己是"强大的丛林之子"，劳森则称丛林孕育的只有澳大利亚人，"伟大的澳大利亚丛林，你哺育、培养了异乎寻常的人民"。④文学作品的建构加上澳大利亚官方的宣传，使意义含糊的丛林成为澳大利亚人文化身份的象征，其中最独特和令人敬仰的部分都来自丛林。

因此，风景本身不是一种自在自为的存在，而是人为建构的结果。

---

① Wendy J. Darby, *Landscape and Identity: Geographies of Nation and Class in England*, Oxford: Berg Publishers, 2000, pp. 12–16.

② 〔澳〕唐·沃森：《丛林：澳大利亚内陆文明之旅》，李景艳译，生活·读书·新知三联书店，2020，第65页。

③ 〔澳〕唐·沃森：《丛林：澳大利亚内陆文明之旅》，李景艳译，生活·读书·新知三联书店，2020，第69页。

④ 〔澳〕唐·沃森：《丛林：澳大利亚内陆文明之旅》，李景艳译，生活·读书·新知三联书店，2020，第93页。

风景叙事则是人为建构风景的一种主要手段，这种叙事既非客观也非中立，而是主观感性的，风景叙事是一种意识形态化的叙事。这种叙事以"润物细无声"的方式把生活在同一片土地上的人联结在一起，使其相互之间形成天然的亲近感，构建出一种共同的民族心理。但是民族是特定历史时期的一个相对概念，它会随着人类群体结构的裂变和重新组合，随着人们观念的更新而产生新的内涵。现代信息技术的发展与人口流动的加速、信息和文化的交流加剧了世界各民族的同质性，民族的界限也变得相对模糊。也许唯有风景以及由文字建构出来的再现风景能够更长久地留存于人们心中。

第三节　风景叙事与澳大利亚文化特性①

在读图时代，风景叙事对部分读者的耐性是一种挑战，而在学术界，"风景成为流行的研究主题"。② 自 20 世纪 70 年代风景研究体系建立以来，风景研究基本沿着"心理—象征—（权力）媒介—记忆—身份认同"③ 的方向迂回前进，而风景叙事从一开始就得到借用、引证、阐发。达比的《风景与认同》较早提出风景叙事的文化认同功能，她指出是浪漫主义的风景叙事弥合了英国的认同裂缝，建构了英国的文化认同。④ 风景叙事通过指涉、隐喻和话语操控⑤，可以激发人们的文化认同和身份意识，建构民族的共同记忆⑥。风景叙事也能与风景塑造形成互

---

① 本节已发表，略有修改。
② S. Siddall, *Landscape and Literature*, Cambridge: Cambridge University Press, 2009, p. 7.
③ 张箭飞：《风景与文学：概貌、路径及案例》，《云南师范大学学报》（哲学社会科学版）2016 年第 3 期，第 139 页。
④ Wendy J. Darby, *Landscape and Identity: Geographies of Nation and Class in England*, Oxford: Berg Publishers, 2000, p. 84.
⑤ 杨升华：《叶芝抒情诗歌中的风景书写与爱尔兰民族身份认同》，《国外文学》2022 年第 3 期，第 97 页。
⑥ 毛凌滢：《风景的政治——库柏小说的风景再现与民族文化身份的建构》，《外国文学》2014 年第 3 期，第 77 页。

动，重构文化认同。① 然而，爱班森（R. Ebbatson）在《想象的英格兰：民族、风景与文学（1840～1920）》（*An Imaginary England：Nation, Landscape and Literature，1840-1920*）中却指出风景叙事不仅是认同的标志，也是差异的标志。② 譬如，司各特小说中的风景叙事强化了苏格兰的地方认同，模糊了"英国性"。③ 综而观之，现有研究大多肯定风景叙事的认同功能，但侧重研究已有民族意识的国家，如英国、爱尔兰、美国等，而对于新兴国家如澳大利亚的研究却付之阙如。澳大利亚殖民时期文学被贬称为"游记文学"，风景叙事是其最重要的特色，澳大利亚"游记文学"中的风景叙事对其民族认同和文化身份的建构尤为重要。

一　领土：作为拓殖者的风景叙事

风景是人的种种努力的聚合，风景是在自然环境之中加入人文景观的因素叠合而成的。人类的生产活动和生活方式会改变当地的自然环境，而自然环境也会影响人类的生活方式和理念。尽管早在 4 万年甚至6 万年以前，人类就开始在澳大利亚定居、生息、繁衍④，但是这里的原住民的先人们一直过着狩猎、采集、捕鱼等自然的生活，大量的资料表明他们根本不知道农业与畜牧业为何物，他们很少对自然进行耕作、开发，他们本身就是自然的一部分，因此也构不成我们所说的风景，因

---

① J. Evelev, *Picturesque Literature and the Transformation of the American Landscape, 1835-1874*, Oxford: Oxford University Press, 2021, p. 13.

② R. Ebbatson, *An Imaginary England: Nation, Landscape and Literature, 1840-1920*, London: Routledge, 2005, p. 1.

③ 张箭飞：《风景与民族性的建构——以华特·司各特为例》，《外国文学研究》2004 年第 7 期，第 140 页。

④ Stuart Macintyre, *A Concise History of Australia*(3ʳᵈ edition) , Cambridge: Cambridge University Press, 2009, p. 10. 20 世纪末之前，西方人一直坚称直到 1788 年英国人定居之前，澳大利亚是无人居住的，是一片无主之地，因为土著人没有西方所谓的法律、政府或历史。但是到了 20 世纪末，人们的认识发生了改变，认为澳大利亚大陆甚至更古老的塞胡尔地块是经过数万年演进的生活方式存在之处，接纳了原住民的过去，非原住民澳大利亚人把自己与这个国家联系在一起。

为风景从某种程度上来说是一种观看的方式，而风景叙事更是如此。

对于旅行，现在有一个流行的说法就是"从你活腻了的地方跑到别人活腻了的地方去"。这句话非常经典地阐释了旅行的本质——人总是容易忽视身边的风景，漠视自己的历史与现状，而更容易感知远方的、异域的、陌生的风景。段义孚曾经说："我们可以这样认为，只有外来者，特别是外来游客才会采取一种观看的视角，他所感知的风景就是他用眼睛组织的画面。新奇的风景总会刺激外来者表达的欲望。"① 因此无怪乎原住民缺少风景叙事，一是他们本身就是自然的一部分，缺乏观看的视角；二是他们没有再现风景的文字以及展示再现风景的印刷术。安德森认为民族意识的起源有三个最重要的因素，一是口语方言之上有能供统一交流和传播的印刷语言；二是印刷资本主义能赋予语言一种新的固定性，这种固定性可以塑造主观的民族理念；三是印刷资本主义创造了与旧的地区方言不同的权力语言。资本主义、印刷科技和共同语言三者重合，使一个新的想象共同体成为可能。②

但它们只是必要条件，想象共同体的生成还需要能将三者黏合起来的媒介，而风景就是人与自然、自我与他者之间进行交换的媒介。通过观察者的凝视或叙事者和读者的文学体验，"用他们熟悉的方式将想看到的甚至为了自己的需要或目的将几无差别的风景建构为想象的风景，即'乌托邦表演'"。③ 当时的英国资本主义已经发展了两百多年，印刷术的传入已有三百多年，英语成为一种成熟的语言也有一两百年，同时具备这三者为新的想象共同体提供了条件。深谙"乌托邦表演"技巧的英国人从登陆澳大利亚那一天就开始了他们的"表演"，将所看到的和所想象的风景再现在纸上，使其广为流传。苏珊·马丁（Susan Martin）

---

① Yi-Fu Tuan, *Topophilia: A Study of Environmental Perception, Attitudes and Values*(Morningside edition) , New York: Colombia University Press, 1990, p. 63.

② Benedict Anderson, *Imagined Communities: Reflections on the Origins and Spread of Nationalism* (new edition) , London: Verso, 2016, pp. 44-45.

③ J. Evelev, *Picturesque Literature and the Transformation of the American Landscape, 1835-1874*, Oxford: Oxford University Press, 2021, p. 13.

曾经说："澳大利亚和其他很多国家尤其是加拿大这样的移民国家一样，环境是文化认同的一个关键因素。"① 更准确地说，再现的环境或者再现的风景才是民族认同的一个关键因素，否则在此定居了4万年的原住民何以没有形成民族？正如安德森所言，阅读所获得的共性才是建构想象共同体的关键。

历史上最先向英国公众报道澳大利亚殖民进展状况的书应该是沃特金·坦奇的《植物学湾远征亲历记》②，也是澳大利亚第一部国际畅销书③。这是一部航海日志，也是一部旅行日志，开启了澳大利亚殖民时期旅行文学的先河，也是当时与怀特（John White）、亨特（John Hunter）和科林斯（David Collins）三人进行文学竞争的结果。尽管四人的著作各有所长，特别是科林斯的《英国殖民地新南威尔士纪实》（*Account of the English Colony in New South Wales*）比坦奇的著作更精密也更详尽，却缺乏个人特色，因此反而不如坦奇的影响大。

《植物学湾远征亲历记》对澳大利亚早期历史来说极为重要，也是帝国权力在澳大利亚的首次表演。尽管坦奇本人并非专业作家，也不是重要的航海家或探险家，但是他文风老辣而严谨，记事精准而简洁，恰到好处地展示了他所见的风景。文中不时恰如其分地引用弥尔顿和莎士比亚等英国文学名家，显示了他良好的文学修养。这与他的家庭出身有关，他的父亲是一位优秀的舞蹈教师，也是切斯特（Chester）市一所著

---

① David Carter and Wang Guanglin, eds., *Modern Australian Criticism and Theory*, Qingdao: China Ocean University Press, 2010, p. 44.

② 该书1789年在伦敦、都柏林和纽约同时发行三个版本，其后还被翻译成法语、德语和荷兰语。1938年在悉尼重印，1961年与《杰克逊港全记录》（*A Complete Account of the Settlement at Port Jackson*）外加引言、注释和参考书目以《悉尼的最初四年》（*Sydney's First Four Years*）为名出版发行，1964年再次出版修订本。《杰克逊港全记录》1793年在伦敦出版，其后也被翻译成德语和瑞典语。沃特金·坦奇的最后一本书是《法国来信》（*Letters Written in France*）。

③ Elizabeth Webby, *The Cambridge Companion to Australian Literature*, Cambridge: Cambridge University Press, 2000, p. 51.

名的寄宿学校的拥有者，因此坦奇"深受英国传统文化的影响"。① 坦奇
的著作并非即兴而发，而是在出发之前就计划好，并且已经联系好了出
版商，他的写作也有明确的目的，"既想让读者感到愉悦，也想向读者
提供信息"②，坦奇的这种行为是深深扎根在英国的文化传统之中的，
"某一时间在某一特定共同体里需要说什么和可以说什么早已被预设"③。

英国尽管是一个岛国，但是在 16 世纪之前还是一个羊背上的国家，
在这时突然发生了一场重要的变革，施米特（Carl Schmitt）称之为"空
间革命"，从而使英国成为海的女儿，真正变成人们所称的海岛④，这场
革命的激发因素很大程度上来自施米特所认为的"第一份切实的可以证
明英国开始建立其新的全球视野的文献"，即理查德·哈克鲁特所编撰
的《主要的航海》。⑤ 这部书挑战了欧洲大陆国家认为英国在人航海上无
所作为的看法，它把他们的航海活动追溯到 517 年亚瑟王对挪威的探险
活动，显示其长达一千多年的航海史。哈克鲁特的这个行动在某种意义
上可以被称为现代语言学家所谓的"表演性言语行为"，其目的不仅仅
是书写英国民族以往的辉煌，更重要的是为了拓展其海外空间。他在该
书的序言中写道："像以往一样，他们一直朝气蓬勃地活跃在大海上，
努力探索着世界上偏远陌生的地方……无数次地测量着这个星球，没有
哪一个民族和哪国人民能够与之比肩。"⑥ 哈克鲁特在他的世界想象中明
显地植入了他的民族意识，他在书中多次用到"英格兰民族"（English
nation），并且把其定义为一个航海的民族，从而建构了自己的身份认

---

① Leonie Karmer, ed. , *The Oxford History of Australian Literature*, Melbourne: Oxford University Press, 1981, p. 29.

② Watkin Tench, *A Narrative of the Expedition to Botany Bay*, Sydney: University of Sydney Library, 1998, p. i.

③ Wendy J. Darby, *Landscape and Identity: Geographies of Nation and Class in England*, Oxford: Berg Publishers, 2000, p. 69.

④ 〔德〕C. 施米特：《陆地与海洋：古今之"法"变》，林国基、周敏译，华东师范大学出版社，2006，第 31 页。

⑤ 张德明：《旅行文献集成与空间身份建构》，《杭州师范大学学报》（社会科学版）2010 年第 6 期，第 60 页。

⑥ Richard Hakluyt, *Voyages and Documents*, London: Oxford University Press, 1958, p. 4.

同，被誉为"英格兰民族的散文史诗"。① 通过文本哈克鲁特不仅展示了他们所去过的地方，也宣示了他们对这些地方的占领，这也是英国人对库克船长所绘制的航海图那么兴趣盎然的原因。哈克鲁特这部书对后世产生了巨大的影响，成为很多人案头的必备之书，也成为很多航海人心中的圣经。

坦奇继承了哈克鲁特的这一传统，他的任何记述都不是无目的的，他把海上航行的部分记得尽量简短，却不厌其烦地记载每一个经过地方的经纬度，比如他在第十章写道："在总督的委任状中，这个政权的管辖范围涵盖南纬43°49′到南纬10°37′，这是'新荷兰'（指澳大利亚）大陆的最南点和最北点。从精度看，它从格林尼治以东135°一直往东包括太平洋上述纬度范围内的所有岛屿。这种划分差不多把荷兰和英国之间所有的诉讼根源都切断了，因为英国航海家们所单独发现的地区就是这个范围。"② 就如他所说的，他不仅仅是"愉悦读者"，更多的是"提供信息"，而提供信息的目的则是宣示对该地的拥有，鲍德里亚（Jean Baudrillard）说"地图不再是国土的副本和符号，而是真实国土的等价物和类像"③，地图代表对国土的拥有与占领，地图是对国土的再现，文字也同样可以再现国土。他在序言中明确了与哈克鲁特一样的叙事原则——原貌呈现法，以地图学家简笔画的方式真实地勾勒这个新的殖民地。他写道：

> 当这本书带着作者的名字呈现在世界面前时，他相信，书中所体现的坦诚一定不会让读者觉得作者在有意误导他人。相关的事实只是原样展示，偶尔提出自己的观点，也是经过耐心探究而审慎做

① Jeffrey Knapp, *An Empire Nowhere England, America and Literature from Utopia to the Tempest*, Berkeley, Los Angles: University of California Press, 1992, p. 1.

② Watkin Tench, *A Narrative of the Expedition to Botany Bay*, Sydney: University of Sydney Library, 1998, p. 66.

③ 赵一凡、张中载、李德恩主编《西方文论关键词》，外语教学与研究出版社，2006，第321页。

出的决定，或者是得到官方认可的。大多数时候，他是依据实际观察来说话的，迫不得已要转述别人的说法时，他也必定仔细探寻事实的真伪，并尽量抑制因无知而对新奇的事物进行夸大。①

他试图客观公正地描绘新殖民地的风景，目的是"不仅仅满足时下人们的好奇心，更是想为将来的冒险者指出这个殖民计划的优点以及在此殖民过程中所伴随的不利情况"。②之所以这样，是因为当时英国国内对他们的这次远征行动有相当大的争议，有人信心十足地预测他们将要建设的这个殖民地会给他们国家带来巨大的利益，而有些人则持反对态度，认为这个计划是愚蠢的、失策的，会给国家带来巨大灾难，甚至葬送国家的美好前程。正是在这样的争议中，作者试图以客观公正地描绘新殖民地的风景来回应人们的争议。因此作者的写作不同于一般游客的观光旅游，他对自然风光的描述不多，也很少发表感慨，要保证其客观、公正地呈现原貌，正如他在第十章详细记述了殖民地的第一个法庭成立之后说的："期望我对以上叙述有所感慨是多余的，也是不合适的，我之所以这么做只是力求准确罢了。"③ 只有说到这个殖民地的地形地貌和出产以及猜测这个地方的矿产时说："这个殖民地无人能把这件事弄清楚"，"还禁不住再多说一句：有见识的植物学家在这次未被派出，要不然他可以收集、描绘这个地区众多稀有的漂亮植物"。④ 在整本书中，作者都保持着这样的克制，只是把他所看到的、所观察到的冷静地记录下来，告诉读者殖民地所发生的一切，"让公众去评判谁对谁错"，因此即使当渴望已久的范迪门海岸进入他们的视野时，作者也只写了一句"在这趟

---

① Watkin Tench, *A Narrative of the Expedition to Botany Bay*, Sydney: University of Sydney Library, 1998, p. ii.

② Watkin Tench, *A Narrative of the Expedition to Botany Bay*, Sydney: University of Sydney Library, 1998, p. i.

③ Watkin Tench, *A Narrative of the Expedition to Botany Bay*, Sydney: University of Sydney Library, 1998, p. 69.

④ Watkin Tench, *A Narrative of the Expedition to Botany Bay*, Sydney: University of Sydney Library, 1998, p. 120.

非常独特和辛苦的差事中，经过这么长时间的憋闷，我们对近在眼前的新鲜景象激动不已，这用不着奇怪"。①

叙事者完全没有初到异地的好奇与惊喜，或者说他在刻意压制这种情感，因为作为大英帝国的殖民代表，叙述风景是他的工作，他就像土地测量员一样，做的是纯粹的记录工作，他只是在编撰又一部《末日审判书》（*Doomsday Book*），或者说是在跑马圈地。坦奇与其后的维多利亚时代作家一样，"在用文字来参与帝国的自我再现时，显然都采用了一种视之为理所当然的态度"。②

对人类活动的记录则采用了二元对立的结构，一方面强调殖民活动对风景的建构性，另一方面则强调原住民的自然性。比如对殖民者与原住民的交往、在杰克逊港的安营扎寨、地区法庭和公开审判程序的报道、国王生日纪念宴会、公共建筑的建设等都进行了详尽的描述。作者就像一个熟悉透视法的风景画家，用透视的目光从画面之外或画面之上观察着一切，用经受过教育熏陶的手和眼睛建构、接受和诠释殖民者所建构的风景。而对当地环境的描述则强调"大自然的那种单纯自在、毫不修饰的存在"，强调原住民活动的那种自然性，在关于原住民的描述中多次强调：

> 除了防御武器和几种粗笨的石斧，他们的创造才华局限于制作一种小网兜……他们不知道衣服的作用和好处……他们的窝棚建筑之粗陋、设施之缺乏，超乎人的想象，那些窝棚也就是几块树皮垒在一起形成一个炉灶的形状……他们更多依靠岩壁上到处都是的那些洞穴栖身，而不是这些窝棚。他们绝对不晓得耕种土地这回事，食物完全依赖于他们收集到的少量果实、在沼泽地上挖出的草根、

① Watkin Tench, *A Narrative of the Expedition to Botany Bay*, Sydney: University of Sydney Library, 1998, p. 42.

② 彭青龙：《世界眼光与比较视角：文明、文化、文学的话语变迁及权力转换》，《外语教学》2023 年第 3 期，第 12 页。

沿海捡到的以及驾着小筏子用标枪费尽心机扎来的鱼。[①]

　　直至 20 世纪末西方世界都有一个源于洛克（John Locke）的"财产权"的法律原则，即未被占领或未按欧洲法律认可的方式去使用的土地就是无主土地。[②] 作者通过对比殖民者的建设性与原住民的自然性，按照欧洲法律的认可方式宣示了对土地的占有。通过这种对立性的表征，叙述者对澳大利亚风景完成了视觉、心理和法律意义上的占有，把原本中立性质的自然变成了具有人文意义的风景。

　　通过对风景的想象和再现，民族文化记忆实现了对风景的文化占有，对于英国殖民者来说，游记是纸张上的拓殖，阅读游记则是英国人纸面拓殖的狂欢。坦奇的风景叙事"体现了帝国对征服土地的优越感和控制力。这种帝国的凝视充满了权力的意味"。[③]

　　但是坦奇被人们记住并被持续不断地阅读并不是因为他建构了第一幅作为英帝国领土的澳大利亚风景，而恰恰是因为他作为个人的离心倾向，尽管他在书中从来没有表达过对殖民行动的反对，但在他不扭曲真相的情况下对事件和细节的巧妙编织中不时透露出这样一种离心倾向。在舰队抵达植物学湾清点人数时，坦奇写道："212 名海军陆战队员中只损失 1 人，从英格兰上船的 775 名囚犯在路上死亡 24 人。是什么原因促成了我们这种意外的成功？我倒是希望我可以说这是因为政府给予这次远征的补给之慷慨，可是却不允许我们携带一些通常给予航行去西印度群岛的船只的必需物资。"[④] 作者通常在书中不露痕迹地对英国的不满一带而过，最明显的当数最后一章，他写道："如果将政府建立这个殖民地的初衷曝光的话，本书作者将会被指责为放肆和冒犯。但他还是希望

---

①　Watkin Tench, *A Narrative of the Expedition to Botany Bay*, Sydney: University of Sydney Library, 1998, pp. 76-94.

②　汪诗明：《殖民前的澳洲并非"无主地"》，《安徽史学》2020 年第 2 期，第 129 页。

③　闫爱华：《风景研究的文化转向——兼评米切尔的〈风景与权力〉》，《广西社会科学》2016 年第 6 期，第 194 页。

④　Watkin Tench, *A Narrative of the Expedition to Botany Bay*, Sydney: University of Sydney Library, 1998, p. 48.

讲出他对于大不列颠可能从这个殖民地获益的观点。"但是他的实际叙述却显示这个殖民地对英国益处不大，除了作为"接收囚犯的容器"，无论是对国家还是个人，无论是对商业还是冒险，"世界的这个角落都是没有什么吸引力的"；无论是定居还是回欧洲都是成本极高的事情，"因为数不清的困难阻碍着英格兰和这个大陆之间频繁的交通"。① 对于这片新开发的殖民地，作者就是这么冷静地表达着英国的一种鞭长莫及感、一种隔离感，同时也暗示着这片土地不可能依靠母国，而只能自成一体、自力更生。作者在这里居留四年之后写的另一部书《杰克逊港殖民全记录》中，这种意识表达得更加明确。在此耕耘了四个春秋的人对此地全无留恋，在快要离开返回英国时，他写道："如果要我说出内心真实的感受，我不会说我们带着一种复杂的感受盘算着这日子的临近，我们是带着极度的喜悦欢呼这日子的到来"，而不走的人大多数是因为"热恋着女囚犯才留下来的"。1793 年当他回到英国后，这种怀疑更加深了一层，他说："除非自然规律突然发生翻天覆地的变化或者有幸发现大笔财富，（这里）才有可能变成富饶繁荣之地，否则……。"② 罗斯上校（Major Ross）的评价更直接："世界上没有哪个地方比我们看到的那个地方更差劲了。"③ 坦奇笔下的澳大利亚丛林单调、荒凉、贫瘠、危机四伏，既要面对原住民的袭击又要对抗大自然中的各种危险，对于英国人来说，这里绝不是宜居之地。这里的荒凉、贫瘠而落后的环境与英国的富庶、文明形成了鲜明的对照，但是这片未知的大地恰好是那些"充满活力、浪迹天涯、探索未知世界的男子汉"展示其开创精神的绝佳之地。④ 正是这种独特的环境孕育了澳大利亚人开拓创新、勇于克服

① Watkin Tench, *A Narrative of the Expedition to Botany Bay*, Sydney: University of Sydney Library, 1998, pp. 138-143.

② Watkin Tench, *A Complete Account of the Settlement at Port Jackson*, London: J. Sewell Cornhill, 1793, p. 139.

③ Leonie Kramer, ed., *The Oxford History of Australian Literature*, Melbourne: Oxford University Press, 1981, p. 31.

④ Peter Hulme and Tim Youngs, *The Cambridge Companion to Travel Writing*, Cambridge: Cambridge University Press, 2002, p. 19.

困难的民族特性。

风景一旦成为被再现的对象，就具有了主体意志建构的功能。坦奇出色地完成了大英帝国交给他的殖民任务，他在作品中的种族主义与殖民主义思维昭然若揭。为了支持和维护英国作为世界征服者和文明使者的形象，他充分调用道德、文化和种族优越性等意识形态来支撑其阐释活动，通过贬低澳大利亚的原生风景而自觉不自觉地拔高殖民者的建构风景，从而构建了排他的殖民者认同。但是历史表明，殖民地终归是要独立的，坦奇二元对立的叙事反而成为澳大利亚人文化身份建构的起点。

二 景点：作为游客的风景叙事

英国有深厚的旅行传统，而异地旅行刺激着人们的表达欲望，这一点明显地反映在文学上，从笛福、菲尔丁、约翰逊到华兹华斯、司各特都是如此，风景叙事是其作品不可分割的一部分。作为英国海外分支的澳大利亚早期文学也继承了这一传统，因为殖民早期创作者不是英国囚犯就是英国移民，陌生的环境并未冲淡传统文化对他们的影响。因此风景叙事成为澳大利亚殖民时期文学的一个显著特色，《植物学湾远征亲历记》是其开篇，之后游记、诗歌、小说则是这一特色的延续与细呈。

菲尔德的《澳大利亚诗歌第一果》是第一部描写澳大利亚丛林风光的诗集；温特沃斯（William Charles Wentworth）的《澳大拉西亚》（Australasia）和汤普森（Charles Tompson）的《本地吟游诗人的竖琴野调》（Wild Notes from the Lyre of a Native Minstrel）等也致力于对澳大利亚风光的描绘。罗克罗夫特的《殖民地的故事》和哈里斯的《定居者和流放犯》等人的小说对澳大利亚新奇的自然风光、独特的异国趣闻、安身立命的手段等情有独钟，写景多于叙事，状物多于写人，人物就像司各特小说中的主角一样，只是穿针引线的工具或介绍风光奇闻的导游。

所谓风景，是要经过一种眼界的确认和情感的解释才能叫做风景的。①

---

① 张箭飞：《风景感知和视角——论沈从文的湘西风景》，《天津社会科学》2006 年第 5 期，第 114 页。

澳大利亚殖民初期作家笔下的风景有一种挥之不去的英国影子，不仅在内容和形式上是英国文学的延续，是英国浪漫主义风格的延伸，"而且在观念、视角、思维方式等方面都受到英国传统的影响，对澳大利亚风景的描绘更像是对英国风景的复制，无法对澳大利亚的风土人情进行真实、细致的刻画，更不能做到真正地反映澳大利亚本土特色"。① 这个特点体现了这些作家一种典型的游客身份，一种局外人的视角。

罗宾逊、菲尔德、罗克罗夫特和哈里斯都出身于英国上流社会。罗宾逊出生于英国南部，在牛津大学学习三年，后来从事法律工作。菲尔德出身贵族，父亲是医生，是克伦威尔（Oliver Cromwell）的直系后代，接受过专门的法律训练，1814 年进入内殿法律学院（Inner Temple），后来成为新南威尔士最高法院法官。菲尔德非常热爱诗歌，经常给报纸杂志撰稿，曾经是《泰晤士报》（The Times）的戏剧评论员，他与英国浪漫主义大家华兹华斯、查尔斯·兰姆（Charles Lamb）、李·亨特（Leigh Hunt）等人交往频繁。罗克罗夫特出生于伦敦，曾经在伊顿公学就读，父亲是东印度公司的商人、伦敦市议员和驻秘鲁的总领事。哈里斯的父亲是中学校长，他接受过良好的教育，广泛涉猎各种书籍，学识渊博，曾经在出版社工作，被认为在文学上有很好的发展前途。温特沃斯和汤普森尽管出生在澳大利亚的流放犯家庭，但是他们都受过非常好的教育。温特沃斯早年被养父带回英国接受教育，后来作为自费生进入剑桥大学，他名垂青史的诗歌《澳大拉西亚》就是为争夺剑桥大学校长奖而作的。而汤普森的父亲虽然是流放犯，但其被释放后成为一个富裕的农民和商人，因此他得以在澳大利亚最好的中学接受教育。他们良好的英式教育背景造就了他们英国式的眼睛，这是一种深度格式化的观看方式，来源于英国传统的风景观看方式。

英国人观看风景的方式从来就不是像孩子一样让风景直接进入眼中、让风景单纯呈现，而是将风景的细部整合成一种对世界的观照，用

---

① 徐特辉、游南醇：《澳大利亚殖民地时期诗歌述评》，《外国文学评论》2001 年第 1 期，第 42 页。

深奥的观念来解释他们的感知，诗与画深深地影响着英国人的观景方式。欧洲文人对风景的关注不是来自能够传达感官印象的"事实风景"，而是来自"象征风景"（landscape of symbols）。古希腊诗人忒奥克里托斯（Theocritus）的《牧歌》（*The Idylls of Theocritus*）给了很多作者无限的想象空间，而其中的风景是关键因素，维吉尔（Publius Vergilius Maro）的《牧歌》（*Ecologues*）把忒氏的西西里岛扩写为想象的阿卡迪亚，而雅各波·萨纳扎罗（Jacopo Sannazaro）的《阿卡迪亚》（*Arcadia*）则把这种田园美学推向欧洲读者，并且推动一大批著名画家如达·芬奇（Leonardo da Vinci）等进入风景画的创作，这些风景画对英国产生了深刻的影响。"古典教育形成的文化感知和价值观，最终在具体的风景中得以体现。越来越多的英国精英男士在牛津和剑桥接受正规教育，因而接触了更多的古典建筑美学、希腊文学和罗马文学。当时认为这类知识对于培养文化趣味和气质是必要的，是一个绅士应具备的比血统更重要的标志。古典文学和建筑研究成为进场时额外而昂贵的智力装备，推动以新的眼光欣赏风景……教育和旅行相结合强化了 18 世纪牛津和剑桥精英们根据绘画和文学将风景理智化（intellectualize）。"[1] 由于英法之间的战争与摩擦，"大旅行"受到诸多阻碍，人们不得已而把目光转向国内，因此在 18 世纪后期的英国兴起了一股寻找国内风景的"画境游"（picturesque tour）风潮。借助于多种媒介，特别是印刷品的再现方式，以及文化民族主义的兴起，这些精英给英国的山区风景注入了新意义。

18 世纪的最后 10 年，风景作为文化的表达，无论是通过再现还是旅游，已经在那些受过良好教育的精英以及模仿他们的人中间广为流传。[2] 这些都市精英公开统一和正在统一的文化叙事，借助市场的力量

---

[1] Wendy J. Darby, *Landscape and Identity: Geographies of Nation and Class in England*, Oxford: Berg Publishers, 2000, p. 27.

[2] Wendy J. Darby, *Landscape and Identity: Geographies of Nation and Class in England*, Oxford: Berg Publishers, 2000, p. 63.

在伦敦之外的地方得到复制，市场的力量刺激了分化差异，凝结了身份认同。在这一过程中，画境风景美学帮助培养熟人之间以及更大范围的文化公众之间共有的身份和情感，同时也美化了外省身份，使其得到认可，通过抬升他们生活其间的风景，把外省人与以伦敦为中心的人连接起来。风景成为认同的场所，依据人们如何阅读、游览、体验、实地观景或欣赏印刷画册、谈论及绘制风景而形成认同。① 这一时期是身份认同建构的漩涡时期，面对共同的敌人法国，英国人产生了大范围的反法情绪，因而"不列颠"和"不列颠人"的观念应运而生，民族具体化的象征就是大不列颠。但是大不列颠可能代表反诺曼的英格兰或反法国的英国，英国国内还有英格兰、苏格兰、威尔士和爱尔兰之分，不列颠只是叠加在原有的身份基础之上的，而没有取代原有身份，正如埃文斯（Eric Evans）所言："英国人更可能与自己的区域和地方产生认同，而不是与整个国家产生认同。"②

在大不列颠政体形成之际，国内文化民族主义也在形成，产生了近来被称为"'四个民族'的文学史"（"four nations"literary history）③，即在"不列颠"意识强制发展时，苏格兰、威尔士、爱尔兰则通过各自的身份认同来抵制大不列颠这种民族意识，但是这些文化身份倡导者不再要求政治主权，他们寄情于人烟稀少、农业萧索、工业几无的山区风景，赋予其审美意义，使其成为可接受的美学意象，就如19世纪威尔士国歌所唱："每一悬崖与每道山谷，在我眼里都那么美丽/洋溢着爱国主义情感，充满着神奇的魔力/是河流与小溪的欢唱"④，将风景与自发的文化民族主义联系起来，因此风景也就成为文化认同的依托。将风景

---

① Wendy J. Darby, *Landscape and Identity: Geographies of Nation and Class in England*, Oxford: Berg Publishers, 2000, p. 72.

② Alexander Grant and Keith J. Stringer, eds., *Uniting the Kingdom? The Making of British History*, London: Routledge, 1995, p. 232.

③ Murray G. H. Pittock, *Poetry and Jacobite Politics in Eighteenth Century Britain and Ireland*, Cambridge: Cambridge University Press, 1994, p. 2.

④ Eric Hobsbawm and Terence Ranger, eds., *The Invention of Tradition*, Cambridge: Cambridge University Press, 2012, p. 83.

表征为民族具象的则是英国浪漫主义流派的代表人物，如华兹华斯、柯勒律治、骚塞、拜伦、雪莱、司各特以及早期的詹姆斯·汤姆逊（James Thomson）、格雷、布莱克（William Blake）等，他们也是英国民族主义美学的倡导者，他们用弘扬地方主义的象征语言取代了"宫廷""伦敦"或德莱顿（John Dryden）、蒲伯（Alexander Pope）等人的贵族话语，他们的文学在提供情感联想方面起到非常重要的作用。在文化民族主义的倡导下，这些文化精英赋予风景以文化意义和民族象征，在风景与民族主义的联姻中，风景成为具有象征意义的民族风景。

澳大利亚殖民早期的风景叙事就深深植根于这样的文学传统之中，因此在澳大利亚殖民早期文学中，澳大利亚风景具有英国风景的影子，就像是英国风景的复制，这其实是他们这种格式化的观看方式所决定的，风景被他们"理智化"了，他们所看到的是一种"象征风景"而非"事实风景"。因此他们的诗歌在赞美澳大利亚风景的同时会把他们的感情与英国或"大不列颠"联结在一起，而在讴歌不列颠的同时又拔高了澳大利亚的风景。菲尔德的诗歌《袋鼠》（*The Kangaroo*）就是一首这样得到较高评价的早期诗歌，用英国的颂歌来歌颂澳大利亚特有的动物袋鼠，他开篇写道：

Kanagaroo, Kangaroo!	袋鼠啊，袋鼠！
Thou Spirit of Australia,	澳大利亚自有的精神！
That redeems from utter failure,	从原始的荒芜之中，
From perfect desolation,	历经失败而重振。
And warrants the creation	地球第五大陆的创造，
Of this fifth part of the Earth,	就此得到验证，
Which would seem an after-birth...	这更像是一种再生……①

---

① 〔澳〕斯图亚特·麦金泰尔：《苏醒大陆：澳大利亚史》，潘兴明、刘琳译，东方出版中心，2022，第2页。

　　诗人高度赞扬袋鼠是澳大利亚自有的精神，但是全诗并没有诠释何为"澳大利亚自有的精神"，而只是通过比附"斯芬克斯"（Sphynx）、"美人鱼"（mermaid）、"半人马"（centaur）等意象回到欧洲文化传统。他试图抓住澳大利亚新世界的新事物，却又无法表达它的精神，因而只有"回归老传统，把新世界与旧世界联结起来"。① 这种模式成为 19 世纪澳大利亚诗歌的一个流行模式，温特沃斯的《澳大拉西亚》也非常典型地突出了这个特点。诗人描绘了澳大利亚原住民的狂欢、法国人的探险旅程和悉尼周边的自然风光，流露出对澳大利亚风景的热爱之情，却将其归结为"新不列颠"在另一个世界的成长，赞颂"这种开创精神把大不列颠的研究成果和艺术散布到地球的每个角落"。②

　　这种情况不仅存在于当时的诗歌中，也存在于小说中。不管是罗克罗夫特、博尔德伍德（Rolf Boldrewood）还是哈里斯、金斯利，他们都对丛林风光情有独钟，对澳大利亚的丛林生活赞赏有加，但他们最终的旨归都是英国。罗克罗夫特叙写丛林激战与迷津，抱怨丛林发家致富的容易；博尔德伍德讲述澳大利亚的神奇风光和离奇故事，目的是吸引英国人；金斯利笔下优美的丛林风光和闲适的牧场生活则凸显英国人的高贵和本地人的低下。作为澳大利亚大陆的过客和异乡人，他们从未真正进入过澳大利亚风景，也难以理解澳大利亚风景的意义结构，他们惊异于澳大利亚风景的奇特，却难以真正表述澳大利亚风景的本质，他们笔下的澳大利亚风景只是表白英国心境的工具。

　　这是一种典型的游客叙事，他们对于风景背后的意义了解不多，也无意深入了解，新版图上的风景对于他们来说只不过是又一个景点，在叙事中要么猎奇，要么比附，抓住的是风景的表面特征，却无法真正表

---

① Peter Pierce, ed., *The Cambridge History of Australian Literature*, Cambridge: Cambridge University Press, 2009, p. 74.

② Peter Pierce, ed., *The Cambridge History of Australian Literature*, Cambridge: Cambridge University Press, 2009, p. 75.

征风景的独特性格和气质，因而表面上的澳大利亚风景和深层次的英国情结构成了一个撕裂的二元认同结构。这个二元认同结构是对英国本土的国家（大不列颠）—地方认同二元结构的继承与延伸，同时也建构了澳大利亚长期存在的英澳情结的博弈。

在澳大利亚，对英国的情结与澳大利亚的景观之间存在着一种明显的裂痕。这个裂痕一方面源自历史隔阂，许多澳大利亚人没有英国本土经历，对英国的历史和文化缺乏切身体验；另一方面，澳大利亚在远离英国本土的环境下发展出了独特的文化，与英国本土文化存在差异。此外，随着时间的推移，澳大利亚新移民不断涌入，他们来自不同的国家和文化背景，对英国的认同感更加淡薄。这些因素共同导致了对英国的情感与心境在澳大利亚人中可能是一片模糊的未知。

对于那些未曾踏足英国、未曾亲历英国文化传承的澳大利亚后代读者而言，澳大利亚的壮美风光是他们更为熟悉和亲近的元素，如大堡礁、乌鲁鲁巨石、袋鼠等，这些都是澳大利亚独有的文化符号，更容易引发澳大利亚人的共鸣。这些风景成为澳大利亚认同的重要组成部分，有助于形成和巩固澳大利亚人的文化认同。在这个过程中，澳大利亚人对英国的情感是复杂的，既有仰慕和依赖，也有反抗和独立。同时，随着澳大利亚社会的发展和文化的成熟，澳大利亚人的本土意识逐渐觉醒，更加重视自身的身份认同和文化传承。

三　家园：作为居民的风景叙事

澳大利亚殖民早期风景叙事中，作者大多以局外人的视角取景，站在画外观看，因而会产生某些幻觉或错觉，或美化或妖魔化澳大利亚的风景。他们作为旅游者（tourist）或旅行者（traveller）前往某一个地方时心里总是抱有某种期待，他们希望这些风景能够满足他们的期待。在前往一个地方的时候，事先总会通过各种渠道来了解这个地方，比如杂志、旅游指南、文学作品、绘画、亲朋好友的故事，这些讲述建构了他们的期待。尤瑞（John Urry）将旅游者或旅行者的这种体验风景的方式称为"旅游者的凝视"（tourist gaze），这种凝视就如医生看病一样，是经由社会组织并系统化了的观看。① 这种游客在某种程度上就是符号学者，他们寻找风景里独有的符号，比如英国的乡村、法国的城堡、意大利的山峰……他人的经历植入了他们的"期待视野"，从而产生了一种标准化的体验方式。依照尤瑞的说法，旅游是一种游戏，参与者都明白其中的规则，他们甚至不是去寻找真实的风景和真实的经历，从某种程度来说只是为了验证自己的期待。② 这种情况类似于到网红打卡地打卡，旅行者们只是照搬了别人的观看，而非获得自己独特的体验。在社交媒体的影响下，人们往往会在意自己的行程获"赞"多少，而不在意是否获得了真正的愉悦或启发。这样的旅游经历更像是在追逐流行趋势，而非探索真实世界的奇妙之处。英国人来到澳大利亚大陆之前，曾经多次想象过这块陌生的土地，斯威夫特的《格列佛游记》甚至对其有过非常详细具体的想象，此后还有无数的诗歌和文学作品在虚构这里的风景，正是这些想象建构了早期澳大利亚作家的"期待视野"，因而他们笔下的澳大利亚是片面的、模糊的、程式化的，他们的观看甚至可以说"根本上是审美性的"。③

作为居民则不一样，"风景是他们生活方式的一部分，风景总是同他们的谋生密切相关"④，风景不是外在于他们的，也不是用来观看的，而是由他们塑造出来的，他们的努力和欲望都在风景中得以体现，形塑着风景的形态与气质。也就是说，人与风景的互动将人和地联系起来，最终实现对风景的占有并融为一体，难分彼此。

随着开发殖民地和发现金矿，澳大利亚的自由移民越来越多。据统计，截至1828年，在殖民地社会构成中，自由移民已占全国总人口的

① John Urry, *The Tourist Gaze* (2nd edition), London: Sage, 2002, pp. 1, 3.

② John Urry, *The Tourist Gaze* (2nd edition), London: Sage, 2002, pp. 11-12.

③ Yi-Fu Tuan, *Topophilia: A Study of Environmental Perception, Attitudes and Values*(Morningside edition), New York: Colombia University Press, 1990, p. 64.

④ Hannes Palang et al., eds., *European Rural Landscape: Persistence and Change in a Globalizing Environment*, Netherlands: Kluwer Academic Publishers, 2004, p. 94.

13%，流犯占43%，刑满释放犯占20%，殖民地出生的人口占24%；到1841年，自由移民占37%；而到1851年，移民已占人口总数的41%，每5名殖民地居民中就有2名自由移民。[①] 随着1851年发现巴拉瑞特金矿，澳大利亚的居民结构发生了重大的变化，仅仅在2年之内，新移民的人数就超过了过去70年流放犯人数的总和，非原住民数量增加了近2倍，由1851年的43万人增加到1861年的115万人，到1888年为止，总计有超过100万人踏上移民澳大利亚之旅。[②] 这时的生育水平也居高不下，19世纪50年代结婚的妇女平均大约生育7个子女，80年代结婚的妇女平均大约育有6个子女，因此到了80年代，澳大利亚的总人口已达300万之多。[③] 1891年，土生土长的澳大利亚人已占总人口的75%。[④] 随着金矿被发现与人口的增多，澳大利亚变得越来越繁荣。19世纪下半叶，澳大利亚人比英国人、美国人或其他任何国家的国民挣得多也花得多。日常用品的价格更低，机会更多，贫富差距也更小。到80年代澳大利亚的城镇人口超过了人口总数的一半，其比例要比英国高得多，同时也高于美国和加拿大的城镇人口比例。甚至只有1000人的小镇，也同样拥有种种舒适便利的设施：旅馆、银行、教堂、报纸、面粉厂、铁匠铺和商店，等等。优越的条件让澳大利亚人越来越自信，也越来越热爱这片原本荒凉的土地。澳大利亚在经济条件变得优越的同时，政治上也变得越来越独立，1842年，英国政府批准新南威尔士成立通过部分选举产生的立法会议。到1851年为止，南澳大利亚、塔斯马尼亚和维多利亚殖民地均从新南威尔士殖民地中分离出来，也获得了成立立法会议的权力。1855年，英国议会为新南威尔士、塔斯马尼亚、维多利亚制定

---

① 陈正发：《殖民时期的澳大利亚移民小说》，《安徽大学学报》（哲学社会科学版）2004年第5期，第53页。

② Stuart Macintyre, *A Concise History of Australia* (3rd edition), Cambridge: Cambridge University Press, 2009, pp. 86, 112.

③ Stuart Macintyre, *A Concise History of Australia* (3rd edition), Cambridge: Cambridge University Press, 2009, pp. 86, 107.

④ 黄源深：《澳大利亚文学史》，上海外语教育出版社，2014，第51页。

颁布了宪法；1856 年，南澳大利亚殖民地宪法生效；1859 年，昆士兰从新南威尔士中分出，也获受了相似的宪法。这样，按照英国宪政制度，澳大利亚享有了较大的自治权。

尽管澳大利亚的政治、经济和生活条件大大改善，但是从澳大利亚到英国的交通状况却未有明显的改善，这一段旅途足足需要花上 100 天之久，而且海上的风浪和天气也未因澳大利亚的条件改善而有所改变，这仍然是一段艰辛而充满危险的旅途。信札成为分隔两地的亲友之间的主要联系通道，但一封信到达目的地通常需要花上几个月的时间。19 世纪 60 年代，每个月都有 10 万封以上的信件寄往英国与爱尔兰，也有同样数目的信件邮回澳大利亚，但殖民地邮局里大量无人领取的信件则表明这样的联系是相当脆弱的。死亡、耻辱或失望都是造成与亲友断绝联系的原因。因此在各种条件的合力推动之下，澳大利亚实际上变得越来越独立，这种情况反映在文学作品中就是对澳大利亚的融入和认同。

与殖民早期作家相比，殖民地后期的作家大多个人境遇不佳。查尔斯·哈珀（Charles Harpur）一生命运坎坷，郁郁不得志。亚当·林赛·戈登尽管出身贵族，却经济拮据，债台高筑，最终饮弹自尽。亨利·肯德尔一生穷困潦倒，甚至连奔赴戈登丧礼的马车费都无力支付。马库斯·克拉克经济上入不敷出，债务累累，操劳过度，以至于年仅 35 岁即病逝。亨利·劳森则更是过着朝不保夕、疾病缠身的痛苦生活，再加上父母不和、社会不公，让劳森很早就卷入澳大利亚的民族主义运动。约瑟夫·弗菲和斯蒂尔·拉德也是一生清贫，经常食不果腹。这一时期的作家中也许只有 A. B. 佩特森的日子过得比较优裕，尤其是度过了一个无忧无虑的童年，因此他笔下的丛林世界与劳森的大不一样，正如佩特森自己所说："我们都在寻找同一条矿脉，不过我是骑马去勘探，还有别人为我备饭，而劳森则是徒步勘探，还得自己觅食。"①

---

① Lorna Ollif, *Andrew Barton Paterson*, Woodbridge: Twayne Publishers, 1971, p. 35.

与殖民早期作家作为游客浮光掠影式的"观看"风景不同，本土出生成长的作家一生历经磨难，风景已经真正成为生活的一部分，他们与风景的关系是体验的、融入的，而不是观看的、审美的，他们对风景有感情且是细致的感情。澳大利亚早期风景的描写习惯于全景式地、抽象地展现风景，哈珀则不同，他的诗歌中不仅有巨幅的画面，也有细微的描绘，而且充满了热爱之情，比如他最有名的诗歌《澳大利亚森林中一个仲夏的晌午》（*A Midsummer Noon in the Australian Forest*）：

Not a bird disturbs the air!	空气中没有一丝儿声息，
There is quiet everywhere;	处处万籁俱寂，
Over plains and over woods	平原，树林，
What a mighty stillness broods.	笼罩着无边的寂静.
Even the grasshoppers keep	鸟儿和昆虫都已躲藏，
[All the birds and insects keep]	在阴凉的树荫酣睡的地方。
Where the coolest shadows sleep;	甚至连忙碌的蚂蚁，
Even the busy ants are found	也在颗粒稀松的土墩上歇息。[②]
Resting in their pebbled mound; [①]	

诗人通过对比寂寥的平原和鸟儿、昆虫等，以细致的观察充分表现了仲夏晌午的炎热与寂静，是一种典型的澳大利亚风景，与温带海洋性气候所形成的英国风景构成鲜明的对比。他在另一首名诗《四坟河》（*The Creek of the Four Graves*）中写道：

---

① Harry Heselting, ed., *The Penguin Book of Australian Verse*, Ringwood, Victoria: Penguin Books Australia, 1972, p. 62.

② 黄源深：《澳大利亚文学史》，上海外语教育出版社，2014，第34页。

And his last glances fell

Into the gloomy forest's eastern glades

In golden masses transiently, or flashed

Down on the windings of a nameless creek

That fringed with oaks and the wild willow ran

Noiselessly on, between the pioneers

And those new eminences.

Wilder grew

The scene each moment — beautifully wilder!

For when the sun was all but sunk below

Those barrier mountains, then, within a breeze

That o'er their rigid and enormous backs

Deep fleeced with wood, came whispering down, the wide

Slant sea of leaves stirred in the slanting rays —

Stirred interdazzlingly, as though the trees

That bare them were all thrilling, — tingling all

Even to the roots, for very happiness —

So prompted from within, so sentient, seemed

The bright quick motion. ①

他的目光最后落在

那片灰暗的森林东部的空地上，

闪烁着金色的光芒，就像天使的剑一样，

在蜿蜒的小溪上闪闪发光，

在拓荒者之间无声地奔跑着，

那些新的山丘间奔跑着

---

① Charles Harpur, *The Creek of the Four Graves*, The Institute of Australian Culture, https://www. australianculture. org/the-creek-of-the-four-graves-charles-harpur/.

在他们面前，展现出一片景色，

每时每刻在变得荒芜，也变得美丽，

因为当夕阳西沉的时刻，

被树木像羊毛似地覆盖着的山峦叠嶂，

微风轻拂着它们粗糙巨大的脊梁，

斜阳中，飘动的树叶所汇成的宽阔倾斜的大海，

轻轻耳语着向下涌来，

眼花缭乱地舞着，颤动着，

仿佛树木兴奋得连根子都激动了起来。①

　　哈珀不仅在诗中展现了原本单调、丑陋大地上的生动多姿，澳大利亚也变得色彩斑斓、富有活力，并充满了诗情画意，也展示了白人拓荒者与原住民之间的冲突；他不仅把风景描绘得细致而有个性，并且把人物融入了风景，从而使原本单调的美景变得鲜活起来。哈珀之所以能把情与景交融在一起，是因为他热爱生活，热爱风景优美的澳大利亚，他不仅是一位观景人，还是风景的创造者，因此有人把他称为"第一个把澳大利亚的景物准确地反映到诗中的人"。② 与哈珀一样，肯德尔也对澳大利亚的风景充满感情与热爱，他们都以反映澳大利亚风貌为己任，决心成为"土生土长的澳大利亚诗人"③，尽管有人批评"实际上，肯德尔描写的风景太趋平常，也不具特色，而且没有生命力，也没有本地居民的特色"④，但是诗人抛弃了以前那种崇尚英国风景而羞于描绘澳大利亚风情的忸怩之态，而是理直气壮地刻画了澳大利亚的地理环境，歌颂

---

① 黄源深：《澳大利亚文学史》，上海外语教育出版社，2014，第 35 页。

② 黄源深：《澳大利亚文学史》，上海外语教育出版社，2014，第 34 页。

③ Henry Kendall, *Poems and Songs*, Sydney: Sampson Low, Son & Marston, Ludgate Hill, 1862, p. 1.

④ Judith Wright, *Preoccupations in Australian Poetry*, Melbourne: Oxford University Press, 1965, p. 30.

新大陆的自然风光，其《铃鸟》（*Bell-Birds*）① 一诗因其和谐的韵律和鲜明的地方特色而一直为人所传诵，成为澳大利亚为数不多的经典诗歌之一。戈登的诗歌很好地融合了英国传统与澳大利亚特色，极其生动地叙写了丛林生活与牧场风光，赋予其一种精神，反映了澳大利亚早期开拓者顽强进取的精神和对自己事业的信心，传达了他们的心声。尽管他们的诗歌的艺术特色还不太鲜明，但是他们已经是具有明确风景意识的本地人，风景已经融入他们的意识而不是异己的客体。戈登尽管不是本土出生的诗人，但是他可以被称为"行为局中人"（behavioral insider）或"移情局中人"（empathetic insider）②，即他明白自己所处之地，亲身融入这个地方，仔细观察这里发生的一切，投入自己的感情，因此能够体会风景里的精神并且极为精当地表达出来，因而成为那个时代的代言人。

　　风景不仅是一目了然的地理现象，而是内含层层叠叠社会文化关系的实体。风景的许多意义就隐匿在当地的日常生活之中，对于当地居民而言也许是不言而喻的，外人却可能琢磨不透，就像作为局外人的罗克罗夫特极力渲染澳大利亚土地之肥沃、水草之丰美、赚钱之容易。然而实际上，这里的生活远不是这么浪漫、轻松，丛林生活的艰辛在劳森《什么都不在乎》（*Past Caring*）中得到极为形象的展示：

> Now up and down the siding brown
>
> The great black crows are flyin',
>
> And down below the spur, I know,
>
> Another "milker's" dyin';
>
> The crops have withered from the ground,
>
> The tank's clay bed is glarin',
>
> But from my heart no tear nor sound,

---

① Henry Kendall and John Caldwell, *Bell-Birds: A Poem*, Sydney: Harper Collins Publishers Australia, 1982.

② Edward Relph, *Place and Placelessness*, London: Pion, 1976, p. 53.

For I have gone past carin' —①

此刻，在棕黄色的铁路线两旁，

巨大的黑乌鸦在空中盘桓，

而我知道在那山坡的下方，

另一头奶牛奄奄将亡；

地上的庄稼都已经枯萎，

瓷做的水箱底发出了闪光，

但我没有落泪或恸哭，

因为我已经什么都不在乎——②

诗人给我们展示了干旱所带来的萧条景象：乌鸦盘桓、奶牛咽气、庄
稼枯萎、水箱露底，这就是真实的丛林生活——艰辛、苦涩。但是即使在
这样的逆境中，"我已经什么都不在乎"，这是本地居民的无奈，也体现了
丛林人坚韧不拔的性格，这是澳大利亚人最核心、最显著的民族性格。尽
管佩特森的诗歌在色调上与劳森迥异，"佩特森眼里的风景有点像骑在马
背上的骑士所看到的，而劳森所看到的则是一个背着沉重行囊的旅行者所
看到的严酷现实"③，但是他们都是风景描绘的高手，佩特森在"在渲染
澳大利亚乡村及居住者的气氛方面，胜过任何一位民谣诗人，甚至任何
一位其他诗人"④，但是他们在塑造文化特性方面则一脉相承，他深情讴歌
早期创业者对丛林的热爱，赞扬他们的乐观热情、不畏艰难、充满力量、坚

---

① Henry Lawson, "Past Caring", *All Poetry*, http://allpoetry.com/poem/8446463-Past_Carin-by-Henry_Lawson.

② 黄源深：《澳大利亚文学史》，上海外语教育出版社，2014，第65页。

③ Leonie Karmer, ed., *The Oxford History of Australian Literature*, Melbourne: Oxford University Press, 1981, p. 303.

④ H. M. Green, *A History of Australian Literature*, Sydney: Angus & Robertson Publishers, 1984, p. 405.

忍不拔，即使最不起眼的人也具有战胜一切的勇气和毅力。① 小说家弗菲在小说《人生就是如此》（*Such is Life*）中不仅展示了丛林风光，反映了丛林人谋生的艰难，生动地刻画了丛林人的善良和同情心；同时还描绘了丛林人的婚姻爱情和伙伴情谊。拉德的《在选地上》（*On Our Selection*）描绘了艰难的拓荒生活和艰苦的环境，凸显了澳大利亚人朴实、勤奋、乐观、诚恳、善良的民族性格。

这些作家和诗人是真正的"实存局中人"（existential insider），即他们不会刻意去反思在这个地方的经历，但它却对他们充满了意义。② 通过深入体验生活，对他们所生存的环境产生深刻甚至完全的认同，他们有着一种强烈的归属感。他们笔下的风景不再是占有，也不是猎奇或比附，而是具有不同于其他地方的独特性格，这种性格既是风景的，也是生活于此的人的。他们是具有强烈风景意识的本地人，或者是已经"本土化"的外来者，从某种意义上说，他们已经超越了认知的局限，因而能够在更深广的框架内体验风景、表呈风景。

他们对风景生动的表呈还能造就"感应局中人"（vicarious insider）③，人未至而心已动，让原本对风景没有太多感觉的人产生强烈的认同感。丛林风光作为澳大利亚独特的风景，对于早期移民来说是陌生的、令人惧怕的，甚至是抗拒的；对于逃离不了的本地居民则是适应的、体验的、认同的，叙事者的呈现给外来者提供了"观看"寄居地，而给本地居民提供了"凝视"自己家园的机会，通过这样的"观看"和"凝视"，认同也就产生了，"风景显示了强大的凝聚力"。④ 美国作家华纳

---

① 如佩特森的《来自雪河的人》（*The Man from Snowy River*）、《丛林人之歌》（*A Bushman's Song*）、《肩背行囊》（*Waltzing Matilda*）等诗歌。

② Edward Relph, *Place and Placelessness*, London: Pion, 1976, p. 55.

③ "感应局中人"是指一个人通过阅读、观赏文学或艺术作品来获得一种感同身受的体验，比如一个人没有去过某一个地方，通过阅读文学作品而对其产生认同，或者一个本来没有认同感的当地人通过阅读而获得认同感。参见 Edward Relph, *Place and Placelessness*, London：Pion, 1976, p. 55。

④ 陈璟霞：《"绿色的英格兰"与风景画：风景和艺术的国家建构功能》，《外国文学》2020 第 1 期，第 72 页。

斯·斯特纳（Wallace Stegner）说过，一个地方在有一个诗人之前，是不能够被称为地方的①，同理，一个没有一群诗人的民族，是不能被称为民族的，澳大利亚正是因为有了这样一群展示民族风景的诗人和作家，其文化特性才得以成型。

小　结

　　风景之所以能够成为文化认同的基础，是因为风景总是某一地区的风景，它与该地区人民的生产生活紧密相连。但并不是所有风景都具有文化认同的价值，只有当风景被"理智化"而进入人们的心灵，成为其精神依附之所在时，它才能成为这一地区的大众符号。风景总是被再现或发明出来，作为文化身份、文化记忆建构的手段。华兹华斯等英国作家在他们长期的风景叙事实践中赋予风景以文化特性，他们以风景建构文化认同的方式为澳大利亚作家所继承，从他们进入澳大利亚开始，风景就进入了他们的视野，同时也开启了"理智化"的进程。澳大利亚早期文学被谐称为"文学旅游家"写的"变相的游记"，原因在于其风景叙事有喧宾夺主之嫌。但随着文学研究的"风景转向"，风景作为体验的过程，其独特意义得以凸显，风景叙事不仅体现叙事者对风景的理解和接受，也反映了叙事者与其背后的文化、社会思潮的双向互动。澳大利亚早期文学的风景叙事经历了三个阶段，即从坦奇以圈地为特征的拓殖叙事到菲尔德以猎奇为特征的游客叙事，再到哈珀、劳森等人以体验为特征的居民叙事。这种叙事模式的变迁体现了澳大利亚白人作家从大英帝国的殖民者向澳大利亚居民的身份变迁。风景叙事既是这种变迁的表征，也是其促成者。通过一代代作家的"理智化"，澳大利亚风景成为民族身份与文化记忆的载体进入人们的心灵，成为其精神依附的大众符号。从作为领土的帝国风景到作为景点的观光风景再到具有民族意识

---

① 张箭飞：《风景感知和视角——论沈从文的湘西风景》，《天津社会科学》2006 年第 5 期，第 116 页。

的家园风景，这既是澳大利亚人和澳大利亚作家生活方式转变的结果，也是他们身份认同转变的结果。需要指出的是，澳大利亚早期文学在建构文化认同的过程中将其他族裔排除在外，而这恰是殖民主义抹不去的历史印记。

第四章

神话发明与文化内核

法国著名作家和政治家托克维尔（De Tocqueville）曾说过："从幼年可以看到整个人的一生，民族的发展同样如此。民族的起源会在该民族身上打下深深的烙印，伴随该民族诞生和成长的环境将对这个民族产生持续的影响。"[①] 一个民族的神话是这个民族在这片土地上与自然和社会做斗争的反映，通过民族神话可以了解这个民族的性格和精神气质，因为"神话传说不是真正个人的东西，它们实际上是某种集体意识的表现"。[②] 神话反映了人们对待自然的态度、思维方式、心理特征、理想和价值取向等，是民族精神最集中、最本色的反映。它们是原生性的、本源性的，因而也是最稳固最恒定的。它们以惯性或潜意识的方式影响着后代人的生活，成为一个民族最坚实的文化内核。

第一节　神话起源与文化奠基

何谓神话？神话可谓人类文明史上最早的文学作品，对它的定义最早可以追溯到公元前 600 年的德亚更（Theagenes）的拟人说。19 世纪

---

① 转引自 Russel Ward, *The Australian Legend*, Melbourne: Oxford University Press, 1958, p. x。

② 谢选骏：《神话与民族精神》，山东文艺出版社，1986，第 3 页。

以来，神话研究有了长足的发展，对神话的定义也人言人殊，有以雅各布·格林（Jacob Grimm）等人为代表的民族发生说、马克斯·缪勒（Max Müller）的语言学和宗教学比较神话学说、泰勒（E. B. Tylor）等人的人类学比较神话学说等，不一而足，其中马克思对神话的定义是我国学者所公认的权威定义。马克思在《〈政治经济学批判〉导言》中写道："任何神话都是用想象和借助想象以征服自然力，支配自然力，把自然力加以形象化……也就是已经通过人民的幻想用一种不自觉的艺术方式加工过的自然和社会形式本身。"马克思认为神话是对自然和社会的艺术加工，是对自然力的反映，具有阶段性，因此"随着这些自然力实际上被支配，神话也就消失了"。① 大多数神话定义沿袭了这个观点，即认为神话诞生于人类社会的早期，随着生产力的发展，神话就消失了，这也是大多数神话学研究者所持的观点。我国的权威词典《辞海》更加明朗化了马克思的观点："神话是反映古代人们对世界起源、自然现象及社会生活的原始理解的故事和传说……神话往往表现了古代人民对自然力的斗争和对理想的追求。古代希腊神话对欧洲文学发展起了很大的作用。中国神话极为丰富，许多神话保存在古代著作中，如《山海经》《淮南子》等。历代创作中，模拟神话、假借传说中的神反映现实或讽喻现实的作品，通常也称神话。"② 由此可见，神话并不仅仅诞生于古代社会，每个时代有每个时代的神话，如果说神话只出现在古代社会，不是窄化了神话的定义就是特指古代神话，马克思也并未把神话限定于古代社会，只是说随着自然力被支配，神话就消失了，他应该是指某种自然力被支配了，那么关于这种自然力的神话就消失了，但是相对于自然，人类的力量是渺小的，是不可能支配整个自然的，因此每个时代都有神话诞生，只是表现形式不同，诸如世界末日、电影《2012》等都是神话，因此罗兰·巴特（Roland Barthes）说得好："那么，任何事情都可以成为神话吗？是的，我相信是这样，宇宙具有无限丰富的启

---

① 《马克思恩格斯选集》第二卷，人民出版社，1995，第29页。
② 《辞海》（缩印本），上海辞书出版社，1979，第1583页。

示。世界上任何客体都可以从封闭、静寂的存在进入口头陈述的状态，为社会所欣赏，因为没有任何法则禁止谈论事情，不管是自然法则还是其他法则。"① 所以神话不可能局限于原始时代，也不仅仅是与自然力的搏斗，它可能出现在任何时代、任何领域。与自然力搏斗、将自然神化的神话只是神话的一种类型，可以称之为原始神话或古典神话，说到底，神话只是一种综合的精神体现，并不是僵死的、固定不变的。原始社会发明原始神话，文明社会则发明文明神话，但是原始神话或古典神话的精神力量是不可低估的，恰如马克思所言："希腊神话不只是希腊艺术的武库，而且是它的土壤。"② 当人类社会的生产力和征服自然的能力提高以后，原始神话诞生的基础就消失了，但是这些神话并未消失，它们成为人类文化基石的一部分，而且是最坚实的一部分，进入后代人的文化基因中，成为孕育新神话的土壤。文明时代所诞生的神话则是通过艺术加工的手法来记录或呈现或编造本民族的社会中的重大事件或重要人物，以缅怀或纪念本民族的历史。进入现代社会以后，实用理性和科技进步共同终结了原始神话和古典神话，将之送入了精神文化的历史博物馆。然而神话思维和神话意识并没有因此而丧失和终结，它共时性地潜藏于人们的日常生活和心理结构之中，直到今天仍在继续发挥着巨大的作用。在现代社会的历史文化语境中，神话以变形的方式潜藏于人类的精神文化活动里，演变为一种当代意义的神话形式，可以称之为"当代神话"。③ 当代神话的主要表现为科技神话、消费神话、英雄神话、国家神话和民族神话等样式。

民族神话往往与民族历史交织在一起，神话和历史的界限是模糊的。原始人类经常分不清现实和梦境的区别，现实生活的内容与梦境中的片段常常会发生奇异的交融，现实生活会进入梦境，梦中的场景也可

---

① Roland Barthes, *Mythologies*, Annette Lavers tran., New York: The Noonday Press, 1972, p. 107.
② 《马克思恩格斯选集》第二卷，人民出版社，1995，第 28 页。
③ 颜翔林：《当代神话及其审美意识》，《中国社会科学》2009 年第 3 期，第 172 页。

能成为现实生活的预演，因此古典神话既有纪实性也有幻想性。① 原始时代的神话和历史的关系则正如原始人的梦境与现实的关系，甚至存在更为严重的"互渗现象"，常常表现为双向运动，即"神话－历史或历史－神话"。② 不同民族神话和历史的互动关系往往也不同，西方学者通常对神话进行历史化的解释，他们的神话中含有历史的痕迹，因为神话中的人物很多原来是历史上的帝王或英雄，希罗多德（Herodotus）甚至在《希波战争史》（Geeco-Presian Wars）中不自觉地把许多希腊神话当作信史记载下来。而中国则将神话本身化为历史传说，这也是很多人苛责中国没有神话的原因。中国古代对神话不仅是一种历史化的解释，而且将历史深刻地渗入神话，神话被当作古史处理，神话本身被化为历史传说，即使最古老的神祇也被纳入了古史传说中，并被普遍接受为古代著名人物。中国 20 世纪之前的知识分子一般对历史化了的上古神话深信不疑，把它们看作中国古史的真实图景。希伯来神话只承认一个至高无上的神，其他的神则化为历史人物，《圣经》中亚当和夏娃的长子该隐和次子亚伯都被认为实有其人，而小儿子赛特则被认为是"历史人物"。尽管历史与神话的互动在不同民族间有一些不同，但是对神话进行历史化的解释则在每个民族中都有共通之处。神话在进入文明社会的人看来也许是荒诞的，因此有必要对其做出智性的或历史化的解释，把原来的"神话"变为"人话"，这样也就更容易为人所接受。古代的神话、史诗和后代的小说等文学作品在某种程度上与声称依据事实记载的历史相当接近，《史记》等名为历史的著作也不无神话因素或小说笔法。

神话与历史的交融不仅发生在原始人类中，也发生在理性高度发达的文明时代，在文明时代甚至有意让二者交融，使历史本身被涂上某种神秘的、目的论的色彩，以此来为某种非历史的目标服务，17~18 世纪的苏格兰和威尔士就曾经经历过大规模发明神话的运动。"英格兰在 16 世纪和 17 世纪早期试图向欧洲大陆进发受阻时，它把目光转向了北部

---

① 〔法〕列维－布留尔：《原始思维》，丁由译，商务印书馆，1985，第 48~53 页。
② 谢选骏：《神话与民族精神》，山东文艺出版社，1986，第 334 页。

和西部，对苏格兰进行殖民，威尔士被完全殖民化，然后又向爱尔兰开进。"① 苏格兰是一个高傲的民族，在与英格兰多次对抗失败之后，放弃了军事和政治上的抵抗，但顽强地对抗英格兰的文化殖民，18 世纪的苏格兰发明了大量神话来保持其民族记忆，维护自己作为民族共同体的差异性与特征。18 世纪 60 年代，两位同姓的作家詹姆斯·麦克弗森（James Macpherson）和约翰·麦克弗森（John Macpherson）"发明"了著名的奥西恩（Ossian）②，詹姆斯还把爱尔兰叙事诗的场景搬到苏格兰，将其变成苏格兰史诗，使真正的爱尔兰诗歌变成其模仿品。苏格兰独特的高地传统的创作大致经历了三个步骤：首先篡夺爱尔兰文化并重写苏格兰早期历史，变爱尔兰文化为苏格兰的文化附庸；其次，人为创造苏格兰古老而独特的高地传统；最后通过一个过程将这些传统赋予历史上的低地苏格兰人。③ 18 世纪之前的苏格兰并不是一个独特的民族，也没有独特的传统，凯尔特苏格兰在文化上只是凯尔特爱尔兰的附庸。18 世纪苏格兰人经过对历史的篡改、神话的编造、史诗的伪造和民族英雄的塑造，一种独特的苏格兰传统得以彰显，塑造了一种独特的民族精神。尽管经过 19 世纪学者们的清理，他们的造神过程被发现，但是"他们已经使苏格兰高地人闻名于世"。④

威尔士和苏格兰遇到同样的问题，自 1536 年威尔士和英格兰从法律上合并以来，威尔士的生活方式就在悄悄发生改变，到 18 世纪末期，"威尔士几乎所有别具一格的习俗都已经完全被抛弃……威尔士娱乐活动的特征都消失了，威尔士人变得和英格兰人一样，以至于都不能引起游客的好奇"。⑤ 注意到威尔士特征衰落的学者们开始全面重新创造过

---

① Antony Easthope, *Englishness and National Culture*, London: Routledge, 1999, p. 26.
② Ossian，传说中的爱尔兰英雄和游吟诗人。
③ Eric Hobsbawm and Terence Ranger, eds., *The Invention of Tradition*, Cambridge: Cambridge University Press, 2012, p. 16.
④ Eric Hobsbawm and Terence Ranger, eds., *The Invention of Tradition*, Cambridge: Cambridge University Press, 2012, p. 18.
⑤ Eric Hobsbawm and Terence Ranger, eds., *The Invention of Tradition*, Cambridge: Cambridge University Press, 2012, p. 43.

去，复兴以往的传统，寻找和发明新的神话，因此德鲁伊特（Druid）①
被挖出来了，凯尔特人（Celts）被重新发现了，"天堂的语言"
（language of heaven）被制造出来了，威尔士落后的农家妇女的装束变成
了"威尔士夫人"（Dame of Wales）的服饰，叛逆者变成了民族英雄，
甚至风景也成为地方精神的承载体。民族英雄的塑造是这一时期最有意
思的发明，欧文·格伦道尔（Owain Glyndwr）是莎士比亚笔下的叛逆
者，1415 年神秘失踪之前是威尔士的统治者。18 世纪之前文学中的格
伦道尔不是篡位者就是走上歧途的反叛者，1772 年作为威尔士的保卫者
出现在埃文斯（Evan Evans）的《祖国之爱》（*The Love of Our Country*）
中，1775 年在《安格尔西岛的历史》（*History of the Island of Anglesey*）
中受到了更多的关注，1778 年彭南特（Thomas Pennant）的《威尔士游
记》（*Tours in Wales*）则给予了他最为肯定的评价。作者将格伦道尔的
失踪视为威尔士衰落的标志，以至于威尔士被英格兰再一次征服，因而
具有了悲剧感。也许正是彭南特将其看作威尔士的民族英雄并成为转折
点，他先是被塑造成一个悲剧角色，继而是预见威尔士需要民族制度的
人，进而被塑造成现代民族主义的先驱。格伦道尔就是这样从现实进入
文学作品，然后被神化，最后返回历史之中的。民族英雄马多
（Madog）② 则是威尔士人所发明的另一个神话，他被认为是在 12 世纪发
现美洲大陆的威尔士人，并且有后代留在美洲大陆繁衍生息。艾罗
（Iolo）伪造了各种档案证明马多的后代仍然活着，并且说着威尔士语。

---

① 德鲁伊特，古代凯尔特人中有学问的阶层，包括牧师、教师和法官。已知最早的德鲁
　伊特记载来自公元前 3 世纪。他们的名字可能来自一个凯尔特词，意思是"橡树的认
　知者"，关于德鲁伊特人们知之甚少，他们没有自己的记录。参见"Druid"，
　Britannica，https：//www.britannica.com/topic/Druid。

② 马多（1170 年登基），传说中的美洲航海家，北威尔士格温妮德王子欧文·格温妮德
　（1170 年去世）的儿子。参见"Madog"，*Britannica*，https：//www.britannica.com/
　topic/Madog-ab-Owain-Gwynedd。美国历史学家约翰·斯莱奇（John Sledge）探讨了威
　尔士探险家马多王子之谜，根据传说，马多王子比哥伦布早三个世纪通过莫比尔湾
　（Mobile Bay）发现了新大陆。参见 John Sledge，"Madoc's Mark：The Persistence of an
　Alabama Legend"，*Mobile Bay*，https：//mobilebaymag.com/madocs-mark-the-persistence-
　of-an-alabama-legend/。

艾罗不仅发明了马多，而且将很多原本模糊不清的人变成了民族英雄，譬如他伪造了"慷慨的艾弗"，将他描绘为威尔士文学最伟大的资助人，使艾弗成为家喻户晓的慈善家代名词。到 19 世纪 20~30 年代，威尔士有很多艾罗这样的神话制造者。① 威尔士并不是一个独立的政治国家，正因为如此，他们被迫将自己的精力用于文化事业、探寻历史甚至在缺乏历史时编造历史。威尔士没有英格兰的辉煌历史，遥远的过去是其唯一可供想象的资源，浪漫主义神话家在这些方面取得了巨大的成功，因为他们的编造，威尔士的事物变得独具魅力，威尔士的特性得以保存，威尔士的民族精神得以发扬与传承。尽管到 1848 年以后，很多人严厉批评这些造假的诗人、神话制造者和空想家，但是这些浪漫派的神话家沉寂之后却被新的神话制造者和传统创造者所取代，继续着他们的事业，威尔士的生活继续变化，新的神话就会被继续发明。

苏格兰和威尔士的例子证明了卡西尔（Ernst Cassirer）的论断，"在神话与历史的关系中，神话证明是初始的因素，历史是第二位的派生的因素。一个民族的神话不是由它的历史决定的，相反，它的历史是由它的神话决定的"。历史是神话任意打扮的小姑娘，可以被神话任意篡改、挪用、嫁接、歪曲，即使被发现，大众也会一如既往地阅读、传播而不考虑其真实与否，因为"支配神话中的意识是一股真正的力量，即一种不受控制的力量"。② 这种不受控制的力量应该就是民族神话所塑造的民族精神，这种内在力量不仅决定民族神话的表现形式，也决定了民族历史的发展方向。

那么什么是民族精神？有学者认为："民族精神，是饶有趣味并极富启示性的文化现象。每个脱离了蒙昧状态的文化民族，都有其显而易见的心理特征及其文化表现，足以构成民族精神的表象世界，这个世

---

① Eric Hobsbawm and Terence Ranger, eds., *The Invention of Tradition*, Cambridge: Cambridge University Press, 2012, pp. 62-89.
② 〔德〕恩斯特·卡西尔：《神话思维》，黄龙保等译，中国社会科学出版社，1992，第6页。

界，来源于民族的生物生存（体质结构）、外在环境（自然条件），以及文化积累的综合作用。民族精神，是文化共同体（民族）的共有财富。"① 民族精神是"在国家内表现它自己而且使自己被认识的普遍的原则——包括国家一切的那个形式，——就是构成一国文化的那个一般原则。但是取得普遍性的形式，并且存在于那个叫做国家的具体现实里的——那个确定的内容就是'民族精神'本身。现实的国家在它的一切特殊事务中——它的战争、制度等等中，都被这个'民族精神'所鼓舞。同时，人类对于他的这种精神和本质，对于他和这种精神的原始统一，也必须获得一种自觉"。② 黑格尔把民族精神提到一个非常高的高度，认为民族精神是民族文化的普遍原则，有影响一切事物的作用，对民族的发展具有决定性作用，甚至是一个民族的灵魂。民族精神的特性必定通过民族的神话、宗教、伦理、立法、风俗甚至科学技术等具体内容来体现。民族神话是民族精神的载体之一，甚至是最重要的载体，是民族精神之源，因为"神话是一种去政治化的言谈……神话并不否认事件，相反，它的功能就是谈论事件，它只是净化（purify）它们，使它们变得单纯（innocent），它赋予它们自然而永恒的理由，使它们明晰，却不是因为解释而是因为陈述事实而变得明晰。如果我只是陈述法国帝王之尊的事实而不加以解释，我就会发现即使我不说'我保证'，这件事也会给人以本来就是这样的印象"。③ 这就是神话的魅力和威力，它不解释、不"保证"，只陈述，一切尽在"事实"中，"神话不是因为哲学的趣意而产生的野蛮人对于事物起源的冥想。它也不是对于自然界加以思辨的结果，不是标记自然律底甚么表象。它乃是一劳永逸地证明了某种巫术底真理的几件事之一所得到的历史陈述"。④ 神话只是一种叙

---

① 谢选骏：《神话与民族精神》，山东文艺出版社，1986，第208页。

② 〔德〕黑格尔：《历史哲学》，王造时译，上海书店出版社，2001，第50页。

③ Roland Barthes, *Mythologies*, Annette Lavers tran., New York: The Noonday Press, 1972, p. 143.

④ 〔英〕马林诺夫斯基：《巫术科学宗教与神话》，李安宅编译，上海文艺出版社，1987，第71~72页。

事，不评论、不判断，也不探寻其中的意蕴，它以叙事的方式表达一个民族对世界的认识，表达着本民族的基本价值观和民族精神的基本价值取向，因为显得"客观"而让人更乐于接受，也更利于民族精神的塑造。

民族神话是民族精神的集中体现，也是区分一个民族的标志之一。德国思想家谢林（Friedrich Schelling）曾经说："一个民族，只有当它能从自己的神话上判断自身的民族时，方能称其为民族。民族神话产生的时期当然不可能是在民族已经出现之后，也不可能是在民族尚未形成、还是人类大集体之中不为人所知的成分的时候；民族神话的产生必须是在民族形成之前的过渡阶段，也就是快要独立和形成之际。"① 苏格兰的神话运动兴起于苏格兰被英格兰吞并之际，17 世纪末之前的苏格兰并没有成为一个独特的民族，只是在 1707 年被英格兰合并、苏格兰人不断抗争无果之后，苏格兰人不断发明神话和传统，最终塑造了一个独特的苏格兰。威尔士则是在威尔士生活方式逐渐衰落、变得越来越英格兰化而失去自己的特色时，那些意识到这种衰落现象的人重新创造了威尔士的过去，他们通过编造神话重塑了威尔士的特色与民族精神。希腊神话则是希腊民族的黏合剂，尽管他们分属不同的方言区，甚至相互听不懂，但即使在他们被分而治之的情况下，也都认为自己属于伟大的希腊民族。② 这就是神话的力量，或者说是文化的力量。

澳大利亚与苏格兰和威尔士在某种程度上来说是极为相似的，最初的澳大利亚白人是英格兰白人，他们作为犯人被送到遥远的荒凉的陌生土地上，失去了自己的身份和民族，切断了与母国的联系，从文明社会坠落到原始而荒凉的社会。在这里他们需要重建家园，重新确立自己的身份，重新建立自己的民族和国家。在白手起家的情况下，澳大利亚人

---

① 〔英〕麦克斯·缪勒：《宗教学导论》，陈观胜、李培茱译，上海人民出版社，1989，第 62 页。

② 〔英〕麦克斯·缪勒：《宗教学导论》，陈观胜、李培茱译，上海人民出版社，1989，第 62 页。

创造了自己的一系列民族神话，诸如"欧洲白人对澳大利亚无主土地的发现""澳大利亚的丛林神话""澳大利亚是澳大利亚人的澳大利亚""澳大利亚是白人的澳大利亚""澳大利亚的幸福生活方式神话""澳新军团神话""澳大利亚是一个独立、民主、富强的国家""英勇的探险家发现了澳大利亚内陆""澳大利亚人是自由、平等的，他们享有充分的民主"等。正是这一系列神话的建构塑造了澳大利亚的文化内核，澳大利亚成为区别于英国和美国的独立民族国家，成为当前民族自豪感仅次于美国的国家。①

澳大利亚原住民也有丰富的神话资源，但是由于原住民没有发达的文字系统，其神话传说一直是口耳相传，直到 20 世纪 20～30 年代，原住民作家大卫·尤耐庞（David Unaipon）开始收集原住民的神话和传说，世人才得以一窥原住民神话。尤耐庞于 1924 年将收集的神话与传说结集为《澳大利亚原住民传奇故事》（*Legendary Tales of the Australian Aborigines*），但是他的出版商未经商量就将手稿出售给威廉·拉姆塞·史密斯（William Ramsay Smith），后者于 1930 年将其改名为《澳大利亚原住民神话和传说》（*Myths and Legends of the Australian Aboriginals*）并署名出版，直到 2001 年尤耐庞才被确认为该书的作者。② 20 世纪 60 年代，原住民作家开始创作，进入 21 世纪原住民文学作品才较为密集地出版。因此尽管原住民神话资源丰富，但是在民族精神的建构过程中作用有限。

第二节　流犯神话：正本清源

1788 年 1 月 20 日，第一舰队载着 273 名自由民和 717 名囚犯抵达植物学湾（Botany Bay），正式开启澳大利亚作为英国"海外监狱"的历史。截至 1868 年英国停止向澳大利亚输送囚犯，共计有 16 万多名囚犯

---

① 马得勇：《国家认同、爱国主义与民族主义——国外近期实证研究综述》，《世界民族》2012 年第 3 期，第 11 页。

② "David Unaipon", *Britannica*, https://www.britannica.com/biography/David-Unaipon.

被陆续运送到澳大利亚各地。① 1788～1840 年，大约有 8 万名囚犯被输送到新南威尔士，其中部分被送至后来划分出来的维多利亚和昆士兰的菲利普港（Port Phillip）和莫顿湾（Moreton Bay）；1846～1850 年，大约有 3000 名流放犯被送到新南威尔士和维多利亚；1801～1852 年，大约有 6.6 万名囚犯被送到范迪门地（即塔斯马尼亚）；1850～1868 年，大约有 9700 名囚犯被送到西澳大利亚。1850 年之前的澳大利亚除了原住民以外，流放犯占绝大多数，据统计，截至 1828 年，流放犯及其后代占全部人口的 87% 以上；19 世纪 30 年代，在殖民地政府的要求和英国政府的推动下，虽然开始了大规模的移民，但是到 1841 年为止，流放犯仍然占全部人口的 63% 左右；1851 年，在澳大利亚发现金矿，流犯人口仍然占到 59%。② 这就是澳大利亚最初的历史。对于这段历史，很长一段时间里澳大利亚人不愿意提起，其"被视为圣洁自然风景中的一个丑陋的污点"③，但也有人不这么看，他们认为正是这些流犯的到来，为澳大利亚的开发和经济建设提供了必要的劳动力，为后来的大规模移民铺平了道路，为澳大利亚今天的繁荣奠定了基础，这些人甚至被澳大利亚历史学家拉塞尔·沃德称为"开国元勋"。彼得·罗伯茨（Peter Roberts）也说："出于政治或其他原因，当一个民族的生活方式和习俗总体上已经历了巨大变化时，对于它们在过去的岁月中曾是何种样子的考察就变得有意思了。"④ 无论如何，流犯在澳大利亚历史上是无法抹去的，他们一直驻守在澳大利亚历史、文学和文化里，成为澳大利亚民族文化的一个重要组成部分。尽管流犯制度废止一个半世纪了，但流犯题材一直是澳大利亚作家们所热衷的题材，从 19 世纪 30 年代的萨弗里到

① Bruce Kercher, "Perish or Prosper: The Law and Convict Transportation in the British Empire, 1700–1850", *Law and History Review*, Vol. 21, No. 3, 2003, p. 542.

② James Jupp, ed., *The Australian People: An Encyclopedia of the Nation, Its People and Their Origins*, Cambridge: Cambridge University Press, 2001, p. 16.

③ Michael Ackland, *The Penguin Book of 19th Century Australian Literature*, Melbourne: Penguin Books Australian Ltd., 1993, p. xvi.

④ Eric Hobsbawm and Terence Ranger, eds. *The Invention of Tradition*, Cambridge: Cambridge University Press, 2012, p. 43.

现代澳大利亚作家怀特、基尼利、哈尔·波特、彼得·凯里，这一题材的文学作品从未淡出人们的视野，创造了所谓的"流犯神话"或"流犯传奇"（convict legend），是澳大利亚文学史上一道独特的风景线。这些文学作品在呈现澳大利亚独特历史的同时，塑造了澳大利亚的民族精神。

一　自发神化：顺从的好人

"囚犯"在任何时期任何地方都不是一个褒义词，任何与囚犯扯上关系的人都会认为这是一个"污点"。然而澳大利亚的早期历史却是一部典型的流犯史，这是事实。但是囚犯为自己清洗罪名几乎是一种条件反射式的反应——流犯与囚犯相比，其罪孽似乎更深重，其内心的自卑也可能更甚于一般囚犯。流放是一种非常严重的惩罚，仅次于死刑或者作为死刑的一种执行方式。西方有一种惯例，要么宣誓离开本国，要么被处以绞刑，英国当时的刑罚按这种惯例执行，因此不少流犯是以流放替代绞刑，也就是说流犯中很多人实际上是死刑犯，他们在英国就已被视为"垃圾"、"麻烦"或"败类"，培根在《论殖民地》（*Of Plantation*）中曾经写道："把本国人中的废物败类（scum of people），以及作奸犯科之徒搜集起来作为移植新土的人民乃是一件可耻而不祥的事。"[①] 一旦背上流放的罪名，其地位变得十分低下，据格林伍德（Gordon Greenwood）的记载，麦夸里（Lachlan Macquarie）担任总督之前，任何居民都可以申请女犯人当奴仆。"她们从一家换到另一家，雇主与其说把她们当奴仆，不如说是把她们当妾媵甚至妓女……有时候当运囚船到达后，便任由男人随便挑选女犯。""在每一个囚犯收容中心，每一监狱、船只、收容所、筑路队、移民区或农场里，人们都可任意鞭

---

① Richard Whately, ed., *Bacon's Essays: With Annotations*, London: John W. Parker and Son West Strand, 1858, p. 356.

笞犯人。"[1] 但是实际上流放到澳大利亚的犯人并不全是十恶不赦的死囚犯，其中有人只是偷了"一件价值 3 先令和一件 5 先令的背心"[2]，而且多数犯人只是犯了这样一些微不足道的罪行。对于这些犯人，今天的澳大利亚人评价不一，一般人认为"当年的犯民，是澳大利亚的开拓者"，也有人认为"这些犯民只不过是偷了几只兔子，从本质上说，比英国那些暴戾的法官还要清白无辜些"。一些犯人的后代把能证明自己与犯人祖先关系的文件销毁，有人竭力表白他们是殖民地开拓者的后裔。昆士兰的犯人后裔并不以此为耻，反以为荣；悉尼等地犯人后裔以祖先受屈拓荒自豪；塔斯马尼亚人则对他们的祖先避而不谈，尽管有些人已是商界领袖。[3] 但是流犯文学从一开始就有一种基本倾向，即为自己洗脱罪名或表白自己的无辜。

澳大利亚历史上第一部由纪实文学向小说过渡的文学作品应该是沃克斯（James Hardy Vaux）的《沃克斯回忆录》（*The Memoirs of James Hardy Vaux*），尽管取名回忆录，但是和萨弗里、罗克罗夫特、哈里斯一样，作者在事实的基础上加入了想象的成分。这本书有点类似于流浪汉小说（picaresque），沃克斯自己也承认参考了英国作家斯摩莱特的风格，但是与斯摩莱特比还有相当的差距。[4] 沃克斯是一个惯偷，但是被判处流放七年的罪行却是因为他偷了一块价值 11 分的手帕[5]，因此他对判决的结果有异议，但他没有直接表达自己的不满，而是通过重新编排事实来告诉人们，尽管自己犯下了罪行，但是已经受到了严厉的惩罚，而且他经常受到当局的欺骗。他认为其偷盗财物、行骗并没有针对特定

---

① Gordon Greenwood, ed., *Australia: A Social and Political History*, Sydney: Angus and Robertson, 1955, pp. 40, 25.

② John Cobley, *The Crimes of the First Fleet Convicts*, Sydney: Angus and Robertson, 1970, p. 177.

③ 骆介子：《澳大利亚建国史》，商务印书馆，1991，第 32、91、97、93 页。

④ Leonie Kramer, ed., *The Oxford History of Australian Literature*, Melbourne: Oxford University Press, 1981, p. 31.

⑤ Averil F. Fink, "Vaux, James Hardy (1782 - 1841)", *Australian Dictionary of Biography*, http://adb.anu.edu.au/biography/vaux-james-hardy-2756.

的受害者，因此希望得到赦免。他在书中确实承认了自己的罪行，并且在前言中还强调"尽管我认识到自己的错误有点太晚了，但是我的意图是好的"。① 他在书中叙写了一生的遭遇，更多强调的是他所受到的伤害和当局对他施加的迫害。通过对自己一生的回顾，作者实际上表达了培根的一个观点，即"一桩误判比多桩犯罪还更有害，因犯罪只是搅浑河水，可误判确实搅浑水源"。②

《昆塔斯·塞文顿》是澳大利亚出版的第一部小说，也是一部流犯小说，作者的意图和沃克斯一样，都是为自我辩护。与沃克斯相比，萨弗里只是更明确地想证明自己是一个作者，希望通过该书展示他的学识和识别力以区别于"芸芸众生"（the common herd）。③ 该书三分之二以上的故事发生在英国，只有不多篇幅是关于在殖民地的生活。在前两部分中，作者描绘了昆塔斯在英国的学校生活、婚姻生活以及事业上的成功，把他塑造成一个本性善良、责任心强的好学生、好公民；当他被流放到澳大利亚殖民地时，则成了一个任劳任怨、诚心悔过的模范犯人。萨弗里很少提及流犯的悲惨遭遇和狱卒工头的残忍压榨，对流刑的种种弊端不置一词，以至于现代读者怀疑他是否在为流放制度辩护。作者刻意维护主人公一贯稳定的性格，自始至终几乎都是以一个好人的形象出现，这实际上是作者在为自己的罪行开脱。与沃克斯不同，作者萨弗里是在临处绞刑之前被改判流放的，因此他在主观上有美化形象的意图。

《宽箭》是澳大利亚历史上第一部反映女性流犯生活的小说，也是第一部以流犯为题材的由非流犯作家创作的文学作品，据说该书在当时影响很大，给了后来的流犯小说经典著作《无期徒刑》的作者克拉克很大的启发。书中的主人公迈达（Maida）是一个受到自己的情人——一

① James Hardy Vaux, *Memoirs of James Hardy Vaux*, London: Northumberland Court, 1819, p. xv.

② Richard Whately, ed., *Bacon's Essays: With Annotations*, London: John W. Parker and Son West Strand, 1858, p. 551.

③ Henry Savery, *Quintus Servinton*, Sydney: Sydney University Press, 2003, p. 303.

个虚伪无耻的英国贵族绅士——的欺骗，替他伪造支票而被流放到澳大利亚的女犯人。按照当时的惯例，女犯人来到澳大利亚一般是给自由移民做仆役，就如格林伍德所描述的，女犯的劳动可能并不繁重，但是地位十分低下，实际上相当于妓女，因此作者在书中着重表现迈达在被流放后的屈辱感，而不是服劳役所受的身体磨难。宽箭形戳记是流犯的标志，这是一种比肉体惩罚更严酷的精神折磨，是一种耻辱的标志。犯人整天生活在他人注视的目光下，像基督徒一样默默忍受着心灵的痛苦和磨难，以洗刷本不该属于自己的罪行。从某种程度上来说，这个形象有点像美国作家纳撒尼尔·霍桑（Nathaniel Hawthorne）《红字》（*The Scarlet Letter*）中的海斯特（Hester），默默承受、努力改造、绝不申辩，在改造中净化灵魂。然而不同的是，迈达并没有从"犯人"升华为"圣人"，后因再次犯罪而被流放到塔斯马尼亚。与前两位作者一样，《宽箭》的作者利基对流放制度本身并无意见，只是觉得管理上有问题。她认为管理者选择不当，他们的粗暴和邪恶加深了流犯的苦难，这也是诱发他们再次犯罪的一个因素。作者在对女性流犯饱含同情的同时，却对男性流犯的粗俗、粗暴、残忍深恶痛绝。迈达本是一个天真、单纯、善良的少女，在男友、男性流犯和殖民地的男性自由移民（也就是他们的雇主）的引诱和逼迫下犯下罪行。像托马斯·哈代（Thomas Hardy）笔下的苔丝（Tess）一样，她初次犯罪是因为无耻绅士的引诱，而再次犯罪则是由于邪恶男人的逼迫。迈达在一定程度上是男性罪恶的替罪羊，因此作者希望自由移民能善待女性犯人，改善她们的生存环境，挽救她们。

这些作家笔下的流犯都不是罪大恶极的人，他们本性善良，所犯的罪行似乎都不是出于其本意，要么是一时失足走上歧途，要么是在别人的引诱逼迫之下犯罪，尽管他们遭到流放，但都诚心悔改、默默忍受着流放所带来的灵魂磨难，以洗刷自己历史上的污点，希望早日变成清白之人。早期的流犯小说要么是流犯根据自身经历创作的，如沃克斯和萨弗里的作品，还有詹姆斯·塔克（James Tucker）的《拉尔夫·拉什利的历险记》（*The Adventure of Ralph Rashleigh*）① 等。作者作为流犯叙写自己的经历，对自己的形象进行美化，对自己的罪行进行弱化，而对他们所受的磨难则客观记述甚至有所夸张，这是毋庸讳言的。因此早期的流放形象几乎都是正面的，起码主人公是正面形象，而不是我们想象中的那种十恶不赦的罪人。要么是由对流犯抱以同情的自由移民写作，如利基就认为自己是上帝派来帮助流犯的，她认为流犯也是人，是可以改造的，她们只是一时犯错而已，需要自由移民的帮助，所以其笔下的流放犯形象也基本上是正面的。事实上，"'文明社会'的建立其实离不开罪犯，这就像所谓的秩序是因为犯罪的存在才获得了确证，人世不过是天堂与地狱和稀泥后的产品。犯罪及其主体的存在，除给社会提供一个可供比较的参照系而赋予社会心理以优越感外，并以证伪的形式确证了'正常'生活的'好人'的生活实存意义和生命崇高感，从而为'正常'生活的维持提供了间接的动力"。② 对于澳大利亚来说，流犯的存在不仅为自由移民提供了优越感，还为澳大利亚的开拓提供了必要的劳动力保障。尽管澳大利亚早期历史差不多就是一部管理和役使流犯的监狱史，但是文学作品里的罪犯非但不是罪恶滔天，反而是受压迫、受迫害的对象。从一开始，这些澳大利亚早期作者就认为他们是受压迫者、本性善良的失足者，而不是罪恶的制造者，甚至在某种程度上是英雄，如塔克笔下的主人公不是在作案时当场被捕，而是在良心发现之后被捕，被流放后始终是正直诚实的，不参与他人的暴行，还舍己救人。

在澳大利亚作为流放地的历史背景下，这些作者试图通过文学力量打破固有的社会标签，将流犯描绘成受压迫、本质善良但命运多舛的灵魂，而非简单的罪恶象征。尽管那时的他们还没有文化自觉，但他们的作品共同构建了一个关于犯罪与救赎的神话，为新生国家提供了与其惩

---

① 塔克的《拉尔夫·拉什利的历险记》叙写了下层流犯所受的非人待遇，描写相对客观。尽管该书写作年代较早，但是直到 1929 年才出版其改写本，1952 年才发现其原本，因此产生的影响较小。

② 许润章：《近代英国两次海外移囚及其文化启示》，《比较法研究》1995 年第 2 期，第 183 页。

罚起源相脱离的同情想象。这些作品不仅孕育了一个澳大利亚形象，即一个因历史而受谴责但通过道德更新而焕发新生的国家，而且为澳大利亚的文化身份建构埋下了一颗种子。

二　自觉神化：抗争的好人

英国历史上曾经两次大规模向海外输送囚犯，17 世纪初美洲殖民地的建立是英国向海外流放犯人的开始，美国独立战争爆发时，在美国不足 250 万的人口中，如果抛开其中 50 万黑人奴隶，其中四分之三曾经是作为契约奴从英国流放到美国的。[①] 1776 年美国宣布独立，意味着大英帝国永远终止了向美洲大陆"倾倒垃圾"的可能。但是英国剩余人口并没有减少，犯罪的人数也有增无减，必须向海外继续转移囚犯，经过约瑟夫·班克斯（Joseph Banks）[②] 的建议，澳大利亚被选为新的流放地。1787 年 5 月 13 日，第一舰队启程前往澳大利亚，一位随行牧师跪地祷告上帝宽恕所有流犯，因为他知道这几乎是与祖国和亲人最后的告别，犯人们将开始背井离乡的生活。

对于流放制度向来褒贬不一，即使在英国国内也争议颇多，培根曾经说："陛下将在（流放）这项事业中获得双重好处：既可以在这里（本土）避开将来会成为麻烦的那些人，同时又可以在那里（美洲）役使他们。"[③] 可是他在另一篇文章中却说："这种办法还会破坏殖民地；因为这些人将永远过着败类的生活，不务正业、游手好闲、兴风作浪、

---

① 复旦大学美国研究中心国际政治系编《美国研究》，复旦大学出版社，1986，第 188 页。美国早期历史上所谓的"契约奴"制度，主要盛行于中部和南部地区，分为自愿和强制两类；包括死罪抵刑或减刑犯、轻罪减刑犯、政治犯、宗教犯、债务人、流浪汉和乞丐，以及殖民地法庭判处的刑事犯（主要是盗窃犯、非法矿工等）在内的囚犯，被称为强制"契约奴"，其被迫服役期限为 3~7 年，多至 14 年。因通常服役时间为 7 年，故俗称"国王陛下的七年船客"。参见许润章《近代英国两次海外移囚及其文化启示》，《比较法研究》1995 年第 2 期，第 181 页。

② 约瑟夫·班克斯（Joseph Banks），英国探险家和博物学家，1768~1771 年随库克船长做环球考察。

③ 复旦大学美国研究中心国际政治系编《美国研究》，复旦大学出版社，1986，第 62 页。

消耗粮食，并且很快心生厌倦，于是就会给故土写信败坏殖民地的名誉。"① 19 世纪初，英国展开了关于流放制度存废的大讨论，在怀特利（Whitely）大主教的领导下，掀起了反流放制运动，人们认为流放制度既有悖人道也有悖法理，与其说矫正犯罪，不如说进一步使流犯堕落，他们的反对最终推动了流放制度的终结。有人说流放制度给殖民地带来了文明和繁荣，也有人说流放制度给殖民地带去了罪恶和血腥，给流犯带来的却是实实在在的心灵上的折磨和肉体上的痛苦。"在澳大利亚殖民地内，鞭笞是主要的管训方法……地方官、雇主和监工什么事情都可以丢下，但是对于命令鞭笞犯人却是乐此不疲。从各方面来看，各殖民地的鞭刑场都是'制造土匪和杀人犯的工厂'。"② 罗伯特·麦克林（Robert Macklin）在《黑暗天堂——澳大利亚早期殖民史》（*Dark Paradise: Norfolk Island – Isolation, Savagery, Mystery and Murder*）中对殖民地的刑罚有非常详细的记述，他写道："鞭刑仅仅是福沃的一种折磨方式。"③作为殖民长官，福沃最青睐的另一种刑罚方式是每个月把囚犯的脚镣缩小一圈直到勒进肉里，在诺福克岛那种炎热潮湿地方，这很容易引起感染。但是最恐怖的也许是水牢了，一个细小的笼子被孤零零地扔进一个深水井里，囚犯被赤身裸体地关在里面，度过他们生命中暗无天日的 48 小时，既不能睡觉，也不能蜷缩，否则就会被淹死。因此，很多身处殖民地的人对流放制度深恶痛绝。

马库斯·克拉克的《无期徒刑》是殖民地时期对流放制度抨击最有力也是为流犯辩护最有力的一部文学作品，"读了《无期徒刑》以后，没有人再要阅读关于流放制度的历史书了……这位小说家在自己的领域中击败了历史学家"。④ 与以前的流犯小说相比，这部小说有相当高的艺

---

① Richard Whately, ed., *Bacon's Essays: With Annotations*, London: John W. Parker and Son West Strand, 1858, p. 356.

② Gordon Greenwood, ed., *Australia: A Social and Political History*, Sydney: Angus and Robertson, 1955, pp. 40, 25.

③〔澳〕罗伯特·麦克林：《黑暗天堂——澳大利亚早期殖民史》，苏锑平、吉文凯译，陕西人民出版社，2020，第 90 页。

④ 转引自黄源深《澳大利亚文学史》，上海外语教育出版社，2014，第 21 页。

术性，不仅细节真实典型，而且人物个性分明，展示了人物复杂的内心，对其心理的剖析更是精妙生动，很长一段时间内，同莎士比亚和《圣经》一样，成为人们案上的必备之书，被称为殖民时期唯一的经典著作①，是关于流放制度最好的一部小说②。但是《无期徒刑》的成功不仅在于其艺术性，还在于其解决了澳大利亚民族的起源问题，这是澳大利亚获得其合法性的最重要的基础。

《无期徒刑》塑造了流放犯鲁弗斯·道斯（Rufus Dawes）、约翰·雷克斯（John Rex）和殖民地军官弗里尔（Frere）三个典型人物，通过三者之间性格和命运的反衬，展示了一幅英国司法与澳大利亚殖民地的全景图。道斯生性正直无私、品德高尚、富有自我牺牲的精神，因为一次巧遇含冤下狱，为了保全母亲的名声而未作申辩，被判流放澳大利亚。流放途中为救全船官兵与犯人的生命而告发歹徒谋反，却被反咬一口，被判无期徒刑；因为不堪忍受艰辛的劳动和残酷的体罚潜逃荒岛，冒着失去自由"再度沦为牛马"的风险救出了弗里尔等人，却被弗里尔恩将仇报告发其企图潜逃而再度被判无期徒刑；因为思念荒岛救出的西尔维娅（Sylvia），逃离服刑地前去探望却被当场抓住，再次被判无期徒刑，最终客死异乡。与之形成鲜明对照的是，流犯雷克斯屡次行骗、多次谋反，却在弗里尔的包庇下从未受到惩罚，并且顺利逃回英国，差点骗取了道斯父亲的大笔遗产，却逍遥法外，过着安逸的日子。殖民地军官弗里尔则阴险、狠毒、凶残。他是道斯的表兄弟，却一心欲置其于死地，以发泄对道斯的嫉妒和仇恨，霸占其遗产。他玷污雷克斯的妻子，又包庇雷克斯的罪行。他为了西尔维娅父亲的大笔遗产骗取西尔维娅的爱情、陷害道斯。他犯下无数罪行却是众多流犯的管理者，他滥施刑

---

① Gerald Alfred Wilkes, *Australian Literature: A Conspectus*, Sydney: Angus and Robertson, 1969, p. 29.

② Laurie Hergenhan, *Unnatural Lives: Studies in Australian Fiction about the Convicts from Tucker to P. White*, St. Lucia: University of Queensland Press, 1991, p. 47.

罚，用酷刑侮辱犯人的人格，摧毁他们的意志，却步步高升。① 克拉克通过对这三个典型人物的经历和命运的描述，展示了英国司法的不公和殖民地的黑暗。通过三者命运的对比，作者巧妙地抹去了澳大利亚早期历史上流犯的污点。澳大利亚早期永远留下来的流犯，也就是澳大利亚人的祖先，都是道斯式的正直、高尚的无辜受害者，而那些狠毒、凶残、无耻、罪大恶极的流犯和殖民地管理者都回到了英国。并且道斯本来是英国真正的贵族，将英国的绅士风度和高贵留在了澳大利亚，而那些如弗里尔之类的伪贵族则把他们自己连同其流氓无赖的下贱本质带回了英国。通过这样的设置，克拉克为他们的祖先开脱了罪责，美化了他们的形象，使流犯成为被迫害的对象、资产阶级文明与强权的牺牲品，还他们地地道道的清白之身，从而清洗了澳大利亚早期不光彩的历史，为民族的发展卸掉了身上沉重的道德包袱。这也许是克拉克写作该书隐含的真实意图，其直接而明显的意图则是对流放制度的揭露与抨击。

澳大利亚文明"是通过流犯的劳动建立的，虽然有助于增加殖民地的财富，但也有明显的缺点。英国向澳大利亚运送流犯的主要目的是改善英国文明的质量，而流犯们却住在露天监狱，每天面对鞭刑和绞刑，甚至更惨烈的惩罚"。② 尽管克拉克本人不是流犯，但对流犯的悲惨遭遇早已耳闻目睹，他专门研究过殖民地早期历史和流放制度，因此他在书中用现实主义的笔法对流放制度进行了无情的抨击与揭露。从上船开始，流犯们就进入了一个魔窟，囚舱只有 50 英尺见方，高约 5 英尺 10 英寸，"挡墙上到处是枪眼，有些厚板之间的宽缝也可以伸进枪管……那窗口正好放进安在甲板上的一座榴弹炮的炮管身。一有叛乱，士兵们

---

① 关于主人公的命运，目前市面上流行两个不同的版本，本文所用的是修改后于 1874 年以书籍的形式出版的版本，这是更流行的一个版本。另一个版本是作者于 1870~1872 年在《澳大利亚》(Australia) 杂志上连载 27 期的结集，如 1970 年企鹅出版社 (Penguin Books) His Natural Life，在这个版本里，道斯尽管历经磨难和屈辱，最终回到英国，洗清了冤屈。弗里尔最终因为作恶多端在劳改营被一个年轻的流犯袭击而身受重伤，不治身亡。

② Laurie Hergenhan, *The Penguin New Literary History of Australia*, Ringwood·New York: Penguin Books, 1988, p. 9.

就可以用葡萄弹从牢房的这头扫射到那头。如果说有点新鲜空气的话……几乎全被靠近窗口的二三十名幸运儿吸去了，其余一百五十人就无法近水楼台了"。① 到了这里，不管以前是干什么的，现在都是囚犯，就得和最卑劣的人在一起，过着没有自由、没有尊严的日子，官兵们可以随意对他们进行呵斥和打骂。到了流放地之后的生活更加痛苦，不仅失去自由，还要在全副武装的监管人员的看管下从事繁重的体力劳动，随时面临鞭笞和惩罚。道斯"被迫忍受澳大利亚尤其是塔斯马尼亚的流放制度的煎熬，除了阶级和社会地位的下降所带来的羞辱外，还得面对残忍的加贝特（Gabbett）所带来的恐惧，不得不屈从于弗里尔这样凶残的监管。道斯还经历了一系列考验，而在这些考验里，他的每一个善举都没有得到回报"。② 因此原本逆来顺受、忍耐、沉默的道斯愤怒了，"他的仇敌不是一个，而是二十个。法官、陪审团、狱吏、牧师——所有这些人，串通一气，剥夺了他的权利，逼得他干坏事。他的仇敌，是整个世界。除了他，这个世界上简直没有老实正直的人"。③ 在这样罪恶的环境下，原本正直的他变得绝望，逃跑成了他唯一的选择，也是唯一的反抗方式。

"尽管他表面上是残忍的流犯，但他还是那个善良的德文。"④ 相比而言，残忍的加贝特的逃跑之路则更加血腥，他们乘一次外出劳动之机，逃进了绵延不断的森林，几天之后，食物吃光、饥肠辘辘的他们残忍地把三个奄奄一息的同伴分吃了。"这个血淋淋的恐怖场景把澳洲殖

---

① 〔澳〕马库斯·克拉克：《无期徒刑》，陈正发、马祖毅译，湖南人民出版社，1985，第 31 页。

② Elizabeth Webby, *Cambridge Companion to Australian Literature*, Cambridge: Cambridge University Press, 2002, p. 62.

③ 〔澳〕马库斯·克拉克：《无期徒刑》，陈正发、马祖毅译，湖南人民出版社，1985，第 279 页。

④ Elizabeth Webby, *Cambridge Companion to Australian Literature*, Cambridge: Cambridge University Press, 2002, p. 62. 德文（Devine）是道斯的本名，是与名叫道斯的流犯相对应的那个本性善良的人。

民主义的罪恶和囚犯制度的血腥推到极端。"①

在某种程度上，流犯的残忍不得不说是流放制度与英帝国当局纵容的结果。弗里尔的残忍和阴险毒辣已是众所周知了，而另一个流犯主管伯格莱斯的凶残也丝毫不亚于弗里尔。一个叫柯克兰的流犯由于不适应而试图自杀，伯格莱斯不仅不阻止，还命人对其实施鞭刑，最终柯克兰被活活打死。诺斯牧师向当局投诉，当局反而为伯格莱斯辩护。英国政府和殖民当局可能从来没有真正关心过这些流犯，在他们眼里，流犯只是"道德垃圾""麻烦制造者"，因此他们会纵容监管人员对流犯任意实施刑罚，掌握生杀大权，除了上帝和自己的良心以外，无人可以管他们。英国政府、殖民当局的纵容和监管人员的暴虐把他们完全推到流犯的对立面。流放制度与其说是在矫正犯罪，不如说是进一步使流犯堕落，更不如说是在催生新的犯罪，把整个殖民地变成罪恶的滋生地。

"对于绝大多数澳大利亚人来说，是它（《无期徒刑》）而不是历史书籍提供了关于流犯的主要形象，在残酷的惩罚下，他们所遭的罪和痛苦远远大于他们所犯下的罪行。"② 通过对流放制度的抨击和揭露，克拉克把罪恶完全推向了大英帝国，实现了他的真正意图，即把流犯祖先洗得清清白白，把他们塑造成心地善良、品德高尚、富有反抗精神的弱势群体和被压迫者。这就是澳大利亚的根，克拉克建构了一个"流犯神话"，奠定了澳大利亚文化最初的核心基础。

三　后代颠覆：走向英雄的好人

《无期徒刑》出版以前的流犯形象基本上都是负面的，他们是有罪之人、是戴罪之身，甚至流犯自己也这么认为，就如最初的流犯小说，尽管他们极力为自己辩护，但他们还是承认自己是罪人。《无期徒刑》

---

① 叶胜年：《〈他这辈子〉及其所反映的澳大利亚囚犯流放制度》，《西华大学学报》（哲学社会科学版）2010年第3期，第78页。

② Laurie Hergenhan, *Unnatural Lives: Studies in Australian Fiction about the Convicts from Tucker to P. White*, St. Lucia: University of Queensland Press, 1991, p. 47.

出版之后，流犯的形象与历史就变得有争议了，澳大利亚官方的态度往往是随着时间与需要而改变的，有些时候他们认为流犯的过去是一种耻辱，因此通过审查制度把他们从历史和教学大纲中删除或销毁他们的档案；有些时候为了政治上的需要，他们又会复兴和凸显他们的流犯史，比如19世纪八九十年代的民族主义运动时期。对流犯的争议在20世纪20年代达到高潮，形成两个极端，一方认为流犯是社会不公的受害者，而另一方则认为他们本身就是堕落的、低劣的。1922年，澳大利亚学者伍德（G. A. Wood）提出一个惊人之论，他说真正的罪犯是英国的政客、律师和牧师，他们才应该被贴上"囚犯的标签"。[①] 后来曼宁·克拉克（Manning Clark）、罗伯森（L. L. Robson）和萧（A. G. L. Shaw）等历史学家对流犯史做了专门的研究，提出流犯的历史和真实情况是非常复杂的，不可一言以蔽之。

当历史学家还在追问"流犯是谁"，还在探寻他们的英国、爱尔兰根源与他们在澳大利亚的经历时，"澳大利亚普通民众关于流犯的想象早已被流行小说和最近出现的电视片所占领"。[②] 谁也不愿意拥有一段不光彩的历史，谁也不愿意有一个卑下的祖先，美化先祖、为逝者讳也许是每个人内心的倾向，因此"也许是为了回应民众美化其出身的趋势，关于流犯遭罪大于犯罪的神话早已流行超过一百年了"。[③] 从最初为自身开脱罪责到抨击流放制度再到成为澳大利亚的开拓者，最后走向民族英雄，这是"流犯神话"建构的大致趋势，两次布克奖获得者彼得·凯里的《凯利帮真史》就是最后一个阶段里塑造"民族英雄"的一个典范。

爱德华（内德）·凯利［Edward（Ned）Kelly］是澳大利亚人耳熟能详的人物，自19世纪70年代被处死以来关于他的故事可谓层出不穷，

---

① George Rude, *Protest and Punishment*, Oxford: Clarendon Press, 1978, pp. 237-241. 作者在该书中概述了历史学家对流犯态度的变化。

② Barry Andrews, "More Sinned Against than Sinning: A Note on the Convict Legend", *The Literary Criterion*, Vol. 14, 1980, pp. 166-182.

③ Laurie Hergenhan, *Unnatural Lives: Studies in Australian Fiction about the Convicts from Tucker to P. White*, St. Lucia: University of Queensland Press, 1991, p. 2.

据统计，目前至少有 10 部电影、150 多部书籍和多次画展以他为主题，其中包括罗伯特·德鲁（Robert Drewe）的《我们的阳光》（*Our Sunshine*）和基尼利的《内德·凯利与蜜蜂之城》（*Ned Kelly and the City of Bees*）等。《凯利帮真史》则是关于凯利的扛鼎之作。

在《凯利帮真史》中，凯利从小善良、正直而勇敢，甚至获得过"见义勇为"的荣誉称号[1]，但就是这样一个优秀的孩子却被殖民当局和乡绅合谋逼上了造反之路。凯利的父亲曾经被流放到范迪门地，获释后来到维多利亚的一个小镇以求安宁，却被警察误逮迫害致死；后来叔叔被绞死，母亲和妹妹受尽警察的凌辱。他自己则更是受尽冤屈，15 岁的他被无辜指控协助丛林盗匪行劫而被投进监狱，后因母亲和妹妹受到警察的凌辱而打伤警察，为此遭到报复，母亲也被投入监狱。为救母亲，凯利不惜铤而走险，组织"反政府武装"，从此走上了叛匪的道路，抢劫银行、救助穷人，与丛林抗争、与警察周旋、与暗探内奸斗智斗勇，最终因为被自己信任的校长出卖而全军覆没，凯利也被送上了绞刑架。但即使这样，凯利也不是一个"爱尔兰疯子"、一个"绝无仅有的恶魔"[2]，他偷窃是因为生活所迫，他杀人是因为警察的迫害，杀人之后他懊悔、痛苦，"我为死亡而痛彻心扉"[3]；在被警察追杀时，面对被他们打伤而临死的警察，"我想告诉他我很抱歉，但我不知道怎么才能让他知道"[4]。

---

[1] 关于内德·凯利的历史真相从来就没有定论，他经常被塑造为冷血杀手、劫匪、反抗压迫的斗士、劫富济贫的绿林好汉、狂妄自大的疯子，等等。这里的凯利形象是彼得·凯里所塑造的，他小时候救了一个溺水的同学，同学的父亲送他一条刻着感激之语的孔雀绿腰带。这时他内心的感受是"新教徒们见识了一个爱尔兰男孩的优秀品质，这是我早年生活的伟大时刻"。参见 Peter Carey, *True History of the Kelly Gang*, St. Lucia: University of Queensland Press, 2000, p. 34。

[2] Seal Graham, *Ned Kelly in Population Tradition*, Melbourne: Argus and Robertson, 2002, pp. 12, 23.

[3] Peter Carey, *True History of the Kelly Gang*, St. Lucia: University of Queensland Press, 2000, p. 278.

[4] Peter Carey, *True History of the Kelly Gang*, St. Lucia: University of Queensland Press, 2000, p. 277.

与之相对，代表帝国利益的牧场主和乡绅竭力霸占公共土地，逼得刑释流犯和普通民众一贫如洗。作为国家机器代表的警察作恶多端，费茨·帕特里克就是其中的典型代表，他欺压百姓、鱼肉乡民、勾结官府、贪赃枉法；他肆意欺凌凯利的母亲和妹妹，受阻后则利用权势向凯利一家疯狂报复，把他母亲投入监狱。警察欧奈尔可以坑蒙拐骗、瞒天过海，可以任意毁谤他人形象，可以诬蔑凯利的父亲是屡教不改的流犯，是出卖同伴的小人，是意欲造反的叛逆。官员可以为所欲为，"那几栋石头造就的大楼（法院）掌握着生杀大权，它可以让你身无分文，也可以让你上绞刑架"。① 殖民当局掌握官方的喉舌，可以任意编造谎言、恣意毁谤任何人，"这些满纸屁话的破报完全是对正义的亵渎。比彻沃斯监狱就是整个殖民地的缩影"②，普通民众的声音完全被压制，凯利的"话语权被剥夺，他成了一个会说话的'失语者'"③。为了发出自己的声音、夺回表达的权利，凯利抢劫印刷所准备出版自己的"真史"，却被报纸主编盖尔夫妇出卖，把他用血和泪浇灌的手稿交给了警察。为了对抗政府的压制，凯利开始给也许永远也没有机会见面的女儿写信，叙写他们的"真史"，继续着与帝国"软权力"的争夺。

"颠覆是后殖民话语用来建立或者重建民族身份的主要方式，也是其主要特征。"④ 彼得·凯里完全颠覆了凯利以往被描述成冷血杀手、丛林劫匪、爱尔兰疯子和鸡鸣狗盗之徒的负面形象，他被塑造成一个聪明、勇敢、善良、厚道、品学兼优、乐于助人的好人形象，被塑造成一个被压迫者的形象，一个与帝国软硬权力对抗、争取自由和权利的斗士形象，"凯利帮已经不是一个简单意义上的草莽英雄，而是一群具有反

---

① Peter Carey, *True History of the Kelly Gang*, St. Lucia: University of Queensland Press, 2000, p. 54.

② 〔澳〕彼得·凯里：《"凯利帮"真史》，李尧译，《世界文学》2002 年第 4 期，第 63 页。

③ 彭青龙：《是"丛林强盗"还是"民族英雄"？——解读彼得·凯里的〈"凯利帮"真史〉》，《外国文学评论》2003 年第 2 期，第 34 页。

④ Helen Tiffin, "Post-colonial Literatures and Counter-discourse", *Kunapipi*, Vol. 9, Iss. 3, 1987, p. 19.

抗精神的澳大利亚民族的自由斗士"。① 凯利帮及其家族的血泪史也成了澳大利亚这个在丛林中崛起的民族的血泪史，他们所表现出来的善良、勇敢、厚道、坚韧和反抗精神成为澳大利亚文化中最核心的部分。彼得·凯里把一个备受争议的历史人物塑造成一个民族英雄，"将瑰丽的色彩、耀眼的光环赋予一个早已褪色的故事，将滚烫的血、温暖的肉赋予一个久远的神话"。②

与《无期徒刑》一脉相承的是，这两部小说的主人公都是本性善良的好人，都是流放制度和殖民统治的受害者，最终都被政府迫害致死。不同的是，克拉克旨在抨击流放制度与资本主义文明的罪恶，因此作为无辜流放犯的道斯只是消极反抗，他唯一的反抗方式是逃跑，只是为了摆脱身体与精神的痛苦；而凯里旨在建构民族神话、重塑澳大利亚的文化内核，因此作为"犯二代"的凯利积极反抗殖民当局的不合理统治，主动争取自由，成为其文化的代言人。克拉克处于流放制度废止的时期，这时的流犯和流放制度还没有成为历史，仍然是当下的现实，他出于自己的兴趣揭露其罪恶，但远未达到沉淀的状态，所以用现实主义的态度揭露了流放制度的种种弊端和流犯们所受的深沉苦难，从而客观建构了一个"流犯神话"，塑造了澳大利亚文化的内核。

在流犯制度废除接近一个半世纪后的新千年，流犯和流放制度都已经成为历史，成为写在纸上的"文本"，变为文本阐释的媒介，因为"历史的语言虚构形式同文学的语言虚构形式有许多相同的地方"。③ 作为当代作家，凯里具有强烈的文化身份意识，他说："你总想探究澳大利亚的历史……因为你从那块土地上生长起来，你从流放、集中营、种族灭绝政策以及诸如此类的历史陈迹中走来。你的呼唤是一种失败的文

---

① 彭青龙：《是"丛林强盗"还是"民族英雄"？——解读彼得·凯里的〈"凯利帮"真史〉》，《外国文学评论》2003 年第 2 期，第 36 页。

② Anthony Quinn, "Selective History of True History", *New York Times Book Review*, Jul. 1, 2001, p. 11.

③ 张京媛主编《新历史主义与文学批评》，北京大学出版社，1993，第 161 页。

化的回声。"① 凯里深知历史的不确定性与虚构性，为了民族的继续发展和甩掉污点历史的包袱，他利用凯利帮这段有争议的历史，自觉地重构了一个民族的神话，重塑了民族的文化内核。从沃克斯到凯里，他们基本上完成了澳大利亚"流犯神话"的建构，构筑了澳大利亚文化最坚实的内核。

流犯是澳大利亚早期历史上不可抹去的痕迹，对澳大利亚的民族心理产生过重大影响，流犯文学在澳大利亚文学史上占有不可低估的地位。迈克尔·阿克兰（Michael Ackland）曾经总结说："在模塑当地人的情感方面，没有哪种艺术比流犯传统具有更加明显的作用了，这种传统逐渐成为一种可资利用的过去。过去被视为罪恶的标记或圣洁自然风景中的一个丑陋污点的流放制度，现在成为创造性流放和修正性神话制造的目标，产生了旧世界小说所没有的附属产物，为重新评价流犯的过去提供了一种新的手段。"② 流犯文学反映了流犯们的人格和经历，锻造了澳大利亚人的性格和精神。罗荣渠先生在为《美国文明的兴起》（*The Rise of American Civilization*）写的导读中写道，美国文明"并不是欧洲文明的简单的延长，而是欧洲文明与美洲荒原的新的历史结合"。③ 实际上澳大利亚文明也是"欧洲文明与澳大利亚丛林的结合"，流犯就是这种结合的媒介，他们所缔造的生活方式孕育了澳大利亚文明，也铸就了澳大利亚的民族性格和民族精神。拉塞尔·沃德曾经说："流犯对澳大利亚社会的影响比我们通常所认为的要重要的多得多。"④ 他甚至有把"流犯神话"与现实混为一谈之嫌。他提出流犯或者说"流犯神话"构筑了澳大利亚文化身份的基础，比如伙伴精神、平等原则等。尽管有人对他

---

① 〔澳〕彼得·凯里：《"凯利帮"真史》，李尧译，《世界文学》2002年第4期，第6页。

② Michael Ackland, *The Penguin Book of 19th Century Australian Literature*, Melbourne: Penguin Books Australian Ltd., 1993. p. xvi.

③ 〔美〕查尔斯·比尔德等：《美国文明的兴起》（第一卷），许亚芬译，商务印书馆，1991，第4页。

④ Russel Ward, *The Australian Legend*, Melbourne: Oxford University Press, 1958, p. 15.

提出了某些批评①，但是"流犯神话"对澳大利亚文化身份的塑造是无可辩驳的。

第三节　丛林神话及战争神话：固本培元

澳大利亚文明发源于欧洲文明与澳大利亚丛林的结合，荒野或者说丛林是澳大利亚民族文化的发源地。作为一片未经开垦的荒野，对来自遥远北半球的英国人来说，这里是充满神秘和危险的处女地，也是充满希望和值得开垦的藏宝地，他们一开始就对这个地方充满好奇。但是真正的丛林神话却不是那些混迹于丛林、在丛林中谋生的人创造的，而是那些恪守乡民尊严、不满城市生活却又赖在城里不走的人创造的。劳森尽管在丛林中长大，但他对偏远内地的了解是来自 1892 年至 1893 年夏对昆士兰西南部的一次探险活动。海德堡画派②艺术家只敢深入离墨尔本郊区不过几公里远的地方安营扎寨，描绘丛林地带的景色。汤姆·罗伯茨（Thom Roberts）关于牧区的代表作《剪羊毛》（*Shearing the Rams*）只是在乡间短暂巡游后回到城里的画室里创作的，查尔斯·康德（Charles Conder）的印象派画作素材来自悉尼湾及其附近的水道。以"丛林圣经"著称的《公报》是由远离乡村的知识分子在悉尼编辑发行的，他们从想象的丛林中获取希望，期望城市读者能够以间接的方式陶醉于无拘无束的充满男性雄风的梦境之中。

一　丛林神话：伙伴情谊的凝结

澳大利亚自有文学以来，出现在文学作品中的就是丛林、荒原、袋

---

① 如麦奎因认为它同时还孕育了资本主义的自私自利和竞争。参见 Humphrey McQueen, *A New Britannia*, Ringwood: Penguin Books, 1970, ch. 11。

② 海德堡画派（Heidelberg School）是澳大利亚形成于 19 世纪晚期的画派，因画家们经常聚集在墨尔本的海德堡附近作画而得名。之前的风景画大多不能表现出澳大利亚特有的植被、色彩和光线，而海德堡画派因其能真实、细致地表现澳大利亚自然风景而受到推崇。

鼠，从巴伦·菲尔德开始整个 19 世纪的文学作品都很少涉及都市生活，即使有也是不太有名的作品。① 这种现象给世人留下一个关于澳大利亚的虚幻印象，以为澳大利亚就是一个大农村，澳大利亚人仍然在开垦和整理土地，依然过着牧羊种麦的生活。20 世纪 80 年代的一部电影《鳄鱼邓迪》（*Crocodile Dundee*）依然在歌颂丛林生活，澳大利亚旅游的卖点也仍然是农村风光、异域风情和奇花异草，似乎澳大利亚就是一个丛林社会。事实上，澳大利亚早就是一个高度城市化的国家。早在 1861 年，新南威尔士、维多利亚和昆士兰的城镇居民人口占比就已达 41%，与中国 2004 年的城市化率相当②，1901 年上升到 64%。就整个澳大利亚而言，城镇常住居民占比从 1921 年的 62% 上升到 1976 年的 86%，而根据中国国家统计局信息，2023 年中国内地常住人口城市化率达到 66.16%。③ 因此我们可以说，澳大利亚的丛林生活从一开始就是以"神话"的方式出现的，是文人学者们而且是远离丛林生活的文人学者们所发明的，但这是澳大利亚人引以为荣的生活方式，他们坚信是丛林孕育了澳大利亚人的独特品质与文化内核。

丛林是早期澳大利亚人必须与之做斗争的生存环境，与富饶的美洲大陆不同，澳大利亚大陆是丛林、荒原和沙漠组成的原始土地。英国人来到这里需要面对的是艰苦的丛林环境，而不是原住民的袭击。面对这样的环境，团结、勇敢、乐观是必然要求的性格品质，否则就难以生存。丛林孕育了澳大利亚人这样的品质，它们在文学作品中得以反映、提炼和升华，最终上升为一种民族精神。

金斯利的《杰弗利·哈姆林的回忆》开启了澳大利亚丛林神话的先河，马库斯·克拉克和博尔德伍德都说这是"澳大利亚有史以来甚至包

---

① 澳大利亚国立大学国家传记中心编著《澳大利亚名人传——小说家卷》，苏锦平等译，陕西人民出版社，2023。
② 中国 2003 年的城市化率是 40.53%，2004 年为 41.76%，参见《城镇化率：全国》，聚汇数据，https://population.gotohui.com/show-5231。
③ 《王萍萍：人口总量有所下降 人口高质量发展取得成效》，国家统计局，https://www.stats.gov.cn/xxgk/jd/sjjd2020/202401/t20240118_1946711.html。

括以后也是最好的小说"①；它还奠定了澳大利亚罗曼司的传统，这部小说不仅影响了同时代的小说家，甚至 1975 年出版的《可怜虫，我的祖国》（*Poor Fellow My Country*）② 也继承了这个传统。金斯利以罗曼司的手法夸张地描绘了澳大利亚的牧场生活和丛林风光，全书充满浪漫的气息：这里的生活是和谐欢快的，男士彬彬有礼、热情好客、勇敢正直；女士美丽大方、温柔多情。他们的生活是闲适的，骑马狩猎、午后饮茶、谈天交友是他们的主要生活内容，这种生活方式成为后来"澳大利亚人的梦想"。③ 小说中所塑造的男性大多充满豪气，他们身材高大、充满力量，他们团结友爱、意志坚定，有压倒一切邪恶的气势；甚至风景也是雄壮的，"新的天堂、新的人间！一浪一浪、重重叠嶂，茫茫的森林一直向西延伸，直到遥远的天际。向东则一马平川，直奔丛林的尽头"。④

博尔德伍德是金斯利的拥趸，他在小说《武装行劫》中用回忆录与传统罗曼司相结合的方式塑造了"第一个真正的澳大利亚人迪克·马斯顿（Dick Marston）"。⑤ 作者在开篇就秀出了迪克的形象，他自我介绍说："我名叫迪克·马斯顿，是悉尼本地人。……我可以驾驭任何东西，驾驭任何牲畜，我可以像野鸭一样游泳，能够像土著一样追踪。人类能做到的大部分事情我都能做到，这就是我。"⑥ 这是澳大利亚小说中绝无仅有的人物，他有英雄的豪气、骄傲、自信而坚定，有时又会得意忘形。这部小说发表于内德·凯利被绞死后不久，这时的人们对丛林劫匪的看法已经大大改观，他们被看成浪漫的英雄、大胆无畏的亡命之徒，而不是刑事犯。博尔德伍德笔下的丛林劫匪蔑视权威、对抗政府，但不

---

① Leonie Kramer, ed., *The Oxford History of Australian Literature*, Melbourne: Oxford University Press, 1981, p. 47, 48.

② 《可怜虫，我的祖国》（*Poor Fellow My Country*）的作者是现代著名作家泽维尔·赫伯特（Xavier Herbert），全书厚达 1500 页，共计 85 万多字，比《战争与和平》还长 1/3，号称是世界上最长的英语小说，1976 年获得迈尔斯·弗兰克林最佳小说奖。

③ 夏玉和、李又文编著《澳大利亚社会与文化》，外语教学与研究出版社，2008，第 38 页。

④ Henry Kingsley, *The Recollections of Geoffry Hamlyn*(Vol. 2), Cambridge, 1859, p. 1.

⑤ H. M. Green, *A History of Australian Literature*, Sydney: Angus & Robertson Publishers, 1984, p. 250.

⑥ Rolf Boldrewood, *Robbery under Arms*, London, 1889, p. 1.

伤及无辜；他们诚实守信、慷慨勇敢，具有自我牺牲精神，与其说是强盗，不如说是侠客。代表澳大利亚文化内核的"伙伴情谊"在小说中也有所体现。吉姆和迪克虽然是兄弟，但他们更是伙伴。在同伴中，吉姆的人缘比迪克更好，也更受欢迎，但是迪克一点也不嫉妒他，他们只要一次坚定的握手、一个眼神的交换就能完全明白对方的意思，而不用说出来。吉姆完全是出于对迪克的忠诚才加入他们的队伍，这也体现了伙伴情谊的基本精神，伙伴情谊就意味着强烈的责任感。金斯利和博尔德伍德笔下的丛林和人物性格具备了"丛林神话"的很多基本特点，为后来的"丛林神话"奠定了基础。

随着畜牧业的发展与金矿的开采，澳大利亚的经济变得更加繁荣，资本主义得到迅速发展，但是阶级矛盾也随之变得日益尖锐。19世纪70年代羊毛的价格一直维持在高位，羊毛出口额甚至超过了黄金出口额，然而70年代后期拐点出现了，羊毛价格持续下跌，到80年代出口占GDP的比重从之前的30%降到15%以下，公共支出和城市建设的开支越来越大，澳大利亚对英国的依赖也越来越强。然而英国受债务的影响，对澳大利亚的贷款终止，殖民地大部分银行停业，工商业陷入一片混乱。与此同时，工会运动得到进一步发展，罢工运动此起彼伏，城市生活变得更加艰难。经济上的萧条又叠加了大面积的持续干旱，使人们本已艰难的生活雪上加霜。到1901年澳大利亚建立联邦时，人们的收入一直没有恢复到萧条前的水平。动乱、萧条、旱灾接踵而至，这一时期的牧民骑马走遍澳大利亚大陆，有关殖民进步的幻想也在心中破灭。再加上澳大利亚人口结构的改变，到1891年，澳大利亚本土出生人口已占总人口比重的75%。在各种因素的刺激下，新的现代神话诞生了，并且得到了数代人的强烈认同。神话的创造者是新生代作家和艺术家，他们在探寻澳大利亚的根本特色之时将目光转向人为加工过的乡村和丛林。有人开始把牧区骑手和内陆丛林工人描绘成"澳大利亚创造的强大而独特的民族典范"[1]，丛林人被赋予独

---

[1] Stuart Macintyre, *A Concise History of Australia* (3rd edition), Cambridge: Cambridge University Press, 2009, p. 131.

立、坚韧、平等、蔑视权威、重视伙伴情谊等品质。丛林工会斗争结束之后，这些品质被立即赋予整个民族，成为民族神话的重要组成部分。

1880 年创刊发行的《公报》是"丛林神话"的积极推动者，大量丛林故事在该刊上发表，作者包括劳森、佩特森、斯蒂尔·拉德、芭芭拉·贝恩顿等。亨利·劳森一生创作了大量关于丛林生活的诗歌和小说，不仅描绘丛林风光，更注重对丛林人的刻画，甚至深入他们的内心世界，比如《那时那刻》（*Since Then*）叙写两位丛林人十年之后街头邂逅，由于经济状况的差异，两人之间变得生疏、淡漠而尴尬，表达了一种对过去那种患难与共的伙伴情谊的怀念。在《什么都不在乎》中，劳森写道："但我并没有落泪或者恸哭，/因为我已经什么都不在乎。"在面对恶劣的自然环境和艰苦的生活时，丛林人表现出一种坚韧不拔的品格。劳森不仅在诗歌中表现丛林人的坚韧性格，其在他的短篇小说中有更充分的表现，《忘却了的小天地》（*The Little World of Left Behind*）中的威瑟利太太与丛林搏斗了 50 年，身体里蕴藏着超人的忍耐力和意志；《赶畜人的妻子》中的年轻妇女一个人应对丛林中的种种困难和危险，却从未退缩，始终笑对生活。丛林中的男人则豪爽大方、无拘无束、乐观向上，沉闷严峻的丛林环境更加凸显了丛林人的乐天达观，这也正是今天澳大利亚人的性格。在丛林生活的叙写中，伙伴情谊是劳森大力讴歌的民族精神，他在《剪羊毛工》（*The Shearers*）中写道："艰辛、干旱和无家可归，/教育了丛林人要相互友爱；/伙伴情谊来源于贫瘠的土地，/来源于操劳、干渴和危险。"[①] 伙伴情谊正是起源于这样严酷的自然环境之中，人们只有相互帮助、相互协作才有可能在其中生存下来，因此也就要求人们具有同情心、乐于助人、忠于朋友。劳森在他的小说中通过各种方式来宣扬这样一种精神，他认为澳大利亚丛林人生来就有一个伙伴，甚至在《我的那条狗》（*That There Dog of Mine*）中赞颂了人与狗之间的"伙伴情谊"。主人公麦考莱醉酒斗殴受伤，他的义狗也因

① 黄源深：《澳大利亚文学史》，上海外语教育出版社，2014，第 70 页。

之受伤，他在求医时，医生拒绝为他的狗治疗，他也因此拒绝接受治疗，因为狗是他真诚、忠实的伙伴。

劳森尽管出身农家，但大多数时光还是在城里度过的，他对内地的了解也许更多的来源于昆士兰的那次旅行，因此他的诗歌和小说中不乏浪漫主义与理想主义的成分，寄托了他的乌托邦理想。因此有人说："我们尊重劳森，因为他为我们创造了神话。在我们因为没有长久的传统、没有民族特征而感到没有根基的时候，他给了我们民间故事。"[1]

佩特森与劳森是同时代的齐名诗人，被誉为"丛林歌手"。他的作品如《来自雪河的男人》、《背包去流浪》和《溢口的克兰西》（*Clancy of the Overflow*）已经成为澳大利亚的标记，《背包去流浪》甚至一直就是澳大利亚的代国歌，赞颂了丛林人的独立、勇敢和反抗权威等精神，这是当时建立民族自我形象的需要，现在已铭刻在澳新军团（Anzac）的精神之中。《来自雪河的男人》讲述一个小个子男人不畏艰险，独自一人追赶一群丛林牧人也未能控制的野马，表现了丛林人一往无前的大无畏精神与助人为乐的伙伴情谊。《背包去流浪》则讲述一个丛林流浪人顺手偷了一只羊，正好被牧场主和骑警赶上，丛林人宁死也要拒捕，他高喊："你们别想活着抓住我！"[2] 该诗反映了澳大利亚人无拘无束、随遇而安、乐观的天性，同时也反映了普通丛林人的艰苦生活和他们蔑视权贵、宁死不屈的精神。《溢口的克兰西》不是写丛林本身，而是写城市与丛林的关系，通过对比表达了置身都市阴暗狭小办公室的城市人对丛林生活的向往和梦想。把自由而天然的丛林生活与沉闷乏味的都市生活进行比较，这种乌托邦式的表征在现代电影和电视剧中都能找到。这个被称为"丛林神话"的梦想是澳大利亚人文化身份的核心意象。

佩特森的诗歌真实地反映了澳大利亚人的丛林生活，赞扬了丛林男子汉们的勇气、毅力、独立和反抗精神，代表了当时争取民主、独立、平等而富有自信力的澳大利亚人的艺术形象。佩特森的诗歌已经成为澳

---

[1]　黄源深：《澳大利亚文学史》，上海外语教育出版社，2014，第71页。
[2]　黄源深：《澳大利亚文学史》，上海外语教育出版社，2014，第103页。

大利亚神话的一部分。但是在佩特森的丛林世界中，女人是被排斥在外的，这也正是很多人对丛林神话的批评所在。弗菲的《人生就是如此》展示了丛林地区的生活图景，描绘了丛林人的伙伴情谊，与劳森和佩特森的宣扬不同，弗菲已经把它内化在生活中，使其成为生活的需要，虽然缺乏劳森他们那种理想化和浪漫化，这却是澳大利亚人真实生活的反映。

　　女作家迈尔斯·弗兰克林的《我的光辉生涯》展示了一个不一样的丛林女性世界，以写实主义的风格反映了一个丛林女性的抗争故事。[①] 小说的女主人公西比拉（Sybylla）出生在一个落后封闭的小山沟、一个除了母亲难得见到女性面孔的环境中，她对父亲的感情是："他是我心目中的英雄，是我的知己，是一部百科全书，是一个伙伴，甚至他就是我的宗教信仰。"[②] 这样的生活环境锻造了西比拉粗犷、泼辣的假小子性格，培养了她强烈的反抗精神。由于家庭变故，西比拉的追求独立人格、富有反抗精神的个性得以充分展示，她同家庭抗争、同环境抗争，尤其是在婚姻上同传统道德抗争，这个身上散发着丛林气息、胸怀抱负的丛林知识女性与阻碍自己个性发展的环境和社会做了不屈不挠的斗争，表达了与当时澳大利亚男性同样的争取自由和反抗权威的精神。弗兰克林通过塑造西比拉，完善了丛林神话，使丛林不再是一个单纯的男性世界，女性也同样在其中起着重要的作用，她们也可以成为男性的伙伴，就像她可以是父亲的伙伴一样，她也有男性所具有的一切美好品质，甚至在某些方面比男性高出一筹。

　　万斯·帕尔默是劳森派小说的重要代表人物，是澳大利亚民族文学的积极推动者，早在年轻时他就认定："艺术就是阐释他所处环境中的生活，如果澳大利亚作家不能倾耳聆听我们民族生活中的细微声音，我

---

① Dale Spender, *Writing a New World: Two Centuries of Australian Women Writers*, London & New York: Pandora, 1988, p. 149.

② 〔澳〕迈尔斯·弗兰克林：《我的光辉生涯》，黄源深译，上海译文出版社，2007，第5页。

们的艺术就必定是虚假的、短命的。"① 他一生致力于塑造澳大利亚形象和弘扬澳大利亚精神。他最优秀的短篇小说《被抛弃的》（*Jettisoned*）通过塑造一个自私、狭隘、多疑的反面形象柯克里，歌颂了同甘共苦、乐于助人的伙伴情谊。故事讲述了柯克里三次被抛弃的经历，第一次是因为出卖罢工的工友，他逃遁到一个小渔村，由于他的自私再次被伙伴逐出，一次偶然的机会让他们重归于好，却由于他的本性未改而又一次被抛弃。作为与大海博斗的渔民，互相帮助是天然的需求，形成了一种互相信赖的关系，这也是丛林中形成的伙伴情谊的延伸。柯克里破坏了这种情谊，因此屡次被抛弃，当他永远被抛弃之后，他意识到了这种友爱互助关系的温暖，却只能留下悔恨和遗憾了。

丛林本是18世纪至19世纪早期澳大利亚人真实的生存环境，在经济发展和生活方式变革的推动下，在世纪末怀旧情结的影响下，在民族主义大潮的裹挟下，一批有过浅尝辄止的丛林体验的文人艺术家坐在城市的斗室里想象或幻想出新的不一样的丛林世界，赋予这种独特的生存环境一种新的精神，使其成为这个民族独一无二的标志。他们做到了，他们成功了。丛林和丛林神话不仅为澳大利亚本国人所神往和推崇，也成为澳大利亚在世界上的一张文化名片。

尽管澳大利亚是世界上城市化程度最高的国家之一，但是丛林和丛林神话从来没有淡出他们的视野，现当代最优秀的作家如考琳·麦卡洛（Colleen McCullough）、帕特里克·怀特、彼得·凯里仍然在叙写丛林和丛林故事。丛林是他们最深厚的资源，是孕育澳大利亚民族精神的初始环境，是澳大利亚人的精神家园。丛林已经变成了神话，只能是一个梦想，但抵制城市化、自我丛林化的郊区生活则是澳大利亚人的现实生活，是澳大利亚梦想的真实体现，是"澳大利亚的生活方式"，这种生活方式跳出了文化、经济与种族的樊笼，成为所有澳大利亚人共享的精神财富，也是把澳大利亚人凝聚在一起的文化内核。

---

① John Barnes, *The Writers in Australia: A Collection of Literary Documents 1856 - 1964*, Melbourne: Oxford University Press, 1969, pp. 168-169.

二 战争神话：伙伴情谊的出圈

随着经济的发展与转型和机械化水平的大幅度提高，澳大利亚现代化水平越来越高，大约到 20 世纪 20 年代，传统的丛林生活方式基本消失，但是丛林人和丛林神话所创造的精神却被传承下来，并且转移到新的领域继续发扬光大，战争领域就是其中之一，佩特森所宣扬的"独立、反抗权威、英勇无畏、嬉笑怒骂"的民族精神就被嵌入澳新军团的形象中。①

战争对偏居一隅、与世隔绝的澳大利亚来说，一直是很遥远的事情，澳大利亚相信强大的英国海军能够保障他们的和平生活。1883 年，新几内亚被德国占领让他们意识到英国也不是那么可靠的保镖。日俄战争中沙俄的惨败宣告了白人不可战胜的神话破灭，《悉尼先驱晨报》（*The Sydney Morning Herald*）曾经评论道："白种人从黄种人那里得到了深刻的教训：澳大利亚人若不以此为戒，必将后患无穷。"② 因此当一战即将来临时，澳大利亚举国上下参战热情高涨，这个只有 500 万人口的国家征召了 41.7 万名志愿军，其中 33.1 万人在海外服役，战死的人数高达 6 万人之多。加里波利（Gallipoli）战役是澳新军团参加的第一场重要战役，尽管他们作战英勇，但是由于指挥和执行上的失误，在坚持了 18 个月之后以失败告终。即使如此，这次失败的战役很快就被标榜为表现英雄主义的不朽神话。这个神话的促成有诸多因素，有些甚至是令人啼笑皆非的因素。澳新军团神话起源于官方对这次登陆战的报道，一名英国记者自信满满地说："这场战争中从未出现过如此辉煌的战绩。"③ 英国指挥官的失误也被两名澳大利亚记者利用以报私仇，鲁珀特·默多克（Rupert Murdoch）在进入英国报业之初曾被人称为"肮脏

---

① Leonie Kramer, ed. , *The Oxford History of Australian Literature*, Melbourne: Oxford University Press, 1981, p. 304.

② 吴祯福主编《澳大利亚历史：1788-1942》，北京出版社，1992，第 273 页。

③ Stuart Macintyre, *A Concise History of Australia*(3rd edition) , Cambridge: Cambridge University Press, 2009, p. 160.

的掘金工"，他和父亲基斯（Keith）大肆渲染英国指挥官的无能和澳新军团的英勇，以报英帝国歧视殖民地居民的一箭之仇，澳新军团的神勇也进一步被夸大和强化。创造这个神话的关键人物是澳大利亚首席记者、后来成为澳大利亚战争纪念馆权威战争史学家和馆长的 C. E. W. 比恩（C. E. W. Bean），他把澳军战士的素质与丛林环境联系起来，早在1907年他就写道："澳大利亚人总在与某些东西做斗争，比如丛林中的干旱、火灾、烈马、野牛，在与自然和人类的缠斗中，澳大利亚人变成最出色的战士。"加里波利登陆后的几天，比恩就满怀信心地写道："荒野中的牧场生活，如果说没有把澳大利亚人变成野人，却锻造出了超级战士。"① 为了报道英雄事迹，他从士兵中收集诗歌、故事，编辑了《澳新军团文集》（Anzac Book），年轻人的热血共同创造了一个新的神话。比恩把澳新军团的神勇与他们的丛林神话相关联，正是丛林所塑造的忠诚、坚韧、乐于助人等伙伴情谊的品质让澳大利亚士兵团结一致、互相帮助，在战场上展示了无坚不摧的气势。战后比恩出版了一部《一战中的澳大利亚官史》（Official History of Australia in the War of 1914–1918），书中描绘的澳新军团显示了澳大利亚人的本质特征，他称之为"澳新军团精神"，认为这种本质特征的核心就是伙伴情谊。

事实上，第一次世界大战不是澳大利亚人参加的第一次战争。19 世纪，澳大利亚参加过三次海外战争，即 1885 年的苏丹战争、1900 年到中国镇压"义和团"运动以及 1899~1902 年南非的布尔战争。在这些战争中，澳大利亚人展示了他们的身手，展示了丛林人独有的特征，比恩曾经在《羊毛之踪》（On the Wool Track）和《爱人的大衣》（The Dreadnought of the Darling）中总结说"真正的澳大利亚人"所具有的品质是"乐观、伙伴情谊、勇敢、临时集结"②，正是这样的品质保证了澳新军团在加里

① Stuart Macintyre, *A Concise History of Australia*(3rd edition) , Cambridge: Cambridge University Press, 2009, p. 160.

② Peter Pierce, ed., *The Cambridge History of Australian Literature*, Cambridge: Cambridge University Press, 2009, p. 141.

波利的表现。这不仅仅是比恩一个人的看法，同时代的斯特利通（Arthur Streeton）写道："如果要想了解澳大利亚士兵，就需要准确理解澳大利亚人的男子汉气概。他们在丛林中与洪水、火灾和干旱做斗争的本事在战场上得以展现，并且展示了其中最优秀的品质，这是必须看到的，这就是优势。"① 而且这种品质不仅是丛林人所具有的，而是所有澳大利亚人所共享的。贝蒂·邱彻（Betty Churcher）说："内陆的那些英雄成了澳大利亚典型角色的原型，他们所具有的品质是坚韧、足智多谋、反抗权威、忠于伙伴，那些从城市征召来的新兵感觉他们与从丛林来的士兵同样具有这样的品质。"②

　　通过战争，原本属于丛林人的独特品质被全体澳大利亚人所共享，民族主义者原来所宣扬的精神在战争中得以践行，并发挥了出色的功用。当加里波利战场的消息传回澳大利亚本土时，"丛林歌手"佩特森热情洋溢地呼喊着《我们现在都是澳大利亚人》（*We're All Australians Now*）："昔时对旧国的嫉妒/就像法老的母猪，一去不复返，/我们不再是旧国的孩子/我们现在都是澳大利亚人……一个种族所能显示的勇气/在铁枪钢炮下验证/现在我们已经知民族之所知/感民族之所感……澳大利亚的国旗飘扬/伴随着金合欢枝的芬芳/象征着我们的团结/我们现在都是澳大利亚人。"③ 通过这场战争，澳新军团向世界展示了一个新的民族形象，就像佩特森所说的，他们不再嫉妒英国人，他们为自己有如此优秀的士兵而感到骄傲；通过血与火的磨炼，澳大利亚不再是英国的附庸，它能够在国际事务中发挥自己的作用。在伙伴情谊、勇敢、坚韧等丛林精神的感召下，澳大利亚人获得了强烈的民族认同感和自豪感，"昆士兰的丛林与塔斯马尼亚的农家之子并肩作战"，"澳大利亚渔家男孩站在土耳其的海岸"，共同为他们的国家而奋斗。当大战结束时，澳

---

① Peter Pierce, ed., *The Cambridge History of Australian Literature*, Cambridge: Cambridge University Press, 2009, p. 141.

② Betty Churcher, *The Art of War*, Melbourne: Miegunyah Press, 2004, p. 23.

③ A. B. Paterson, "We're All Australians Now", *All Poetry*, http://allpoetry.com/poem/ 8485469-ere_All_Australians_Now-by-A_B__Banjo_Paterson. ——笔者自译

新军团的士兵高喊着"我们都是澳大利亚人"回到了祖国，与战前"我国的一切资源都属于帝国，都为帝国所用"① 形成了鲜明的对照。澳新军团的光辉照耀了整个民族，巴特莱特·亚当森（Bartlett Adamson）写下了这样的诗篇："如今的澳新军团是一片具有魔力的海滨，／昭示着悲痛的光芒，圣洁的名字，／永恒的功业；／失落笼罩着昔日的胜利，／闪着金光的大厦，／你英名永垂，流芳百世。"②

为了追求难以实现的目标而经受战争的洗礼，通过牺牲、死亡和救赎，民族走向了成熟，这是澳新军团神话赐予澳大利亚的礼物。"战火的洗礼让澳大利亚永远留在了全世界人民的记忆里，这是澳大利亚以前从未接受过的最高礼遇。"③ 伙伴情谊在战火的终极考验下表现为勇气和团结，一场军事上的失败最终转化为道德上的胜利。当丛林神话的创造告一段落时，澳新军团精神极大地振奋了澳大利亚人的士气，关于澳新军团的神话接过了宣扬伙伴情谊的接力棒。大量关于澳新军团的诗歌、小说和研究著作得以出版，弗雷德里克·曼宁（Frederic Manning）的《我们，她的二等兵》（*Her Privates We*）和伦纳德·曼（Leonard Mann）的《穿盔甲的人》（*Flesh in Armour*）都高度赞扬伙伴情谊。《我们，她的二等兵》是一部非常优秀的小说，得到了贝内特（Arnold Bennett）、布伦登（Edmund Blunden）和劳伦斯（T. E. Lawrence）等当时优秀作家的赞赏。作者在描述残酷战争的同时，高度赞扬了战士们对同伴的忠诚，他认为在这样非自然的情况下，伙伴情谊取代了朋友关系，只有这样才会有更多的生存机会。他在书中写道："战争是人发动的，而不是野兽或上帝发动的，是一种独特的人类活动。仅仅称它为对人类的犯罪

---

① 一战之前联邦大选时，自由党总理约瑟夫·库克（Joseph Cook）的竞选宣言。参见 Stuart Macintyre, *A Concise History of Australia*(3rd edition), Cambridge: Cambridge University Press, 2009, p. 157。

② Bartlett Adamson, "Anzacs", *All Poetry*, http://allpoetry. com/poem/8624167-Anzacs-by-Bartlett_ Adamson. ——笔者自译

③ John Robertson, *ANZAC and Empire: The Tragedy and Glory of Gallipoli*, Melbourne: Hamlyn Press, 1990, p. 249.

起码抹杀了一半以上的意义，它也是对犯罪的一种惩罚。这就引发了一个道德上的问题。"① 作者不仅描述一场战争，他更推崇的是人与人之间的同胞之谊，战争不同于日常生活，在战争环境下去理解主人公伯恩（Bourne）的行为更能体现出人性之光和同胞之谊。《穿盔甲的人》则渲染了一个理想化的战场英雄布朗特（Blount），他骁勇善战、足智多谋、乐于助人，最后在向敌方发起攻击时英勇牺牲，充分显示了澳大利亚人所推崇的伙伴情谊。作者对澳大利亚士兵的美德赞扬有加，对澳大利亚皇家部队（AIF）感到无比自豪。他写道："澳大利亚人，澳大利亚人！啊，要是五个分队都在那，一队接一队！可惜他们分散在不同的队伍里。他们是一个整体，一支统一的队伍，他们不仅在肉体上而且在精神上也是一个不可分离的整体。那些英国兵会不害怕这样新的民族？"与之形成对照的是英国兵则因为"肥胖、优越的生活和差劲的骑术阻碍了他们的行动"。② 作者通过对比战争中的英国人和澳大利亚人，显示了澳大利亚是一个优秀的民族、一个比老旧帝国更优越的民族。

1958 年，澳大利亚历史学家拉塞尔·沃德在《澳大利亚传奇》中赋予了澳新军团新的意义，即源自丛林的平等主义，这种平等主义在澳大利亚士兵身上得到了深刻的反映。截至 1918 年，所有参战国中只有澳大利亚的士兵全部由志愿者组成，而没有一个是强制上战场的，既不同于第一次世界大战中的其他国家，也不同于第二次世界大战和越战时的澳大利亚本身。第二次世界大战期间，总理孟席斯宣布他们的国家处于战时状态，澳大利亚并没有出现一战时那样踊跃报名参军的场景。越战则不得不采取强制征兵制，当反战抗议者阻拦约翰逊总统访澳的车队时，新南威尔士州州长甚至下令"轧死这些杂种"。③ 两相比较之下，澳新军团所受到的平等待遇更加为澳大利亚人所珍视。

---

① Fredric Manning, *Her Privates We*, London: P. Davies, 1964, p. 9.

② Leonard Mann, *Flesh in Armour: A Novel*, Columbia, South Carolina: University of South Carolina Press, 2008, p. 134.

③ Stuart Macintyre, *A Concise History of Australia* (3rd edition), Cambridge: Cambridge University Press, 2009, p. 230.

尽管澳新军团神话极大地振奋了澳大利亚的民族主义情绪，但是战争给人留下的伤痕是实实在在的，第一次世界大战中近 20 万人的伤亡对于一个只有 500 万人口的新兴国家而言，其打击可想而知。因此尽管无数人对澳新军团赞颂有加，但反对的人也不少，事实上，早在 1918年底最后胜利之前，澳大利亚民众对战争的态度就已变得冷漠了。回顾这场战争时，越来越多的人难以理解他们的前辈为何跨越半个地球去帮一个几乎毫不相干的帝国打仗。因此到第二次世界大战时，尽管澳大利亚人与加里波利的士兵一样英勇，但是他们的感觉已经完全不同了，"他的字典里没有英雄这个词，／诗歌与和平的生活本是他的所爱，／但历史将他变成了游击队员……哦，克里特，令人无法诉说，／除了极度的混乱、背叛和失望，／唯有失败的丧钟回响在耳际……"① 到越战时期，人们的反战情绪进一步高涨，和平运动此起彼伏，征兵变成了按生日抽签，被戏称为"死亡彩票"，著名诗人 A. D. 霍普（A. D. Hope）在《战争祭》（*Inscription for a War*）中写道："我们是被抽中的青年，／参加他们发动的愚蠢战争，／去告诉那些老头，在床上躲着吧，／我们服从命令，战死沙场。"② 澳新军团精神在 20 世纪 60～70 年代也降到了最低点，因此当他们从越南战场返回国内时，并未受到人们的欢迎，反而被排除在澳新军团的传统之外。

随着战争的远去，人们开始怀念逝去的先辈。20 世纪 80 年代以来，电影《加里波利》（*Gallipoli*）和电视剧《1915》的上映，再次引发了人们对澳新军团的传统和精神的重视。1983 年，杰夫·佩吉（Geoff Page）编辑出版了一部关于第一次世界大战的诗歌选集《火线阴影》（*Shadows from Wire：Poems and Photographs of Australians in the Great War*）；1984年，华莱士-克拉布（Chris Wallace-Crabbe）和皮尔斯（Peter Pierce）

---

① John Streeter Manifold, "The Tomb of Lt John Learmonth, AIF", *All Poetry*, http://allpoetry.com/poem/8521627-The_Tomb_Of_Lt_John_Learmonth__AIF-by-John__Streeter_Manifold. ——笔者自译

② David Brooks, ed., *Selected Poetry and Prose*, Sydney: Halstead Press, 2000, p. 129.

合作编辑诗歌选集《炮火集结》（*Clubbing of the Gunfire—101 Australian War Poems*），第二部分的 26 首诗歌是关于第一次世界大战的，其中大部分是关于澳新军团和加里波利战役的，如华莱士-克拉布的《加里波利的身影》（*The Shapes of Gallipoli*）和玛丽·吉尔摩（Mary Gilmore）的《加里波利》（*Gallipoli*），像白居易的《草》和杜甫的《春望》一样通过对战争的回忆表达对生命的热爱和对战争的憎恨。[①] 也有越来越多的人纪念澳新军团日，出生于第二次世界大战期间的豪斯珀特（Janette Turner Hospital）在《穿盔甲的人》重印本的导言里写道："对于我这一代澳大利亚人来说，4 月 25 日'澳新军团日'这个纪念战争英雄的日子，就像是耶稣受难日一样隆重和重要。"[②] 对于年轻人来说这一天则是"背包客日历上的一个重要日子"[③]，这些与澳新军团相隔三代以上的澳大利亚青年在每年的这一天来到加里波利朝圣，他们创造了新的澳新军团神话。对于这些朝圣的年轻人来说，"在一个全球化肆虐的时代追寻被许多人称为'澳大利亚性'（Australian-ness）的东西可以维护他们的民族认同感。当你在海外旅游时，加里波利让你意识到'澳大利亚人是谁'和'什么影响了澳大利亚文化'"。[④] 在全球化与多元文化的冲击下，人们的文化身份变得含糊和不确定，建立文化身份却是每个人的追求，"在体现现代民族主义文化方面，没有什么能比衣冠冢和无名烈士墓更合适了。这些纪念物被致以公开的、仪式化的敬意，恰恰是因为它们本来就是被故意的，或者根本就没有人知道下面躺着的是谁……但它们却充满着幽灵般的民族想象"。[⑤] 因此，澳新军团所代表的民族精神与

---

① Chris Wallace-Crabbe and Peter Pierce, eds., *Clubbing of the Gunfire—101 Australian War Poems*, Melbourne: Melbourne University Press, 1984, pp. 98, 60.

② Leonard Mann, *Flesh in Armour: A Novel*, Columbia, South Carolina: University of South Carolina Press, 2008, p. x.

③ Stuart Macintyre, *A Concise History of Australia* (3rd edition), Cambridge: Cambridge University Press, 2009, p. 161.

④ Bruce Scates, *Return to Gallipoli: Walking the Battlefields of the Great War*, Cambridge: Cambridge University Press, 2006, p. 199.

⑤ Benedict Anderson, *Imagined Communities: Reflections on the Origins and Spread of Nationalism* (new edition), London: Verso, 2016, p. 9.

加里波利的古战场和烈士陵园就成为人们追捧的对象和确定文化身份的标的。

在新的时代，澳新军团精神被赋予了新的意义，根据维多利亚州议会的报告，"勇气、伙伴情谊、公平、坚持、正直、幽默、进取、忍耐、果断、机智、尊敬、无私"① 是其核心价值，这些价值是所有人共享的，而排除了传统军团精神的白人优先性，已经成为民族的符号和标志，是一种澳大利亚精神，是不同种族之间的黏合剂，成为所有澳大利亚人共享的价值和共同的民族精神。

丛林神话和澳新军团神话长期以来是澳大利亚民族文化最重要的两个符号，是检验澳大利亚性的标杆，两者的共同点都是宣扬白人男性的神勇和友谊。"普遍认为他们的价值观、语言、思维模式代表着真实的澳大利亚，是衡量澳大利亚认同的标尺。"② 尽管澳大利亚卷入的战争不多，战火几乎从未烧到本土，传统的丛林生活也基本上在 20 世纪 20 年代随着经济和技术的发展而衰落及至消亡，但是长期以来澳大利亚文学都比较偏爱边疆探险、丛林故事和战争题材，其成为澳大利亚神话的核心元素，成为构筑澳大利亚文化内核最重要的资源。

小　结

澳大利亚社会的发展历程，特别是其与土地的互动以及与自然和社会的斗争，深刻地塑造了澳大利亚人的性格和精神气质。在澳大利亚文学中，民族神话的发明不仅是对过去的回顾，更是对这个国家的集体意识的表达。澳大利亚的民族神话，如流放历史、丛林精神、边疆经验以及延伸到战争中的行为方式，反映了人们对待自然和社会的态度、思维

---

① 林慧：《行走在历史与未来之间——对澳大利亚传统节日 ANZAC 的当代解读》，《艺术评论》2012 年第 10 期，第 150 页。

② Robert Hodge and Vijay Mishra, *Dark Side of the Dream: Australian Literature and the Postcolonial Mind*, Sydney: Allen & Unwin, 1991, p. 125.

方式、心理特征、理想和价值取向。这些在文学作品中得到了生动的描绘和再现，其不仅展现了澳大利亚人对自然环境的适应和征服，也揭示了人们在面对社会挑战时的坚韧和创造力。这些原生性和本源性的元素构成了澳大利亚民族精神的核心部分。澳大利亚文学作品通过对这些元素的神化以及再创造和再解释，不仅为澳大利亚人提供了一种文化身份，也为全球读者提供了理解澳大利亚民族性格和精神气质的窗口。

民族精神是民族文化最核心的部分，也是民族意识的支点和依靠，是一个民族在回应自然环境与社会环境的挑战中所特有的精神信念和价值选择。但是民族精神不是一个民族在发展过程中所体现出来的全部心理特征和精神表征，而是经过选择和时间淘汰所遗留下来的具有引导力量和体现民族意志品质的信念和原则，是民族心理和民族特性中的精髓部分。民族精神是决定民族意识其他形式和内容的基础，影响着民族向前发展的方向。如果说民族特性是一个民族的外表的话，那么民族精神则是一个民族的灵魂，是一个民族发展到一定阶段的必然产物，也是民族的核心力量。

神话同风俗习惯、科学技术、文学艺术、道德、哲学等共同构成民族精神的"表象世界"，它们共同塑造着民族精神。在塑造民族精神的这些因素中，神话具有原发性的作用，塑造了民族精神中最稳固、最恒定的部分，成为民族文化的基因，因为神话是对地理环境和社会环境的本原反映，是一个民族早期生活状况和心理状态的必然产物。神话展示的是一个民族认识与对待世界的方式，通过故事来表达、概括和提升本民族的基本信念和民族精神的最初取向。丛林是澳大利亚民族早期的生活环境，流犯是澳大利亚早期的主要社会构成，在与恶劣环境的搏斗中最能体现澳大利亚民族精神的流犯神话和丛林神话得以诞生，成为滋养澳大利亚民族文化最肥沃的土壤。尽管后来的生活环境变化了，但是澳大利亚民族祖先身上所表露的心境和精神本质从来也没有在民族发展过程中烟消云散，而是深深地体现在他们的子孙后代身上。澳新军团神话就是这种体现之一。

　　通过神话塑造的民族精神标志着一个区别于英国的澳大利亚民族的诞生。这是一个以英格兰人为主的白人民族，其他人种甚至包括澳大利亚原住民都被排除在外。这一历史的局限性时时挑战着澳大利亚文化身份的合法性，同时也逼迫着澳大利亚人不得不进一步思考民族的未来。

第五章

澳大利亚之根与文化融合

在澳大利亚独立将近一个世纪之后的 1987 年，英国女作家安杰拉·卡特（Angela Carter）首次造访澳大利亚，她发现这个社会"对自身有乐此不疲的好奇心"，一直在思考他们的身份问题，反复自问自答"谁是澳大利亚人？澳大利亚人是谁？"的问题，陪同的澳大利亚作家也总是提出"后殖民的意义或主题"这样的问题，对此她感到十分迷惑。她的回答是因为澳大利亚脱离了英国。[①] 的确，从英国人第一次踏上澳大利亚以来，他们的身份就发生了变化，是被母国抛弃的"垃圾"，从某种意义上来说，他们已经与英国脱离了关系，因此卡特的回答是有道理的。但是她的解释过于自大和英国化，澳大利亚建国两百年后的今天，这片国土上不止有英国后裔，还有来自世界各地不同肤色、不同语言和不同宗教信仰的其他人，"白澳"这个名称早已名不副实。据 2022 年澳大利亚统计局发布的报告，现在 29.3% 的澳大利亚人出生在海外，自己或双亲之一出生在海外的占总人口的 51.5%，数百万人在家里不说

---

① Stuart Macintyre, *A Concise History of Australia*(3rd edition), Cambridge: Cambridge University Press, 2009, p. 305.

英语。[1] 即使撇开所有这些后来的移民，这里的原住民也是无法忽略的，仅仅用"脱离了英国"来解释澳大利亚人的身份或认同困惑，显然过于简单化了。那么究竟什么是澳大利亚人？

第一节 澳大利亚文化身份之惑

1788 年，以西方文明的继承者和基督启示的传承人自居的英格兰人，带着他们自大而傲慢的优越感来到澳大利亚，开启了澳大利亚现代历史之旅。他们的到来改变了这里原本"天人合一"的状态，开始了人类征服自然的历程。囚犯在用手改造自然的同时，文人墨客用笔耕耘着这里的风景，他们一起建构了一个"盎格鲁-撒克逊式"的澳大利亚。

根据 21 世纪初估计的数字，1788 年澳大利业居住的原住民有 75 万之多。[2] 可是在新来的英国人眼里，澳大利亚是不宜人居的"天使和老鹰的地盘"[3]，是"相当令人失望的、不适合耕种的沙地，是一片树木和杂草异常茂盛的"[4] 广袤荒芜的大地。然而刚刚过去十年，这里已变为英国的领地甚至是第二个英国，1798 年新南威尔士军团的军需官麦克阿瑟的妻子高兴地给朋友写信道："现在是春天了，杏花、梨花、苹果花都盛开了，满目春色，美不胜收，简直就是英国花园呢。"[5] 在殖民地军官的眼中这里则是他们施展抱负、大展宏图的地方，"我看到又一个罗马在一伙强盗的联合中诞生，他们给这个世界带来了法律，他们有先进的武器和高雅的艺术，他们带着高人一等的优越感，俯视着南半球的这

① "Snapshot of Australia", Australian Bureau of Statistics, https://www.abs.gov.au/statistics/people/people-and-communities/snapshot-australia/latest-release.

② Stuart Macintyre, *A Concise History of Australia* (3rd edition), Cambridge: Cambridge University Press, 2009, p. 13.

③ G. A. Wilkes, *The Stockyard and the Croquet Lawn: Literary Evidence for Australia's Cultural Development*, London: Edward Arnold Ltd., 1981, p. 9.

④ Watkin Tench, *A Narrative of the Expedition to Botany Bay*, Sydney: University of Sydney Library, 1998, p. 58.

⑤ Stuart Macintyre, *A Concise History of Australia* (3rd edition), Cambridge: Cambridge University Press, 2009, p. 38.

个野蛮的国度；帝国、财富、荣光，我徘徊在这样的想象之中"。① 温特沃斯则通过对农人和工匠的描写，饱含深情地赞美这个"新发现的世界"（a new-found world）是一个"新的世外桃源"（a new Arcadia），热情讴歌"一个新的大不列颠在另一个世界"的诞生。② 金斯利笔下的澳大利亚生活则是欢快和谐的，是一帮英国绅士来到澳大利亚享受田园牧歌式的生活，他们骑马狩猎、朋友互访，充满浪漫色彩，以至于弗菲指责金斯利严重歪曲事实。而罗克罗夫特笔下的澳大利亚简直就是天堂，麦子不需费力就可以长得很好，羊群不用看管也能迅速繁殖，口袋里的钱多得没处花。正如澳大利亚作家麦克林感叹的："澳大利亚在这一方面的确是获得了母国大英帝国的真传，英国才真是篡改历史真相的大师。在掩盖和歪曲殖民暴行的真相方面，还没有哪个国家做得像英国这么成功。"③ 这些上层社会的作家对澳大利亚虚幻的描写掩盖了下层社会的苦难与混乱，却从客观上塑造了一个"美丽新世界"，为以后创造澳大利亚民族神话建构了一个虚幻而又实际的成长环境。但是在这个"新世界"里，"英国的幽灵"却无时无刻不在游荡，英国是他们念兹在兹的精神家园和最后归属，这样一种盎格鲁情结一直弥漫在澳大利亚文学与文化传统之中，对"强大得足以令人敬畏的盎格鲁－撒克逊文化成就"④ 既羡慕又感到备受威胁。正因为如此，澳大利亚人一直徘徊在依附和摆脱"英国的幽灵"纠缠的尴尬处境中。

---

① James Hingeston Tuckey, *An Account of a Voyage to Establish a Colony at Port Philip in Bass's Strait*, London: Longman, 1805, p. 190. 英国人一直拿古罗马作为他们的参照，卡莱尔曾经写道："世界历史的潮流已经发生了变化；罗马人已成为过去，英国人正在走来。古罗马曾经戳在时间战车上的大红标记从现在开始消逝，它只能属于过去。现在该是英格兰上台了，它也要留下标记，并且是引人注目的标记。"转引自 Peter Childs, *Post-colonial Theory and English Literature：A Reader*, Edinburgh：Edinburgh University Press，1999，p. 4.

② William Wentworth，"Australasia", Lachlan and Elizabeth Macquarie Archive, http://www.lib.mq.edu.au/digital/lema/1823/australasia2.html.

③ 〔澳〕罗伯特·麦克林：《黑暗天堂——澳大利亚早期殖民史》，苏锑平、吉文凯译，陕西人民出版社，2020，第1页。

④ A. A. Phillips, *On the Cultural Cringe*, Melbourne: Melbourne University Press, 2006, p. 2.

随着金矿的发现、经济的发展、生存环境的改善和本地出生的人口越来越多，澳大利亚人的心态发生了明显的改变，要求独立的声音越来越强烈。马库斯·克拉克对英国的流放制度进行了无情的抨击，并且暗示澳大利亚人比英国人更优越；与他同一时代的其他作家可能更激进，爱德华·梅特兰（Edward Maitland）在 1873 年出版的小说《不久以后》（By and By）中把不久以后的澳大利亚想象为一个强大的民族国家①，英国人更是成为其嘲笑的对象。特罗洛普（Anthony Trollope）在《澳大利亚》（Australia）一书中写道："英国人是面做的，当然是指那些新伙计或刚从英国来的人；而本土出生的或已经完全适应了澳大利亚的人则是钢铁铸成的，我发现这个看法现在很流行。"② 19 世纪 80 年代创刊的《公报》成为澳大利亚民族主义的旗帜，喊出了"澳大利亚是澳大利亚人的澳大利亚"的口号，提出文学作品应该反映本土的特色，在其推动下，一个反映澳大利亚独特生活状态的"丛林神话"诞生了，粗犷、热情的丛林人成为澳大利亚的典型形象，他们的价值观被附会成整个澳大利亚的价值观。

然而其所谓的"澳大利亚人"并不包括原住民和有色人种在内，一个澳大利亚政客解释说："澳大利亚人并不仅仅指澳大利亚本地出生的人，所有进入这里的白人都是澳大利亚人。但是中国人、印度人、土著人和廉价的有色劳工都不属于澳大利亚人。"③ 甚至这里的白人也并非指所有白人，而只是指英裔白人，"欧洲瘪三"④ 也是被排斥的对象。他们认为澳大利亚的理想是建立一个没有压迫、奴役和等级的社会，而这三点恰恰是所有古老国家的共同特点，这些被排斥的人就是来自这样的社

---

① Niel Gunson, "Edward Maitland (1824 – 1897)", *Australian Dictionary of Biography*, http:// adb. anu. edu. au/ biography/maitland-edward-4141.

② G. A. Wilkes, *The Stockyard and the Croquet Lawn: Literary Evidence for Australia's Cultural Development*, London: Edward Arnold Ltd., 1981, p. 34.

③ Mark McKenna, *The Captive Republic: A History of Republicanism in Australia 1788 – 1966*, Cambridge: Cambridge University Press, 1996, p. 152. "土著"带有贬义，原住民是一个相对中性的称呼，本书依此区分两者的用法。但引文则依原文用词，不做修改。

④ 王宇博:《澳大利亚——在移植中再造》，四川人民出版社，2000，第 118 页。

会，他们的进入势必毁灭澳大利亚的文明和社会结构。^① 另一个重要原因则是出于经济利益的考虑，尤其是下层白人，他们认为有色人种的进入抢占了他们的劳动机会，损害了他们的经济利益。因此他们排斥有色人种的进入，尤其是华人的进入。19 世纪后期的大规模排华运动就是在这样的背景下形成的，人数众多的华人在那时遭到了最为恶劣的对待，他们被单独拎出来讨伐。

早在 1855 年维多利亚议会就通过了澳大利亚历史上第一个排华法案，其成为澳大利亚历史上立法排华的先例，紧接着南澳、新南威尔士也出台了相似的排华法案，到 1871 年，新南威尔士和维多利亚的华人分别从 1861 年的 12988 人和 24732 人锐减到 7220 人和 17826 人。^② 为了维护白人的利益，澳大利亚殖民地当局的排华运动从各州的各自为政走向联合排华，1888 年澳大利亚 6 个殖民地一致通过排华动议，1897 年出台的《纳塔尔法案》（*Natal Act*）则要求通过欧洲语言测试的人才能进入澳大利亚，以限制有色人种特别是华人的进入。他们排华的依据却十分荒谬，在牧羊业扩张的时代，他们认为华人劳工具有更高的环境适应力，在淘金热时期移民劳工强调华人对生产环境的破坏，而政治精英则渲染华人威胁殖民地生态的整体健康。^③ 1881 年悉尼突发的天花疫情再次引爆排华运动，他们以传染病的种族属性渲染和想象天花病毒，散播华人引入并传播天花的谣言，为底层社会抗争创造宣泄的契机。^④这个种族主义幽灵今天依然盘旋在澳大利亚的上空。

1901 年，澳大利亚联邦成立，他们最先出台的法案之一就是《移民限制法》（*Immigration Restriction Act*），原来作为民族意识的白澳意识变为澳大利亚基本国策的"白澳政策"，这也表明澳大利亚的白澳意识进

---

① Myra Wilard, *History of the White Australia Policy to 1920*, Melbourne: Melbourne University Press, 1967, pp. 201-210.

② 陈翰笙主编《华工出国史料汇编》第 8 辑，中华书局，1984，第 9 页。

③ 费晟:《"环境焦虑"与澳大利亚殖民地反华话语的构建》,《世界历史》2017 年第 4 期，第 87 页。

④ 费晟:《1881 年悉尼天花疫情下的排华运动》,《世界历史》2020 年第 5 期，第 16 页。

一步加强。早在 1861 年，澳大利亚的白人移民就达 168.8 万人，其中 92% 为英裔白人①，通过一系列的排外运动和法案，英裔人口在澳大利亚的比例越来越高，第二次世界大战结束时达到历史最高点，以至于"1900～1950 年，澳大利亚人常常庆祝他们中 99% 的人具有英国血统，尽管这个数字是不真实的，但是却成了澳大利亚民族神话（national myth）的一部分"②。

　　尽管第二次世界大战以后澳大利亚的移民政策有所改变，但是 1947～1969 年所接收的 208.06 万移民中，英国移民仍然占到 78.8 万之多，英联邦和其他欧裔移民为 122.71 万，其他移民只有 6.55 万。③ 到 1988 年澳大利亚建国两百周年时，英裔所占比例仍然高达 74.55%。④ 一直以来澳大利亚人对移民的接收有一个基本态度，即"最喜欢来自北欧的移民，勉强接收南欧移民，最忌讳的是亚洲移民"。⑤ 因此所谓的"白澳"从本质上来说是"白英"。

　　与澳大利亚人口结构相适应的是他们的文化政策。澳大利亚的文化政策与美国和加拿大一样，大致经历了三个阶段，即同化阶段、一体化阶段（即美国的熔炉说）、多元文化阶段。同化阶段大致从澳大利亚建国开始一直延续到 20 世纪 60 年代"白澳政策"的取消，表现为排斥非英裔移民和对国内已有的少数民族进行英语化教育，通过教育同化其他非英裔种族，尤其是针对原住民的同化政策，不仅被世人所诟病，还给原住民的心理和文化传承造成了巨大的伤害。二战以后随着澳大利亚移民政策的变化，他们的文化政策也有了相应的变化，这时便产生了所谓

---

① 闫荣素：《澳大利亚"白澳政策"的历史演变》，《河北师范大学学报》（哲学社会科学版）2004 年第 5 期，第 150 页。

② Adam Jamrozik, C. Boland and R. Urquhart, *Social Change and Culture Transformation in Australia*, Cambridge: Cambridge University Press, 1995, p. 94.

③ Ann-Mari Jordens, ed., *Redefining Australians: Immigration, Citizenship and National Identity*, Sydney: Hale & Iremonger, 1995, pp. 27–29.

④ Adam Jamrozik, C. Boland and R. Urquhart, *Social Change and Culture Transformation in Australia*, Cambridge: Cambridge University Press, 1995, p. 69.

⑤ John Rickard, *Australia: A Cultural History*, London: Longman, 1996, p. 220.

的一体化政策。与同化政策不同的是，他们不再采取偷走原住民儿童那样的强制措施来同化少数族裔，而是利用主流英语文化向少数族裔文化进行渗透和蚕食，以实现澳大利亚国家文化的一体化，或者叫澳大利亚化，"如果说移民意味着在澳大利亚社会内部实现多元文化，那么这不是澳大利亚所想要的。我十分肯定地说，澳大利亚必须是单一文化，即每个人拥有同样的生活方式，相互理解，具有共同的思想观念。我们不要多元主义"[1]，20世纪60年代的移民部部长斯奈登（Bill Snedden）如是说。而所谓的澳大利亚化从根本上来说是英国化甚至更准确地说是盎格鲁化。[2]一方面，尽管澳大利亚在1901年建立了联邦，但对英国的依赖性并未减弱，也未摆脱与英国的文化联系，直到20世纪50年代，很多澳大利亚人还拿着英国的护照，很长时间里澳大利亚人都认为自己是"不列颠人，然后才是某州人，最后才是澳大利亚人"。[3]另一方面，大量英国移民带来的英国文化对澳大利亚文化产生持续的影响。因此所谓的澳大利亚化也可以被看作英国化或盎格鲁化。

爱默生（Ralph Emerson）在《美国学者》（The American Scholar）一文中说道："没有哪个作家能够在书中抛弃传统与地域的影响，写出一本包含绝对深刻思想的书。"[4]丹纳（Hippolyte Taine）更加明确地指出，文艺的发展要受到种族、环境和时代这三大因素的影响，"某些持续的局面以及周围的环境、顽强而巨大的压力，被加于一个人类集体而起着作用，使这一个集体从个别到一般，都受到这种作用的陶铸和塑造"。[5]从19世纪后半期开始，随着澳大利亚民族意识的觉醒，作家们致力于建构一个完全不同于英国的澳大利亚，他们创造了不同的神话来标识澳大利亚的独特性。流犯神话洗刷了他们祖先的污点，赋予他们好

① Geoffery Bolton, *The Oxford History of Australia: The Middle Way, 1942–1995*, Oxford: Oxford University Press, 1996, pp. 106–107.
② 马戎编著《民族社会学——社会学的族群关系研究》，北京大学出版社，2004，第182页。
③ Adam Jamrozik, C. Boland & R. Urquhart, *Social Change and Culture Transformation in Australia*, Cambridge: Cambridge University Press, 1995, p. 40.
④ 〔美〕爱默生：《不朽的声音》，张世飞、蒋旭东译，当代世界出版社，2002，第46页。
⑤ 伍蠡甫主编《西方文论选》（下卷），上海译文出版社，1979，第239页。

人的形象；而丛林神话则在追求民族独立和文化身份的呼声中，建构了迥异于英国绅士的丛林人形象，其被劳森称为"崛起的一代澳大利亚人"①，给予了澳大利亚人长久的信心。以至于弗兰克林在《我的光辉生涯》中写道："对我来说，威尔士王子无异于一个剪羊毛工，除非他在我们面前表现出王子身份之外的某种品格来——要不，那就去他的！"②当传统丛林神话还在宣扬他们的民主理想时，一个新的神话诞生了，澳新军团神话接力丛林神话，继续宣扬盎格鲁-撒克逊男性的神勇和平等，带来了澳大利亚人自信心的膨胀。盲目的自信带来的是两种互相对立的后果，一方面是对少数族裔的歧视，另一方面是在强势族裔面前的自卑，这种自相矛盾的纠结在文学作品中得以反映。他们可以宣称"我从来不曾、将来也不会因为某人地位高而对其肃然起敬"③，但真正遇到地位比自己高、喜欢自己、自己也喜欢的人的时候又退缩了，把自己包裹得严严实实，以免可怜的自尊心受到伤害。而对待其他少数族裔则趾高气扬、肆意中伤，对待在澳华人的态度即可见一斑。④ 在他们眼里，原住民则是"低等动物里最高级，但是文明社会里最低级……没有尾巴的猴子，是同类互食的人兽"。⑤

19 世纪 90 年代，劳森、佩特森等作家所开创的传统和信心在普里查德、帕尔默、菲茨杰拉德和坦南特等劳森派小说家中得以传承，"所有这些作家都对普通人具有同样的信心……因为有这样的能力，他们能够敏捷地向有见识的读者揭示民族精神的本质"。⑥ 但是与此同时，当民

---

① G. A. Wilkes, *The Stockyard and the Croquet Lawn: Literary Evidence for Australia's Cultural Development*, London: Edward Arnold Ltd, 1981, p. 33.

② 〔澳〕迈尔斯·弗兰克林：《我的光辉生涯》，黄源深译，上海译文出版社，2007，第 3 页。

③ 〔澳〕迈尔斯·弗兰克林：《我的光辉生涯》，黄源深译，上海译文出版社，2007，第 3 页。

④ Ouyang Yu, *Chinese in Australian Fiction, 1888-1988*, Amherst & New York: Cambria Press, 2008, p. 65. 该书系统地论述了一百年间中国人在澳大利亚文学中的形象。

⑤ Roger Bell, *Multicultural Societies: Comparative Reader*, Sydney: Sable Publishing, 1987, p. 129.

⑥ A. A. Phillips, *The Australian Tradition: Studies in a Colonial Culture*, Melbourne: Longman Cheshire, 1966(reissue 1980) , p. 70.

族主义热情过去以后，一些作家的自信又开始动摇，对这种文学形式也开始怀疑，认为这种文学虽然表现了澳大利亚的某些特点，却缺乏深度。因此克里斯托弗·布伦南（Christopher Brennan）、亨利·汉德尔·理查森（Henry Handel Richardson）等作家开始模仿英国文学，表现出一种殖民地人民特有的"文化自卑"（the cultural cringe）。最典型的当数马丁·博伊德（Martin Boyd），他一生在澳大利亚生活了26年，却有34年生活在英国，他看不惯墨尔本人的偏狭，也离不开英国的朋友，他的小说中也反映出这种浓浓的英国情结，就如《兰顿四部曲》（*Lanton Tetralogy*）所展示的，虽然身处澳大利亚却心怀不列颠。澳大利亚文学评论家菲利普斯（A. A. Phillips）认为博伊德是文化自卑的最大受害者，其实这种自卑不仅仅是作家才有的，整个殖民地都弥漫着这样的一种自卑，"我们没有悠久的历史或有趣的独特文化传统……自卑的主要表现就是喜欢做无谓的比较，澳大利亚读者总是会有意无意地问自己：'一个受过良好教育的英国人会怎么看呢？'也没有一个作者能够充满自信地与读者进行交流"。① 因此澳大利亚的知识分子也就越来越向英国靠拢，而对澳大利亚人的浅薄进行嘲笑，以获得自我满足。这样一种深深的自卑源自"对地方（place）和位移（displacement）的关注。正因为此，一种特定的后殖民身份危机得以形成……因为迁移、奴役的经历、作为囚犯被输送海外，或作为契约奴'自愿'搬迁，一种有效而积极的自我感被移位（dislocation）所侵蚀，或者被文化蔑视（cultural denigration）和想象的先天优秀人格和文化压迫所毁灭"。② 这种深埋在澳大利亚人心底的后殖民主义心态在克里斯托弗·科契（Christopher Koch）寻找归属而一无所得的小说中，通过象征、暗喻、哲学和宗教的手段得以含蓄而深刻地表现出来。

澳大利亚的民族意识形成于19世纪八九十年代，通过《公报》建

---

① A. A. Phillips, *The Australian Tradition: Studies in a Colonial Culture*, Melbourne: Longman Cheshire, 1966(reissue 1980), pp. 112–113.

② Bill Ashcroft et al., *The Empire Writes Back*, London: Routledge, 2002, pp. 8–9.

构和宣扬丛林神话，力图创造出不同于英国的典型澳大利亚，摆脱母国统治与母国的文化阴影。作为殖民地，澳大利亚人有大多数殖民地人的典型特征，"他们比那些历史悠久的文明社会粗鄙，对优雅和精致的东西缺乏品位，因为生活本身就是粗野的，而且所受的教育也有限"，面对强大的英帝国及其深厚的文化底蕴，他们既羡慕又嫉妒，却又无法超越，因此"在澳大利亚人的内心深处总是驻扎着一个有威胁的英国人"。① 这种矛盾让澳大利亚人一方面极其自负，另一方面又极其自卑，表现在文化上则既故步自封、盲目排外，又盲目崇拜英国，因此澳大利亚人在坚持英国性和澳大利亚化的尴尬过程中走向"中等标准"（middling standard）。② 澳大利亚人处处显示着对这种标准的满足，"无论在风俗习惯和道德观上，还是在学问和艺术层面上无不如此"③，并且受到伙伴情谊的自由理想的鼓励，迎合了普通人的想法，在不能提高自己的时候只能通过阿Q式的方式来打压强者，因而迷失在一种严重的文化空虚里，失去了寻找民族文化精神的方向，使民族文化发展陷入困境。

尽管有识之士早就看出这种"中等标准"是澳大利亚民族文化发展的最大威胁，但是澳大利亚政府为了保持其社会文化的同质性和"雪白纯洁"（snow-white）不惜推行同化政策以消灭文化多样性。随着移民政策的变化，非英语移民越来越多，这种政策不仅阻碍了文化多样性，抑制了文化的繁荣，也遭到了移民尤其是原住民的强烈反对。因此在加拿大采取多元文化政策之后，澳大利亚也宣布采取多元文化政策，以鼓励文化多样性，同时解决国内的种族矛盾，改善其在国际上的形象，因为"白澳政策对我们的伤害就如种族隔离对美国的伤害一样"。④ 多元文化政策确实为澳大利亚民族文化带来了多样性，当前澳大利亚有 100 多个

---

① G. A. Wilkes, *The Stockyard and the Croquet Lawn: Literary Evidence for Australia's Cultural Development*, London: Edward Arnold Ltd., 1981, pp. 144, 116.

② G. A. Wilkes, *The Stockyard and the Croquet Lawn: Literary Evidence for Australia's Cultural Development*, London: Edward Arnold Ltd., 1981, p. 101.

③ 李震红：《G. A. 维尔克斯论澳大利亚民族文化》，《国外文学》2012 年第 4 期，第 51 页。

④ Immigration Reform Group, *Immigration: Control or Colour Bar?* Melbourne: Melbourne University Press, 1962, p. 98.

族群，使用 80 多种不同语言（不包括不同的原住民语言）。① 从祖先来源上划分，其中最大的 5 个族群分别是英格兰人（33%）、澳大利亚人（29.9%）、爱尔兰人（9.5%）、苏格兰人（8.6%）和华人（5.5%），他们很多人在家会说汉语（2.7%）、阿拉伯语（1.4%）、越南语（1.3%）等。② 但是，我们能够看出英裔占比依然最高，因为移民政策给英国移民设定了相当大的比例和配额，源自英国的移民被赋予了最高优先权，表明澳大利亚与英国之间强大的政治、经济和文化纽带仍然存在。③ 不过现在的情况有所改变，印度总理莫迪（Narendra Modi）与澳大利亚总理阿尔巴尼斯（Anthony Albanese）签订了最新的澳印移民协议，印度人不需要雇主担保，只要通过申请，就能轻松进入澳大利亚。④ 现如今，澳大利亚的 10 大移民来源国中有 7 个是亚洲国家，位列前 5 的国家中有 4 个是亚洲国家。

　　但是，这些都是表面上的变化，澳大利亚学者艾伦·阿什博尔特（Allan Ashbolt）一针见血地指出，同化政策、一体化政策和多元文化政策从本质上来说是一脉相承的，"多元文化主义包含同化和一体化的因素。从根本上看，澳大利亚的政策仍然是同化主义的，只是在同化的过程中所采用的方法不同，其根本目标则是一样的。直白地说，一体化政策和多元文化主义只是同化的不同手段"。⑤ 从不同时期政府对多元文化政策的强调就看出这种倾向，弗雷泽政府尽管强调"澳大利亚的公民身份不应该压制个人的文化传统或身份认同"，但他们同时强调"建立一

---

① 〔澳〕安妮·黑克琳·胡森：《多元文化教育和后殖民取向》，张家勇摘译，《比较教育研究》2003 年第 1 期，第 12 页。

② "Cultural Diversity: Census", Australian Bureau of Statistics, https://www.abs.gov.au/statistics/people/people-and-communities/cultural-diversity-census/2021.

③ 张瑾：《二战后三十年间澳大利亚技术移民结构与成因探析》，《世界历史》2021 第 1 期，第 19 页。

④ Andrew Tillett, "Modi and Albanese Sign Migration Deal", *Australian Financial Review*, https://www.afr.com/politics/federal/modi-and-albanese-ink-migration-deal-20230524-p5dasc.

⑤ Adam Jamrozik, C. Boland and R. Urquhart, *Social Change and Culture Transformation in Australia*, Cambridge: Cambridge University Press, 1995, p. 110.

个统一、和谐的社会"①；霍华德政府也强调通过多元文化政策将澳大利亚"发展成为一个统一、和谐、持续发展的民主国家"②，而实际上"这种和谐、统一的基础却是英国的价值观和英国的机制"③。

这种同化的倾向在移民条件和原住民教育上有非常鲜明的反映。近年来，澳大利亚对移民设置了较高的语言要求，这是一项从 1901 年开始实施的政策，移民必须通过他们的语言测试，一开始是听写测试（Dictation Test）④，后来采用了英国组织的雅思考试（IELTS），并且只认可这个成绩。2011 年这个门槛进一步提高，部分要求达到 8 分才能申请，一方面限制了移民的数量，另一方面则加速了同化并且是英国化的步伐，从某种程度上是与多元文化政策背道而驰的。

原住民是澳大利亚土生土长的，本来是澳大利亚的主人，但是由于殖民入侵，原住民人口大大减少，即使因为身份认定的方式大大放宽，依据 2021 年澳大利亚的人口普查，原住民及托雷斯海峡居民也仅占全国总人口的 3.2%。⑤ 长期以来，原住民是澳大利亚白人竭力同化的对象，尤其是在 20 世纪 30~60 年代，"澳大利亚许多混血原住民儿童被强行抱走，送到指定地点抚养成人，这一直是毁灭原住民民族传统语言和

---

① Simon Marginson, *Educating Australia: Government, Economy and Citizen since 1960*, Cambridge: Cambridge University Press, 1997, p. 252.

② National Multicultural Advisory Council, *Australian Multiculturalism for a New Century: Towards Inclusiveness, a Report*, Canberra: The Council, 1999, p. 17.

③ Geoffrey B. Levey, *Political Theory and Australian Multiculturalism*, Oxford: Berghahn Books, 2012, p. 236.

④ 1901 年，澳大利亚联邦成立，《移民限制法》是澳大利亚联邦第一届议会通过的具有里程碑意义的法律。听写测试是实施《移民限制法》的主要方式之一。根据该法案，任何未能完成听写测试的人都可能被驱逐出境。考试可以用任何欧洲语言进行。该法案为非官方的"白澳政策"奠定了基石，旨在维持澳大利亚作为一个以欧洲白人为主的国家的地位，并持续了几十年，直到 1958 年才被废除。参见 "Dictation Test Passages Used in 1925", National Archives of Australia, https://www.naa.gov.au/students-and-teachers/learning-resources/learning-resource-themes/society-and-culture/migration-and-multi-culturalism/dictation-test-passages-used-1925。

⑤ "Aboriginal and Torres Strait Islander People: Census", Australian Bureau of Statistics, https://www.abs.gov.au/statistics/people/aboriginal-and-torres-strait-islander-peoples/aboriginal-and-torres-strait-islander-people-census/2021.

文化的同化政策的一部分"。① 后来政府虽然放松了对原住民的同化，但是"直到1989年，原住民问题才被纳入多元文化政策之下"。② 尽管如此，在实际的教育中，实行的仍然是同化的策略。学校教育"为学生提供的大多数故事、图片说明和例子来自同化主义、新殖民主义传统。教材、墙画、粉笔板书、艺术课、唱歌课、玩具、运动设施等都是典型的白人民族中心学校的那一套。一些课堂混合欧洲、北美的传统，倡导欧洲神话故事的迪士尼版本，像白雪公主、小红帽、灰姑娘之类的。在这些学校里，课程没有提供能够帮助学生理解澳大利亚真实历史或当下形势的内容，以及将来改进的可能性的内容。从一种知识资源里不加批评地抽取课程使本土孩子困惑，被疏远的强有力的信息正得以永恒存在下去"。"这种单一文化和种族中心传统……体现和延续了崇英主义。"③从这两个例子看出，尽管澳大利亚实行多元文化政策多年，但英国的幽灵一直盘旋在澳大利亚的上空，并且发挥着重要的作用，而且有加强的趋势，名为多元文化，实际上还是同化政策和一体化政策有意无意的延续。因此尤普才说"澳大利亚和新西兰是除了英国以外'最英国'（most British）的两个国家"。④ 在多元文化政策的冲击下，早期民族主义者孜孜以求的澳大利亚化或澳大利亚性被大大冲淡，取而代之的则是亲英性的持续加强。

第二次世界大战之后，澳大利亚结束了一个半世纪以来的孤立状态。随着移民政策的变化、交通状况的改善、经济的腾飞和物质生活的丰富，澳大利亚人加强了与世界各国的思想和文化交流，澳大利亚文学出现了繁荣兴旺的局面，原本墨守澳大利亚化的文学出现了"国际化"

---

① Michael Banton, *International Action against Racial Discrimination*, Oxford: Clarendon Press, 1996, p. 282.

② James Jupp, *From White Australia to Woomera: The Society of Australian Immigration*, Cambridge: Cambridge University Press, 2007, p. 101.

③ 〔澳〕安妮·黑克琳·胡森：《多元文化教育和后殖民取向》，张家勇摘译，《比较教育研究》2003年第1期，第13、12页。

④ James Jupp, *From White Australia to Woomera: The Society of Australian Immigration*, Cambridge: Cambridge University Press, 2007, p. 6.

的倾向。作家们大多把目光投向英国或美国，除了现实主义流派以外，其他作家纷纷抛弃本土写作或者对澳大利亚本身缺乏兴趣，他们倾向于反映西方世界共同关心的问题：心理上的孤独和压抑、难以摆脱的危机意识、迷茫中寻找自我的失败尝试等。这些文学作品"如果隐去其中的澳大利亚地名，便很难看出它们出自澳大利亚作家的手笔"。① 这种国际化倾向成为当代澳大利亚文学的主流，它们离开了澳大利亚的文学传统，也不反映澳大利亚的生活，使得澳大利亚性变得更加模糊。

然而英国性在英国本土都已经成为问题，是近年来讨论最多的话题之一。"实际上，英国从族裔上看不是统一的，其本身也不是和谐的。"② 1701 年，丹尼尔·笛福发表《正统英格兰人》(*The True Born Englishman*)③ 一诗，调侃所谓的英格兰纯正血统，他在诗中指出英格兰就是欧洲列强征战与殖民的产物，所谓的英格兰人就是一个"异构事物"(heterogeneous thing)，根本没有正统英格兰人，男人永远在征战，女人爱着征服者。"英国人"和"英国性"(Englishness)④ 的问题，随着英帝国的强大，似乎天然具有了合法性而无须加以讨论，因此英国历史上第一个获得诺贝尔文学奖的拉迪亚德·吉卜林 (Rudyard Kipling)可以毫不费力地塑造出一个典型的"英国人"。⑤ 由此也才会有作家安杰拉·卡特的迷惑。然而随着英帝国的灭亡和殖民统治所带来的多元文化概念，英国性不再具有稳固性和连续性，英国的民族认同发生改变甚至产生混乱，原本想当然的盎格鲁-撒克逊的纯洁性不复存在，英国性成为一个需要重新建构的问题。"很多人企图通过考察 17 世纪中期至 19

---

① 黄源深：《澳大利亚文学史》，上海外语教育出版社，2014，第 223 页。

② Geoffrey B. Levey, *Political Theory and Australian Multiculturalism*, Oxford: Berghahn Books, 2012, p. 236.

③ Daniel Defoe, "The True Born Englishman", Poetry Foundation, http://www. poetryfoundation. Org/poem/173337.

④ 凯瑟琳·威尔逊 (Kathleen Wilson) 认为"英国性"就是英格兰特性，是英格兰作为一个民族区别于其他民族的特征。参见 Kathleen Wilson, *The Island Race*：*Englishness*, *Empire and Gender in the Eighteenth Century*, London：Routledge, 2003, pp. 4-5。

⑤ 参见李秀清《〈普克山的帕克〉中的帝国理想及"英国性"建构》，《外国文学评论》2009 年第 2 期。

世纪中期的英国来梳理英国的民族特征，但他们惊讶地发现，英国已经是一个多民族社会了。"① 与此同时，美国也在努力摆脱英国和欧洲的影响，努力实现从欧洲本位向美洲本位转化，通过追溯美洲本土的印第安文明和寻找资源，以建立新的民族文化身份，重塑他们的美洲性。②

英国性遇到危机，以至于英国性需要重新建构，而美国也在试图摆脱盎格鲁化和欧洲化而转向美洲本土，依附其上的"澳大利亚性"又该走向何处？

早在 1936 年斯蒂芬森（P. R. Stephenson）就在他的著作《澳大利亚的文化基石：一篇关于民族自尊的论述》（*The Foundations of Culture in Australia：An Essay towards National Self Respect*）一书中提出了澳大利亚性的问题，1938 年诗人雷克斯·英格迈尔斯（Rex Ingamells）在《有条件的文化》（*Conditional Culture*）中提出了解决方案，即澳大利亚文化取决于对本土环境的认识，以及真正澳大利亚化意象的运用，他认为澳大利亚作家应当从原住民的艺术和歌曲中学习新的技巧，从原住民神话中吸取养料。另一个诗人提出同样的观点：

> 一个诗人选择丛林文化就是选择唯一能够发展成为民族文化的东西……城市与丛林的矛盾是异国文化和澳大利亚文化的矛盾……倘要确立澳大利亚文化，我们必须牺牲很多已经习惯的东西，必须发现一个更古老的"过去"来代替它，一个道地澳大利亚文化的"过去"……澳大利亚因为外国的关系吃的苦头太多了，我们一生下来便被欧化所吞噬。③

尽管他们发起的"金迪沃罗巴克"（Jindyworobak）运动并未取得太

---

① Paul Langford, *Englishness Identified: Manners and Character 1650 - 1850*, Oxford: Oxford University Press, 2000, p. 318.
② 参见江宁康《美国当代文学与美利坚民族认同》，南京大学出版社，2008，第 ix 页。
③ 黄源深：《澳大利亚文学史》，上海外语教育出版社，2014，第 209~210 页。

大的成效，却在 21 世纪回归本土，成为寻找真正澳大利亚性的先声。要想彻底改变 19 世纪殖民主义者所撰写的澳大利亚文化与文学的英国从属史，免受"欧化的吞噬"，就必须从英国本位转向澳大利亚本位，积极继承澳大利亚文明的悠久传统，把"老欧洲"、"旧英国"与"新世界"的文化身份区分开来。这在某种意义上将是澳大利亚文化与文学的又一次独立运动，是重写澳大利亚历史的必然，这将把澳大利亚文化的历史延伸几千年甚至上万年，从而建立真正独一无二的"澳大利亚性"。

　　而澳大利亚的原住民也一直在与同化政策做斗争，他们不接受作为多元文化中的一种，他们要求被当作澳大利亚的一个特殊族群，是唯一的本土族裔。他们的历史起码有 6 万年之久，塑造了澳大利亚的环境和社会关系，具有充满活力的文化遗产，对现代澳大利亚具有极大的重要性。① 原住民的这种诉求受到越来越多学者的重视和认同。澳大利亚历史学会前会长、历史学教授麦金泰尔（Stuart Macintyre）提出澳大利亚的历史并不是起源于 1788 年，而是起源于至少 5 万年甚至 6 万年前，尽管这种提法引起争议。这不仅涉及文化所有权，而且挑战人们的思想和情感，原来的历史需要大大改写，尽管如此，却已经获得了越来越多的认可。② 他们这么做的原因当然不仅仅出于和解与和谐的考虑，还受到原住民存在的挑战，更重要的是出于追求自己的身份和重建澳大利亚性的需要。因此 21 世纪以来出版的澳大利亚文学史都把原住民文学纳入他们的视野，并且将其作为非常重要的一个组成部分。在韦比的《澳大利亚文学指南》（*The Companion to Australian Literature*）中原住民写作所占的比重大于整个殖民时期文学史，2009 年出版的《剑桥澳大利亚文学史》（*The Cambridge History of Australian Literature*）也给予原住民文学尤

---

① 〔澳〕安妮·黑克琳·胡森：《多元文化教育和后殖民取向》，张家勇摘译，《比较教育研究》2003 年第 1 期，第 12 页。

② Stuart Macintyre, *A Concise History of Australia* (3rd edition), Cambridge: Cambridge University Press, 2009, p. 5.

其原住民早期写作特别的关注。在最新出版的《剑桥澳大利亚小说史》（*The Cambridge History of the Australian Novel*）中也有原住民文学的一席之地。① 而在同年出版的《剑桥澳大利亚小说指南》（*The Cambridge Companion to the Australian Novel*）中更有数章专论原住民小说家，如迈尔斯·弗兰克林奖得主亚历克西斯·赖特和金姆·斯科特等。② 在其他领域也能看出原住民所受到的关注，2001 年出版的《澳大利亚人：国家、人民及起源的百科全书》（*The Australian People：An Encyclopedia of the Nation，Its People and Their Origins*）中关于原住民的篇幅占比甚至比关于英格兰人的还大，这本书的编者还在另一本书中给予原住民特别的关注。③ 现实中我们也能观察到这样的变化，2010 年在上海世界博览会上，原住民是澳大利亚展示的一个重要部分，2011 年的"想象澳大利亚"（Imagine Australia）④ 年度活动原住民艺术展是其最引人注目的部分。21 世纪以来，原住民作家已经五次获得澳大利亚最高文学奖迈尔斯·弗兰克林奖。⑤ 在澳大利亚，原住民研究现在也是一个非常热门的学科，唯一的国家公立大学澳大利亚国立大学的主会堂悬挂的全部是原住民绘画。种种原住民文化的展示甚至让世人把他们看作澳大利亚文化身份的标志。种种迹象显示原住民已经成为澳大利亚关注的焦点，他们

---

① David Carter, ed., *The Cambridge History of the Australian Novel*, Cambridge: Cambridge University Press, 2023.

② Nicholas Birns and Louis Klee, eds, *The Cambridge Companion to the Australian Novel*, Cambridge: Cambridge University Press, 2023, pp. 178-208.

③ James Jupp, *From White Australia to Woomera: The Society of Australian Immigration*, Cambridge: Cambridge University Press, 2007.

④ "Imagine Australia: Year of Australian Culture in China", Australia Asia Forum, https://australiaasiaforum. com. au/2010/07/imagine-australia-year-of-australian-culture-in-china/.

⑤ 获奖作品分别为金姆·斯科特 2000 年的《心中的明天》（*Benang：From the Heart*）和 2011 年的《死者之舞》（*That Deadman Dance*）；2007 年亚历克西斯·赖特的《卡彭塔里亚湾》（*Carpentaria*）；2019 年梅丽莎·卢卡申科（Melissa Lucashenko）的《多嘴多舌》（*Too Much Lip*）；2020 年塔拉·琼·文奇（Tara June Winch）的《屈服》（*The Yield*）。

的存在不再是"一种悲剧性的和令人厌烦的存在、进步法则的牺牲品"①，而是一种不可忽视的本体性存在，是澳大利亚性的根本所在。

在全球化和多元文化的冲击之下，文化身份是每一个国家都面临的问题，"后现代社会伴随着民族感情的稀薄和民族意识形态不断被消除魔力的'后民族的'社会的想法，建立在不断地包容和侵蚀民族文化和认同世界主义全球文化正在兴起的论点基础上"。② 哈贝马斯也说："后民族国家结构的条件已经发生了变化……民族国家无法再用一种'闭关锁国的政策'重塑昔日的辉煌。"③ 这样的变化要求澳大利亚在面对全球化和多元文化时，既要保持开放的状态，又要重视民族的独特性。澳大利亚文学已经并且还在积极投入这种身份转化的建构，许多著名作家和族裔作家尤其是原住民作家改变着人们对澳大利亚文化特性和澳大利亚文学历史的陈旧看法，正在重构澳大利亚的集体记忆和文化身份。

第二节　寻根：原住民意识的觉醒

在澳大利亚这片广袤的土地上，原住民文化的历史悠久而丰富，其独特的传统、故事和价值观在这片大陆上扎根生长了数千上万年。然而，随着殖民主义的到来和欧洲移民的涌入，原住民社区面临前所未有的挑战和变革。这种变革带来了文化的碰撞和压抑，造成了原住民社会的断裂和失落。然而，近年来，一股强大的原住民意识觉醒的浪潮正在澳大利亚大陆上涌现。这种觉醒不仅是对传统文化的重构，更是对历史上的不公和压迫的挑战。原住民社区开始重拾他们的语言、文化传统和土地权利，以及对他们在澳大利亚社会中地位的重新思考。

---

① Stuart Macintyre, *A Concise History of Australia* (3rd edition) , Cambridge: Cambridge University Press, 2009, p. 6.

② 〔英〕安东尼·史密斯：《民族主义——理论，意识形态，历史》，叶江译，上海世纪出版集团，2011，第 144 页。

③ 〔德〕尤尔根·哈贝马斯：《后民族结构》，曹卫东译，上海人民出版社，2002，第 93 页。

一　原住民的历史

　　一帮海盗被风暴吹到了一个方位不明的地方，最后爬到主桅杆上的水手发现了陆地；他们登陆劫杀；发现了一个于人无害的民族；他们受到优待；他们为这个国家起了一个新的国名，正式为国王占领这个地方，竖了一块烂木板或者石头当作纪念碑。他们杀了二三十名土人，劫走了两三名土人当作样品，回国请求国王赦免他们，于是这就开辟了一块天赐的领土。国王赶紧派船到那地方去；把土人赶尽杀绝；为了搜刮黄金、折磨土人，国王下令准许进行一切不人道的、放荡的行为，于是遍地染满居民的鲜血。这是一帮专干这种虔诚的冒险事业的可恶屠夫，也就是派去开导感化那些崇拜偶像的野蛮人的现代殖民者。①

　　这是斯威夫特在《格列佛游记》中想象的位于澳大利亚南部小人国的一节，这个描述奇特地预示了新南威尔士的创立过程。

　　欧洲人的到来是以屠杀和反屠杀开始的，1788 年英国人的到来也是原住民厄运的开始。当英国人来到这里时，他们被指示"与土著人保持联系，安抚他们的情感，与他们友好、和睦相处"，然而这只是一个美好愿望，不久杀戮就已开始，"采取了不分青红皂白的报复手段，下令军队取回 6 名土著人的首级"。② 英国人对澳大利亚原住民抱有一种天然的成见，从来没有把他们当成同类，不管是"野蛮人"还是"高尚的野蛮人"③，反正"土著非人"，不是天使就是魔鬼，这种成见严重影

---

① Jonathan Swift, *Gulliver's Travels*, Philadelphia: The Pennsylvania State University Press, 2008, p. 234.

② Stuart Macintyre, *A Concise History of Australia* (3rd edition) , Cambridge: Cambridge University Press, 2009, p. 31.

③ 把狩猎、采集的人当作野蛮人的观念起源于 16 世纪英国人与非洲人的接触，他们把非基督徒的非洲人当成野蛮人。"高尚的野蛮人"是 18 世纪法国哲学家提出来的概念，是指生活在未开发的自然环境中、远离城市、与自然和谐相处的人。参见石发林《澳大利亚土著人研究》，四川大学出版社，2009，第 23~24 页。

响英国人与原住民之间建立正常的交往关系。正因为此，殖民者一直试图同化这里的原住民，用麦夸里总督的话说就是"驯化和教化这些野蛮人"①，当同化无效时则采取武力惩戒。自 1830 年开始，为了夺取土地，原住民被大规模屠杀和驱赶，人口数量大大减少，"到 1850 年，澳大利亚欧洲人口增长的幅度与原住民口下降的幅度不相上下"。② 19 世纪 60 年代，殖民者的暴行引起了宗教团体和人道主义者的抗议，各殖民地相继放弃种族屠杀政策而改为采用设立保护区的隔离政策。由此原住民从 1788 年的 30 万降到 1901 年的 6.6 万，再到 1921 年的 6 万。③ 白人至上主义者由此认为土著人不可能在现代文明里生存下去，纯土著已经不是问题，问题是人数不断增长的混血土著，认为有必要采取一种更为积极的方式来应对这个新出现的问题。④ 20 世纪 30 年代以来，原住民政策由原来的隔离政策改为同化政策，试图通过文化上的消灭和血缘上的淡化来消灭原住民，其中最为人诟病的做法之一就是对混血原住民儿童实行强制同化，这一政策直到 1971 年才被废除，这些人被称为"被偷走的一代"。其后澳大利亚政府开始对原住民实施"一体化"（Integration）政策，他们认为这是与同化（assimilation）政策有本质区别的。同化政策强迫原住民学习白人的生活方式和文化；而一体化政策则承认其文化价值，允许保留其社会特征。但其实质还是一种同化，只不过是"软同化"，即相互吸收对方的文化作为补充，逐渐趋同，逐渐使原住民融入主流社会。

---

① Stuart Macintyre, *A Concise History of Australia*(3rd edition) , Cambridge: Cambridge University Press, 2009, p. 49.

② Stuart Macintyre, *A Concise History of Australia*(3rd edition) , Cambridge: Cambridge University Press, 2009, p. 108.

③ C. D. Rowley, *The Destruction of Aboriginal Society*, Canberra: Australian National University Press, 1970, pp. 384-385. 这个数据在不同的研究资料里有差异，麦金泰尔的《澳大利亚简史》中 1788 年土著人有 75 万，1901 年时为 8 万，分别参见 Stuart Macintyre, *A Concise History of Australia*(3rd edition) , Cambridge: Cambridge University Press, 2009, pp. 14, 143。

④ W. H. Blackmore, R. E. Cotter and M. J. Elliott, *Landmarks: A History of Australia to the Present Day*, Melbourne: Macmillan, 1987, pp. 165-166.

对于原住民来说，这两百多年来的历史则是一部反侵略、反屠杀、反同化的历史。澳大利亚开国史坦奇的《植物学湾远征亲历记》记载了不少与原住民的接触，但真正友好的见面也许只有菲利普总督与原住民的第一次见面，以后的接触里，冲突总是多于友好。一个牧羊人曾经说道："和其他欧洲人一样，当我感到孤独时就以射杀土著人为乐。"[①] 白人的滥杀无辜激起了原住民对他们的报复，他们声称要联合起来攻击、驱赶欧洲人，他们不断袭击白人的屋舍和羊群。此后的 100 多年时间里，原住民的抵抗招来的是更大规模的屠杀，"屠杀屋溪"（Slaughter House Creek）、"离散山"（Mount Dispersion）、"交战山"（Fighting Hills）、"屠杀岛"（Murdering Island）、"头骨营"（Skull Camp）等地名记录了他们反侵略的历史，原住民人数因此越来越少。

欧洲人在带来杀戮、疾病的同时也带来了欧洲的生活方式、宗教和文化，他们试图让这些野蛮人接受他们的宗教信仰，但遭到了坚决抵制。尽管原住民部分地接受了欧洲人的生活方式，但一直保持着他们残留的文化和身份。一些原住民试图成为欧洲人，但遭到了内部的坚决抵制，通过向他们屏蔽信息的方式把他们彻底排除在原住民群体之外。进入 20 世纪以后，随着澳大利亚政府原住民政策的变化，他们的反抗方式也发生了变化。30 年代，原住民为了维护自己的自主权成立政治组织，抗议政府的隔离政策，反对政府的剥削和社会的歧视，要求改善恶劣的生活条件，甚至举行罢工要求政治权利。在原住民的争取、澳大利亚国内需求和国际压力之下，他们获得了一些福利、自由和权利，生存条件也有所改善，但是以失去其身份为代价，"土著只有不再是土著的时候才是公民，一旦不被划为土著，他就可以拥有选举权"。[②] 作家、政治家彼得·科尔曼（Peter Coleman）一针见血地指出这种政策的本质，同化政策和种族灭绝与种族隔离的实质都"最终意味着被彻底消化，也

---

① 石发林：《澳大利亚土著人研究》，四川大学出版社，2009，第 38 页。

② Michael E. Brown and Šumit Ganguly, *Government Policies and Ethnic Relations in Asia and Pacific*, Cambridge, Mass.: Massachusetts Institute of Technology Press, 1997, p. 408.

就意味着绝种。作为一个具有自己生活方式的'民族'，甚至作为一个
种族，土著注定还是要消失。……这是我们的历史上充满讽刺意味的怪
事之一：似乎我们对这个种族所犯下的一切罪孽，我们唯一能给予的赔
偿，就是帮助它消失"。① 因此原住民拒绝接受同化，也不愿意享受这样
的公民权利，从"北领地大约 1.7 万名土著只有 89 人愿意放弃自己的
土著身份"② 就可看出他们对这种政策的抵制。20 世纪 60 年代，随着
一些原住民受教育程度的提高，越来越多的人质疑同化政策，他们逐渐
建立反抗组织以争取更多权益，其中影响最大的当数"土著及托雷斯海
峡岛民委员会"（Aboriginal and Torres Strait Islander Commission），他们
揭露了白人所犯下的罪行，要求取缔同化政策，承认他们的土地所有权
等。他们还受美国黑人运动的启发，开展游行、罢工等活动，还准备联
合起来反抗来自各方面的歧视。所有这些都昭示着原住民意识的觉醒。③
随后原住民开始了长期的要求自决、争取土地权的运动。1972 年国庆
日，4 名原住民青年在国会大厦前面的大草坪上搭建帐篷，将其命名为
"原住民使馆"（Aboriginal Tent Embassy），成为黑人抗议白人占领大部
分土地的标志性符号，他们的抗议迫使政府成立机构调查原住民的土地
权问题，最终于 1976 年弗雷泽政府通过一项原住民土地权利法案，尽
管有很多缺陷，却是原住民争取土地权重要的一步。1980 年，原住民代
表在日内瓦与联合国所属委员会讨论少数民族的权利成为原住民土地权
利抗议活动中较为突出的事件，产生了较大的影响，引起国际关注。
1992 年 6 月 3 日，澳大利亚联邦高等法院对埃迪·马宝（Eddie Mabo）
等人提起的土地权诉讼案做出终裁，名曰"马宝裁定"。这一裁决让
"无主地"论调成为历史笑柄。"无主地"论调的破产标志着原住民的反

---

① 〔澳〕唐纳德·霍恩：《澳大利亚人——幸运之邦的国民》，徐维源译，上海译文出版
社，2000，第 117 页。

② Michael E. Brown and Šumit Ganguly, *Government Policies and Ethnic Relations in Asia and Pacific*, Cambridge, Mass. : Massachusetts Institute of Technology Press, 1997, p. 409.

③ Brian Hodge and Allen Whitehurst, *Nation and People: An Introduction to Australia in a Changing World*, Sydney: Hicks, Smiths & Sons, 1967, p. 254.

殖民化运动进入一个新阶段：它不仅表明"土著及托雷斯海峡岛民"是澳大利亚的"第一民族"，而且坚定了他们反殖民化的信念；不仅表明澳大利亚习惯法涵盖原住民习惯法，而且意味着原住民土地权得到了澳大利亚习惯法的承认。① 1999 年，联邦会议批准了一项历史性的民族和解协议，对过去几代原住民所受到的不公待遇和产生的精神痛苦表示遗憾。2000 年，澳大利亚原住民和解委员会向联邦政府递交的《2000 年和解》文件被联邦总督、总理、州长以及原住民领袖以原住民特有的方式认同，标志着和解进程向前迈出了一大步，但霍华德总理拒绝道歉，并且声称不承认欧洲文明对原住民的影响就难以达成共识。2008 年，陆克文总理代表政府向"被偷走的一代"原住民正式道歉，但是和解是无止境的，"黑白和解"也不可能一蹴而就。政府仍在寻求控制原住民，很多白人仍在指责他们是麻烦制造者，而没有把他们看作牺牲者；原住民也从来没有停止过抵抗欧洲人的入侵，包括文化入侵。

二 原住民意识的觉醒②

"欧洲人入侵之前澳大利亚并无任何'土著'（Aborigines）。'土著'一词是殖民者创造的，原为拉丁词，意为'原始居民'（original habitants），殖民者从这些人手中窃取了土地。现在更常用的一个词是'原住民'（Indigenous），这是另一个拉丁词，意为'土生土长的'。"③"土著"一词从某种意义上说本身就揭示了他们的历史。西方世界有一种流行的说法，直到 1788 年英国人定居澳大利亚为止，这里是无人居住的，是一个没有法律、政府和历史的地方，是一片无主土地。然而这种杜撰的说法到 20 世纪末已无法再继续下去了，越来越多的人认识到这是原住民经过数万年演进的生活方式存在之处。1992 年，澳大利亚最

---

① 汪诗明、李虎平：《"马宝裁定"对澳大利亚土著反殖民化进程的影响》，《世界民族》2022 年第 5 期，第 69 页。

② 本节已发表，略有修改。

③ Nicholas Birns and Rebecca Mcneer, eds., *A Companion to Australian Literature since 1900*, New York: Camden House, 2007, p. 41.

高法院裁定英国政府在宣布主权时所使用的"无主地"的概念不攻自破，正式承认了欧洲殖民前原住民是澳洲土地的所有者和守护者。① 其后澳大利亚总理基廷（Paul Keeting）对原住民发表演讲说："我们拿走了你们传统的土地，破坏了原有的生活方式。我们带来了疾病和酒精，我们进行了屠杀，我们带走了你们的孩子，我们实行了歧视和隔离政策。"② 这是澳大利亚官方正式承认他们给原住民带来了灾难，尽管没有用陆克文那样的"道歉"（apologize）、"抱歉"（sorry）之类的词③，但的确承认了先辈的罪行，表达了和解的愿望。但是和解不是主动的，而是受到了原住民存在的挑战，他们自我意识的觉醒迫使白人不得不面对历史。

原住民在这片大陆上生活了 4 万年以上，但是他们一直处于"沉默"（silence）之中，任人叙写，直到 20 世纪 60 年代，随着一批用英语进行创作的原住民作家的出现才打破这种沉默。④ 直到 1964 年当凯思·沃克（1988 年抗议澳大利亚两百周年庆典而改回土著名字 Oodgeroo Noonucaal）的诗集《我们要走了》（*We Are Going*）出版以后，原住民文学才真正开始，"土著人才第一次有了自己的声音，书面的声音"⑤，准确地说是多数澳大利亚人听到的原住民声音。因为早在 1796 年，原住民的书面文字就已经存在，并且一直在诉说，只是"乌杰鲁用其嘹亮的原住民声音结束了海内外主流听众长期以来对他们的充耳不闻，让主流

---

① 汪诗明、李虎平：《"马宝裁定"对澳大利亚土著反殖民化进程的影响》，《世界民族》2022 年第 5 期，第 69 页。

② Stuart Macintyre, *A Concise History of Australia*（3rd edition）, Cambridge: Cambridge University Press, 2009, p. 6.

③ "Kevin Rudd's Sorry Speech", *Sydney Morning Herald*, http://www.smh.com.au/articles/2008/02/13/1202760379056.html.

④ Elizabeth Weeby, *The Cambridge Companion to Australian Literature*, Cambridge: Cambridge University Press, 2000, p. 29.

⑤ John Beston, "The Aboriginal Poets in English: Kath Walker, Jack Davis, and Kevin Gilbert", *Meanjin*, Vol. 36, No. 4, 1977, p. 446.

社会听到他们一直在诉说的声音"。① 沃克在诗歌的开头写道："他们来到小镇，/半裸的一群人，默默无声，/他们是种族仅存的一批。"② 仅此一句话就点出原住民的生存状况，是"种族仅存的一批"，警示其作为一个种族濒临灭绝的危险，痛诉了原住民的苦难历史。正如原住民研究专家唐纳德·汤姆逊（Donald Thomson）痛心地指出的："那些没有见过北部领土、西澳大利亚和昆士兰畜牧场原住民的人，是很难想象这种悲剧的全部悲惨情形的。"③ 他们是谁？他们"是这里的陌生人，可是白种人是陌生人"，他们原本"属于这里，属于古老的传统"，他们是这里的主人，这就是他们的身份，可是现在却变成了陌生人，不得不离开这里的陌生人，"现在都没有了，烟消云散了……我们要走了。"④

面对强大的白种人，原住民要想保留自己的生活方式和文化身份，唯一的办法就是逃离，寻找新的丛林，重新开始属于自己的生活，如果不逃离，那么"所有原住民，不管是纯原住民还是混血原住民，他们都将获得与其他非原住民澳大利亚人一样的生活方式……拥有同样的信仰、希望和忠诚"⑤，他们就将彻底从这个地球上消失。"走"是对白人同化政策的抗议，也是为了留住自己的根。沃克振聋发聩的抗议声穿透时空进入海内外听众的耳中，引起世人的关注，她的作品成为"销量仅次于丹尼斯（C. J. Dennis）的第二大畅销品"⑥，产生了巨大的影响。从此以后原住民将文学作为定义自己的手段，同时将其作为建构身份的工具，以抵制种族主义的同化政策对他们身份的抹杀，重申初民地位

---

① Elizabeth Weeby, *The Cambridge Companion to Australian Literature*, Cambridqe: Cambridqe university Press, 2000, p. 29.

② Kath Walker, "We Are Going", *Famous Poets and Poems*, http://famouspoetsandpoems.com/ poets/oodgeroo_noonuccal/poems/4601.

③ 骆介子：《澳大利亚建国史》，商务印书馆，1991，第36页。

④ Kath Walker, "We Are Going", *Famous Poets and Poems*, http://famouspoetsandpoems.com/ poets/oodgeroo_noonuccal/poems/4601.

⑤ Brian Hodge and Allen Whitehurst, *Nation and People: An Introduction to Australia in a Changing World*, Sydney: Hicks, Smiths & Sons, p. 254.

⑥ Elizabeth Weeby, *The Cambridge Companion to Australian Literature*, Cambridge: Cambridge University Press, 2000, p. 30.

（First Nation status）的骄傲，叙写原住民经验的多样性，展示"成为土著"（be aboriginal）的现实和复杂性。

有评论家认为沃克"不是诗人，严格来说，她的诗不是诗"①，也许正是基于其对白人统治者的抗议。原住民原本在这片土地上自由自在地生活，有着自己独特的文化传统和悠久的历史，然而，白人入侵者的到来让他们瞬间失去了一切，土地没有了，家园被毁了，甚至连生存的权利和文化传统也被剥夺。"因此，土著人一旦拿起笔来，首要任务便是痛诉这段血泪史，展示本民族在殖民下的生存状态，抒发对白人统治的愤慨与抗议。"② 再现原住民的历史，尤其是白人入侵以后的历史也就成为原住民写作的一个重要主题，正如萨利·摩根所言，原住民只有通过重新讲述自己的历史才能恢复其民族的历史记忆，再现原住民的历史，这样才能确定自己的文化身份，摆正其在现代生活中的位置。柯林·约翰逊（Colin Johnson，又名 Mudrooroo Nyoongah）是澳大利亚第一个原住民小说家，以原住民人物和主题为创作的中心，他的《萨达瓦拉万岁》（*Long Live Sandawara*）、《沃拉迪医生的承受世界末日的良方》（*Doctor Wooreddy's Prescription for Enduring the Ending of the World*）和《鬼梦大师》（*Master of the Ghost Dreaming*）开启了澳大利亚原住民历史小说的传统，其后产生不少以原住民历史为题材的小说，如阿尔奇·韦勒（Archie Weller）的《狗一般的日子》（*The Day of the Dog*）、艾瑞克·威尔莫特（Eric Willmot）的《派穆尔威》（*Pemulwuy: the Rainbow Warrior*）及其女儿海蒂（Haidi Willmot）的《塔博盖尔的城堡》（*The Castles of Tubbowgule*）、萨利·摩根的《我的位置》（*My Place*）、金姆·司各特（Kim Scott）的《心中的明天》（*Benang: From the Heart*）和亚力克西斯·赖特的《卡彭塔利亚湾》（*Carpentaria*）、梅丽莎·卢卡申科的《多嘴多舌》、塔拉·琼·文奇的《屈服》等。这些原住民作家通过重写自己的历史，破解了白人殖民者通过学校系统来宣传的英勇探险与

① 转引自黄源深《澳大利亚文学史》，上海外语教育出版社，2014，第503页。
② 陈正发：《澳大利亚土著文学创作中的政治》，《外国文学》2007年第4期，第58页。

和平拓居的神话，改变了原住民在白人书写的历史记录和文学作品中的地位，变成真正开口说话的讲述者。

1988 年是英国殖民者定居澳大利亚两百周年，也是澳大利亚建国两百周年，这一年澳大利亚原住民举行了多种形式的抗议活动。而在这之前的 1987 年，两部重要的也是有争议的原住民小说出版，表达对两百周年庆典的抗议。威尔莫特重新讲述了派穆尔威的故事，同彼得·凯里的《凯利帮真史》一样，通过改变叙述者讲述了一个完全不一样的故事。派穆尔威可能是早期反抗英国入侵的原住民里少有的被记下姓名的人，他在 1790 年用矛刺伤白人入侵者，并与殖民入侵者进行了持续的斗争，直到 1802 年被白人射杀，他的头骨被装进酒桶运往英国。在白人的历史记录里，派穆尔威一直是一个暴徒的形象，长期以来官史并未给予过多关注，即使在澳大利亚最大的人物传记《澳大利亚传记辞典》(*Australian Dictionary of Biography*) 中也未能进入正册，直到 2005 年才被收入补遗卷。[①] 实际上早在 20 世纪 60 年代，这部权威参考书的编辑就讨论过是否把他收入这部按年代编撰的辞典正册中，但他们讨论的结果是原住民对殖民拓居来说只不过是一个小小的障碍，最多也就是澳大利亚历史上一个悲剧性的注脚。[②]

在白人的宣传里，澳大利亚是一片无主土地，他们的拓居并未遇到抵抗，与殖民者斗争了 12 年之久的派穆尔威很少出现在澳大利亚的历史书中，他们不仅毁灭了他的肉体，而且试图销毁他存在的痕迹。然而《派穆尔威》一书的出现改变了世人对和平拓居神话的看法，威尔莫特查阅了大量的原始档案和记载，发现原住民的抵抗是持续而坚定的，但在 1797 年派穆尔威领导的有组织的游击战之前，原住民只有零星的自发抵抗，规模比较小。1797 年，派穆尔威组织了 100 多人的队伍与殖民

---

① J. L. Kohen, " Pemulwuy (1750 - 1802)", *Australian Dictionary of Biography*, https://adb. anu. edu. au/biography/pemulwuy-13147.

② Stuart Macintyre, *A Concise History of Australia* (3rd edition) , Cambridge: Cambridge University Press, 2009, p. 39.

者进行周旋，破坏和袭击白人的庄稼和城镇。在与英国人长达 12 年的周旋中，他们的行为不仅是一种"歹徒"或"小偷"的行为，而是有明确意图的战争行为，是被侵略者拒绝向侵略者拱手出让土地和主权的战争行为，而非被统治者对统治者实施的违法行为，因而双方是平等的。威尔莫特如此写作的基本前提是：派穆尔威和他的队伍驱逐爱奥拉（Eora）土地上的英国入侵者，他们所进行的长期、机智、有时也相当有效的斗争被当时的殖民者掩盖了，而且从那时起，历史学家就忽略甚至隐瞒这段历史。① 威尔莫特以大量的历史档案与最早的殖民者如大卫·科林斯（David Collins）和坦奇等人的记载为基础，用小说叙事的方式，重构了派穆尔威的历史，将其从一个白人眼中的暴徒变成一个捍卫民族主权与领土的彩虹勇士，彻底颠覆了白人书写的历史，就如一个读者所写："读了这本小说以后，我关于澳大利亚整个历史的观点发生了改变。"② 威尔莫特的书产生了巨大的影响，一经出版就成为畅销书，从此以后派穆尔威作为第一个抵抗英国入侵的伟大领袖和激起原住民为生存而持续斗争的先驱形象不时出现在人们的视野里，1991 年悉尼城内的一所原住民学校以他的名字命名，澳大利亚作曲家保罗·贾曼（Paul Jarman）谱写了一曲以"派穆尔威"为名的合唱曲，该曲成为澳大利亚合唱曲的标准，并于 2006 年成为澳大利亚广播电台（ABC）年度合唱曲。

在白人统治的 200 多年时间里，尽管原住民试图发出自己的声音，但白人一直拒绝聆听，而在澳大利亚的官方历史里，"所有的记载都是关于白人的，土著和他们的经历没有任何记载"③，即使有也是"不对的。就我所看到的，这种错误信息对我们造成的影响是消极的"④。白人

① Eric Willmot, *Pemulwuy: The Rainbow Warrior*(2ⁿᵈ edition) , San Gabriel: Weldon International, 2010, p. 418.

② Birrin Hooper, " The Most Important Book in Australian History?", Amazon, http://www.amazon.com/Pemulwuy-Rainbow-Warrior-Eric-Willmot/dp/0947116427.

③ Sally Morgan, *My Place*, West Australia: Fremantle Arts Centre Press, 1987, p. 171.

④ Ruby Langford Gunibi, *My Bundjalung People*, St. Lucia: University of Queensland Press, 1994, p. 12.

的历史代表的是权力的话语，必然压制与之不相适应的话语，因此长期以来原住民被剥夺了话语权。随着历史的向前推进，人类已经进入后殖民社会，殖民者与被殖民者之间的斗争也转移到文化与意识形态领域，更准确地说是对话语权的争夺。对于澳大利亚来说，这种斗争不仅存在于宗主国与殖民地之间，而且存在于殖民者与原住民之间。对于被剥夺了身份的原住民来说，他们只有夺回话语权、重述历史才可能找回自己的文化身份。对此澳大利亚原住民女作家萨利·摩根有着清醒的认识，她在《我的位置》一书中写道："我们的许多历史记录丢失了，我们因为害怕而不敢诉说；而现有关于我们的历史则被政府和警察控制着，他们不敢公开，因为里面有太多虐待原住民的案例。"① 因为害怕，原住民自己的历史丢失了；因为殖民者害怕自己的罪行被揭露，他们刻意隐瞒、歪曲历史，使原住民历史变得支离破碎、面目全非。历史是构筑民族文化身份的基石，因为历史的丢失，原住民的文化身份变得飘忽，一旦失去身份，人就难以找到归属感，正如摩根所言："也许我们可以生存，但不再是完整的人，我们永远无法找到自己的位置。"②

　　因此对于原住民来说，他们必须讲述自己的历史，把碎片化的历史重新黏合起来，还原他们的文化身份。摩根的《我的位置》由其一家三代女性分别讲述自己的故事，从现在返回到过去，一改过去原住民作为被观察者的对象，而是由观察者来讲述1900~1983年白人与原住民之间的关系。三位讲述者的故事相互指涉、互相补充，展示近百年来原住民的不幸遭遇，使一些历史事件得以复现，揭示了白人殖民者刻意掩盖的历史真相。但是一家三代的故事并不仅是为了复原历史真相，而是为了找回丢失的文化身份。摩根出生于西澳大利亚州的首府珀斯（Perth），由于当时社会对原住民的歧视，他们一家不得不隐瞒自己的身份，直到长大以后母亲才承认了自己的原住民背景，并由此开始了他们一家艰难的寻根之旅。她们越深入了解家族的历史，就越深切地感受到作为原住

① Sally Morgan, *My Place*, West Australia: Fremantle Arts Centre Press, 1987, p. 163.

② Sally Morgan, *My Place*, West Australia: Fremantle Arts Centre Press, 1987, p. 233.

民所受到的歧视以及所遭受的屈辱和痛苦。外祖母黛西迟疑的讲述深刻而生动地反映了屈辱和痛苦带给他们的心理恐惧，她总是说"没有必要挖掘过去，有些事情最好埋藏在心里"。① 讲述是一种释放的方式，也是重建身份的一种方式，尤其是用自己的语言，比如方言或乡音。但是长期以来殖民者对帝国与殖民者所采取的各种策略使原住民文化丧失、语言消失，甚至给予他们的教育也像他们的血统一样，不白也不黑，只受一半的教育，上完四年级就去给白人干活。② "这些策略剥夺了原住民的话语权，让他们无法描述自己，也无法对他人的描述做出反馈。"③ 因此当外祖母黛西用部落语言与兄长交流时，她找回了自己的表述方式，也找到了回归原住民身份的通道。帝国与殖民者的话语霸权让他们不能发出自己真实的声音，为了自己不被曲解，为了不被殖民者掌握更多的原住民秘密，他们只能以沉默来面对殖民者与帝国的话语霸权，表达自己无声的抗议。一旦他们能够用自己的语言表达时，他们就发觉自己拥有白人殖民者和统治者不具有的优势，因此黛西在用自己部落的语言来讲述自己的故事时，她变得自信强大，发掘了原住民存在的价值，也为自己重新找回了文化身份而自豪，因为他们也是和白人"一样地对自己的生存感到自豪的人"。④ 在重述历史的过程中，原住民的自我意识与族群意识明显增强。

《我的位置》出版以后在澳大利亚产生了重大影响，成为最畅销的原住民作品之一，几乎每 20 个人就拥有 1 册。"它对人们更好地了解土著文化传统，对土著民族后裔接受、回归本民族文化无疑将起到积极作用。"⑤ 摩根在书中用自己的话语重述了自己的历史，不仅回归了他们的原住民文化身份，更重要的是还原了被帝国主义和殖民者歪曲的历史，

---

① Sally Morgan, *My Place*, West Australia: Fremantle Arts Centre Press, 1987, p. 99.
② Hilda Jarman Muir, *Very Big Journey: My Life as I Remember It*, Canberra: Aboriginal Studies Press, 2004, p. 45.
③ Robert Hodge and Vijay Mishra, *Dark Side of the Dream: Australian Literature and the Postcolonial Mind*, Sydney: Allen and Unwin, 1990, p. 74.
④ 张京媛主编《后殖民理论与文化批评》，北京大学出版社，1999，第 180 页。
⑤ 陈正发：《澳大利亚土著文学创作中的政治》，《外国文学》2007 年第 4 期，第 61 页。

是针对白人的诉说，因为"黑人的状况是很清楚的，因而在这样一个时刻，我不需要向我的黑人同胞说什么……听众应该是白人，也包括那些具备少许或根本没有道德良心的白人在内"。① 述说历史不是为了早已消逝的过去，也不仅是为了揭露白人对原住民所犯下的种种罪行，而是为了当下，为了处于"属下"地位的原住民能够在白人主流社会更好地生存，"因为它也许可以帮助改善原住民与白人之间的关系。它可能让人们了解在两种文化之间幸存的艰难，知道他们的存在并将永远存在"。② 对于居主流地位的白人而言，正如陆克文在道歉中声明的，了解原住民的历史是让他们"对他们施予（原住民的）苛待进行反思，纠正过去的历史……让这些过去的不道义行为永远不再重演"。③

我们不能忘记历史，但也不能生活在历史里，重述历史是为了更好地生活在当下，"对于一个少数族群来说，其人口不足全国人口总数的2%，对抗是没有未来的"。④ 对于一个有着4万年以上历史的族群来说，短短的两百年殖民历史只不过是其历史长河中的一朵小浪花，尽管这朵小浪花给他们带来了巨大的灾难，但毕竟他们有着更多"昭示其本身存在的古老故事。殖民化故事并不是全部"。⑤ 生活还要继续，历史不可改变，今人唯一可以做的就是改变当下与未来，让未来变得更好，就如原住民女作家赖特在获得澳大利亚最高文学奖迈尔斯·弗兰克林奖后接受采访时所说："不仅为了我们，也为了澳大利亚的每一个人在走向未来时能够更好地互相理解……我想我们有必要思考我们的勇气和理智是从哪里来的，他们（白人殖民者）如何在这个国家生活下去。"⑥ 这是赖特作为一个原住民不得不思考的问题，也是澳大利亚全体原住民必须思

---

① 张京媛主编《后殖民理论与文化批评》，北京大学出版社，1999，第180页。
② Ruby Langford Ginibi, *Don't Take Your Love to Town*, St. Lucia: University of Queensland Press, 2007, p. 269.
③ "Kevin Rudd's Sorry Speech", *Sydney Morning Herald*, http://www.smh.com.au/articles/ 2008/02/13/1202760379056.html.
④ R. Hall, "Oodgeroo: A Life", *The Age*, February 18, 1995, p. 7.
⑤ Stephen Moss, "Dream Warrior", *The Guardian*, April 15, 2008, p. 14.
⑥ Kerry O'Brien, "Alexis Wright Interview", *Hecate*, Vol. 33, No. 1, 2007, pp. 218–219.

考的问题，还是所有澳大利亚人"自信地走向未来"[1] 时无法避开的问题。这是一个艰难的问题，一个有挑战性的问题，也是一个有风险的问题，赖特试图在她的新作《卡彭塔利亚湾》中为自己、为原住民，也为所有澳大利亚人寻找这个问题的答案。但是当她把找到的答案呈现在世人面前时，人们却害怕接受，因此她的新作屡屡被澳大利亚的主流出版社拒绝，最后被一个独立小出版公司吉瑞蒙都（Giramondo）的波兰编辑看中并出版。答案其实很简单，那就是"和解"（reconciliation），"现在是从精神相连的层面上来谈论和解的恰当时刻"。[2]

　　小说一开篇就奠定了这样的基调，她在第一章的引言中写道："教堂的钟声呼唤着信徒前往塔布伦克，那里天堂之门将被打开，但坏人将被拒之门外。一个天真无邪的小黑女童被钟声召唤，她来自一个遥远的小山村，那里口衔橄榄枝的白鸽永远展翅飞翔。"[3] "橄榄枝"和"白鸽"是和平的象征，它们不知疲倦地永远在天上盘旋，俯视着人类，是人类追慕的对象，因此在一场"善恶大决战"（Armageddon）之后，黑人和白人之间应该达成和解，和解才是希望之所在，"我想我们这方（原住民）已经在努力达成精神上的和解"。[4] 凯思·沃克一生为原住民权利而斗争，临终之前却对后人提出了她的殷切希望，希望澳大利亚人，不管是白人还是黑人，实现全民族的大融合，她的儿子在她的葬礼上告诉世人："只有和解乌杰鲁才会真正安息。"[5] 大决战的结局是一场洪水冲走了罪恶小镇，摧毁了给环境和人类带来巨大灾难的矿井，一切复归平静。洪水过后，小镇的废墟所形成的荒岛成了原住民威尔·范腾（Will Phantom）的挪亚方舟。远离罪恶之后，荒岛上再次变得生机勃勃，一个新的"伊甸园"诞生了，上面长满各色植物花果，如"蟠桃、

[1] "Kevin Rudd's Sorry Speech", *Sydney Morning Herald*, http://www.smh.com.au/articles/2008/02/13/1202760379056.html.

[2] Kerry O'Brien, "Alexis Wright Interview", *Hecate*, Vol. 33, No. 1, 2007, p. 219.

[3] Alexis Wright, *Carpentaria*, New York: Atria International, 2010, p. 1.

[4] Kerry O'Brien, "Alexis Wright Interview", *Hecate*, Vol. 33, No. 1, 2007, p. 219.

[5] J. Oliphant, "Reconciliation: Oodgeroo's Dying Wish", *The Courier Mail*, September 21, 1993.

杏子、扁桃、芭乐、无花果"① 等。这些花果无一原产于澳大利亚本土，而是来自世界各地，作者暗示这片古老大陆上的当然主人——原住民——已经准备好敞开胸怀拥抱世界。《卡彭塔利亚湾》开始创作时正是霍华德执政后期，霍华德政府一直拒绝对原住民做出道歉，但是随着《卡彭塔利亚湾》出版并且屡获大奖后，新任总理陆克文连续两次对原住民做出道歉，"对这个自豪的民族和自豪的文化所受到的屈辱和摧残，我们说对不起……作为国家和解的一部分，我们议会恳请接受这一道歉"。② 这也许是时间上的巧合，但是我们看到白人政府也已经意识到"和解"是唯一的出路。

正如澳大利亚作家伊丽莎白·乔莉（Elizabeth Jolly）在评论卢卡申科的新作《多嘴多舌》时所说："对于我们这些家庭（原住民）中从种族灭绝、奴隶制和被盗儿童中幸存下来的人来说（就像我的家庭一样），充满爱和智慧才能取得胜利。"③ 事实上，原住民早已接纳了白人的存在，黑人小女孩已经听从了教堂钟声的召唤，从遥远的村落来到"天堂之门"。作为欧洲文化标志的《圣经》早已深入人心，只有口述传统而没有文字记载的原住民文化本身就异常脆弱，与"印刷资本主义"培育起来的欧洲文化相比简直不堪一击。但是和解与接受欧洲文化并不意味着原住民要放弃自己的文化传统，因为一旦放弃自己的文化传统，就意味着他们将从这个世界上彻底消失，原住民之所以成为原住民恰恰在于其独特的文化传统，正如美国黑人作家鲍德温（James Baldwin）所言："文化传统对于塑造真实的个人与集体身份尤为重要"④，作为黑人的鲍德温说出的是自己的切身感受，也是对其他处于类似境况的人群的一个警醒。土地丢失和肤色淡化后，唯一能确认其原住民身份的是文化传

① Alexis Wright, *Carpentaria*, New York: Atria International, 2010, p. 495.
② "Kevin Rudd's Sorry Speech", *Sydney Morning Herald*, http://www.smh.com.au/articles/2008/02/13/1202760379056.html.
③ Elizabeth Jolly, "The Australian Book You Should Read Next: Too Much Lip by Melissa Lucashenko ", *The Guardian*, https://www.theguardian.com/books/2020/jul/17/the-australian-book-you-should-read-next-too-much-lip-by-melissa-lucashenko.
④ James Baldwin, *Just Above My Head*, New York: Dell, 1979, p. 454.

统，摩根所寻找的根正是他们的文化传统，这也几乎是所有原住民作家所追求的。赖特也不例外，原住民和原住民文化一直是她思考的问题，2010 年澳大利亚文学周上，赖特曾经说："对于原住民来说如何在经历了漫长的殖民压迫后还能生活在完整感中？当人们说'原住民社会不存在文化'时，作为一个原住民又意味着什么呢？"① 事实上，原住民社会并不是不存在文化，只是由于白人掌握了话语权，他们的文化无法表达而已，陆克文在他的道歉中说"原住民文化是值得骄傲的文化"，赖特的一个主要意图就是展示或重塑原住民的独特文化。

原住民尽管没有文字，但是他们通过自己的口述传统创造了一个不亚于《圣经》的知识体系，即"梦幻时代"（dreamtime）。梦幻时代是"土著人自远古流传下来的各种传说、仪式、价值观、认识论、实体论和知识体系"。② 梦幻时代的创建源自其独特的时空观，"土著的时空观是环状的（cyclic），而白人的则是线性的（linear）"③，在原住民的世界里远古与现代可以对接，神话与现实可以跨界，物质世界与精神世界可以合一，因此梦幻时代既是原住民的历史，也是其宗教，还是其哲学。赖特运用原住民观看世界的独特方式展示了其现实世界与精神世界，成为原住民的"圣经"，贯穿于全书的梦幻图腾"虹蛇"就是他们的上帝、他们的耶稣基督，它能创造世界也能毁灭世界。它创造了世界，并且成为它所创造的世界的守护神，它潜藏在其所创造的山川河流之中，"它像空气一样无处不在，渗入一切事物之中，像皮之附身，须臾不离"。④ 它允许人们从其创造的世界中获取生存的必需品，但拒绝人们的贪婪和邪恶，当人类的罪恶超出其忍耐限度之后就会对人类进行惩

---

① 转引自武竞《当代澳大利亚土著文学的新思考：阿莱克希思·莱特和她的〈卡奔塔利亚湾〉》，《理论界》2011 年第 11 期，第 130 页。

② 徐显静：《梦幻、魔幻、隐喻——评小说〈卡彭塔利亚湾〉》，《西华大学学报》（哲学社会科学版）2010 年第 6 期，第 89 页。

③ Colin Bourke, Eleanor Bourke and Bill Edwards, eds., *Aboriginal Australia: An Introductory Reader in Aboriginal Studies* (2nd Edition) , St. Lucia: University of Queensland Press, 1994, p. 79.

④ Alexis Wright, *Carpentaria*, New York: Atria International, 2010, p. 495.

罚，因此在小说的最后虹蛇像上帝一样发起了洪水和飓风，把人类的罪恶一扫而光。正因为原住民独特的时空观，赖特能够在小说中自由地穿行于现状和历史、现实和神话之中，"我的新书《卡彭塔利亚湾》试图描绘一个总是处于不同时空对立的澳大利亚土著世界。通过超越传统殖民经历的古老信念的复原力来表征时间，因为殖民经历有时只不过是脑海中吹过的一阵热风，而'变动不居的'未来正在被想象所塑造，而这可能是精神领域最后的边界"。① 赖特清晰地意识到殖民经历在他们的历史中只不过是一阵风，早已过去了，而更重要的是把握"塑造未来的想象"，也可以说，文化才是他们"最后的边界"。只有守住这个"边界"，原住民才可能保存自己的文化身份，才可能有未来。但是"身份不内在于我们，因为身份只存在于叙述之中。我们对人解释我们自身的唯一方式就是讲述自己的故事，选取能表现我们特性的关键性事件按照叙述的形式原则进行组织，就像讲述别人一样把我们外化，从而实现自我呈现的目的。或者从外部、从别的故事，尤其是通过认同其他角色的过程来进行自我叙述"。② 原住民的身份和未来依赖于他们的叙述，讲出他们自己的故事，他们的"任务就是把自己变成一个个的个体，一个种族的良心就是那个种族的个体有才能观察一切、评价一切、记录一切——我们在创造自己的过程中创造我们的种族，到后来，使我们大为吃惊的是，我们竟然已经创造出了重要得多的东西；我们已经造就了一种文化"。③

第三节　盎格鲁适应的消解④

讲述自己独特的故事声明身份是身份建构的一种方式。另一种方式则是在与他者的差异中确定自己的身份，因为"身份即关系，身份不内

---

① Alexis Wright, "On Writing *Carpentaria*", *Heat*, Vol. 13, 2006, p. 9.

② Mark Currie, *Postmodern Narrative Theory* (2nd edition), New York: Palgrave Macmillan, 2010, p. 17.

③ 〔美〕拉·艾里森：《看不见的人》，任绍曾等译，外国文学出版社，1984，第 361 页。

④ 本节已发表，略有修改。

在于个人，而存在于同他者的关系中。据此，要解释个人的身份就必须指明个人与他者的差异，即不是考察个人的内心世界，而是考察差异系统，只有通过这个差异系统，个人特征才能得以建构。也就是说，个人身份根本不包含在个人躯体之内，而是由差异所建构或赋予的"。① 自从作为澳大利亚人口与文化主体的英裔澳大利亚人以流犯身份来到澳大利亚以来，身份问题就一直困扰着他们，他们是没有尊严与地位的英国弃儿，又是澳大利亚原住民社会的入侵者，无论是作为英国人还是澳大利亚人，其身份的合法性都受到质疑。作为高傲的盎格鲁人，无法下降身份成为澳大利亚人或其他什么人，于是这些入侵者在殖民话语体系下建构了"盎格鲁至上"的文化身份认同，要求非盎格鲁族群放弃各自的独特传统，完全同化于盎格鲁社会的文化规范，即"盎格鲁适应"（Anglo-conformity）。② 这种身份在后殖民时代受到挑战与质疑，原住民成为寻求身份的英裔澳大利亚人必须面对的问题。澳大利亚学者约翰·巴恩斯（John Barnes）曾经一针见血地指出这种现象："澳大利亚的非原住民，不管他们来自何处，都得凭借土著的概念来定义自己的身份。"③ 部分有远见的白人作家"将个人困境的现代性书写与民族困境的历史性拷问有机结合起来"④，重新审视白人入侵者与原住民之间的关系，以消解傲慢的"盎格鲁适应"，重建自己的文化身份。

一 从蜜月走向敌视

原住民是在澳大利亚本土生活了 4 万年以上的本土居民，是英国人踏上澳大利亚土地所遇到的唯一人群，也是英国人必须面对的土地主

---

① Mark Currie, *Postmodern Narrative Theory* (2nd edition), New York: Palgrave Macmillan, 2010, p. 17.

② Milton M. Gordon, *Assimilation in American Life: The Role of Races, Religion, and National Origins*, New York: Oxford University Press, 1964, p. 85.

③ Adi Wimmer, ed., *Australian Nationalism Reconsidered: Maintaining a Monocultural Tradition in a Multicultural Society*, Verarbeiting: Stauffenburg Verlag, 1999, p. 63.

④ 彭青龙：《超越二元、以人为本——解读彼得·凯里小说文本中的伦理思想》，《外语教学》2015 年 第 4 期，第 77 页。

人，即现在他们口中的"第一民族"。国际法规定，土著和托雷斯海峡岛民作为澳大利亚的原住民拥有独特的权利，正如澳大利亚人权委员会（Australian Human Rights Commission）网站首页所写的："面对事实：土著与托雷斯海峡岛民"。① 事实上在他们来澳大利亚之前，英王就告诫他们必须处理好与当地人的关系。② 从沃特金·坦奇的《植物学湾远征亲历记》的记载来看，他们与当地原住民最初的交往还算友好，给予了后者最基本的尊重，把他们当作平等的人来看待，原住民也给他们留下了不错的印象，菲利普总督甚至把自己与原住民相遇的地方起名为曼丽湾（Manly Bay）。

　　但"蜜月期"过后，英国人与原住民之间的相处就不再那么美好了，盎格鲁人的傲慢随之显现，坦奇对原住民的看法也发生了根本性的转变。这种负向的转变在澳大利亚关于原住民的文学创作中延续下来，他们被冠以"凶残""无知"等骂名，沦为被殖民者嘲笑的对象，一直以丑陋、滑稽的形象出现在文学作品中。澳大利亚早期诗歌中的原住民被刻画成澳大利亚本土奇特动物中的一员，而非人类。随着殖民扩张力度的加大，白人与原住民之间的交往更加频繁，与之相应的是冲突逐渐升级，彼此之间的仇恨越发深刻，他们又被扣上"残暴""奸诈""野蛮"等帽子。罗克罗夫特的《殖民地故事》和《范迪门地的丛林劫匪》（*The Bushranger of Van Diemen's Land*）也许是这类文学作品中最早最有名的，他成功地塑造了一个野蛮、残忍的原住民形象——蚊子（Mosquito），这个形象成为澳大利亚原住民的典型形象（stereotype）。海登在《澳大利亚移民》（*The Australian Emigrant*）等小说中把墨尔本原住民描绘成可笑、肮脏、令人嫌弃的对象，尽管通过白人的开化其已经变得"文明"。早期著名诗人肯德尔也写了大量关于原住民的诗歌，但到后来他却以专事写作

---

① "Face the Facts: Aboriginal and Torres Strait Islander People", Australian Human Rights Commission, https://humanrights.gov.au/our-work/education/face-facts-aboriginal-and-torres-strait-islander-peoples.

② Stuart Macintyre, *A Concise History of Australia*(3rd edition), Cambridge: Cambridge University Press, 2009, p. 39.

讽刺原住民的诗歌为乐事，如《黑人女孩莉齐》（*Black Lizzie*）、《黑鬼杰克》（*Jack the Black Fellow*），甚至与同时代诗人斯蒂芬斯（James Brunton Stephens）比赛谁的讽刺更有力，谁能成为第一讽刺诗人。

19 世纪后半期，随着殖民活动的深入，原住民的生存范围越来越小，其反抗也更加频繁，但是在很多白人看来，他们的殖民开拓是理所当然的。因此在劳埃德（E. Lloyd）的《澳大利亚之旅》（*A Visit to the Antipodes*）中原住民的出现总是带有敌意，以至于白人总是生活在惴惴不安中。亨利·金斯利的《杰弗里·哈姆林的回忆》中原住民出场的机会尽管不多，却被描绘为极端野蛮的种族，是白人开拓者的最大威胁。这种对原住民的恶意弥漫于整个殖民地社会，在 19 世纪后期流行的牧场主回忆录中，他们记录了解决原住民与殖民者之间土地纠纷的办法就是让士兵手持军刀与枪炮赶赴现场，把原住民围起来；更有甚者，他们认为解决白人与原住民之间矛盾的唯一办法就是对原住民实施灭绝政策，幸存下来的男人成为白人的奴隶，而女人则成为白种男人的泄欲工具，以至于一位去过约克角的英国外科医生在《澳大利亚野蛮人景象》（*Savages Scenes from Australia*）中说，当他看到殖民者像对待牲口一样对待原住民，不禁被吓得胆战心惊。当时澳大利亚最有影响的杂志之一《公报》在 1883 年发文提出一个解决黑白矛盾的方案："把他们放逐到同一个地方——澳洲的西北方，让他们没有宗教，没有信仰和图腾。那时，白人就很容易接近他们了；他们中的有些人会因为保留地的内讧而削弱自己的力量，逐渐地缩减自己的领地，其他一些人便搬走了，到最后只有少数几个人留了下来。到那个时候，白人会把剩余的人带到自己的社会，让他们看从未见过的东西。这才是让土著人从地球上消失的最简易的办法。目前所做的就是尽量压缩他们的空间，让他们互相残杀，生活痛苦不堪，到最后，我们当初所遭受的损失就会紧跟着弥补回来——黑鬼必须滚蛋。"[①] 这个方案几乎就是 20 世纪澳大利亚原住民政

---

① 转引自石发林《澳大利亚土著人研究》，四川大学出版社，2009，第 180~181 页。

策的蓝图，因此辛普森·纽兰（Simpson Newland）在《铺平道路》（*Paving the Way*）一书中设想原住民的结局就是从地球上消失。尽管他们具有很多白人不具备的品质，但终究无法与拥有先进文明的白人抗衡。在白人的不断侵袭下，他们已经失去了原有的纯净，就像他们所使用的洋泾浜英语一样，成为一种杂烩，脱离自己的独特传统，失去自己的文化根基，继而被白人社会的陋习（吸烟、酗酒、染病）所侵蚀，从肉体和精神上逐渐退化堕落，最终从地球上消失。

适应或毁灭，这是盎格鲁人在开拓世界和海外殖民地时的一贯原则，无法进入其文明系统的人种不是遭到杀戮便是遭到驱赶。尽管原住民和原住民文化具有很多白人及其文化不具备的优良品质，但是这些品质很难进入傲慢的盎格鲁人眼中，因此他们的命运可想而知。

二　敌对关系中的善意潜流

尽管在很长一段时间里，原住民被看成白人的敌对者，是其殖民开拓路上的绊脚石，白人欲置其于死地而后快，但与此同时，还有一股同情甚至偏向原住民的潜流在澳大利亚白人中流淌，也许正是这股潜流的存在才使原住民没有灭绝。坦奇虽然后来改变了对原住民的态度，但是作为一名不赞成殖民行动的殖民地军官，他在观察英国的殖民行动时持有"一种客观冷静的角度"，"对犯人、对土著持同一种慈善的观察角度"①，他暗示原住民对白人的攻击实则是因为白人流放犯偷盗渔具和武器，白人受到攻击的真正原因在于他们自己行为不当，而不是因为原住民的野蛮与凶残。最早刻画原住民人物的小说也许是 1830 年在伦敦出版的匿名小说《阿尔弗雷德·达德利》（*Alfred Dudley; or, the Australian Settlers*），作者讲述了达德利在西澳大利亚重建种植园的过程中与原住民相处的故事，他对原住民与白人的和睦相处持有一种非常乐观的态度。哈里斯在他的小说《移民家庭》（*The Emigrant Family*）中与坦奇持有相

①　〔澳〕沃特金·坦奇：《澳洲拓殖记》，刘秉仁译，商务印书馆，2008，第 4 页。

似的态度，即原住民攻击白人是由于自己的领土受到侵犯而做出的自卫式反应。他还在小说中探讨了原住民与白人之间的长远关系，认为双方只有保持必要的克制才有可能处理好双边关系。正如小说的主人公凯布尔（Reuben Kable）所言，这是一种超前的关系，无论是对于被侵略的原住民还是对于作为侵略者的白人而言，在那个时代都难以接受这样的关系，但从现在既成事实的语境来看，却无疑是民族和解的先声。在那个时代，这个想法恰如其所述的故事一样是一个浪漫的想象，实际上作者在现实主义作品《定居者与流放犯》中已经清晰地意识到这是不可能的，"掠夺了他人土地和生存的物质基础，却还要人家信仰他们的宗教，这个民族似乎有点荒谬至极"。① 尽管如此，人们并未停止对双边关系的思考，德·布斯（Charles de Boos）在小说《五十年前》（*Fifty Years Ago: An Australian Tale*）讲述了一个白人与原住民之间的杀戮、仇恨、报复与反报复的故事，不同于老套的暴力与反暴力故事，在杀戮之后，双方都开始反思这种仇恨，白人麦克斯维尔（George Maxwell）后悔自己耽于仇恨并且意识到这样对双方都没有好处；而原住民首领马克莫（Macomo）也在反思这种互相杀戮的根源，他认识到双方冲突的根源在于不能理解对方的习俗与文化。德·布斯通过与原住民的接触，对原住民有较深入的了解，并且对其充满同情，他在小说中暗示白人只不过在文明的进程中先行了一步，并给予原住民非常高的评价。尽管没有像哈里斯一样提出解决冲突的方案，但是他相信一定能找到缓和种族关系的办法。

尽管在那个时代原住民与白人之间不可能达成和解，却不妨碍有良知的白人同情原住民。"高尚的人"② 哈珀作为一名亲历迈阿密溪大屠杀的诗人，在诗歌中表达了对原住民深深的同情，如《一个土著母亲的恸哭》（*An Aboriginal Mother's Lament*）；而在《内德·康纳》（*Ned Connor*）中则对白人的行为表示谴责：白人牧场主康纳迷失在丛林中，一个好心的土著人把他领出丛林却被他杀害了，后来他看见被他杀死的土著人出

---

① Alexander Harris, *Settlers and Convicts*, London: Strand, 1847, p. 417.

② Graeme Kinross-Smith, *Australia's Writers*, West Melbourne: Nelson, 1980, p. 17.

现在他的面前，吓得得了一场怪病而死。康纳的行为正是很多白人的行为，哈珀明确地表达了白人的罪有应得。

一个人或少数人的同情不能缓和双边的敌对关系，重要的是相互理解。诗人麦克雷（George Gordon McCrae）试图通过理解原住民神话来了解原住民人群，他的两首诗歌《明眼人曼巴》（*Mamba "the Bright Eyed"*）和《巴拉德卓》（*The Story of Balladeadro*）通过深入原住民社会与文化，展示了原住民的神话。他认为只要真诚地理解原住民，认真地研究他们的神话，白人就可以更好地了解原住民，双方也可以达成更好的关系。这些盎格鲁白人在一定程度上放低了自己"高贵"的身段，试图去理解异质于自己的原住民文明，给予某种程度上的"同情的理解"。因此，这两首诗歌在某种意义上架设了原住民与白人之间的理解之桥。但这毕竟只是少数作家基于自己良知偶尔为之。

在澳大利亚民族主义文学忽略原住民的同时，人种学与人类学对原住民的研究则增加了人们对原住民的了解，一批对原住民感兴趣的研究者出版了不少研究原住民社会的著作，产生了一定影响。休伊特（Alfred William Howitt）和费森（Lorimer Fison）于 1880 年出版的《卡米里罗伊与库奈》（*Kamilaroi and Kurnai*）是澳大利亚人类学研究的一个里程碑，也是第一部对澳大利亚的原住民社会结构进行分析的重要著作。尽管该书采用了今天我们批判的"社会达尔文主义"理论模型，但是它对欧洲人产生了巨大影响，因此该书不仅是此类思想的重要参考资料，也为我们提供了当时的语境。他们利用从美国人类学家路易斯·亨利·摩根（Lewis Henry Morgan）[1] 那里学习的研究方法并结合一些自创的方法，对原住民和太平洋岛屿文化进行了系统的调查，颠覆了英国人类学关键人物对原住民生活的流行描述，对他们的观点进行了严厉批判。[2]《物种起源》（*On the Origin of Species by Means of Natural Selection, or the*

---

[1] 美国人类学奠基人。

[2] H. Gardner and P. Mcconvell, *Southern Anthropology: A History of Fison and Howitt's Kamilaroi and Kurnai*, London: Palgrave Macmillan, 2015, p. 4.

Preservation of Favoured Races in the Struggle for Life）的作者查尔斯·达尔文（Charles Darwin）看到这本书以后觉得它非常重要，在英国学界进行推荐，产生了一定争议和影响。

埃尔金（A. P. Elkin）是悉尼大学的人类学教授，他花了11年时间在澳大利亚原住民中进行广泛的田野调查，于1938年出版了《澳大利亚土著》（*The Australian Aborigines*），目的是帮助澳大利亚人更好地了解原住民。这本书涵盖了图腾崇拜、秘密生活、成长、哲学、艺术、音乐、医学、死亡等主题。他认为原住民的生活与他们特定的地区、文化英雄和仪式紧密相连，他们的领土不仅是他们的食物来源，也是他们的精神家园，祈祷、仪式和部落交流在维持他们的存在方面起着至关重要的作用。埃尔金建议将原住民关于生活的想法与基督教教义联系起来，将图腾仪式与园艺相结合，以缓解从游牧生活到保留地的过渡。埃尔金强调了解原住民习俗和信仰的重要性，将原住民习俗与他们的人生观联系起来，他的目标是培养一种对原住民习俗和遵循这些习俗的人更明智的态度。这本书是第一本关于整个澳大利亚原住民文化的完整研究，他对原住民的态度比之前的白人温和得多，为当时的人了解原住民提供了重要参考。

不同于埃尔金的整体性研究，斯特罗（T. G. H. Strehlow）于1947年出版的《阿兰达传统》（*Aranda Tradition*）则专注于澳大利亚北方阿兰达部落特有的神话传说和精神生活研究。它深入研究图腾崇拜的概念，探索它如何塑造阿兰达部落内的个人和社区生活，研究了这些古老的传说如何继续影响阿兰达人今天的生活。它还突出了阿兰达部落内不同群体之间的神话和仪式实践的差异，揭示了部落内不同群体对仪式的控制和阿兰达社区内错综复杂的阶级关系。《阿兰达传统》对阿兰达人的文化、精神和社会方面进行了全面的探索，提供了对他们丰富的遗产和实践的洞察。

这些著作让白人对原住民有了更多的了解，从某种意义上对改善原住民的境况有所裨益，但是著作比较专业，覆盖的范围有限，对整个澳大利亚普通民众可能产生的影响并不大，但对知识分子阶层还是有一些影响的。

三　黑白矛盾的理性探索

真正让澳大利亚白人改变对原住民态度的可能是女作家普里查德，澳大利亚著名作家、文学评论家万斯·帕尔默评论说："如果说我们对土著人的态度已有所改变的话，那主要归功于凯瑟琳·普里查德，因为正是她使我们与土著人的距离缩短了。"普里查德是 20 世纪上半叶澳大利亚最重要的作家之一，她两次获得诺贝尔文学奖提名，最重要的作品是反映原住民与白人关系的小说《库娜图》（Coonardoo），这是澳大利亚文学史上第一部全面刻画原住民的小说，"尽管以前有作家涉及土著，并报以同情之心，但在《库娜图》发表之前，还没有人完整地把土著呈现在我们面前"。①主人公库娜图是一位原住民女性，漂亮、勤奋、聪明、忠诚，是"澳大利亚文学中第一次不带有种族歧视的土著形象"。②她生活在两个不同的世界里，一个是与世隔绝的牧场世界，一个是原生态的原住民世界；既懂得白人的生活习惯，又遵从原住民的习俗，是沟通两个世界的桥梁。她在两个世界里具有举足轻重的作用，尤其是在白人牧场主休（Hugh Watt）的世界里，聪明能干的库娜图一直协助休经营牧场，当休把她赶走以后，他的牧场也日渐衰落，最终只有放弃了事；随着牧场的解散，牧场上的原住民部落也四分五裂。库娜图在某种意义上是这个世界的灵魂，少了她这个世界无法运转，在作者眼里原住民是澳大利亚白人世界甚至是整个澳大利亚发展不可或缺的组成部分。作者的这个暗示挑战了当时澳大利亚白人一直以来所持有的"土著是澳大利亚历史进程中一个悲剧性注脚"的看法，因此它一经发表即引起轩

---

① Katharine Susannah Prichard, *N'goola and Other Stories*, Melbourne: Australasian Book Society, 1959, p. ii.

② 徐在中：《库娜图的悲剧：澳大利亚土著的集体悲剧》，《西北民族大学学报》（哲学社会科学版）2009 年第 6 期，第 162 页。

然大波，当时连载它的《公报》收到成千上万封抗议信，以至于后来不得不拒绝发表帕尔默类似主题的《人是有情的》（*Men are Human*）一书。《公报》的编辑对帕尔默解释说："《库娜图》的尴尬处境让我们明白了澳大利亚公众不能接受这种白人与土著之间的故事，因此我们不能出版《人是有情的》，起码不能是现在这个样子。"①

　　尽管 19 世纪末 20 世纪初澳大利亚政府颁布了一系列法案，确立了原住民少数族裔的地位，到 20 世纪 20 年代人们已在争论白人政府是否该对原住民承担责任，但是白人至上的种族主义思想仍然是主流。1901 年澳大利亚联邦成立的那一年，《公报》还公开叫嚣"如果要想让澳大利亚成为我们世代代的国家，就必须保持血统的纯洁"②，就在普里查德创作《库娜图》的 20 年代中期还发生过数起屠杀原住民的事件，该书出版的 1928 年那一次屠杀就导致 31 名原住民丧生③。普里查德创作这部作品实际上是要提醒人们关注原住民问题，尤其是受到种族与性别双重压迫的原住民女性。她后来写道："之所以创作这部作品是想让人们关注白人虐待原住民女性的问题，这是一个很紧迫的问题"④，因为"作为一个自治国家，澳大利亚对待原住民的态度是我们历史上的一个污点……这是有损我们国家形象的"⑤。

　　原住民女性在澳大利亚受到双重压迫，处境相当凄惨，库娜图的命运就是原住民女性的一个缩影。作为原住民，库娜图首先受到的是种族歧视与压迫，长期以来白人都认为"土著居民下贱"、是"一个落后和

---

① Drusilla Modjeska, *Exiles at Home: Australian Women Writers, 1925–1945*, Pymble, N. S. W.: A&R Classics, 2001, p. 138.

② Richard Broome, *Aboriginal Australians, Black Responses to White Dominance 1788–2001*(3rd Edition), Sydney: Allen & Unwin, 2002, p. 93.

③ Adam Shoemaker, *Black Words, White Pages: Aboriginal Literature 1929–1988*, Canberra: The Australian National University Press, 2004, p. 19.

④ Katharine Susannah Prichard, *N'goola and Other Stories*, Melbourne: Australasian Book Society, 1959, p. 150.

⑤ Delys Bird, *Katharine Susannah Prichard: Stories, Journalism and Essays*, St. Lucia: University of Queensland Press, 2000, pp. 57–58.

低下的种族"①，因此与库娜图从小一起长大的牧场主休尽管在精神上与身体上都非常依赖库娜图，但是他坚称"我的结婚对象是白人，要保持白人血统的纯洁"，"无论如何我是不会娶土著女人的"②。库娜图的母亲被休的父亲从走廊上踢下来摔死，但他却不需要承担责任，而库娜图仍然忠诚地做着休一家三代的奴仆。原住民含辛茹苦却食不果腹、衣不蔽体，白人颐指气使却丰衣足食；白人生病可以去城里就医，原住民生病则只能等死，库娜图那强壮的丈夫在疾病中就只能等待死亡的来临；白人休可以去城里接受教育，和他同龄的库娜图则只有在"发现她身上有更大的价值时"③才能学习一点儿实用的知识来协助休经营牧场，"牧场主不愿给土著孩子任何教育，因为他们认为对这些廉价劳动力而言教育是多余的"④。作为原住民，他们处处低人一等；作为原住民女性，她们的地位更加低下。当休得知库娜图被格尔瑞（Geary）玷污后说"你要是一条狗……"，然后无情地把她推向火堆，她被烧得遍体鳞伤后还被逐出牧场，尽管他从未想过要给库娜图一个名分，却要把她当作自己的女人，因此库娜图被格尔瑞性侵之后，他觉得受了侮辱，然而他没有惩罚施暴者却指向受害者，这完全是种族主义与男权至上的思想在作祟。这是原住民女性普遍的命运，在内陆地区由于白人女性稀少，原住民女性成为性侵的对象，但是白人与原住民女性之间的爱情被视为耻辱，他们生下的混血孩子也得不到白人父亲的青睐，生下的女儿甚至会顺手送给过路人。

　　普里查德通过库娜图的故事对白人殖民者的种族歧视、劳动剥削和对女性性侵害等方面进行了批判，对原住民尤其是原住民女性的悲惨命运表达了深深的同情，更重要的是通过这个故事来探讨解决种族矛盾的可能性及方案。她认为种族矛盾的根本问题在于白人不能给予原住民爱

① 阮西湖:《澳大利亚民族志》，民族出版社，2004，第77页。

② Katharine Susannah Prichard, *Coonardoo*, Sydney: Angus & Robertson, 2000, p. 51.

③ Katharine Susannah Prichard, *Coonardoo*, Sydney: Angus & Robertson, 2000, p. 7.

④ Adam Shoemaker, *Black Words, White Pages: Aboriginal Literature 1929–1988*, Canberra: The Australian National University Press, 2004, p. 132.

的尊重，从而导致休戚相关的白人社会与原住民社会的崩溃，她希望通过平等恋爱与婚姻的办法来消解双方的矛盾，同时消除当时普遍存在的性侵犯。事实上，从休的态度我们可以看出，她的解决方案在当时没有可行性，读者的抗议更加体现出这个想法的不合时宜。但恰恰是她这个不合时宜的解决方案体现了她的"超前意识"①，以至于在当时的澳大利亚白人社会产生了巨大的争议，改变了人们对原住民的看法，一经问世就成为"澳大利亚最炙手可热和感人肺腑的小说"。评论家 H. D. 布罗克曼（H. D. Brockman）说："土著女主人公惊人的真实性既令人震惊又令人兴奋。随后关于土著生活各个方面的小说纷至沓来，以致《库娜图》独特的地位和优点常常被掩盖了。"② 泽维尔·赫伯特的《卡普里康尼亚》和托马斯·基尼利的《吉米·布莱克史密斯的歌声》（The Chant of Jimmie Blacksmith）就是其中的两部。

四 为原住民正名

《卡普里康尼亚》是一部社会抗议小说，反映了原住民混血儿对不公平的白人社会的抗议。小说出版后引起了强烈的反响，出版当年即获得建国一百五十周年纪念最佳小说奖，后又获联邦文学奖，被誉为划时代的作品。在赫伯特生活的时代，种族主义观念非常流行，白人坚信原住民是下等人，即使混血儿也是下贱的，因为"混血儿通常遗传了白人与黑人的劣习却没有获得两者的美德"。③ 但是赫伯特通过在生活中与原住民的接触发现原住民并不像白人社会所宣称的那样，而是有血有肉、充满感情、具有优良品质的人，甚至在某些方面比白人更优秀，书中的主人混血儿诺曼就是这些优秀品质的集中反映。小说猛烈抨击了欧洲白

---

① Delys Bird, *Katharine Susannah Prichard: Stories, Journalism and Essays*, St. Lucia: University of Queensland Press, 2000, p. 18.

② 转引自任爱军《澳大利亚土著生活的缩影——〈库娜图〉等三部长篇小说综论》，《安徽大学学报》（哲学社会科学版）1996 年第 4 期，第 39 页。

③ Richard Broome, *Aboriginal Australians, Black Responses to White Dominance 1788 – 2001*（3rd Edition），Sydney: Allen & Unwin, 2002, p. 93.

人殖民者对土地的掠夺，甚至对早期所谓"开拓英雄"也进行了无情的挞伐，揭露了白人对原住民的歧视和蹂躏、对混血儿的残暴和罪行，控诉了白人将自己的观念强加于原住民，意图通过原住民文明化和基督教化、用信仰上帝替代梦幻时代的神话来消灭原住民。赫伯特明确表示，只有原住民才是真正的主人，白人只不过是"外来者"。他在一封信中写道："我必须承认我不过是个入侵者，而且除非我把我的血注入土著民族，否则我永远不能要求承认我在这个国土上生活的权利。"① 他在小说开篇就表达了这种"入侵者"的观念，第一章题为"野狗的到来"，他把欧洲人比作野狗，用澳大利亚特有的动物袋鼠喻指世世代代生活于此的原住民，袋鼠既无利齿又不够凶狠，因此无力保护自己的财产甚至生命。通过这一对比，赫伯特定义了澳大利亚白人的身份，即"外来者"或"入侵者"。

与之形成对照的是，原住民是这里真正的主人，他们应该为自己的主人身份感到自豪。弃儿诺曼起初不知道自己的原住民身份，还以为自己是爪哇君主的后裔，他和白人一样瞧不起原住民和混血儿，当他的身世秘密公之于世时，他遭到了白人社会的抛弃，但长期以来形成的白人至上的观念又让他不屑于与自己的原住民同胞为伍，因而在生活中历经波折，最后回归丛林，寻找属于他的原住民世界，在与原住民的共同生活中他接受了自己的原住民身份，并以此为傲，从而避免了他的对照人物凯特那种白人歧视、原住民不齿的悲惨命运。

"原住民是澳大利亚的主人"的观点其实在《库娜图》中通过对照原住民与土地的一体关系和白人与土地的疏离关系隐秘地显示出来了，而布克奖得主基尼利则在《吉米·布莱克史密斯的歌声》中通过联邦主义者与反联邦主义者的辩论明确地表达了这样的观点："'根本没有澳大利亚人'，'只有新南威尔士人、维多利亚人、昆士兰人……真正的澳大

---

① 任爱军：《澳大利亚土著生活的缩影——〈库娜图〉等三部长篇小说综论》，《安徽大学学报》（哲学社会科学版）1996 年第 4 期，第 41 页。

利亚人是——土著'."① 他与普里查德和赫伯特一样都通过原住民与土地的亲密关系来说明原住民的主人地位。吉米放弃成为白人而返回原住民社会并成为真正的原住民时，他与土地的亲密关系恢复了，在崇山峻岭中如履平地，白人追踪者对他无可奈何，以至于傲慢的白人殖民者钮比（Newby）不得不承认"大地和吉米似乎忽然就融为一体了"。②

吉米工作勤奋、待人忠诚，既有白人血统，也是基督教徒，还娶了白人妻子，却无法改变受歧视的命运，只有一个四岁的小女孩正眼看过他，"她必须抓住一切机会观察他，否则她妈妈不久就会教她斜着眼睛看他们这种人"。③ 原住民的刻板形象根深蒂固地印在了白人的脑海里，形成了无端的敌意，他们从来不想去真正了解原住民和原住民社会，他们的成见和歧视迫使一心想融入白人社会的吉米不得不走上了暴力反抗的道路。基尼利的意思非常明白，只要白人敞开胸怀试图去理解、接受原住民，抛弃种族主义血统论，原住民与白人之间的关系应该不是问题。基尼利不同意普里查德那种通过婚姻和爱情来改善原住民和白人关系的方式，认为这无助于改变白人对原住民的歧视，正如尽管吉米娶了白人女子为妻，却无法改变白人对他的歧视。他认为白人与原住民产生冲突的一个主要原因就在于原住民对白人了解太多，而白人对原住民了解太少，白人根本不愿意去了解也不愿意承认自己的错误和无知。因此白人应该努力去了解与他们同处一国的原住民，双方只有形成互动才可能缓和双方的关系。该书对原住民问题的探讨引起了全社会的普遍关注，对 20 世纪 70 年代以后的原住民政策产生了一定影响。④

1985 年，在霍克总理执政时，澳大利亚将欧洲人早年命名的艾尔斯岩（Ayers Rock）更名为土著语言乌鲁鲁（Uluru）岩。这块巨石是一处

① Thomas Keneally, *The Chant of Jimmie Blacksmith*, Ringwood: Penguin Books, 1973, p. 16.
② Thomas Keneally, *The Chant of Jimmie Blacksmith*, Ringwood: Penguin Books, 1973, p. 156.
③ Thomas Keneally, *The Chant of Jimmie Blacksmith*, Ringwood: Penguin Books, 1973, p. 11.
④ Peter Pierce, *Australian Melodramas: Thomas Keneally's Fiction*, St. Lucia: University of Queensland Press, 1995, p. 42. 《吉米·布莱克史密斯的歌声》出版于 1972 年，正是原住民争取权利运动发展迅猛的时期，也是基尼利如日中天的时期，因此该书不仅引起了文学界和评论界的广泛关注，也引起了政界、社会和历史学家的广泛关注。

具有重要宗教和文化意义的圣地，在原住民眼里，它是澳大利亚的灵魂和心脏，是不容侵犯的圣石。这次更名具有重要的象征意义，标志着澳大利亚政府对原住民态度的转变。

　　1988 年，在澳大利亚建国两百周年纪念之际，彼得·凯里回应了基尼利，也是为了回应二百周年庆倡导的"民族融合"的理念。[①] 他在这一年出版的《奥斯卡与露辛达》中代表白人承认了他们对原住民犯下的罪行，并表达了忏悔之意，该书被称为"献给这个民族反抗英国两百周年的纪念礼"。[②] 小说的男主人公奥斯卡出生于一个狂热的宗教家庭，从小被教育成一个虔诚的教徒，大学里研习神学，毕业之后成为牧师，是典型的基督教文化代表人物，他在向澳大利亚运送玻璃教堂、实际上是在向土著运送基督文化的过程中由于不堪忍受崇尚帝国远征的杰弗里斯对原住民的屠杀，而联合史密斯爵士用利斧砍死了杰弗里斯。大屠杀使他内心倍受煎熬，"每一个树桩，每一个砍倒的树木上仿佛都挂着黑色的尸体……沉重的罪恶感压得他喘不过气来"。[③] 这种沉重的罪恶感最终导致了他的死，临死前他来到玻璃教堂乞求上帝宽恕他，"以为是他的虚荣心导致了无数黑人的惨死"。[④] "凯里着意描写其内心的忏悔实际上是对澳大利亚白人在历史上对土著人所犯下的罪行的忏悔，奥斯卡不是代表他个人，而是代表整个民族。"[⑤] 尽管天真无邪的女主人公露辛达从未做过直接伤害原住民的事情，但她总是有一种莫名的负罪感，担心她父母留下来的大笔财产沾染着原住民的鲜血，因此她执意要逃离这笔财产，逃离这片土地，回到伦敦寻找她真正的生存家园和精神家园，然而澳大利亚不是她的家，伦敦更不是她的家，"她不久就意识到，这肮脏

---

①　黄洁:《"国家庆典"与澳大利亚历史小说》,《外国文学评论》2017 年第 3 期, 第 140 页。

②　Howard Jacobson, "A Wobbly Odyssey", *Weekend Australia Magazine*, February 20-21, 1988, p. 13.

③　Peter Carey, *Oscar and Lucinda*, St. Lucia: University of Queensland Press, 1988, p. 475.

④　Peter Carey, *Oscar and Lucinda*, St. Lucia: University of Queensland Press, 1988, p. 509.

⑤　彭青龙:《〈奥斯卡与露辛达〉:承受历史之重的爱情故事》,《当代外国文学》2009 年第 2 期, 第 131 页。

的大机器（伦敦）根本就不是家"。① 露辛达的这种负罪感和漂泊感揭示了她潜意识中的"外来入侵者"的身份，这是积淀在澳大利亚殖民者心中沉重的历史负担，也是现代澳大利亚白人的民族心理，以至于1988年澳大利亚在纪念建国两百周年时显得理不直气不壮。② 尽管澳大利亚白人潜意识中有这样的负罪感，尽管凯里通过小说人物表达了他们的忏悔，但真正让澳大利亚人开口承认他们曾经所犯下的罪行，却不得不等到二十年后的2008年，新任总理和政府意识到，只有"承认过去的历史""纠正过去的错误""拥抱所有的澳大利亚人"，他们才可能"自信地走向未来"。③

在"高贵的盎格鲁人"观念笼罩世界时，部分有远见的盎格鲁白人作家以自己的良知与勇气捅破层层傲慢的乌云，透露出一线平等的亮光，给原住民带来一丝希望，也给澳大利亚白人一个反思的机会。堡垒总是从内部攻破的，他们自觉或不自觉地抵制"盎格鲁适应"，再加上在各种少数群体的压力下，澳大利亚以及加拿大、美国都放弃了同化主义模式，转而采取一种更加容忍和多元的政策，允许且鼓励少数族群保持自己的传统。尽管"盎格鲁适应"是一种具有强大动力和惯性的文化模式，在这种模式下，少数族裔尤其是原住民的权利仍然难以得到充分的尊重和保护。但是多元文化主义或和解是消解"盎格鲁适应"的一种有效方式，虽然现在远未达成和解，却是通往未来的必由之路。

小　结

尽管澳大利亚白人作家从开国以来一直试图建构"澳大利亚化"的澳大利亚，但是其独特的历史和浓厚的母国情结使澳大利亚白人对英国

---

① Peter Carey, *Oscar and Lucinda*, St. Lucia: University of Queensland Press, 1988, p. 203.

② Stuart Macintyre, *A Concise History of Australia* (3rd edition), Cambridge: Cambridge University Press, 2009, p. 17.

③ "Kevin Rudd's Sorry Speech", *Sydney Morning Herald*, http://www.smh.com.au/articles/2008/02/13/1202760379056.html.

具有强烈的依附性，而把其他种族排除在澳大利亚之外。这种矛盾的文化心理让澳大利亚的文化身份左右摇摆，缺乏独立性。在多元文化的冲击之下，英美澳等国的民族性受到强烈的冲击，重新追寻民族性与本土性成为当下的主题。原住民是澳大利亚本土性的天然基础，原住民意识的觉醒恰逢其时地赶上了澳大利亚的民族重构。重构民族必然追寻历史，从历史的梳理中建构出一个新的文化身份，澳大利亚白人所能追寻的历史是殖民时期的丛林，而原住民的历史本身就蕴含在丛林之中，因此两股潮流一起汇聚到丛林。澳大利亚文明如果不能融入丛林的悠久历史，则只能是欧洲文明的一个分支。因此近几十年来，澳大利亚文明史正在积极继承澳大利亚文明的悠久传统，实现从欧洲本位或英国本位向澳大利亚本土的转化，从而把"老欧洲"与"新世界"的文化身份区分开来。"和解"是继承的第一步，只有双方和解，这两种文明才可能合流，才可能建构真正的"澳大利亚性"，因此回归丛林是建构"澳大利亚性"的必然途径。

作为殖民者和入侵者，"盎格鲁适应"的文化身份必将把白人永远钉在殖民者和入侵者的耻辱柱上。澳大利亚要想走向真正的独立就必须清算历史、抛弃这一文化身份，另寻根源。因此，"丛林"就成了白人入侵者与原住民的共同起点和根源，作为一种文化象征发挥着关键作用。白人作家和原住民作家都在各自的历史和集体记忆中探索丛林的文化意义。然而，两者的丛林历史和体验存在深刻差异，成为文化融合面临的主要挑战。只有找到殖民者文化和原住民文化之间的契合点，两种文化才能朝着文化融合的方向迈进，最终建立起独特的澳大利亚文化身份。

文化融合进程并非一帆风顺，其中充满了艰辛与困难。殖民历史造成的创伤和隔阂不可能在短期内完全化解。文化身份的建构是一个充满冲突、矛盾与妥协的动态过程，寻找属于这片大陆的独特文化身份仍然是漫长而历史性的探索，既需要原住民和殖民者文化传统之间的持续互动和相互理解，也需要来自世界各地移民的文化参与和贡献。

第六章

结　语

自英国人踏上澳大利亚并殖民拓居以来，身份问题就成为一个盘旋在他们头顶上的幽灵，驱之不去。作为流放犯，他们是大英帝国的弃儿，是为了净化英国社会而被清扫出来的"垃圾"，是没有社会地位和任何尊严的社会渣滓，甚至连看管流放犯的军官都被视为甚至自认为他们的同类，他们"和流放犯之间就只隔着一张纸，甚至就是他们中的一员"①，他们是"带着罪犯烙印的种族"②，就连当时澳大利亚殖民地的最高领导者——总督——也不得不承认，"这里的罪犯才是正常人，没有获过刑的自由人反而是不正常的，这是世界上绝无仅有的社会"③。不管他们是政治犯、杀人犯、骗子还是小偷，也不管他们来自英国何处，他们都如同奴隶般被塞进运输船经过漫长的海运被送到万里之外的"地狱"，看押军官与罪犯唯一的区别就是不戴镣铐。

随着经济的发展、殖民地的扩大、发展机遇的增多，越来越多的英国自由移民凭借个人勇气和个性来到澳大利亚寻求财富。自由移民的增

---

① Thomas Keneally, *The Playmaker*, London: Hodder & Stoughton, 1987, p. 71.

② Luke Trainor, *British Imperialism and Australian Nationalism: Manipulation, Conflict and Compromise in the Late Nineteenth Century*, Cambridge: Cambridge University Press, 1994, p. 81.

③ Thomas Keneally, *The Playmaker*, London: Hodder & Stoughton, 1987, p. 77.

多改变了澳大利亚的人口结构，使澳大利亚这个"天然监狱"的性质和面貌发生了变化①，"这块原为流放犯和袋鼠盘踞之地发展成一个前景美好、日益繁荣的殖民地"②。作为从小阅读英国冒险故事长大，梦想走出国门、探寻世界、征服世界和统治世界的英国自由移民和殖民者来说，他们并不打算长期定居，只不过是来此寻求财富的匆匆过客，因此骨子里透露出英国贵族的清高和矜持，仍然坚持自己是英国人，要求享有英国本土人的民主权利和自由。然而作为罪犯流放地，其社会制度和管理方式都是监狱式管理的移植，是与民主原则相冲突的，越来越多的人对这种管理方式表示不满，尤其殖民地经济发展迅速，其发展速度"远超英国其他殖民地，甚至与英国本土水平相当"③，再加上澳大利亚本土出生的人口越来越多，也加深了澳大利亚与英国的疏离感。尽管如此，19世纪中期正是大英帝国最辉煌的时期，作为大英帝国的臣民和后裔是件令人骄傲的事情，"种族"成为连接英国与移民殖民地的一个重要纽带。④

随着金矿的发现，殖民地的人口成倍增长，澳大利亚成为世界上最富裕的地方之一，殖民地的人们信心大增，他们的心态随之发生了微妙的变化，开始反思自己与英国的关系，他们讨论澳大利亚英国人"是不是盎格鲁-撒克逊种族的分支""澳大利亚民族为何不同于英吉利民族"。⑤ 这种讨论揭示了澳大利亚民族意识的萌芽，尽管他们还是认为自己是英国人，但是已经发生了微妙的变化，变成了"澳大利亚的英国人"。这种变化为19世纪末20世纪初的民族主义运动奠定了心理基础，

① G. Sherington, *Australia's Immigrants, 1788 - 1978*, Sydney: Sydney University Press, 1987, p. 24.

② Richard White, *Inventing Australia*, Sydney: Allen & Unwin, 1981, p. 28.

③ Gordon Greenwood, ed., *Australia: A Social and Political History*, Sydney: Angus and Robertson, 1955, p. 50.

④ Paul B. Rich, *Race and Empire in the British Politics* (2nd edition), Cambridge: Cambridge University Press, 1990, p. 30.

⑤ Luke Trainor, *British Imperialism and Australian Nationalism: Manipulation, Conflict and Compromise in the Late Nineteenth Century*, Cambridge: Cambridge University Press, 1994, pp. 81-82.

因此当他们喊出"澳大利亚是澳大利亚人的澳大利亚"时，殖民地的人们一点也不感到突兀，反而感到振奋。但是澳大利亚的民族主义运动不同于北美要求国家主权的民族独立，只是作为大英帝国的子民要求更多"与生俱来的权利"。他们的民族主义不同于美国的地方在于，他们不愿放弃盎格鲁-撒克逊种族的优越意识，大多数人承认"我们效忠于女王"①，同时又要凸显其作为澳大利亚人的自豪，尤其是与其早期的被抛弃的历史相联系，使澳大利亚的民族心理变得极端自负，他们声称"澳大利亚土生的殖民者比移民殖民者优秀，而移民又比留在英国本土的英国人优秀"②。这种自负的心态一方面是其经济发展使其自信心大为增强，另一方面也是对长期以来对作为大英帝国的"二等臣民"的反抗，他们喊出了很多人藏在心中的梦想："我们不要另一个罗马或英格兰。我们只要澳大利亚，一个新的民族、一个光荣的共和国、一个自由之国，这里没有不公正，每一个公民各尽其责，也不需因互相防范而互相伤害。"③ 这个澳大利亚不是大英帝国系统下的"如同肯特和康沃尔"④一样作为英国不可分割的一部分的澳大利亚，而是"在国家的基础上建立一个联邦制的澳大利亚国家"⑤。在这种心态之下，澳大利亚的民族主义运动促成了澳大利亚联邦的成立，其作为英国的自治领，成为一个名义上独立的民族国家。但是澳大利亚联邦的成立并不意味着澳大利亚的真正独立和完全脱离英联邦，正如澳大利亚资深政治家约翰·朗（Jonh Lang）在他的《为了金色澳大利亚的自由和独立》（*Freedom and Independence for the Golden Land of Australia*）一书中所言："这些殖民地

---

① Mark McKenna, *The Captive Republic: A History of Republicanism in Australia* 1788 – 1996, Melbourne: Melbourne University Press, 1996, p. 32.

② Richard White, *Inventing Australia*, Sydney: Allen & Unwin, 1981, p. 80.

③ Mark McKenna, *The Captive Republic: A History of Republicanism in Australia* 1788 – 1996, Melbourne: Melbourne University Press, 1996, p. 32.

④ Trevor. O. Lloyd, *The British Empire* 1558 – 1995, Oxford: Oxford University Press, 1996, p. 228.

⑤ Luke Trainor, *British Imperialism and Australian Nationalism: Manipulation, Conflict and Compromise in the Late Nineteenth Century*, Cambridge: Cambridge University Press, 1994, pp. 11–12.

就像一群孩子，是由他们的父母抚养长大的。"① 因此尽管它们壮大了、独立了，但是对于母国的依附尤其是心理上的依附却是难以克服的。第二次世界大战已经让澳大利亚明白英国母亲老了，不再强大得足以保护它，从而转向美国寻求大哥的庇护，但是 1954 年当英国女王首次访问悉尼时，那人山人海、震天的"天佑女王"声让人们见识了一个孩子见到久别母亲的感人场面。甚至到了 21 世纪的今天，澳大利亚人仍然保持着对女王的亲切感。

二战以后，英国殖民体系逐渐瓦解，其实力大大削弱，对世界的影响力也日益衰微，而美国得益于两次世界大战及三次工业革命而变得日益强大。1942 年，澳大利亚总理柯廷公开宣布转向美国，60 年代派兵追随美国参加越战则成为其依附美国的标志性事件。澳大利亚从政治、经济、文化等各方面与美国关系密切，深受其影响，美国成为对澳大利亚民族文化影响最大的国家之一。

与此同时，澳大利亚的原住民意识开始觉醒，他们开展了各种争取土地和其他权利的运动，他们的存在迫使白人不得不正视两百多年来被白人压制的原住民问题。"'殖民主义无论如何重要，都是尼日利亚、加纳、肯尼亚以及乌干达历史上的小事；但是，它是西印度群岛的全部历史。'这种情况同样符合澳大利亚，不管是对那些 1788 年后的土著人还是白人入侵者的后裔都是如此。"② 澳大利亚白人与澳大利亚的联系只是近两百年的事情，这片土地并非他们天然拥有的土地和乐园，而是从原住民手中抢过来的，不管他们与欧洲（英国）祖先的差别有多大，他们无论是在政治上、经济上、文化上还是精神上，都没有与这个地区的原住民分享这个新世界。因此实际上"英国的历史也是澳大利亚的历史。土著人无权拥有自己的'历史'，他们没有书面的记载。澳大利亚的历

---

① Mark McKenna, *The Captive Republic: A History of Republicanism in Australia 1788 - 1996*, Melbourne: Melbourne University Press, 1996, p. 32.

② 〔英〕巴特·穆尔-吉尔伯特等编《后殖民批评》，杨乃乔等译，北京大学出版社，2001，第 285 页。

史是从库克'发现'澳洲开始的。但是既然土著人被描写成卑鄙的敌人，既然澳大利亚的征服战争就是残酷无情的屠杀，那么遍布各地的游击战，以及这段被抹杀的历史为什么会得不到承认？为什么没有记载？（在英国以外）没有传统，没有'没落'，没有'文明'，那么澳大利亚如同巴巴多斯一样，只不过是英国光荣史篇中的一章，而且就连这一章也是关于探险者的故事。土著人的过去、由白种人入侵引起的大屠杀和生态灾难等都可以忽略不记，重要的是英国的国王和女王执政的年代。"① 既然澳大利亚的历史只不过是英国历史的一章，其本土性又从何而来，他们又如何能"自称是这块土地的主人"。② 因此澳大利亚人在追求自己的文化身份时，原住民成为其确定"澳大利亚"文化身份的基石，绕开原住民，澳大利亚文化要么成为无根的文化，要么永远充当英国文化的附庸。

多布雷兹（Livio Dobrez）一针见血地指出，澳大利亚文化身份的关键症结在于"欧洲入侵者、原住民和土地三方面的关系"。③ "欧洲入侵者"通过枪炮和杂志实现帝国远征，枪炮为其开疆拓土，杂志为其野蛮行径正名，并使其合法化。但是澳大利亚的欧洲入侵者与美洲的欧洲入侵者不同，他们是"被迫流放和受囚禁"④ 的"入侵者"，因此他们不仅带来了"枪炮"，"杂志"更承担着为其本身正名的重任。

作为"被迫流放者"，他们对澳大利亚的入侵并非出自本意，因此"他们仍然认为自己是大英帝国的子民，以语言文化为纽带将自己与帝国的中心连接在一起"。⑤ 这种浓浓的"母国情结"弥漫在澳大利亚文

---

① 〔英〕巴特·穆尔-吉尔伯特等编《后殖民批评》，杨乃乔等译，北京大学出版社，2001，第 298 页。

② 彭青龙：《彼得·凯里小说研究》，上海外语教育出版社，2011，第 251 页。

③ Adi Wimmer, ed., *Australian Nationalism Reconsidered: Maintaining a Monocultural Tradition in a Multicultural Society*, Verarbeiting: Stauffenburg Verlag, 1999, p. 63.

④ 〔英〕巴特·穆尔-吉尔伯特等编《后殖民批评》，杨乃乔等译，北京大学出版社，2001，第 286 页。

⑤ Bruce Bennett and Jennifer Strauss, *The Oxford Literary History of Australia*, Melbourne: Oxford University Press, 1988, p. 21.

学中长达百年，早期文学尤甚，以至于澳大利亚风景也成为英国风景的翻版与移植，直至在第二代澳大利亚本土白人的作品中，风景才显示出真正的澳大利亚特色。"澳大利亚化"风景的出现并不只是文学品位的转变，而是澳大利亚人心态变化在文学上的反映，其转变的过程见证了澳大利亚身份意识从无到有、从萌芽到发展的演进过程，同时澳大利亚化的风景也成为澳大利亚人认同的根基，是其文化特征的标志之一。

　　作为"受囚禁"的"入侵者"，囚徒身份是其历史上永远的污点，不管对于历史上的囚徒还是他们的后代来说，这都是需要洗刷的污点，只有洗刷了这个污点，这个民族才能与其他民族一样自信地面对未来。囚徒和流放犯为自己辩护是人之常情，在澳大利亚最初的流犯小说中，他们往往把自己塑造成失足的好人，希望通过自己的赎罪能够重新被母国接收，并且重返母国。远隔万里的现实情况使他们鲜有机会重返英国，久居异乡的疏离感与社会的迅速发展也使他们即使回到英国也无法融入英国社会，"故乡是他乡"的感觉迫使他们中的很多人又回到澳大利亚定居。不管是在英国还是在澳大利亚，无根和漂泊的孤独感时时压迫着他们，就如《奥斯卡与露辛达》中的女主人公露辛达。他们意识到这种尴尬处境起源于"两种野蛮的欧洲制度"之一的"流放制度"，正是这种罪恶的流放制度不仅使他们失去了赖以生存的物质家园和精神家园，还使他们意识到其只不过是帝国远征的炮灰，是"为大英帝国利益服务的工具"。① 因此他们必须重建自己的身份，一方面抨击流放制度的罪恶，重塑自己的形象，寻找自己新的身份，就如马库斯·克拉克的《无期徒刑》等文学作品；另一方面则出于对英国歧视的反抗重建自己的文化身份，丛林人和丛林精神成为他们区别于儒雅的英国人的重要文化特征，被塑造为澳大利亚的民族精神和民族灵魂，即使在丛林生活早已消失的今天，丛林精神仍然是澳大利亚人的宝贵精神财富。

　　尽管如此，罪犯流放地和殖民地的历史还是使澳大利亚人长期以来

---

① 〔英〕巴特·穆尔-吉尔伯特等编《后殖民批评》，杨乃乔等译，北京大学出版社，2001，第285页。

陷入一种深深的"文化自卑"，即使建立了自己的国家也没有安全感和归属感。因此进入后殖民时代以来，从源头上清算历史、重新梳理和解构被帝国主义和帝国文本歪曲的历史、重建文化身份就成为当代作家的首要任务。"颠覆是后殖民话语的主要特征，也是建立或重建民族或地区身份的主要手段"①，因此澳大利亚作家就是要颠覆那段帝国主义者所叙写的让澳大利亚人丧失自信的历史。彼得·凯里曾经说他们国家有两件很特别的事情，即英国人为他们建立的集中营和对他们的祖先所进行的大屠杀②，这两件事情所针对的对象正是流放犯和原住民。不管是失足的好人还是勤奋上进的丛林人，都不能从根本上改变其流放犯的形象，对于后殖民时期的作家而言，首要任务就是从根本上颠覆其历史上的流犯形象，"重建民族神话""书写他们的民族"。流犯在怀特、基尼利和凯里等作家笔下完成了华丽的转身，从流犯变为民族英雄——被帝国主义和殖民主义逼出来的民族英雄，通过对帝国强加于他们祖先的身份进行颠覆，重新找回文化自信。

另一个触及澳大利亚文化身份的根本问题是原住民问题。在帝国远征与殖民时代，他们被看作"殖民地的他者"（colonial other），甚至被径直看作"他者"（other），认为他们"没有力量、没有自我意识、没有思考和统治的能力"，殖民者蔑视原住民的生活，对他们的文化冷漠以待、对他们的肉体则施以暴力。③原住民的"他者"地位直到普里查德和赫伯特通过他们与土地的亲密关系赋予其澳大利亚主人的地位时才得以改观，帕特里克·怀特则提出重估原住民存在的价值。其后原住民的抗议与积极参与书写历史让"欧洲入侵者"意识到真正的"他者"是他们自己，他们才是"外人"，他们原来建构的文化身份和合法地位受到质疑，唯一的出路在于"和解"，只有当澳大利亚当然的主人——原

---

① Helen Tiffin, "Post-colonial Literatures and Counter-discourse", *Kunapipi*, Vol. 9, Iss. 3, 1987, p. 22.

② G. Dutton, "Carey and Cringe", *Weekend Australian Magazine*, February 20, 1988, p. 7.

③ 〔英〕艾勒克·博埃默：《殖民与后殖民文学》，盛宁等译，辽宁教育出版社，1998，第 21~22 页。

住民接纳他们并把他们纳入澳大利亚长达数万年的历史中，他们才可能心安理得地做回澳大利亚人，因此只有道歉、和解与正视原住民与欧洲入侵者的关系，澳大利亚的文化身份问题才有可能解决。"澳大利亚文学继续试图努力克服文化差异所带来的悲剧，并且把土著置于讨论的中心"①，萨利·摩根、亚力克西斯·赖特、托马斯·基尼利和彼得·凯里等具有远见卓识的原住民和白人作家纷纷通过自己的方式致力于民族和解与民族共建的大业。尽管在澳大利亚人的共同努力之下，陆克文的道歉让和解向前迈进了一大步，但是正如耶美·莱斯特（Yami Lester）所言："直到制定真正的解决方案、达成真正的协议，否则我们将继续被入侵者包围，你们不能说这块土地是你们真正的家园。"②

因为土地问题，澳大利亚的黑白和解尚未达成，文化身份问题仍然悬而未决。澳大利亚的身份问题从丛林中来，也必将回到丛林，只有从根本上正视欧洲入侵者、原住民与土地三者之间的关系，澳大利亚人的文化身份才能真正得以确认。"揭示真相和坚持真理是作家的责任，挖掘人道主义的潜能也是作家的责任"③，澳大利亚作家在澳大利亚文化身份的建构、发展与演进的过程中发挥了重要的作用，如彼得·凯里等具有强烈文化自觉的作家。

---

① Cynthia vanden Driesen, *Writing the Nation: Patrick White and the Indigene*, Amsterdam: Rodopi B. V., 2009, p. 149.

② Peng Qinglong, *Writing Back to the Empire: Textuality and Historicity in Peter Carey's Fiction*, Beijing: China Social Press, 2006, p. 286.

③ Ray Willbanks, ed., *Speaking Volumes: Australian Writers and Their Works*, Ringwood: Penguin Books Australia, 1992, p. 51.

参考文献

中文著作

[1] 《马克思恩格斯选集》第二卷，人民出版社，1995。

[2] 〔法〕阿尔贝·索布尔：《法国大革命史》，马胜利等译，中国社会科学出版社，1989。

[3] 〔美〕埃默里·埃利奥特主编《哥伦比亚美国文学史》，朱伯通等译，四川辞书出版社，1994。

[4] 〔英〕艾勒克·博埃默：《殖民与后殖民文学》，盛宁等译，辽宁教育出版社，1998。

[5] 〔美〕爱默生：《不朽的声音》，张世飞、蒋旭东译，当代世界出版社，2002。

[6] 〔英〕安东尼·史密斯：《民族主义——理论，意识形态，历史》，叶江译，上海世纪出版集团，2011。

[7] 安裴智：《跨文化视域下的昆曲文化身份研究》，中国社会科学出版社，2023。

[8] 澳大利亚国立大学国家传记中心编著《澳大利亚名人传——小说家卷》，苏锦平等译，陕西人民出版社，2023。

[9] 〔英〕巴特·穆尔-吉尔伯特等编《后殖民批评》，杨乃乔等译，北

京大学出版社，2001。

［10］〔德〕C. 施米特：《陆地与海洋：古今之"法"变》，林国基、周敏译，华东师范大学出版社，2006。

［11］〔美〕查尔斯·比尔德等：《美国文明的兴起》（第一卷），许亚芬译，商务印书馆，1991。

［12］陈翰笙主编《华工出国史料汇编》第 8 辑，中华书局，1984。

［13］陈经华编《外国爱情名诗百首赏析》，中国矿业大学出版社，1989。

［14］陈顺馨：《1962，夹缝中的生存》，山东教育出版社，2002。

［15］辞海编辑委员会编《辞海》（缩印本），上海辞书出版社，1979。

［16］〔澳〕大卫·沃克：《澳大利亚与亚洲》，张勇先等译，中国人民大学出版社，2009。

［17］〔美〕戴安娜·拉维奇：《美国读本》，林本椿等译，生活·读书·新知三联书店，1995。

［18］丁建弘、李霞：《普鲁士的精神和文化》，浙江人民出版社，1993。

［19］杜若松：《清末民初女作家社会文化身份构建研究》，中国社会科学出版社，2023。

［20］〔德〕恩斯特·卡西尔：《神话思维》，黄龙保等译，中国社会科学出版社，1992。

［21］〔美〕弗朗西斯·福山：《身份政治：对尊严与认同的渴求》，刘芳译，中译出版社，2021。

［22］复旦大学美国研究中心国际政治系编《美国研究》，复旦大学出版社，1986。

［23］〔法〕古斯塔夫·勒庞：《乌合之众：大众心理研究》，冯克利译，中央编译出版社，2005。

［24］〔美〕汉卢瑟·S. 利德基主编《美国特性探索》，龙治方等译，中国社会科学出版社，1991。

［25］〔德〕黑格尔：《历史哲学》，王造时译，上海书店出版社，2001。

［26］〔英〕华兹华斯：《华兹华斯诗歌精选》，杨德豫译，北岳文艺出版社，2010。

［27］黄源深：《澳大利亚文学史》，上海外语教育出版社，2014。

［28］黄源深、彭青龙：《澳大利亚文学简史》，上海外语教育出版社，2006。

［29］江宁康：《美国当代文学与美利坚民族认同》，南京大学出版社，2008。

［30］蒋孟引主编《英国史》，中国社会科学出版社，1988。

［31］〔英〕肯尼思·O. 摩根：《牛津英国通史》，王觉非等译，商务印书馆，1993。

［32］孔寒冰：《东欧政治与外交》，北京大学出版社，2009。

［33］〔美〕拉·艾里森：《看不见的人》，任绍曾等译，外国文学出版社，1984。

［34］梁丽萍：《中国人的宗教心理》，社会科学文献出版社，2004。

［35］〔法〕列维-布留尔：《原始思维》，丁由译，商务印书馆，1985。

［36］刘意青主编《英国18世纪文学史》，外语教学与研究出版社，2005。

［37］〔澳〕罗伯特·麦克林：《黑暗天堂——澳大利亚早期殖民史》，苏锦平、吉文凯译，陕西人民出版社，2020。

［38］罗明义：《国际旅游发展导论》，南开大学出版社，2002。

［39］骆介子：《澳大利亚建国史》，商务印书馆，1991。

［40］〔澳〕马库斯·克拉克：《无期徒刑》，陈正发、马祖毅译，湖南人民出版社，1985。

［41］〔英〕马林诺夫斯基：《巫术科学宗教与神话》，李安宅编译，上海文艺出版社，1987。

［42］马戎编著《民族社会学——社会学的族群关系研究》，北京大学出版社，2004。

［43］〔澳〕迈尔斯·弗兰克林：《我的光辉生涯》，黄源深译，上海译文出版社，2007。

［44］〔英〕迈克·费瑟斯通：《消解文化——全球化、后现代主义与认同》，杨渝东译，北京大学出版社，2009。

［45］〔英〕麦克斯·缪勒：《宗教学导论》，陈观胜、李培茱译，上海人民出版社，1989。

［46］宁骚：《民族与国家：民族关系与民族政策的国际比较》，北京大学出版社，1995。

［47］彭青龙：《彼得·凯里小说研究》，上海外语教育出版社，2011。

［48］彭顺生：《世界旅游发展史》，中国旅游出版社，2006。

［49］〔英〕齐格蒙特·鲍曼：《现代性与矛盾性》，邵迎生译，商务印书馆，2003。

［50］钱穆：《民族与文化》，东大图书公司，1989。

［51］〔匈〕乔治·卢卡契：《历史与阶级意识：马克思主义辩证法研究》，张西平译，重庆出版社，1989。

［52］〔英〕R. J. 约翰斯顿等主编《人文地理学词典》，柴彦威等译，商务印书馆，2004。

［53］阮西湖：《澳大利亚民族志》，民族出版社，2004。

［54］〔美〕萨克文·伯科维奇主编《剑桥美国文学史》（第七卷），孙宏主译，中央编译出版社，2005。

［55］〔美〕塞缪尔·亨廷顿：《文明的冲突与世界秩序的重建》，周琪等译，新华出版社，1998。

［56］〔美〕塞缪尔·亨廷顿：《我们是谁？——美国国家特性面临的挑战》，程克雄译，新华出版社，2005。

［57］石发林：《澳大利亚土著人研究》，四川大学出版社，2009。

［58］〔英〕斯坦利·萨迪、艾莉森·莱瑟姆：《剑桥插图音乐指南》，孟宪福主译，山东画报出版社，2002。

［59］〔澳〕斯图亚特·麦金泰尔：《苏醒大陆：澳大利亚史》，潘兴明、刘琳译，东方出版中心，2022。

［60］孙婷婷：《身份麻烦：述行理论与文化身份研究》，中国社会科学

出版社，2023。

[61]〔澳〕唐·沃森：《丛林：澳大利亚内陆文明之旅》，李景艳译，生活·读书·新知三联书店，2020。

[62]〔澳〕唐纳德·霍恩：《澳大利亚人——幸运之邦的国民》，徐维源译，上海译文出版社，2000。

[63] 陶家俊：《文化身份的嬗变——E. M. 福斯特小说和思想研究》，中国社会科学出版社，2003。

[64] 王宇博：《澳大利亚——在移植中再造》，四川人民出版社，2000。

[65]〔澳〕沃特金·坦奇：《澳洲拓殖记》，刘秉仁译，商务印书馆，2008。

[66] 吴祯福主编《澳大利亚历史：1788-1942》，北京出版社，1992。

[67] 伍蠡甫主编《西方文论选》（下卷），上海译文出版社，1979。

[68] 武竞：《她们自己的声音：澳大利亚土著女作家研究》，中国社会科学出版社，2014。

[69] 夏玉和、李又文编著《澳大利亚社会与文化》，外语教学与研究出版社，2008。

[70]〔日〕小川环树：《风与云——中国诗文论集》，周先民译，中华书局，2005。

[71]〔日〕小川环树：《论中国诗》，谭汝谦等译，贵州人民出版社，2009。

[72] 谢选骏：《神话与民族精神》，山东文艺出版社，1986。

[73] 杨永春：《当代澳大利亚土著文学中的身份主题研究》，世界图书出版公司，2012。

[74]〔德〕尤尔根·哈贝马斯：《后民族结构》，曹卫东译，上海人民出版社，2002。

[75]〔英〕约翰·汤姆林森：《全球化与文化》，郭英剑译，南京大学出版社，2002。

[76] 张计连：《镜观物色：彼得·凯里小说中的认同问题研究》，中国

社会科学出版社，2015。

[77] 张京媛主编《后殖民理论与文化批评》，北京大学出版社，1999。

[78] 张京媛主编《新历史主义与文学批评》，北京大学出版社，1993。

[79] 张勇先：《英语发展史》，外语教学与研究出版社，2014。

[80] 赵晶辉：《战后英国小说中的伦敦城市空间和民族文化身份建构》，
南京大学出版社，2023。

[81] 赵一凡、张中载、李德恩主编《西方文论关键词》，外语教学与研
究出版社，2006。

[82] 郑晓云：《文化认同与文化变迁》，中国社会科学出版社，1992。

[83] 中国社会科学院语言研究所词典编辑室编《现代汉语词典》（第 7
版），商务印书馆，2018。

[84] 朱婕：《跨文化交往与文化身份认同研究：以旅德中国青年为例》，
外语教学与研究出版社，2023。

中文论文

[1] 〔澳〕安妮·黑克琳·胡森：《多元文化教育和后殖民取向》，张家
勇摘译，《比较教育研究》2003 年第 1 期。

[2] 〔澳〕彼得·凯里：《"凯利帮"真史》，李尧译，《世界文学》
2002 年第 4 期。

[3] 毕苑：《"国家"的诞生：教科书中的中华民国》，《读书》2012 年
第 11 期。

[4] 陈璟霞：《"绿色的英格兰"与风景画：风景和艺术的国家建构功
能》，《外国文学》2020 年第 1 期。

[5] 陈栩：《〈杰克·迈格斯〉中的家庭叙事及其政治隐喻》，《当代外
国文学》2019 年第 1 期。

[6] 陈正发：《澳大利亚土著文学创作中的政治》，《外国文学》2007 年
第 4 期。

[7] 陈正发：《殖民时期的澳大利亚移民小说》，《安徽大学学报》（哲

学社会科学版）2004 年第 5 期。

[8] 大地：《英国国歌：〈神佑女王〉》，《流行歌曲》2011 年第 8 期。

[9] 方红：《述说自己的故事——论澳大利亚土著女性传记》，《当代外国文学》2005 年第 2 期。

[10] 费晟：《"环境焦虑" 与澳大利亚殖民地反华话语的构建》，《世界历史》2017 年第 4 期。

[11] 费晟：《1881 年悉尼天花疫情下的排华运动》，《世界历史》2020 年第 5 期。

[12] 黄洁：《"国家庆典" 与澳大利亚历史小说》，《外国文学评论》2017 年第 3 期。

[13] 黄洁：《从 "金翅雀" 到 "楔尾雕"：〈树叶裙〉的澳大利亚白人身份建构之路》，《外国文学评论》2023 年第 3 期。

[14] 姜黎黎、余静：《英国国歌小史》，《大学英语》2005 年第 1 期。

[15] 雷鸣：《民族国家想象的需求与可能——论十七年小说的边地书写》，《中国现代文学研究丛刊》2013 年第 1 期。

[16] 李秀清：《〈普克山的帕克〉中的帝国理想及 "英国性" 建构》，《外国文学评论》2009 年第 2 期。

[17] 李震红：《G. A. 维尔克斯论澳大利亚民族文化》，《国外文学》2012 年第 4 期。

[18] 厉梅：《抗战文学中的风景描写与民族认同》，《山东师范大学学报》（人文社会科学版）2007 年第 3 期。

[19] 林慧：《行走在历史与未来之间——对澳大利亚传统节日 ANZAC 的当代解读》，《艺术评论》2012 年第 10 期。

[20] 林彦群：《战后新、马华人 "文化认同" 问题》，《南洋问题》1986 年第 4 期。

[21] 罗文彦、曾艳兵：《多元文化下的新人类》，《中华文化论坛》2018 年第 3 期。

[22] 罗文彦、曾艳兵：《新人类——试论亚历克斯·米勒小说中的澳大

利亚民族身份》，《中华文化论坛》2018 年第 1 期。

[23] 马得勇：《国家认同、爱国主义与民族主义——国外近期实证研究综述》，《世界民族》2012 年第 3 期。

[24] 毛凌滢：《风景的政治——库柏小说的风景再现与民族文化身份的建构》，《外国文学》2014 年第 3 期。

[25] 区鉷：《文化对话·文化身份·文化误读》，《粤海风》1997 年第 1 期。

[26] 彭青龙：《"魔术师"的谎言与牢笼》，《上海师范大学学报》（哲学社会科学版）2006 年第 3 期。

[27] 彭青龙：《〈奥斯卡与露辛达〉：承受历史之重的爱情故事》，《当代外国文学》2009 年第 2 期。

[28] 彭青龙：《〈杰克·迈格斯〉：重写帝国文学经典》，《外国文学评论》2009 年第 1 期。

[29] 彭青龙：《超越二元、以人为本——解读彼得·凯里小说文本中的伦理思想》，《外语教学》2015 年第 4 期。

[30] 彭青龙：《世界眼光与比较视角：文明、文化、文学的话语变迁及权力转换》，《外语教学》2023 年第 3 期。

[31] 彭青龙：《是"丛林强盗"还是"民族英雄"？——解读彼得·凯里的〈"凯利帮"真史〉》，《外国文学评论》2003 年第 2 期。

[32] 彭青龙：《写回帝国中心，建构文化身份的彼得·凯里》，《当代外国文学》2005 年第 2 期。

[33] 钱超英：《自我、他者与身份焦虑——论澳大利亚新华人文学及其文化意义》，《暨南学报》（哲学社会科学）2000 年第 4 期。

[34] 任爱军：《澳大利亚土著生活的缩影——〈库娜图〉等三部长篇小说综论》，《安徽大学学报》（哲学社会科学版）1996 年第 4 期。

[35] 舒奇志、杨金才：《空间异位中的归家之旅——评多丽斯·皮金顿的〈漫漫回家路〉》，《南京社会科学》2007 年第 6 期。

[36] 苏锑平：《"盎格鲁适应"的消解之路——论澳大利亚白人文学中

的黑白关系》，《西安外国语大学学报》2017 年第 1 期。

[37] 苏锦平：《澳大利亚土著意识探源：文学的视角》，《西安外国语大学学报》2015 年第 1 期。

[38] 孙成平、彭青龙：《澳大利亚富兰克林文学奖中的土著文学》，《海南大学学报》（人文社会科学版）2024 年第 1 期。

[39] 汪诗明、李虎平：《"马宝裁定"对澳大利亚土著反殖民化进程的影响》，《世界民族》2022 年第 5 期。

[40] 汪诗明：《殖民前的澳洲并非"无主地"》，《安徽史学》2020 年第 2 期。

[41] 王光林：《"异位移植"——论华裔澳大利亚作家布赖恩·卡斯特罗的思想与创作》，《当代外国文学》2005 年第 2 期。

[42] 吴迪：《〈卡彭塔利亚湾〉中混杂性的演现探析》，《山东社会科学》2016 年第 4 期。

[43] 武竞：《当代澳大利亚土著文学的新思考：阿莱克希思·莱特和她的〈卡奔塔利亚湾〉》，《理论界》2011 年第 11 期。

[44] 徐特辉、游南醇：《澳大利亚殖民地时期诗歌述评》，《外国文学评论》2001 年第 1 期。

[45] 徐显静：《梦幻、魔幻、隐喻——评小说〈卡彭塔利亚湾〉》，《西华大学学报》（哲学社会科学版）2010 年第 6 期。

[46] 徐阳子、彭青龙：《〈河道导游之死〉中的文化记忆与身份建构》，《外国文学研究》2018 年第 5 期。

[47] 徐在中：《库娜图的悲剧：澳大利亚土著的集体悲剧》，《西北民族大学学报》（哲学社会科学版）2009 年第 6 期。

[48] 许润章：《近代英国两次海外移囚及其文化启示》，《比较法研究》1995 年第 2 期。

[49] 闫爱华：《风景研究的文化转向——兼评米切尔的〈风景与权力〉》，《广西社会科学》2016 年第 6 期。

[50] 闫荣素：《澳大利亚"白澳政策"的历史演变》，《河北师范大学

学报》（哲学社会科学版）2004 年第 5 期。

［51］颜翔林：《当代神话及其审美意识》，《中国社会科学》2009 年第
3 期。

［52］杨保林：《〈迷失之声〉与"澳大利亚梦"》，《当代外国文学》
2016 年第 2 期。

［53］杨惠芳：《华兹华斯与英国风景价值的多维呈现》，《理论月刊》
2012 年第 7 期。

［54］杨升华：《叶芝抒情诗歌中的风景书写与爱尔兰民族身份认同》，
《国外文学》2022 年第 3 期。

［55］叶胜年：《〈他这辈子〉及其所反映的澳大利亚囚犯流放制度》，
《西华大学学报》（哲学社会科学版）2010 年第 3 期。

［56］应琼：《试论〈家〉的后殖民女性主义》，《湖南社会科学》2014
年第 5 期。

［57］张成成：《流动的身份——论盖尔·琼斯〈六十盏灯〉中的家、
旅行与跨文化去／来》，《当代外国文学》2021 年第 2 期。

［58］张德明：《旅行文献集成与空间身份建构》，《杭州师范大学学报》
（社会科学版）2010 年第 6 期。

［59］张德明：《英国旅行文学与小说话语的形成》，《国外文学》2011
年第 2 期。

［60］张箭飞：《风景感知和视角——论沈从文的湘西风景》，《天津社
会科学》2006 年第 5 期。

［61］张箭飞：《风景与民族性的建构——以华特·司各特为例》，《外
国文学研究》2004 年第 7 期。

［62］张箭飞：《风景与文学：概貌、路径及案例》，《云南师范大学学
报》（哲学社会科学版）2016 年第 3 期。

［63］张瑾：《二战后三十年间澳大利亚技术移民结构与成因探析》，
《世界历史》2021 年第 1 期。

［64］张慎：《德国启蒙运动和启蒙哲学的再审视》，《浙江学刊》2004

年第 1 期。

[65] 张鑫：《浪漫主义的游记文学观与拜伦的"剽窃"案》，《国外文学》2010 年第 1 期。

[66] 周小进：《污名、假想敌与民族身份——论托马斯·基尼利小说中的土著人形象和澳大利亚民族身份》，《当代外国文学》2005 年第 2 期。

[67] 周韵：《历史·语言·身份——评皮得·凯里的小说科利帮的真实历史》，《当代外国文学》2002 年第 2 期。

英文著作

[1] A. A. Phillips, *The Australian Tradition: Studies in a Colonial Culture*, Melbourne: Longman Cheshire, 1966(reissue 1980).

[2] A. A. Phillips, *On the Cultural Cringe*, Melbourne: Melbourne University Press, 2006.

[3] David Brooks, ed., *Selected Poetry and Prose*, Sydney: Halstead Press, 2000.

[4] Adam Shoemaker, *Black Words, White Pages: Aboriginal Literature 1929 – 1988*, Canberra: The Australian National University Press, 2004.

[5] Adi Wimmer, ed., *Australian Nationalism Reconsidered: Maintaining a Monocultural Tradition in a Multicultural Society*, Verarbeiting: Stauffenburg Verlag, 1999.

[6] Alexander Grant and Keith J. Stringer, eds., *Uniting the Kingdom? The Making of British History*, London: Routledge, 1995.

[7] Alexander Harris, *Settlers and Convicts*, London: Strand, 1847.

[8] Alexis Wright, *Carpentaria*, New York: Atria International, 2010.

[9] Alonzo Hamby, *Outline of U. S. History* (revised edition), New York: Nova Science Publishers, Inc., 2006.

[10] Ann-Mari Jordens, ed., *Redefining Australians: Immigration, Citizenship and National Identity*, Sydney: Hale & Iremonger, 1995.

[11] Anna Olijnyk and Alexander Reilly, eds., *The Australian Constitution and National Identity*, Canberra: Australian National University Press, 2023.

[12] Antony Easthope, *Englishness and National Culture*, London: Routledge, 1999.

[13] Adam Jamrozik, C. Boland & R. Urquhart, *Social Change and Culture Transformation in Australia*, Cambridge: Cambridge University Press, 1995.

[14] Anthony D. King, ed., *Culture, Globalization and the World-System*, Minneapolis: University of Minnesota Press, 1997.

[15] B. Ashcroft, G. Griffiths, and H. Tiffin, eds., *The Postcolonial Studies Reader.* New York: Routledge, 2003.

[16] Barbara Korte, *English Travel Writing from Pilgrimages to Postcolonial Explorations*, Basingstoke: Palgrave Macmillan, 2000.

[17] Benedict Anderson, *Imagined Communities: Reflections on the Origins and Spread of Nationalism* (new edition), London: Verso, 2016.

[18] Bernard Guenée, *States & Rulers in Later Medieval Europe*, Juliet Vale tran., Oxford: Basil Blackwell, 1985.

[19] Betty Churcher, *The Art of War*, Melbourne: Miegunyah Press, 2004.

[20] Bill Ashcroft et al., *The Empire Writes Back*, London: Routledge, 2002.

[21] Boyd C. Shafer, *Nationalism: Myth and Reality*, New York: Victor Gollancz, 1955.

[22] Brian Hodge and Allen Whitehurst, *Nation and People: An Introduction to Australia in a Changing World*, Sydney: Hicks, Smiths & Sons, 1967.

[23] Bruce Bennett and Jennifer Strauss, *The Oxford Literary History of Australia*, Melbourne: Oxford University Press, 1988.

[24] Bruce Scates, *Return to Gallipoli: Walking the Battlefields of the Great War*, Cambridge: Cambridge University Press, 2006.

[25] C. D. Rowley, *The Destruction of Aboriginal Society*, Canberra: Australian National University Press, 1970.

[26] Catriona Elder, *Being Australian: Narratives of National Identity*, Crows Nest: Allen & Unwin, 2007.

[27] Charles R. Goeldner and Jr. Brent Ritchie, *Tourism: Principles, Practices, Philosophies* (11th edition), Hoboken, NJ: John Wiley and Sons, Inc., 2009.

[28] Charles Rosen and Henri Zerner, *Romanticism and Realism: Methodology of Nineteenth Century Art*, London: Faber & Faber, 1984.

[29] Charles W. J. Withers, *Geography, Science and National Identity: Scotland since 1520*, Cambridge: Cambridge University Press, 2001.

[30] Chris Barker and Emma A. Jane, *Cultural Studies: Theory and Practice* (5th edition), London: Sage, 2016.

[31] Chris Wallace-Crabbe and Peter Pierce, eds., *Clubbing of the Gunfire—101 Australian War Poems*, Melbourne: Melbourne University Press, 1984.

[32] Colin Bourke, Eleanor Bourke and Bill Edwards, eds., *Aboriginal Australia: An Introductory Reader in Aboriginal Studies* (2nd Edition), St. Lucia: University of Queensland Press, 1994.

[33] Cynthia vanden Driesen, *Writing the Nation: Patrick White and the Indigene*, Amsterdam: Rodopi B. V., 2009.

[34] D. McCrone and G. McPherson, eds., *National Days*, London: Palgrave Macmillan, 2009.

[35] D. W. Meinig, ed., *The Interpretation of Ordinary Landscapes: Geographical Essays*, Oxford: Oxford University Press, 1979.

[36] Dale Spender, *Writing a New World: Two Centuries of Australian Women Writers*, London & New York: Pandora, 1988.

[37] David Brooks, ed., *Selected Poetry and Prose*, Sydney: Halstead Press, 2000.

[38] David Carter, ed., *The Cambridge History of the Australian Novel*, Cambridge: Cambridge University Press, 2023.

[39] David Carter and Wang Guanglin, eds., *Modern Australian Criticism and*

Theory, Qingdao: China Ocean University Press, 2010.

[40] David Hooson, ed., *Geography and National Identity*, Oxford: Blackwell, 1994.

[41] David J. Tacy, *Remaking Men: Jung, Spirituality and Social Change*, London: Routledge, 1997.

[42] Dee Dyas, *Pilgrimage in Medieval English Literature, 700−1500*, Cambridge: D. S. Brewer, 2001.

[43] Delys Bird, *Katharine Susannah Prichard: Stories, Journalism and Essays*, St. Lucia: University of Queensland Press, 2000.

[44] Denis Cosgrove and Stephen Daniels, *The Iconography of Landscape*, Cambridge: Cambridge University Press, 1988.

[45] Derek Gregory et al., eds., *The Dictionary of Human Geography* (5th edition), West Sussex: Blackwell Publishing Ltd., 2009.

[46] Drusilla Modjeska, *Exiles at Home: Australian Women Writers, 1925−1945*, Pymble, N. S. W. : A & R Classics, 2001.

[47] Edward Relph, *Place and Placelessness*, London: Pion, 1976.

[48] Edwin Jones, *The English Nation: the Great Myth*, London: Sutton Publishing, 1998.

[49] Edward Said, *After the Last Sky*, New York: Pantheon, 1986.

[50] Elizabeth A. Bohls and Ian Duncan, eds., *Oxford World's Classics, Travel Writing, 1700−1830, Anthology*, New York: Oxford University Press, 2005.

[51] Elizabeth Webby, *Cambridge Companion to Australian Literature*, Cambridge: Cambridge University Press, 2000.

[52] Emory Elliot, ed., *Columbia Literary History of the United States*, New York: Columbia University Press, 1988.

[53] Eric Hobsbawm and Terence Ranger, eds., *The Invention of Tradition*, Cambridge: Cambridge University Press, 2012.

[54] Eric Willmot, *Pemulwuy: The Rainbow Warrior* (2nd edition), San Gabriel:

Weldon International, 2010.

[55] Fredric Manning, *Her Privates We*, London: P. Davies, 1964.

[56] G. A. Wilkes, *The Stockyard and the Croquet Lawn: Literary Evidence for Australia's Cultural Development*, London: Edward Arnold Ltd., 1981.

[57] G. Milton, *The Riddle and the Knight: In Search of Sir John Mandeville, the World's Greatest Traveler*, New York: Farrar, Straus and Giroux, 2001.

[58] G. Sherington, *Australia's Immigrants, 1788–1978*, Sydney: Sydney University Press, 1987.

[59] Geoff Ward, *The Writing of America: Literature and Cultural Identity from the Puritans to the Present*, Malden, MA: Polity, 2002.

[60] Geoffery Bolton, *The Oxford History of Australia: The Middle Way, 1942–1995*, Oxford: Oxford University Press, 1996.

[61] Geoffrey B. Levey, *Political Theory and Australian Multiculturalism*, Oxford: Berghahn Books, 2012.

[62] Geoffrey Elton, *The English*, Oxford: Oxford University Press, 1992.

[63] George Rude, *Protest and Punishment*, Oxford: Clarendon Press, 1978.

[64] George Winterton, *Monarchy to Republic: Australian Republican Government*, Melbourne: Oxford University Press, 1986.

[65] George Young, *Tourism: Blessing or Blight*, London: Penguin Books, 1973.

[66] Gerald Alfred Wilkes, *Australian Literature: A Conspectus*, Sydney: Angus and Robertson, 1969.

[67] Gordon Greenwood, ed., *Australia: A Social and Political History*, Sydney: Angus and Robertson, 1955.

[68] Graeme Kinross-Smith, *Australia's Writers*, West Melbourne: Nelson, 1980.

[69] H. Gardner and P. Mcconvell, *Southern Anthropology: A History of Fison and Howitt's Kamilaroi and Kurnai*, London: Palgrave Macmillan, 2015.

[70] H. M. Green, *A History of Australian Literature*, Sydney: Angus & Robertson Publishers, 1984.

[71] H. G. Turner and A. Sutherland, *The Development of Australian Literature*, London: Longman, Green and Co., 1898.

[72] Hannes Palang et al., eds., *European Rural Landscape: Persistence and Change in a Globalizing Environment*, Amsterdam: Kluwer Academic Publishers, 2004.

[73] Harry Heselting, ed., *The Penguin Book of Australian Verse*, Ringwood, Victoria: Penguin Books Australia, 1972.

[74] Henry Kendall, *Poems and Songs*, Sydney: Sampson Low, Son & Marston, Ludgate Hill, 1862.

[75] Henry Kendall and John Caldwell, *Bell-Birds: A Poem*, Sydney: Harper Collins Publishers Australia, 1982.

[76] Henry Kingsley, *The Recollections of Geoffry Hamlyn* (Vol. 2), Cambridge, 1859.

[77] Henry Savery, *Quintus Servinton*, Sydney: Sydney University Press, 2003.

[78] Hilda Jarman Muir, *Very Big Journey: My Life as I Remember It*, Canberra: Aboriginal Studies Press, 2004.

[79] Hugh Seton-Watson, *Nations & States: An Enquiry into the Origins of Nations & Politics of Nationalism*, London: Methuen, 1977.

[80] Humphrey McQueen, *A New Britannia*, Ringwood: Penguin Books, 1970.

[81] Immigration Reform Group, *Immigration: Control or Colour Bar?* Melbourne: Melbourne University Press, 1962.

[82] J. Evelev, *Picturesque Literature and the Transformation of the American Landscape, 1835-1874*, Oxford: Oxford University Press, 2021.

[83] James Baldwin, *Just Above My Head*, New York: Dell, 1979.

[84] James Curran and Stuart Ward, *The Unknown Nation: Australia After Empire*, Melbourne: Melbourne University Publishing, 2010.

[85] James E. Marcia, *Ego Identity: A Handbook for Psychosocial Research*, New York: Springer, 2012.

[86] James Hardy Vaux, *Memoirs of James Hardy Vaux*, London: Northumberland Court, 1819.

[87] James Hingston Tuckey, *An Account of a Voyage to Establish a Colony at Port Philip in Bass's Strait*, London: Longman, 1805.

[88] James Jupp, *From White Australia to Woomera: The Society of Australian Immigration*, Cambridge: Cambridge University Press, 2007.

[89] James Jupp, ed., *The Australian People: An Encyclopedia of the Nation, Its People and Their Origins*, Cambridge: Cambridge University Press, 2001.

[90] Jean Baudrillard, *Simulacra and Simulation*, S. F. Glaser, tran., Ann Arbor, Michigan: University of Michigan Press, 1994.

[91] Jean Gailhard, *The Compleat Gentleman: or Directions for the Education of Youth as to Their Breeding at Home and Travelling Abroad*, London: J. Starkey, 1678.

[92] Jeffrey Knapp, *An Empire Nowhere England, America and Literature from Utopia to the Tempest*, Berkeley, Los Angles: University of California Press, 1992.

[93] John Barnes, *The Writers in Australia: A Collection of Literary Documents 1856– 1964*, Melbourne: Oxford University Press, 1969.

[94] John Cobley, *The Crimes of the First Fleet Convicts*, Sydney: Angus and Robertson, 1970.

[95] John Ivor Richardson, *A History of Australian Travel and Tourism*, Maastricht, The Netherlands: Hospitality Press, 1999.

[96] John Mandeville, *The Travels of Sir John Mandeville*, C. W. R. D. Moseley trans., London: Penguin Books, 2005.

[97] John O. Simonds and Barry W. Strake, *Landscape Architecture: A Manual of Environmental Planning and Design*(4th edition), New York: McGraw-Hill Companies, Inc., 2006.

[98] John Rickard, *Australia: A Cultural History*, London: Longman, 1996.

[99] John Robertson, *ANZAC and Empire: The Tragedy and Glory of Gallipoli*, Melbourne: Hamlyn Press, 1990.

[100] John Urry, *The Tourist Gaze* (2nd edition), London: Sage, 2002.

[101] Jonathan Friedman, *Cultural Identity and Global Process*, London: Sage, 1994.

[102] Jonathan Swift, *Gulliver's Travels*, Philadelphia: The Pennsylvania State University Press, 2008.

[103] Jorge Larrain, *Ideology and Cultural Identity: Modernity and the Third World Presence*, Cambridge: Polity Press, 1994.

[104] Judith Wright, *Preoccupations in Australian Poetry*, Melbourne: Oxford University Press, 1965.

[105] Katharine Susannah Prichard, *Coonardoo*, Sydney: Angus & Robertson, 2000.

[106] Katharine Susannah Prichard, *N'goola and Other Stories*, Melbourne: Australasian Book Society, 1959.

[107] Kathleen Wilson, *The Island Race: Englishness, Empire and Gender in the Eighteenth Century*, London: Routledge, 2003.

[108] Kathryn Elizabeth Foy, *The Formation of Australian National Identity: The Contribution of Modern Women's Immigrant and Aboriginal Theatre and Drama*, Doctoral Dissertation of the University of Hawaii, 1999.

[109] Kathryn Van Spanckeren, *Outline of American Literature* (revised edition), New York: Orange Grove Books, 2009.

[110] Kwame Anthony Appiah, *The Ethics of Identity*, Princeton: Princeton University Press, 2007.

[111] L. Chrisman and P. Williams, eds., *Colonial Discourse and Postcolonial Theory: A Reader*, London and New York: Routledge, 2015.

[112] Laurie Hergenhan, *The Penguin New Literary History of Australia*, Ringwood · New York: Penguin Books, 1988.

[113] Laurie Hergenhan, *Unnatural Lives: Studies in Australian Fiction about the*

Convicts from Tucker to P. White, St. Lucia: University of Queensland Press, 1991.

[114] Leonard Mann, *Flesh in Armour: A Novel*, Columbia, South Carolina: University of South Carolina Press, 2008.

[115] Leonie Kramer, ed., *The Oxford History of Australian Literature*, Melbourne: Oxford University Press, 1981.

[116] Lore Metzger, ed., *Oroonoko: or, the Royal Slave, A True History*, New York: W. W. Norton & Company, 1973.

[117] Lorna Ollif, *Andrew Barton Paterson*, Woodbridge: Twayne Publishers, 1971.

[118] Luke Trainor, *British Imperialism and Australian Nationalism: Manipulation, Conflict and Compromise in the Late Nineteenth Century*, Cambridge: Cambridge University Press, 1994.

[119] Lyn Spillman, *Nation and Commemoration: Creating National Identities in the United States and Australia*, New York: Cambridge University Press, 1997.

[120] Mark Currie, *Postmodern Narrative Theory* (2nd edition), New York: Palgrave Macmillan, 2010.

[121] Mark McKenna, *The Captive Republic: A History of Republicanism in Australia 1788-1966*, Cambridge: Cambridge University Press, 1996.

[122] Michael Ackland, *The Penguin Book of 19th Century Australian Literature*, Melbourne: Penguin Books Australian Ltd., 1993.

[123] Michael Banton, *International Action against Racial Discrimination*, Oxford: Clarendon Press, 1996.

[124] Michael E. Brown and Šumit Ganguly, *Government Policies and Ethnic Relations in Asia and Pacific*, Cambridge, Mass. : Massachusetts Institute of Technology Press, 1997.

[125] Michael Lind, *The Next American Nation: The New Nationalism & the Fourth American Revolution*, New York: Simon & Schuster, 1995.

[126] Milton M. Gordon, *Assimilation in American Life: The Role of Races,*

Religion, and National Origins, New York: Oxford University Press, 1964.

[127] Murray G. H. Pittock, *Poetry and Jacobite Politics in Eighteenth Century Britain and Ireland*, Cambridge: Cambridge University Press, 1994.

[128] Myra Wilard, *History of the White Australia Policy to 1920*, Melbourne: Melbourne University Press, 1967.

[129] Nandini Das and Tim Youngs, *The Cambridge History of Travel Writing*, Cambridge: Cambridge University Press, 2019.

[130] National Multicultural Advisory Council, *Australian Multiculturalism for a New Century: Towards Inclusiveness, a Report*, Canberra: The Council, 1999.

[131] National Museum of Australia, *Symbols of Australia: Uncovering the Stories Behind Australia's Best-Loved Symbols*, Canberra: National Museum of Australia Press, 2021.

[132] Niall Lucy, *A Derrida Dictionary*, Oxford: Blackwell, 2004.

[133] Nicholas Birns and Louis Klee, eds, *The Cambridge Companion to the Australian Novel*, Cambridge: Cambridge University Press, 2023.

[134] Nicholas Birns and Rebecca Mcneer, eds., *A Companion to Australian Literature since 1900*, New York: Camden House, 2007.

[135] Norman Cantor and Michael Werthman, eds., *The English Tradition*, New York: Macmillan, 1967.

[136] Ouyang Yu, *Chinese in Australian Fiction, 1888–1988*, Amherst & New York: Cambria Press, 2008.

[137] P. J. Marshall, *The Cambridge Illustrated History of the British Empire*, Cambridge: Cambridge University Press, 1996.

[138] P. J. Marshall and Glyndwr Williams, *The Great Map of Mankind: Perceptions of New Worlds in the Age of Enlightenment*, Cambridge, MA: Harvard University Press, 1982.

[139] Paul B. Rich, *Race and Empire in the British Politics* (2nd edition), Cambridge: Cambridge University Press, 1990.

[140] Paul de Man, *The Rhetoric of Romanticism*, New York: Columbia University Press, 1984.

[141] Paul Langford, *Englishness Identified: Manners and Character 1650–1850*, Oxford: Oxford University Press, 2000.

[142] Paul Lauter, ed., *The Heath Anthology of American Literature* (2nd Edition), Lexington: D. C. Heath & Company, 2013.

[143] Peng Qinglong, *Writing Back to the Empire: Textuality and Historicity in Peter Carey's Fiction*, Beijing: China Social Press, 2006.

[144] Peter Carey, *Oscar and Lucinda*, St. Lucia: University of Queensland Press, 1988.

[145] Peter Carey, *American Dreams*, Sydney: Harper Collins Publishers Australia, 1997.

[146] Peter Carey, *True History of the Kelly Gang*, St. Lucia: University of Queensland Press, 2000.

[147] Peter Childs, *Post-colonial Theory and English Literature: A Reader*, Edinburgh: Edinburgh University Press, 1999.

[148] Peter F. Sugar, *Eastern European Nationalism, Politics and Religion*, Brookfield, VT: Ashgate Publishing Limited, 1999.

[149] Peter Hulme and Tim Youngs, *The Cambridge Companion to Travel Writing*, Cambridge: Cambridge University Press, 2002.

[150] Peter Pierce, ed., *The Cambridge History of Australian Literature*, Cambridge: Cambridge University Press, 2009.

[151] Peter Pierce, *Australian Melodramas: Thomas Keneally's Fiction*, St. Lucia: University of Queensland Press, 1995.

[152] R. Ebbatson, *An Imaginary England: Nation, Landscape and Literature, 1840–1920*, London: Routledge, 2005.

[153] Ray Willbanks, ed., *Speaking Volumes: Australian Writers and Their Works*, Ringwood: Penguin Books Australia, 1992.

[154] Richard Broome, *Aboriginal Australians, Black Responses to White Dominance 1788–2001*(3ʳᵈ Edition) , Sydney: Allen & Unwin, 2002.

[155] Richard Hakluyt, *Voyages and Documents*, London: Oxford University Press, 1958.

[156] Richard Whately, ed., *Bacon's Essays: With Annotations*, London: John W. Parker and Son West Strand, 1858.

[157] Richard White, *Inventing Australia*, Sydney: Allen & Unwin, 1981.

[158] Robert Hodge and Vijay Mishra, *Dark Side of the Dream: Australian Literature and the Postcolonial Mind*, Sydney: Allen and Unwin, 1990.

[159] Robert Thomson, *Australian Nationalism: An Earnest Appeal to the Sons of Australia in Favour of the Federation and Independence of the States of Our Country*, Burwood, N. S. W. : Moss Brother, 1888.

[160] Robyn Davidson, ed., *The Picador Book of Journeys*, London: Picador, 2001.

[161] Roger Bell, *Multicultural Societies: Comparative Reader*, Sydney: Sable Publishing, 1987.

[162] Roland Barthes, *Mythologies*, Annette Lavers tran., New York: The Noonday Press, 1972.

[163] Rolf Boldrewood, *Robbery under Arms*, London, 1889.

[164] Ros Pesman, David Walker, and Richard White, eds., *The Oxford Book of Australian Travel Writing*, Melbourne: Oxford University Press, 1996.

[165] Roy Porter, ed., *The Cambridge History of Science* (Vol. 4) , Cambridge: Cambridge University Press, 2008.

[166] Ruby Langford Ginibi, *Don't Take Your Love to Town*, St. Lucia: University of Queensland Press, 2007.

[167] Ruby Langford Gunibi, *My Bundjalung People*, St. Lucia: University of Queensland Press, 1994.

[168] Russel Ward, *The Australian Legend*, Melbourne: Oxford University Press, 1958.

[169] S. Hall, D. Held and T. Mc-Crew, eds., *Modernity and Its Future*, Cambridge: Polity Press, 1992.

[170] S. Siddall, *Landscape and Literature*, Cambridge: Cambridge University Press, 2009.

[171] Sally Morgan, *My Place*, West Australia: Fremantle Arts Centre Press, 1987.

[172] Seal Graham, *Ned Kelly in Population Tradition*, Melbourne: Argus and Robertson, 2002.

[173] Simon Marginson, *Educating Australia: Government, Economy and Citizen since 1960*, Cambridge: Cambridge University Press, 1997.

[174] Simon Schama, *Landscape and Memory*, London: Fontana Press, 1995.

[175] Stephen Alomes, *Nation at Last? Changing Character of Australian Nationalism, 1880-1988*, Sydney: Harper Collins Publishers(Australia) Pty Ltd, 1988.

[176] Stuart Hall and Paul du Gay, eds., *Questions of Cultural Identity*, London: Sage, 1996.

[177] Stuart Macintyre, *A Concise History of Australia*(3rd edition) , Cambridge: Cambridge University Press, 2009.

[178] Thomas Keneally, *The Chant of Jimmie Blacksmith*, Ringwood: Penguin Books, 1973.

[179] Thomas Keneally, *The Playmaker*, London: Hodder & Stoughton, 1987.

[180] Tom Griffith and Libby Robin, eds., *Ecology and Empire: Environmental History of Settler Societies*, Melbourne: Melbourne University Press, 1997.

[181] Trevor O. Lloyd, *The British Empire 1558 - 1995*, Oxford: Oxford University Press, 1996.

[182] Uros Cvoro, *The Changing Roles of the National Museum of Australia in Creating Australian Identity: How the Politics of a Nation Shaped Its Culture*, Lewiston· Lampeter: Edwin Mellen Press, 2011.

[183] W. H. Blackmore, R. E. Cotter and M. J. Elliott, *Landmarks: A History of Australia to the Present Day*, Melbourne: Macmillan, 1987.

[184] W. J. Hudson and M. P. Sharp, *Australian Independence: Colony to Reluctant Kingdom*, Carlton, Vic. : Melbourne University Press, 1988.

[185] W. J. M. Mackenzie, *Political Identity*, London: Penguin Books, 1978.

[186] W. J. T. Mitchell, ed., *Landscape and Power* (2nd edition), Chicago: The University of Chicago Press, 2002.

[187] W. Meinig, ed., *The Interpretation of Ordinary Landscapes: Geographical Essays*, Oxford: Oxford University Press, 1979.

[188] Watkin Tench, *A Complete Account of the Settlement at Port Jackson*, London: J. Sewell Cornhill, 1793.

[189] Watkin Tench, *A Narrative of the Expedition to Botany Bay*, Sydney: University of Sydney Library, 1998.

[190] Wendy J. Darby, *Landscape and Identity: Geographies of Nation and Class in England*, Oxford: Berg Publishers, 2000.

[191] William Bloom, *Personal Identity, National Identity and International Relations*, Cambridge: Cambridge University Press, 1990.

[192] William L. Shirer, *The Rise and Fall of the Third Reich: A History of Nazi Germany*, New York: Touchstone, 1990.

[193] Yi-Fu Tuan, *Topophilia: A Study of Environmental Perception, Attitudes and Values* (Morningside edition), New York: Colombia University Press, 1990.

[194] Zoran Roca, *Landscapes, Identities and Development*, Brookfield, VT: Ashgate Publishing, 2011.

[195] Joseph R. Levenson, *Confucian China and Its Modern Fate: A Trilogy (Vol. One: The Problem of Intellectual Continuity)*, Berkeley and Los Angeles: University of California Press, 1968.

英文论文

[1] Alexis Wright, "On Writing *Carpentaria*", *Heat*, Vol. 13, 2006.

[2] Anne Macduff, "Performing Legal and National Identities: Australian Citizenship Ceremonies and the Management of Cultural Diversity", *Social & Legal Studies*, Vol. 32, No. 2, 2023.

[3] Anthony Quinn, "Selective History of True History", *New York Times Book Review*, Jul. 1, 2001.

[4] Ceremonies and the Management of Cultural Diversity", *Social & Legal Studies*, Vol. 32, No. 2, 2023.

[5] Barry Andrews, "More Sinned Against than Sinning: A Note on the Convict Legend", *The Literary Criterion*, Vol. 14, 1980.

[6] Brian M. Bullivant, "Ethnic Politics in Australia: The Social Constructions of Pluralism", *Ethnic and Racial Studies*, Vol. 10, No. 1, 1987.

[7] Bruce Kercher, "Perish or Prosper: The Law and Convict Transportation in the British Empire, 1700−1850", *Law and History Review*, Vol. 21, No. 3, 2003.

[8] Christopher Koch, "An Australian Writer Speaks", *Westerly*, Vol. 25, No. 3, 1980.

[9] David G. Delafenêtre, "Interculturalism, Multiracialism and Transculturalism: Australian and Canadian Experiences in the 1990s", *Nationalism and Ethnic Politics*, Vol. 3, No. 1, 1997.

[10] E. Kashima, S. Collinetti and K. Willcox, "Language Maintenance, Cultural Identities, and Cultural Practices Among Second-Generation Australian Immigrants", *Australian Journal of Psychology*, Vol. 58, No. S, 2006.

[11] Eleanor Dark, "They All Come Back", *Walkabout*, Vol. 17, No. 1, 1951.

[12] F. L. Jones, "Diversities of National Identity in a Multicultural Society: The Australian Case", *National Identities*, Vol. 2, No. 2, 2000.

[13] G. Dutton, "Carey and Cringe", *Weekend Australian Magazine*, February 20, 1988.

[14] Helen Tiffin, "Post-colonial Literatures and Counter-discourse", *Kunapipi*, Vol. 9, Iss. 3, 1987.

[15] Henry Taylor, "Recent Poetical Plagiarism and Imitations", *The London Magazine*, No. 12, 1823.

[16] Howard Jacobson, "A Wobbly Odyssey", *Weekend Australia Magazine*, February 20–21, 1988.

[17] J. Oliphant, "Reconciliation: Oodgeroo's Dying Wish", *The Courier Mail*, September 21, 1993.

[18] John Beston, "The Aboriginal Poets in English: Kath Walker, Jack Davis, and Kevin Gilbert", *Meanjin*, Vol. 36, No. 4, 1977.

[19] Juliet Clark, "Perceptions of Australian Cultural Identity Among Asian Australians", *Australian Journal of Social Issues*, Vol. 42, No. 3, 2007.

[20] Kathryn Elizabeth Foy, "The Formation of Australian National Identity: The Contribution of Modern Women's Immigrant and Aboriginal Theatre and Drama", Doctoral Dissertation of the University of Hawaii, 1999.

[21] Kerry O'Brien, "Alexis Wright Interview", *Hecate*, Vol. 33, No. 1, 2007.

[22] N. Khanlou, "Cultural Identity as Part of Youth's Self-concept in Multicultural Settings", *eCOMMUNITY: International Journal of Mental Health & Addiction*, Vol. 3, No. 2, 2005.

[23] Oliver Zimmer, "In Search of Natural Identity: Alpine Landscape and the Reconstruction of the Swiss Nation", *Comparative Studies in Society and History*, Vol. 40, No. 4, 1998.

[24] R. Hall, "Oodgeroo: A Life", *The Age*, February 18, 1995.

[25] Ravi De Costa, "Reconciliation or Identity in Australia", *National Identities*, Vol. 2, No. 3, 2000.

[26] Sarah Reed, "Howdunnit? The French Translation of Australian Cultural Identity in Philip McLaren's Crime Novel *Scream Black Murder/Tueur d'Aborigenes*", *Translator*, Vol. 22, No. 2, 2016.

[27] Stephen Moss, "Dream Warrior", *The Guardian*, April 15, 2008.

[28] Stephanie Mawson, "The Deep Past of Pre-Colonial Australia", *The Historical Journal*, Vol. 64, No. 5, 2021.

[29] Stephen Grosby, "Territoriality, the Transcendental, Primordial Feature of Modern Societies", *Nations and Nationalism*, Vol. 1, No. 2, 1995.

[30] Tom W. Smith and Seokho Kim, "National Pride in Comparative Perspective: 1995/96 and 2003/04", *International Journal of Public Opinion Research*, Vol. 18, No. 1, 2006.

[31] Tracy Ireland, "'The Absence of Ghosts': Landscape and Identity in the Archaeology of Australia's Settler Culture", *Historical Archaeology*, Vol. 37, No. 1, 2003.

网络文献

[1] "Aboriginal and Torres Strait Islander People: Census", Australian Bureau of Statistics, https://www. abs. gov. au/statistics/people/aboriginal-and-torres-strait-islander-peoples/aboriginal-and-torres-strait-islander-people-census/2021.

[2] "Against the Monarchy but Not Ready for a Republic", The Centre for Citizenship, http://www. centrefor citizenship. org/international/aus1. html.

[3] "Author: 22 Countries not Invaded by Brits", United Press International (UPI), http://www. upi. com/Odd _ News/2012/11/05/Author-22-countries-not-invaded-by-Brits/UPI-62891352143780/.

[4] "Cultural Diversity: Census", Australian Bureau of Statistics, https://www. abs. gov. au/statistics/people/people-and-communities/cultural-diversity-census/2021.

[5] "David Unaipon", *Britannica*, https://www. britannica. com/biography/

David-Unaipon.

[6] "Druid", *Britannica*, https://www. britannica. com/topic/Druid.

[7] "Face the Facts: Aboriginal and Torres Strait Islander People", Australian Human Rights Commission, https://humanrights. gov. au/our-work/education/face-facts-aboriginal-and-torres-strait-islander-peoples.

[8] "Identification, N., Sense 2. ", *Oxford English Dictionary*, https://www. oed. com/dictionary/identification_ n? tab = meaning_ and_ use#903125.

[9] "Identity, N., Sense 2. b", *Oxford English Dictionary*, https://www. oed. com/dictionary/identity_ n? tab = meaning_ and_ use#904743.

[10] "Imagine Australia: Year of Australian Culture in China", Australia Asia Forum, https://australiaasiaforum. com. au/2010/07/imagine-australia-year-of-australian-culture-in-china/.

[11] "Kevin Rudd's Sorry Speech", *Sydney Morning Herald*, http://www. smh. com. au/articles/2008/02/13/1202760379056. html.

[12] "Landscape and Identities: The case of the English landscape 1500 BC to AD 1086", School of Archaeology, University of Oxford, http://www. arch. ox. ac. uk/englishlandscapes-introduction. html.

[13] "Druid", *Britannica*, https://www. britannica. com/topic/Druid.

[14] "Prime Minister Anthony Albanese pays tribute to Queen Elizabeth II: ' She stood with us ' ", 7 News, https://7news. com. au/entertainment/royal-family/prime-minister-anthony-albanese-pays-tribute-to-queen-elizabeth-ii-she-stood-with-us-c-8176562.

[15] "Republic ' low on list of priorities ' ", *Sydney Morning Herald*, http://www. smh. com. au/national/republic-low-on-list-of-priorities-20110612-1fzag. html#ixzz1P9p1H0P7.

[16] "Snapshot of Australia", Australian Bureau of Statistics, https://www. abs. gov. au/statistics/people/people-and-communities/snapshot-australia/latest-release.

[17] A. B. Paterson, "We're All Australians Now", *All Poetry*, http://allpoetry. com/poem/8485469-ere_ All_ Australians_ Now-by-A_ B_ _ Banjo_ Paterson.

[18] Andrew Guild, "The Americanisation of Australian Culture: Discussing the Cultural Influence of the USA upon Our Nation's Way of Life", *Ironbark Resources*, https://www. ironbarkresources. com/articles/guild2004americ anisation. htm.

[19] Andrew Tillett, "Modi and Albanese Sign Migration Deal", *Australian Financial Review*, https://www. afr. com/politics/federal/modi-and-albanese-ink-migration-deal-20230524-p5dasc.

[20] Averil F. Fink, "Vaux, James Hardy(1782−1841)", *Australian Dictionary of Biography*, http://adb. anu. edu. au/ biography/vaux-james-hardy-2756.

[21] Bartlett Adamson, "Anzacs", *All Poetry*, http://allpoetry. com/poem/8624167-Anzacs-by-Bartlett_ Adamson.

[22] Birrin Hooper, "The Most Important Book in Australian History?", Amazon, http://www. amazon. com/Pemulwuy-Rainbow-Warrior-Eric-Willmot/dp/0947116427.

[23] Charles Harpur, *The Creek of the Four Graves*, The Institute of Australian Culture, https://www. australianculture. org/the-creek-of-the-four-graves-charles-harpur/.

[24] Dan Chaissen, "Fire Down Below: The Poetry of Les Murray", *The New Yorker*, https://www. newyorker. com/magazine/2007/06/11/fire-down-below.

[25] Daniel Defoe, "The True Born Englishman", Poetry Foundation, http://www. poetryfoundation. Org/poem/173337.

[26] Elizabeth Jolly, "The Australian Book You Should Read Next: Too Much Lip by Melissa Lucashenko", *The Guardian*, https://www. theguardian. com/books/2020/jul/17/the-australian-book-you-should-read-next-too-much-lip-by-melissa-lucashenko.

[27] Henry Lawson, "Past Caring", *All Poetry*, http://allpoetry.com/poem/ 8446463-Past_Carin-by-Henry_Lawson.

[28] J. L. Kohen, "Pmulwuy (1750–1802)", *Australian Dictionary of Biography*, https://adb.anu.edu.au/biography/pemulwuy–13147.

[29] John Sledge, "Madoc's Mark: The Persistence of an Alabama Legend", *Mobile Bay*, https://mobilebaymag.com/madocs-mark-the-persistence-of- an-alabama-legend/.

[30] John Streeter Manifold, "The Tomb of Lt John Learmonth, AIF", *All Poetry*, http://allpoetry.com/poem/8521627-The_Tomb_Of_Lt_John_ Learmonth__AIF–by–John__Streeter_Manifold.

[31] Karen R. Bloom, "An Overview of Gulliver's Travels", Detroit: Gale, Literature Resource Center, http://go.galegroup.com/ps/start.do? p = LitRC&u = jiang.

[32] Kath Walker, "We Are Going", *Famous Poets and Poems*, http:// famouspoetsandpoems.com/poets/oodgeroo_noonuccal/poems/4601.

[33] Kim Martins, "William Dampier", *World History Encyclopedia*, https:// www.worldhistory.org/William_Dampier/.

[34] "Landscape and Identities: The Case of the English Landscape 1500 BC to AD 1086", School of Archaeology, University of Oxford, http:// www.arch.ox.ac.uk/englishlandscapes-introduction.html.

[35] Niel Gunson, "Edward Maitland (1824–1897)", *Australian Dictionary of Biography*, http://adb.anu.edu.au/ biography/maitland-edward-4141.

[36] William Wentworth, "Australasia", Lachlan and Elizabeth Macquarie Archive, http://www.lib.mq.edu.au/ digital/lema/1823/australasia2.html.

[37] William Wordsworth, "Composed in the Valley Near Dover, On the Day of Landing", *Poetry*, https://www.poetry.com/poem/42178/composed- in-the-valley-near-dover, -on-the-day-of-landing.

[38] 《澳洲全民公决否决共和制》，新浪网，http://news.sina.com.cn/

world/1999-11-7/29442. html。

[39]《城镇化率：全国》，聚汇数据，https：//population. gotohui. com/show-5231。

[40]《认同》，词典网，https://www. cidianwang. com/cd/r/rentong78677. htm。

[41]《中国新版护照印上领土地图》，大众日报，http：//paper. dzwww. com/dzrb/content/20121124/Articel04 007 MT. htm。

[42]《王萍萍：人口总量有所下降人口高质量发展取得成效》，国家统计局，https：//www. stats. gov. cn/xxgk/jd/sjjd2020/202401/t20240118_1946711. html。

后 记

　　本书是在本人博士论文的基础上修改而成的，兜兜转转不觉已过十年。回首十余年的学术历程不禁感慨万千，2010年，怀着对澳大利亚文学的热爱，我踏上了博士研究的征程。彼时，"区域国别学"这一学科尚未成形，就连外国语言文学学科下也还没有"国别与区域研究"这一方向。直到2013年我博士毕业的那一年，"国别与区域研究"方向才正式确立。

　　然而，冥冥之中，我对澳大利亚文学的研究似乎早已与未来的国别与区域研究不谋而合。我研究澳大利亚文学，并非仅仅将其视为外国文学的一个分支，而是将其作为了解澳大利亚这个国家、建构关于澳大利亚知识体系的一扇窗。这种研究视角恰恰契合了后来兴起的区域国别学的核心理念。

　　回顾这段经历，我更加清晰地认识到文学研究和国别与区域研究之间的紧密联系。文学作品是一个国家文化、历史、社会的镜像，通过对文学的深入研究，我们能够洞察一个国家的精神与灵魂。对于澳大利亚研究而言，文学研究的意义尤为重大。澳大利亚作为一个年轻的移民国家，其文化身份的形成与演变过程在文学作品中得到了生动的反映。从早期殖民文学到当代多元文化写作，澳大利亚文学为我们提供了理解这个国家复杂文化语境的独特视角。

通过研究澳大利亚文学中的风景叙事、神话建构、文化融合等主题，我们不仅能够把握澳大利亚文化的独特性，还能深入理解其国家认同的形成过程、多元文化政策的演变以及在全球化背景下澳大利亚面临的机遇与挑战。这种研究方法和视角正是区域国别学所追求的，即全面、深入、多维度的国家研究。

我要特别感谢我的导师张勇先教授。张老师学贯中西、知识渊博、幽默风趣、善于吸纳新知识，是我永远的学习榜样。在那几年里，张老师给了我无私的帮助，从入学到毕业，处处都有老师的心血。张老师既是良师也是严父，他严谨的治学风格和一丝不苟的工作态度时刻警醒着有些"大条"的我：对待科研要认真、认真、再认真，对待细节要注意、注意、再注意。细节决定成败，只有认真注意到每一个细节才能保证事情的成功，这是我从张老师那里学到的最重要的品质。

感谢中国人民大学文学院和外国语学院各位为我们授课的老师，他们是文学院的曾艳兵教授、金元浦教授、杨慧林教授、耿幼壮教授、高旭东教授、马元龙副教授和陈倩老师，外国语学院的王建平教授、郭军教授、陈世丹教授。尤其要感谢的是外国语学院的刁克利教授，刁老师在很多方面给予我及时的指导，让我少走了很多弯路。

在此，我还要特别感谢我的博士论文答辩主席、北京大学的刘树森教授。他不仅在答辩时给予了细致的建议，在我将论文修改成书的过程中更是再次仔细阅读了全稿，一字一句地修改，甚至指出了标点错误。他既有宏观的建议，又不吝啬于细节的斟酌，这种严谨的学术态度让我深受震撼。在本书即将出版之际，刘教授又欣然应允为本书作序，他所写的序言篇幅之饱满、内容之丰富，远远超出了我的预期。他对书稿进行了细致的评阅与推介，并附文给出修改建议。刘教授对我的帮助，我铭记于心。同时，我也要感谢答辩委员会的成员、清华大学的王敬慧教授和陈永国教授以及中国人民大学的刁克利教授和王建平教授，尤其感谢王敬慧教授在后来给出的修改建议，对本书的最终成型起到了重要的指导作用。

　　我还要感谢中国人民大学澳大利亚研究中心的外籍专家——澳大利亚两院院士 David Walker 及夫人、澳大利亚国立大学的 Jamie Greenbaum 博士、墨尔本大学的 June Senyard 博士、中国人民大学的国家级文教专家 Colin Mackerras 教授。正是后两者的推荐让我获得了澳中理事会的资助前往澳大利亚游学三个月。同时还要感谢澳中理事会的 David Carter 教授，由于他的帮助，我与澳大利亚国立大学的 Melanie Nolan 教授取得了联系，感谢 Nolan 教授接受我作为访问学者并提供优越的科研条件。

　　历经十年反复修改，本书的部分章节已发表在国内的一些期刊上。我要特别感谢《西安外国语大学学报》执行主编王和平教授的指导和提携，以及《苏州科技大学学报》主编汪诗明教授给予的机会。在外审专家的多次评审和建议之下，文稿的水平大幅提高，也更加精致。这些宝贵的经验和反馈为本书的最终成型奠定了坚实的基础。

　　我也要感谢我亏欠太多的父母、爱人和女儿。在三年的求学生涯里，父母为我们操劳，还不得不承受分离的痛苦。爱人在自己学习、工作和生活的三重压力之下支持我外出学习，为我做出了太多的牺牲，我怎么感激也不为过。懂事的女儿为我带来了无尽的欢乐，她的天真和笑容是我努力前行的动力。还记得博士毕业那年，每次离开家去北京时，孩子都会对我说："爸爸，你下次还来我们家玩啊！"而最后一次去北京时，孩子哭着说："爸爸，不许你回家……"我开玩笑问她："不许我回哪个家啊？"她说："回你北京的家啊。"我在北京没有家，只有一个临时床位，学校宿舍的一个床位，而几个月后这个床位已属于另外的某个人。一转眼，我的小女儿已经和她姐姐当时一样大了，庆幸的是，我们再也不需要忍受分离之苦了。

　　这本书的完成凝聚了诸多师长、同人的心血与智慧。我还要感谢西安外国语大学科研处和英文学院的资助，感谢社会科学文献出版社认真负责的仇扬老师。有太多需要感谢的人，他们的名字都深深地铭刻在我的心里。在此，我向所有曾经给予我帮助和支持的人表示最诚挚的感谢。本书不仅是我个人学术探索的结晶，更是我与澳大利亚文学，与区域国别学相遇、相知的见证。我希望这项研究能为澳大利亚研究提供新的视角，也为文学研究在区域国别学中的应用提供一个有益的范例。在全球化日益深入的今天，通过文学去理解一个国家、一种文化，其意义愈发重大。我期待有更多的学者加入这一研究领域，共同推动区域国别学的发展，为增进国际理解、促进文化交流做出贡献。

苏锦平

西安外国语大学英文学院 澳大利亚研究中心

2024 年 6 月 29 日

图书在版编目（CIP）数据

回归丛林：澳大利亚文学的文化身份书写／苏锑平
著. -- 北京：社会科学文献出版社，2024.10. -- ISBN
978-7-5228-3885-4

Ⅰ.I611.06

中国国家版本馆 CIP 数据核字第 2024FZ4870 号

回归丛林：澳大利亚文学的文化身份书写

著　　者／苏锑平

出 版 人／冀祥德
责任编辑／仇　扬
责任印制／王京美

出　　版／社会科学文献出版社·文化传媒分社（010）59367004
　　　　　地址：北京市北三环中路甲 29 号院华龙大厦　邮编：100029
　　　　　网址：www.ssap.com.cn
发　　行／社会科学文献出版社（010）59367028
印　　装／北京联兴盛业印刷股份有限公司

规　　格／开本：787mm×1092mm　1/16
　　　　　印张：17.25　字数：246千字
版　　次／2024 年 10 月第 1 版　2024 年 10 月第 1 次印刷
书　　号／ISBN 978-7-5228-3885-4
定　　价／98.00 元

读者服务电话：4008918866